流年

江寒雪 /著

北方联合出版传媒（集团）股份有限公司
春风文艺出版社
·沈阳·

图书在版编目（CIP）数据

流年 / 江寒雪著． — 沈阳：春风文艺出版社，2024.1

ISBN 978-7-5313-6500-6

Ⅰ．①流… Ⅱ．①江… Ⅲ．①长篇小说－中国－当代 Ⅳ．① I247.5

中国国家版本馆CIP数据核字（2023）第150549号

北方联合出版传媒（集团）股份有限公司
春风文艺出版社出版发行
沈阳市和平区十一纬路25号　　邮编：110003
三河市华东印刷有限公司印刷

责任编辑：	韩　喆　平青立	责任校对：	张华伟
装帧设计：	四川梧阅文化传播有限公司	幅面尺寸：	145mm×210mm
字　　数：	357千字	印　　张：	13.25
版　　次：	2024年1月第1版	印　　次：	2024年1月第1次
书　　号：	ISBN 978-7-5313-6500-6	定　　价：	78.00元

版权专有　侵权必究　举报电话：024-23284391
如有质量问题，请拨打电话：024-23284384

CONTENTS 目 录

	引 子	001
上卷	第一章	004
	第二章	016
	第三章	025
	第四章	035
	第五章	046
	第六章	058
	第七章	070
	第八章	081
	第九章	093
	第十章	104
	第十一章	116
	第十二章	128
中卷	第十三章	140
	第十四章	151
	第十五章	162
	第十六章	173

	第十七章	185
	第十八章	196
	第十九章	206
	第二十章	218
	第二十一章	228
	第二十二章	240
	第二十三章	252
	第二十四章	263
	第二十五章	275
下卷	第二十六章	286
	第二十七章	297
	第二十八章	308
	第二十九章	319
	第三十章	330
	第三十一章	340
	第三十二章	352
	第三十三章	365
	第三十四章	377
	第三十五章	388
	第三十六章	399
	伫立于时光的河流边（后记）	414

引　子

　　刚刚过去的那个冬天漫长而苦寒。这在江南水乡是数十年乃至上百年一遇的。

　　整个冬天几乎都刮着凛冽的西北大风，一阵接着一阵。万木凋零，草皮枯黄。昔日蜿蜒流淌的小河、波光粼粼的池塘与湖泊，也都封冻凝固。雪是从三九天开始下起的，也是一场连着一场，而且越下越大，越积越厚，仿佛要把整个江南大地给淹没了。

　　但在这样严酷的冬日里，水乡的人们并没有失去希望，因为他们坚信，只要耐心等待，再冷再长的冬天终会过去。就在这样的等待中，有些老弱的人，实在熬不过眼前的酷寒，便悄无声息地消逝了；但更多的人还是坚强地挺了过来。

　　终于，在水乡人们的苦苦期盼中，春天来临了！

　　阵阵春雷滚过，几场春雨浇过，原本沉睡的江南大地在温暖阳光的一遍遍抚摸下，渐渐舒展开僵硬的身躯，活泛出湿润的肌肤。仿佛就是一夜之间，大地冒绿了，柳条爆芽了，河水清亮了，猫儿、狗儿和孩子们也都在田野里奔跑起来了。就连天空的燕子与黄莺们，也欢喜得翩跹起舞，引吭高歌，像是要把这份春天的喜悦传递到大地的每一个角落，分享给天地间的每一个生灵。

　　春分一过，青葱的麦苗地，碧绿的油菜田，便似一幅幅硕大无比的毯子在广袤的大地上铺展开来，连接着在苍翠树木中掩映着的村村巷巷。村前屋后的一条条小河，一时间全都出落得像一个个丰盈的大姑娘，扭动着婀娜的身子，款款地前行着。

不多久，桃花绽放出粉红的笑颜，蔷薇散发出馥郁醉人的馨香；成片成片的油菜花，更是灼耀出明晃晃的金黄，招惹得蜂飞蝶舞。即便是朴实地生长在田间地头的蚕豆枝们，也耐不住寂寞了，竭尽所能地开出一串串紫色的花儿，以表达它们对春天的喜爱之情。

春天，给江南水乡的人们，开启了一个崭新的世界！

上
巻

第一章

  此刻，水乡的丰泽湖碧波荡漾，一望无际。
  灿烂的阳光照在水面上，跳跃着碎金般耀眼的光芒，随着喧响的波浪，在眼前涌动成一簇簇欢悦的花朵；随后又化作一波波丝绸样明黄色的波浪，向远处滑去，消失在一片淡蓝色的水天相接之处。
  年轻的黄鸿桦独自静坐在湖边的青草地上，心绪似面前的湖水般起伏，辽远而迷茫。
  今天是一九八三年四月十七日，星期天，黄鸿桦的二十一岁生日。自然，与往年一样，他没有告知任何人，也没有惊动任何人，更不会举行任何仪式。他只是在心里默默地告诉自己：去年这个时候自己还是个大学生，身处热闹的都市，正满怀希望地憧憬着美好的未来；而今年，自己却已然成为一名不折不扣的乡村教师，被命运之神无情地抛弃在这异乡的僻远之地！
  都说流年似水，莫非，那四年无忧无虑的大学时光就这么流走了？自己就要以这样的方式正式步入社会，开启教育生涯？他问自己。
  今天一早醒来，黄鸿桦发现同宿舍林子丹老师的床铺上空荡荡的，才想起林老师昨天一放学便回家去了。因为他是本地人，家住他们所在的泽州市三吴县泾渭镇东南面的沈墓乡，离泾渭镇也就十多里，所以可以经常回去的。而自己呢？家乡却远在离此地足有一百多里地的仁和县的皇坟乡，路远迢迢，自然是不可能时常回家的。
  早起以后，黄鸿桦在宿舍用酒精炉下了点面条，算是把早饭应付过去了。和其他年轻老师一样，他的宿舍位于泾渭中学西南角。那是一排又破又旧的低矮潮湿的瓦房，原来是学校的教室，后来乡政府翻建扩容学校，在前面六百多米处征地新建了一栋三层教学楼，其中二楼的一半用作教师办公室与校长室、教导处、政教处、总务处之类，其余一半和底楼、三楼全都用作了教室。教学楼的东面，紧挨着围墙，还新建了个教工食堂，面积不大，也就三间大瓦房，一间为灶屋间，另外两间为餐厅。因为资金短缺，乡政府暂时无力新建教师宿舍，就把这排老旧的瓦房保留了下来，临时让老师们将就着住。

其实，原先泾渭中学的师资除了少数五六个住在镇上的公办教师，其他都是四散在当地乡间的民办老师与代课教师，因而他们都不会住在学校。改革开放以来，三吴县与泾渭镇政府为了规范办学，切实提高教育教学质量，招收了一批大学毕业生充实师资队伍，光去年就一口气进了十一位包括黄鸿桦在内的年轻教师。所以，这排低矮潮湿的瓦房内，住着的其实都是黄鸿桦这样的非泾渭镇的小年轻们。而黄鸿桦与林子丹更倒霉，他们的宿舍正对着一处先前保留下来的同样老旧的公厕。每天从宿舍进进出出，都得接受那厕所臭气的"熏陶"！

泾渭中学是一所纯初级中学，学生都是本乡的通学生，午饭是早上上学时学生们自己带到学校的，食堂负责为他们蒸热，然后按班级取回，在教室用餐。老师们则在食堂用餐。早晚两餐，无论学生还是老师，食堂都不提供，必须自行解决。

今天早餐过后，黄鸿桦步出寝室，在宿舍区的外走廊转了一圈，发现其他同事的宿舍门有的紧闭，显然是回家去了；有的虚掩着，估计睡懒觉后刚起来，还没吃早饭呢，不便去打扰。他回到自己屋里，寻思着也没事可干，便走出校门，上小镇溜达去了。

泾渭镇是个名副其实的小镇。整个镇子临水而建，两条街面顺着河流铺开。其中一条依着泰伯江，由西而东；另一条沿着春申河，从南往北。它们的交汇处，自然形成了一个汊港，也是镇子的中心，全镇最为热闹的地方。泰伯江水深而宽，江水浑浊，来往船只穿梭不息；而春申河水流湍急又清澈，向北四五里直抵丰泽湖。两条水流一清一浊，泾渭分明，小镇由此而得名。

黄鸿桦漫无目地在镇中心的街道上转悠着。正是上午九点钟光景，邮电所、信用社、日杂店、粮店、饭店、面馆以及理发店、煤球店等，与小镇居民日常生活息息相关的商店全都热热闹闹地开张了。店堂内顾客出出进进，川流不息。商店对面的街道旁，各式各样的摊点一字排开，从附近乡村以及渔村前来赶集的人们，将自己吃不掉或是不舍得吃的各种时鲜蔬菜、鸡鸭禽蛋与刚从河里捕来的活蹦乱跳的鱼虾，全都肩挑手提地运到镇上来出售。小镇的居民手提菜篮子，三三两两地轮番赶到这些摊位前观望、挑拣、讨价还价。摊位上，不时地有鱼虾蹦出囚禁它们的塑料盆，还有些鸡鸭鹅，大概不甘心主人将它们出卖，竟然挣脱了双脚的捆绑，嘎嘎叫闹着飞到街面中心，慌得主人们手忙脚乱好一阵追赶折腾。

黄鸿桦一边走一边看，感到特别的亲切有味。记忆中，当年他的父母和他自己就曾经是这些摊贩中的一员。而眼前那一长溜等待出售的农家食材，他更是熟悉得几乎能报出每一样的名称。骤然间，黄鸿桦感觉有一样湿滑腻腻的东西重重地砸在自己的脚背上。低头一看，原来是一条不大不小的鲤鱼！

"哦，对不起，对不起！"

几乎是同时，他的前面出现了一位弓腰捡鱼的男子。

"吴教导！"黄鸿桦一看身形，就认出了对方是自己学校的教导主任吴双人。

对方抬起头：“哟，是小黄老师呀！”显然他也很诧异。

"吴教导，您买菜呀？"话一出口，黄鸿桦便觉得是明知故问,"这鱼是您的?"

"是的呀。"吴双人一边把那条依然蹦跳着的鲤鱼重新捡回菜篮,一边满脸堆笑地冲黄鸿桦道,"大概它是认得你的,所以非要跳出篮子让我跟你打个招呼。"

黄鸿桦被对方的幽默感逗乐了,不禁站在大街上哈哈大笑。

随后,两人又攀谈起来。末了,吴双人教导还热情邀请黄鸿桦去自己家吃午饭。黄鸿桦也不客气,满口答应。于是,黄鸿桦帮忙提着菜篮子,两人一前一后朝吴双人家走去了。

吴双人教导家在泾渭镇北边的一座两开间楼房的私宅内,他和爱人都是土生土长的泾渭镇人,一个在镇上中心小学,一个在中学。年纪都三十来岁,膝下有个女儿在上幼儿园。到泾渭中学工作半年多来,除了那些与自己一起住校的小年轻老师外,这吴教导可以说是黄鸿桦最熟悉、最亲近的人了。黄鸿桦永远也不会忘记,去年九月一日,开学第一天的早上,作为新教师的自己,在教学楼底楼的走廊内迎面遇见了一位表情严肃、气宇轩昂的老师,出于礼貌,便停下脚步,恭恭敬敬地叫了一声"老师好"。可对方只是礼节性地点了点头,便径直离去了。黄鸿桦当时格愣了一下:这人架子可真大呀!但因为急着要去教室上课,也就没有多想。

第二天午后,黄鸿桦正在办公室全神贯注地批阅学生作业。突然,有人走到他办公桌前:"小黄老师,真是不好意思啊!"

抬头一看,原来就是昨天走廊上遇见的那位。黄鸿桦急忙站起身来,可那位老师伸手轻轻拍了拍他肩膀,笑眯眯地说:"小黄老师快坐!"说着顺手拖过一旁空位上其他老师的凳子,坐在黄鸿桦身边。

"我是教导处的吴双人。"那老师态度十分和蔼,解释道,"前两天因为去县文教局参加开学工作会议,没有赶上学校昨天为你们这些新教师举办的见面会,所以昨天上午居然把你当成学生了。"

　　黄鸿桦一时间有点儿不知所措,脸涨得通红,不知道说什么好。

　　"主要呢是因为你穿着这件青年装,看起来特别像个学生。"吴双人老师把目光移到黄鸿桦身上这件藏青色的外套上,继续解释道,目光里满是亲切的笑意。

　　如此和蔼可亲的态度让黄鸿桦原本紧张的情绪顿时放松了下来。他欠了欠身子,想跟对方说自己以后一定会注意的。可没等他张口,吴双人老师又半开玩笑地说:"其实也很好,说明你小黄老师年轻有为嘛!"

　　黄鸿桦有点儿不好意思,脸上又泛起了一阵红晕:"吴老师,我一定不会辜负您的期望,争取做一名好老师。"

　　吴双人老师下意识地抬腕看了看表,站起身,将右手重重地搭在黄鸿桦的肩膀上,看着他的脸,鼓励道:"嗯,好好干!有什么困难找我。"语毕,便离去了。

　　后来,办公室的老教师们告诉黄鸿桦,这吴双人是学校的教导主任。别看他平时一本正经一脸严肃的样子,其实很热心,能力又强。还说,你小黄老师如今得到吴教导的青睐,前途无量啊!

　　也许这就是缘分吧,从此,作为领导的吴双人教导对黄鸿桦呵护有加。在开学第二周的新老教师师徒结对仪式上,吴双人教导特地安排自己当年的语文老师、泾渭中学德高望重的前辈,也是在三吴县语文教学界颇具影响力的姚德群为黄鸿桦的指导老师。这样的待遇,在他们这一批十一位新教师中,是独一无二的。

　　泾渭中学党支部书记兼校长也是当地人,名叫徐增祥。他是由部队转业到地方的干部,被安排到泾渭中学当领导已有十多年了,现年五十六岁。作为一把手领导,他敬业,治校有方,在泾渭中学可谓树大根深。本来，泾渭中学的管理井然有序，徐校长也感觉得心应手。可自从去年来了这十一位高校刚毕业的新教师，一方平静的池塘仿佛放养进了一群不安分的黑鱼，兴风作浪，再也没有消停之日。

黄鸿榉记得去年九月末一个周一的上午，学校紧急通知第四节课过后，所有老师到会议室开一个短会，部署当天下午全校的大扫除工作，以迎接三吴县文教局与泾渭镇政府对学校的突击抽查。会上，校长室、教导处、政教处、总务处等各部门领导分别讲话、部署、提要求，会议开了近一小时也没有结束的意思。这下，新教师们也许是肚子饿了，也许是不耐烦了，竟然一个个先后提前退场直奔食堂午餐去了！黄鸿榉看看同伴们都走了，也悄悄地提前退了场。老教师们虽然也觉得领导开如此冗长的会议，各部门反反复复啰里啰唆强调一件事并不合适，但都习惯性地规规矩矩静坐着等会议结束。他们看到这些青年教师居然如此大胆提前退场时，都惊讶得面面相觑。坐在台上的领导们尤其是徐校长，更是看在眼里，怒在心里，但又不能当场发作。

下午迎检工作一结束，徐增祥校长便要吴双人教导逐一通知这十一位新教师到校长室隔壁的小会议室开会。知道了缘由，大家陆续走进会议室，默不作声地坐等徐校长的光临。足足等了十分钟，才看见徐校长铁青着他那张马脸走了进来，后面跟着的是一位副校长和吴双人教导。在主席台前坐定，徐校长以犀利的目光在每位新教师的脸上扫了一遍。黄鸿榉觉得，那目光仿佛是一道X光，像是要直抵每个人的内心。再环视全场，有的涨红了脸，有的沉着头，也有的把脸侧向窗外，装出一副无所谓的样子。

"各位老师，今天校长室特地召集大家开一个会，"台上的吴双人教导首先开口，宣布了会议的开始，"主要是就学校的教师纪律问题给各位新老师明确一下。"

下面的新老师人群中响起一片窃窃私语声,好像微风吹过水面荡起的一层涟漪。

"下面,请徐校长给大家讲话。"

徐增祥校长直了直他那伛偻的脊背,再次威严地快速扫视了全场一遍,开口道:"各位老师,我想首先请大家确认下自己现在的身份,你们现在已经不再是大学生了,而是人民教师!"

语气生硬而严厉。全场静得能听见窗外一片梧桐叶飘进室内的瑟瑟声。

"那么,作为老师,如果有学生在你上课的时候,莫名其妙地中途离开课堂,你会做何感想呢?"说着,徐校长呷了口紫砂杯中的茶,然后"笃"的一声重重地把茶杯放在桌上,继续说道,"让人震惊的是,今天上午我与其他校领导在跟大家上课的时候,就发生了这样的事情!"

下面先是一阵肃静,接着便有人轻声议论道:

"这是一回事吗?"

"是呀,半小时就能解决问题的会,非要拖上一个小时。为何不反思一下自己呢?"

"无端地浪费别人的时间,无异于谋财害命!"

徐校长对下面的这些议论报以威严的一瞥,然后继续说道:"今天我以校长室的名义在这里宣布一条规定:以后,凡是学校举行的会议,未经允许,任何人不得擅自缺席与中途离开;否则,将按违反校规校纪予以处理!"

说完,徐增祥校长对身边的吴双人低声嘀咕了几句,便与那位副校长起身离开了会场。

现在,吴双人教导独自一人坐在台上了。

"各位老师,刚才呢,徐校长代表学校给大家就开会纪律问题提了点儿要求,"他面带微笑,"大家如果有什么想法,现在可以提出来一起讨论一下嘛。"

坐在下面的这十一位新教师都面面相觑，一时不知道这吴教导葫芦里卖的什么药，也就默不作声。

良久，整个会场鸦雀无声。吴双人教导明白一时也很难跟这些小年轻沟通出个什么名堂来，便立马转移了话题："好，这个问题咱们暂时放下。下面，就请大家畅所欲言，谈谈到泾渭中学工作近一个月来的感想，或是工作与生活上的困难吧。"

不料吴教导话音刚落，台下便响起了一片热烈的话语声。有的说，宿舍太破旧，大风天漏风，下雨天漏雨。有的说，食堂每天连早晚饭都不提供，让我们自己做饭太不方便。还有的说，学校没有浴室，现在大热天还可以到校外的池塘里野浴，天凉了怎么办？

此刻，吴双人教导坐在台上，一边把小年轻老师们的意见逐条记下，一边不时地抬头看看大家，眼睛里充满着对大家的理解与同情。这一下子拉近了彼此的距离，增加了彼此的信任。更主要的是，让这些年轻的新老师们心头都漾起了层层暖意。

就这样，一个本来充满火药味的批评教育会，开成了一场推心置腹的恳谈会。最后，吴双人教导十分诚恳地对大家说："各位老师，非常感谢大家今天的开诚布公。大家所反映的问题，我一定会如实上报校领导，并竭尽所能恳请学校尽量予以解决。你们是学校的新鲜血液，是生力军，也是学校的希望与未来！在此，我真诚地希望大家能以一位人民教师的标准严格要求自己，为人师表，为咱们泾渭中学的美好明天做出应有的贡献！"

台下报以一阵热烈的掌声。

在所有的小年轻老师中，黄鸿桦是与吴双人教导肩并肩最后离开会场的。

"小黄老师，跟着姚老师学习，很有收获吧？"吴双人教导侧过脸，关切地问。

"姚老师对我很热情。"黄鸿桦真诚地说，"谢谢吴教导的

关心！"

"嗯，很好！"吴教导又是拍了拍他的肩膀，意味深长地说，"我希望你既要学习姚老师的精湛业务，又要学习她崇高的师德啊！"

"哦。"当时的黄鸿桦似乎是听懂了，又似乎没全听懂。

而吴双人教导说完，就顺手推开了徐增祥校长办公室的门，进去了。黄鸿桦在原地愣了下，便独自回办公室去了。

这会儿，黄鸿桦足足走了一刻钟光景的路，终于来到了吴双人教导的家。跟吴教导爱人打过招呼后，吴教导便热情地把他引进楼下的书房内，泡上一杯茶，让他坐在沙发上看书。自己则上厨房做饭去了。

过了一会儿，黄鸿桦却走出书房，走进厨房，撸起衣袖，站在吴双人身边，又是择蔬菜，又是杀鱼，边干还边跟吴教导说，自己是农家子弟，从小在家帮着父母干农活，烧菜做饭样样都会干。

说实话，吴双人教导是真心喜欢这位小年轻，人厚道实在，又拎得清。

"那么，会在这煤炉上炒菜煮饭吗？"吴教导一边就着煤炉嗞啦嗞啦地炒着菜，一边问。

"不会。"黄鸿桦说，"我们乡下都是在灶膛用稻柴烧饭的。"

"以后呀，等你成家了，可就要在煤炉上炒菜做饭了。"吴教导回头冲黄鸿桦笑笑，"对了，有女朋友了吗？要不要我给你介绍一个？"

"不要。"

"为啥？"吴教导有点儿纳闷。

"我还小。再说我乡下哥哥才结婚，父母暂时还没钱考虑我的婚事。"

"哦，是这样呀！"吴教导也就不再提这个话题。

其实，黄鸿桦不想找女朋友，还有一个更重要的原因没有说，那就是他不愿长期待在这个穷乡僻壤，他想到时候找机会调回家乡仁和去。

午饭过后，黄鸿桦看看吴教导家的女儿哭闹着像是要睡午觉了；再说人家好不容易有个星期天，也需要好好休息。他便推托说自己还要回学校批改学生作文，就知趣地告辞了。

回到街上，抬头看看天，风和日丽，午后的空气里弥漫着熏人的花草的香味。黄鸿桦便决定沿着这春申河一路向北，去丰泽湖边兜兜圈子。

步行到丰泽湖畔也就六里多路，这对从小生活在农村的黄鸿桦来说，简直是小菜一碟。明媚春光里，这一路上翻卷着碧浪的麦田，明黄耀眼的油菜花田，成片成片连着一座座坟岗的嫩绿色的桑树地，还有那飘带样悠悠流淌的小河，与散落于广袤田野间的那粉墙黛瓦的村巷人家，他都感到那样的熟悉和亲切！

但丰泽湖的辽阔与壮观，还是让年轻的黄鸿桦深深地震撼了。因为在他的家乡仁和县皇坟乡，只有小河流小池塘，这样的一望无际，这样的碧波荡漾，他是从来没有见过的。再说，作为一个农家孩子，从小到大，除了读大学所在的那个名叫海虞的城市，他从没有去过其他地方，从未见过大江大河大湖；至于大海，那更只能是对着书本遐想而已。

打从分配到三吴县泾渭中学以来，黄鸿桦也还是第一次如此宁静地独自面对着大自然。此刻，他的思绪如同漾在天空的白云，飘忽四散而凌乱。在这个举目无亲的地方，除了想回到家乡，他对自己的未来没有任何打算。而即便是这点儿想法，他也只能自己在心里想着，绝不敢告诉任何人；因为他怕让别人尤其是让学校领导知道，否则会说他不安心工作。有时他甚至希望每一天都上班而没有星期日，因为一到休息天，他都会感到特别的无聊与孤独，心里空落落的，像个孤魂野鬼。

他甚至羡慕那些在湖面上空飞翔的鸥鸟，它们都有方向与目标。可自己呢？竟然迷茫得如同一名流浪者，游荡到哪儿算哪儿。大概这就是所谓的行尸走肉吧？这样的情形太可怕了，再也不能继续下去了，必须改变，尽快改变！他在心里警醒自己。

可是，该怎样改变呢？或者说，该为自己确立什么样的奋斗目标呢？难道就在这异乡客地当一辈子乡村教师吗？不能！自己当年刻苦读书，为的就是要跳出农门，脱离苦海，进城捧上公家饭碗，从此生活无忧，不再像自己的父母那样辛苦劳碌却还缺衣少食。可如今，公家饭碗是捧上了，却依然待在这样荒僻的乡村。更要命的是，这儿的一切，甚至连自己家乡都不如！不，岂止是不如，简直差远了！

"黄老师，你怎么会在这儿呢？！"

也不知是什么时候，黄鸿桦的面前居然站着一个大孩子，脸色黝黑，肩膀上扛着一杆网兜和一杆鱼叉，手提一个竹鱼篓。

黄鸿桦定睛一看，原来是自己班上的学生姜进。

"你怎么也在这儿呀？"黄鸿桦也很惊讶，不禁反问了一句。

"我家就在这儿呀。你忘记啦，我是渔业村的呀！"

黄鸿桦这才依稀想起，去年接手这个班级的时候，学生花名册上是有这么个家庭栏里赫然填着"渔业村一组"几个字的学生。他当时还觉得好奇：怎么还有专门的渔业村呢？自己在家乡读书的时候，从小学到初中再到高中，可从来没听说过有同学是渔业村的呀！为此，他还特地把姜进找进办公室询问呢。

"原来你也会捕鱼呀！"看到学生，黄鸿桦意识到自己这样半躺在草地上的姿势有点儿不雅，便立马站起身来，"来，让我看看你今天的收获如何。"说罢，就一把将姜进的竹鱼篓夺过来，放到跟前仔细地翻检了起来。

"行呀，居然捕了那么多！"黄鸿桦一时间也很兴奋，完全忘却了刚才的烦恼，"还鲫鱼、鳊鱼、窜条鱼什么的样样都有。"

"那当然。"姜进得意得眉飞色舞，黝黑的小脸蛋笑成了一朵墨菊，"你以为我只会读书啊？"

"你小子，还挺得意的。"黄鸿桦摸摸自己学生的脑袋，顺势将姜进往前一推，"好，再去网几条，让老师我亲眼见识一下你的捕鱼本领。"

可姜进却站在原地不肯动了。

"走呀！"黄鸿桦催促道。

姜进不好意思地挠挠自己的脑袋："黄老师，不好意思，中午出来的时候，我老爸特地关照我一点前回家的。可现在都已经超过三点了，再不回家，肯定要挨揍了！"

"好，那你就赶快回家去吧。"

"对了，要不这样吧，"姜进走了两步，突然回过头说，"你陪我回家吧？一来呢我可以跟老爸、老妈说是遇见老师了才耽搁回家的，二来你也可以顺便家访一下呀。"

"臭小子，算你鬼点子多！"黄鸿桦迟疑片刻，上前轻轻刮了姜进一个头皮，笑着说，"行，今天我就舍命陪君子，帮你一次！"便有说有笑地跟着姜进走了。

半个多小时以后，黄鸿桦终于把自己的学生送回到家门口。姜进父母见儿子班主任老师驾到，满心欢喜。热情邀请黄鸿桦留下晚饭。可黄鸿桦却怎么也不肯，说是要赶紧回学校，因为还有一堆作业没批阅呢！姜进父母见老师执意不肯，就去屋里拿出一包新做的热气腾腾的青团子、白团子，还有隔年腌渍的毛豆干，给老师装了满满一袋子；然后，姜进父亲还亲自开上拖拉机，直接把黄鸿桦送回了学校。

第二章

　　转眼已是"五一"假期。学校调休，将五月一日当天的休息日移至周六，这样周六、周日连续两天全校师生休息。并且，为了照顾家在外地的老师，学校还允许相关老师将当天的课务集中调至上午上完，然后下午便可以启程回家。据说这是校务会议上吴双人教导特地提出的，为的就是照顾全校这十一位青年教师；当然，个别泾渭当地的小年轻不在此照顾之列。

　　可黄鸿桦和另外两位小年轻都是外县的，即使早走半天也来不及于周五当天赶回家里。为此，他们商议一起去找徐校长，但一想到他那副说话硬邦邦的样，又不敢。最后，还是觉得去找吴双人教导比较妥当。本以为吴教导会为难，没想到他却一口答应，还说这事他就做主了，校长室那头他会去解释。三人满心欢喜。

　　黄鸿桦回家，最快捷的方式是坐轮船。泽州与仁和两个城市之间有一条全长近两百里水路的泰伯江连通，而泾渭镇正好在这条水道离泽州市不到三十里路的地方。黄鸿桦家乡皇坟乡呢，又在离仁和县城不到四十里路的地段。泽州与仁和每天有一班客轮相通，相互对开，都是朝发夕至。

　　星期五的早上，黄鸿桦上完第一、二两节课，便急忙回宿舍提上行李，匆匆赶到泾渭镇的轮船码头，唯恐错过了九点半钟的班轮。谁知他刚赶到，还来不及擦擦额头的汗水，就看见那轮船从远处的水面上呜呜地开来了。上得船，买好票，一脚踏进船舱，但见眼前黑压压一片全是人，找不到一个空位。来回观察一番，他只好选择船舱尾部靠窗的旮旯里，铺张报纸，席地而坐。心想：将就几个小时吧，兴许，到了下个码头，会有人上岸，留出空位的。

细想起来，还不到一年的时间，黄鸿桦已是第四趟往返于这条水道了，自然，对这条繁忙热闹的水上交通要道也已了如指掌。这条泰伯江，西起仁和所在的太湖，向东到达泽州后，经由吴淞江直奔大海。据说，西周初年，泰伯、虞仲兄弟俩，为成全其父古公亶父传位于季历的愿望，断发文身而奔吴，最先落脚地为现仁和市的梅里乡，建三里之城、七里之郭，大兴农桑。为了满足灌溉农田的需求，并解决南方水乡的水患问题，他们发动民众开挖疏浚了一条近两百里长的河道。后人不忘其恩德，便将其命名为泰伯江。这条连接仁和、泽州两地的大江，除了其源头太湖，一路上分别勾连起了仁和境内的范蠡湖、鹅震荡与泽州的太公湖、丰泽湖等四个硕大的湖泊。黄鸿桦想，这简直是一条不折不扣的润泽大地、泽被苍生之江啊！

　　下午三点多钟时，轮船进入鹅震荡。穿过鹅震荡，到达西北面荡口码头的时候，已近四点了。黄鸿桦上了岸，看看日头已经偏西，但阳光依旧热烘烘地，他走了不到一刻钟路，后背心就已经汗涔涔了。

　　暮色苍茫时分，黄鸿桦终于回到了清水村。

　　一踏进家门，黄鸿桦发现弟弟鸿榆已经先于自己到家了，正坐在堂屋的八仙桌前，和父母、大哥鸿樟及嫂子周英他们说着话呢。读村小四年级的妹妹鸿佳，此刻正起劲地逗着一旁睡在摇篮里才满月的侄子，不时地发出一阵阵咯咯咯的笑声。

　　见自家的二儿子回家了，等待已久的母亲张腊梅赶紧跑进灶屋，端出早就烧好的饭菜，招呼全家吃晚饭。

　　晚饭后，嫂子周英带着侄子，回前面新起的楼房里休息去了。哥哥鸿樟陪着父亲，与刚回家的两个弟弟聚在堂屋里，一边嗑着瓜子一边有一搭没一搭地聊起了家常。母亲张腊梅照例去灶屋间洗洗刷刷忙碌了。妹妹鸿佳饭前才翻完小哥的包，此刻又翻起了二哥的，千方百计地想翻出点儿两位哥哥给她带回的礼物来。当她抠出了黄鸿桦给她买的一大包大白兔奶糖时，竟然高兴得哇的一声跳了起来，并迫不及待地剥出一颗塞到嘴里，还蹦跳叫嚷着奔到嫂子周英那儿，说是要给新出生的侄子分享。

黄鸿桦家是地地道道的农民家庭。他家所在的清水村位于皇坟乡的东北端，西接梅里乡，东靠方桥乡，村里的农田都跟这两个乡只隔着一条田岸，是个名副其实的鸡鸣三乡之地。当年江南始祖泰伯在梅里建城，死后下葬于梅里东面的鸿山上，后人为了纪念他，便将鸿山改名为皇坟山，皇坟乡因此而得名。后来，皇坟山一带的乡亲们，每年清明节前后，都会自发去皇坟祭拜。这一风俗代代相传，至今便形成了附近乡亲们清明节游皇坟山的习俗。慢慢地，皇坟山脚下也就自然形成了一个集市，每到清明节，都热闹非凡。而泰伯之弟虞仲，死后则被安葬于距梅里更远处的虞山上，也就是黄鸿桦读大学时所在的那个城市。当然，对于家乡的这段辉煌历史，黄鸿桦也是读了大学后才知道的，他为此倍感自豪。

但故乡与家庭，给黄鸿桦更多的却是贫穷与苦难的记忆。黄鸿桦父母都是老实巴交的农民，父亲黄全根初小毕业，母亲张腊梅是文盲，一生抚养了他们兄妹四人。清水村大集体种田那会儿，因为他们兄妹都还年幼，父母拼死拼活干了一年的农活，挣回的工分，到年终也不够拿回全家的口粮。这让黄鸿桦父母无论如何也想不通！

好在父亲黄全根还有一门竹器手艺，所以，一到隆冬的农闲时节，父亲总是夜以继日地做竹匾、竹筛、竹篮、簏席、笆斗之类的农家日用品，然后每天早上赶往附近几个乡镇，甚至仁和市的集市上去出售，以换回几个钱。虽说和村上其他乡亲一样，每到第二年春末夏初青黄不接之时，全家老小还得过上一段忍饥挨饿的日子，但这日子过得至少没比乡亲们矮上一截，父母亲也就释然了。

那时候，村上别人家的孩子一到十五六岁，父母们往往会让其辍学，到生产队挣工分去，无论男女。可黄鸿桦父母不这样想。黄鸿桦至今还清楚地记得，那时父亲黄全根总是对他们兄妹几个说：一定要好好学习，有了文化，人就有了盼头，也才会有出息。父亲还说，种田苦，读书也苦，而且更苦。但只要读书这点儿苦能吃了，长大后生活中其他的苦也就不怕了。他希望他们兄妹尤其是三兄弟个个都能长成参天大树，个个成材，为此还对着大门外场地上的树木，指树取名，给他们分别取名为鸿樟、鸿桦、鸿榆。至于最小的妹妹，也就按顺序取名为鸿佳，希望整个大家庭一切都和和美美。只可惜大哥鸿樟读书时正值动荡年月，错失了考大学的机会。

黄鸿桦小学毕业那年，国家取消了推荐上学的政策，恢复考试入学制度。一向读书用功、成绩优秀的鸿桦、鸿榆兄弟俩从此一路顺利地考取了初中、高中，眼看着考大学也大有希望。而此时，早已在家务农，帮助父亲养家糊口的大哥鸿樟，已经二十出头，按照当时乡下的规矩，应该娶媳妇成亲了。如果成亲，自然也就意味着要另立门户，过自己的小日子去了。

那个周末的晚上，父亲黄全根和母亲张腊梅特地把他们兄妹四个召集到堂屋的八仙桌前，召开家庭会议。父亲严肃地对大家说，经过他与母亲的再三考虑，决定暂时推迟大哥鸿樟说媳妇、结婚的事宜，以帮助父母一起挑起养家糊口的重担，让下面三个弟弟妹妹安心念书并考上大学。同时，他还告诉鸿桦、鸿榆、鸿佳三个，将来一旦考上大学，捧上公家饭碗，尤其是成家立业后，一定要懂得感恩，在生活上要谦让、照顾大哥，尤其是不得在分家产方面与大哥争高低、论多寡。另外，以后鸿桦工作后，除去生活费，工资归家里统一支配，以帮助弟弟鸿榆、妹妹鸿佳继续完成学业，直至他们都参加工作。

后来，一如父母所愿，黄鸿桦顺利考取了太湖师范学院中文系，成为黄家乃至清水村第一位大学生。这在当时的四乡八镇一时成了大新闻，成了乡亲们茶后饭余的谈资。那些与黄家熟悉的乡亲们纷纷前来祝贺，祝贺这个世代务农家庭的孩子有了出息，书包翻身，从此捧上公家饭碗，前途无量。一向在村里因为多子贫穷而抬不起头的父亲黄全根，更是顿觉扬眉吐气，从此遇见人也不再低眉顺眼了，走路时连腰杆也挺直了许多。那时，尽管家里仅够温饱，可父亲还是为自家的大学生儿子鸿桦风风光光地操办了一场喜宴，邀请老师、亲朋好友与乡邻们前来分享。

其实，以黄鸿桦的高考成绩，当时还有许多其他门类的大学可报考，但考虑到师范院校学生伙食费全免，每月只需十块来钱的零用钱，父亲便毅然要求黄鸿桦报考师范了。再说，黄鸿桦从小的理想也是当老师，这倒与父亲的意愿高度吻合。

说起来，黄鸿桦这一理想的萌生，主要是受了他初中班主任的影响。黄鸿桦初中的班主任兼语文老师名叫秦昌福，泽州市人，二十世纪六十年代初毕业于泽州大学，后来到仁和县皇坟乡中学当了一名乡村教师。黄鸿桦所读的初中并不在皇坟乡镇上，而是位于皇坟山脚下集市旁的一座废弃的尼姑庵里，是一所隶属于皇坟乡中学的片中，名叫水月初中，因为这座废弃的尼姑庵名为水月庵。那时候，秦昌福老师是镇上中学派下来的片中负责人。这所僻处乡野的学校，除了秦老师这个公办老师，其余的全是散居于附近村巷的民办或代课老师。除了大白天上课，一到傍晚或星期日，整个校园冷清得连鬼都捉得出。

学校背靠着皇坟山。大门朝东，门前是一片宽敞规整的长方形场地，原为庵场，现在辟为学校操场。因为年深日久，原先铺地的金山石条如今都已支离破碎，石缝里还长出了一蓬蓬青青野草。但场地中央一左一右的两棵银杏树却依然苍翠挺拔，一到夏秋两季，华盖蓊郁，树上树下，成了禽鸟与孩子们的乐园。场地的两头，竖着两个篮球架。场地之外，悠悠流淌着一条小溪，无声无息的，就像这平静流逝的日子。进得校门，在南北两边庵堂的废墟上，新建了两排瓦房，分别用作初一初二年级的教室。中间还建了座简陋的小花园，不过里面种着的可不是什么花草，而是学生们勤工俭学的蔬菜与庄稼，倒也一年四季都郁郁葱葱。

再往里是一座院落，高耸的山墙围着里面一栋三开间门面的小楼。楼上是老师们的宿舍，但除了秦老师，似乎没有什么老师住。楼下为办公室，里面除了五六张老师们的办公桌，更多的堆放着杂七杂八的橱柜、书簿、篮球之类的东西。小楼前面是个小天井，中央凿一口井，井水清冽幽深，井栏圈被岁月勒出了道道印痕。井边四周铺设成青砖鲫鱼背地面，苍苔斑驳。井口上面覆盖着一棚葡萄架，盛夏的时候，一串串葡萄垂挂下来，在风中摇曳，常常馋得孩子们直流口水。

秦老师是学校里唯一住校的老师。那时的他四十五六岁，一米六五的个头，走起路来一摇一摇的，对人总是笑眯眯的，很有亲近感。学生们都很喜欢他，尤其是黄鸿桦这些他班上的孩子，更是和他熟得跟亲人似的。记忆中，他星期日从不回家，即使是漫长的寒暑假也不回，似乎终年都住在学校。后来，才看见一个年岁与他相仿的女人偶尔会在周末来到学校，一打听，是他的妻子，在镇上的中心小学当老师。但作为学生，黄鸿桦他们都不知道她姓什么。再后来，又看见秦老师的妻子带来了一个小姑娘，想来应该是他们的女儿了。有人说那不是他们亲生的，而是领来的。究竟是真是假，学生们也不便多打听。

秦老师教书极负责极认真，所教成绩在学校的三个并行班中总是第一，即使放到镇上中学比，也是名列前茅的。那时国家已经恢复高考、中考制度，教育部门甚至全社会也慢慢地开始以分数来衡量老师教书的优劣、学生学习的好坏。秦老师本来就受学生喜欢，家长欢迎，加之教书能出成绩，大家都对他更加敬佩了。他除了教课本知识，还常常鼓励学生阅读课外读物，并定期让学生到学校图书馆借阅书籍，这极大地拓展了黄鸿桦这帮乡下孩子们的视野。在班上，黄鸿桦的学习成绩好，语文尤其好。每周的作文，常常会被秦老师在班上当作范文来宣读，有时还会被贴在班级后墙的黑板报上来展示。受这份荣誉的激励，黄鸿桦学习更加努力了，到中考的时候，居然以班级总分第一的好成绩考取了皇坟乡镇上的高中。

　　黄鸿桦至今都记得，那年快初中毕业的时候，学校要在每个毕业班发展两名团员，黄鸿桦就是其中之一。可当时还是贫下中农管理学校，发展对象的表格必须经过生产大队审批同意盖章后才能生效。黄鸿桦父亲因为经常干竹器活，走所谓的资本主义道路，多次受到大队部的批评教育，但仍屡教不改，父罪及子，大队对此不予通过。这消息对黄鸿桦不啻闷头一棍，把他打得好几天都神志不清。

　　不料秦老师得知后，便以学校负责人的名义，亲自赶往大队部做工作，最终说服他们在表格上盖了章。放学后，还特地把他留下来，安慰一番过后，又鼓励他道：生活中遇到困难在所难免，但万不可灰心丧气，而应该积极设法去克服战胜它！

　　两年的初中学习生活，与秦老师相处的点点滴滴，让黄鸿桦在潜移默化中喜欢上了秦老师，也喜欢上了老师这份职业。从此，当老师，当一个像秦老师那样的好老师的愿望，像一颗种子，在黄鸿桦心田生根、发芽了。

　　现如今，黄鸿桦终于如愿以偿地当上老师了，每每想起秦老师，他的心头总是暖暖的，充满感激之情。

　　第二天，黄全根家为黄家的第三代热热闹闹地大操大办了一场满月宴。傍晚，送走了亲友们，他们一家子便围坐在一起吃晚饭。父亲黄全根今天似乎特别高兴，因为中午满月喜宴时要招待客人忙事情，他自己没喝酒，也没让儿女们喝酒。现在终于轻松下来了，仿佛是为了补偿大家似的，他拿起酒瓶，对大家说：

"来,今天高兴,我们大家都一起喝点儿酒!"

说着,便亲自给张腊梅、三个儿子和自己的酒杯里一一满上酒,并带头端起酒杯,一饮而尽。

鸿樟、鸿桦、鸿榆三兄弟见父亲难得如此高兴,也纷纷举起酒杯,相互热热闹闹地碰起杯,一边说笑一边喝酒。

两杯白酒下肚,父亲黝黑的脸膛泛出红晕,对面前的三个儿子说:"因为你们争气,让我们黄家翻了身。如今,鸿桦当了老师,鸿榆也将成为未来的老师。我真的替你们高兴哪!"

黄鸿榆就在哥哥黄鸿桦升大三那年,也考上了东江师范学院,成为黄家第二位大学生。一门连出两个大学生,别说是清水村,即便在整个皇坟乡也找不出第二家!

"但是,希望你们记住,这也是改革开放政策好呀!"父亲的话匣子一打开,似乎就收不拢了,"如果不恢复高考,你们读书再聪明也没用,只能像鸿樟一样在家种田。所以呀,我们要感谢国家的好政策!"

说罢,父亲又是一口酒下肚,脸就更红了。在黄鸿桦的印象中,父亲平时滴酒不沾,他喝酒,要么特别高兴,要么特别悲伤。记得自己读五年级的那个冬天,父亲因为做竹器活深夜被大队民兵抓住,大队干部为了杀一儆百,第二天傍晚召开广播大会,让父亲当着全大队父老乡亲的面做检查。检查回来,父亲把自己关在家里,喝了一夜的闷酒。

"死老头子,高兴成这样!"母亲张腊梅安排好鸿佳睡下,走到堂屋,"少喝点儿。"说着要夺父亲的酒杯。

"哎呀,没事!我难得跟儿子们说点儿话,你烦什么呀!"

父亲又呷了口酒,对儿子们说:"来来来,你们也喝酒吃菜!"

黄鸿桦知道,父亲今天有点儿喝高了。但看他正在兴头上,也不好劝他,只得任由他。

"鸿榉啊!"父亲看着黄鸿榉,连眼睛都有点儿红了,"你呢,离家虽然远了点儿,但要知足,要好好珍惜这份工作。要像秦老师一样,认真教书,对学生负责,不能耽误了孩子的前程。泽州那边虽然条件不如我们仁和,但一个老师,每月领着国家给的工资,总归比你大哥鸿樟在家种地强啊!"

黄鸿榉默默听着,一声不吭。但他感觉父亲的话实在,句句在理。其实,在他和弟弟鸿榆心里,父亲虽然是个没文化的农民,但有见识,且目光长远。试想,像他们这样的农家子弟,如果不是父亲顶着巨大的生活压力,全力支持他们兄弟俩读书,他们定然与村上别人家的同龄人一样,如今只能在家种着地,永远也不可能成为文化人。

"还有呢,鸿榉呀,你今年也已经二十一岁了,按照我们乡下的规矩,也该找对象了。村上的阿三,跟你同龄的,前阵子已经定亲了。"

父亲突然话锋一转,扯到这事上来了。看来,他并没醉,只是话多而已。黄鸿榉想。

"我……我还早吧?"黄鸿榉不假思索地答道,"过两年再考虑吧。"

"不早了!"父亲坚定地说,"你可别学你大哥,他那是因为要帮我供你们读书,婚事才拖后的。再说,现在田地都包干到户了,种出来的粮食除了上缴的公粮,留足自家吃的,我们可以拿去卖钱了,所以不愁吃穿了。还有,空闲的时候,我和你们大哥还能继续做竹器生意,赚点儿外快,我们家不再穷了!"

"可是,我不想在泽州那边找对象。我还是想回到仁和来。"

黄鸿榉向父亲亮明了自己的真实想法。

父亲放下手中的酒杯、筷子,沉默了片刻,一时似乎也找不到说服儿子的理由。作为父亲,他的确想让儿子鸿榉回到家乡,回到自己身边,让他和老伴享受儿孙绕膝的天伦之乐。但儿子既然吃了公家的饭,就得服从国家安排啊!哪能由着自己的性子想到哪儿就到哪儿呀?再说,鸿桦老是这样不安分,总想着回家,肯定会影响工作啊!

"鸿桦呀,你可得安心工作啊!"这会儿,父亲索性推开面前的酒杯,不再喝了,两眼盯着儿子,表情也严肃起来了,"其实呢,只要你找个也是端公家饭碗的对象,在哪儿成家都一样。"

黄鸿桦知道自己现在跟父亲说什么也是多余,干脆不再吱声。

第二天一早,为了赶上那趟往返于仁和与泽州之间的班轮,黄鸿桦便带着母亲为他准备的一大包昨天宴席剩余的红烧蹄髈、糕团点心之类的食物,告别家人,踏上了返回泽州市三吴县泾渭中学的路途。

清晨的田野格外地赏心悦目。举目四望,整个原野一派葱茏。麦子抽穗了,油菜结籽了;那些春天里绚烂一片的紫云英田,现在已经长出了一畦畦嫩绿的秧苗;就连路边的田坎上,踢脚绊倒的也全是颗粒饱满的青蚕豆。

江南的春天已不再烂漫,它正慢慢地成熟着。

第三章

因为班轮途中故障,黄鸿桦上午从荡口码头上船,直到下午五点半才在泾渭镇码头上岸,赶到学校时,天都快黑了。

回到宿舍,看见林子丹已经在了。

"这么早就返校啦,林老师。你今天没在家吃晚饭呀?"在黄鸿桦印象中,以往周末回家后返校,他的舍友总是吃过了晚饭的。

"现在开始学校提供早饭、晚饭了呀!"林子丹给他解释道,"节前你回家得早,这消息是上周五下午总务处才来通知的。"说完,他们俩便一起去食堂用晚餐了。

吃饭时,林子丹还告知黄鸿榫,说是从本周开始,学校食堂还会定时给住校老师供应洗浴水,并给每个宿舍提供了一套浴盆、浴罩。自从上学期给吴双人教导提了青年教师的三大困难后,学校寒假便修葺了教师宿舍屋顶,解决了漏雨问题;现在又把另外两大困难给解决了。看来学校还是挺关心大家的,也说明吴教导是个真心实意为大家办实事的人,更说明他在学校很有分量啊!黄鸿榫心想。

第二天下午第一节课结束,黄鸿榫去门卫取一封信件,却撞见几个自己的小年轻同事正提着包裹进校门。难怪昨晚晚饭没几个人!莫非上周五回家前他们都把周一的课务调换到下午了?黄鸿榫想。

回到办公室,同事转告黄鸿榫,说是吴教导让他去趟教导处。黄鸿榫也顾不上喝口茶,便急忙赶了去。

"吴教导,您找我呀?"黄鸿榫径直走到吴双人办公桌前,看见他正在看一张印有"三吴县文教局教研室"几个大红字抬头的通知。

吴双人抬起头,笑容可掬地招呼黄鸿榫道:"哦,是的。小黄老师,坐下说。"

黄鸿榫在吴双人对面坐定。对方便将那张通知递了过来:"这是上午才到的文教局教研室的通知,要求各校选派一名优秀青年语文教师于本周三、周四两天前往县文教招待所参加业务培训。学校决定派你去。"

黄鸿榫明白,这是吴教导给他的机会,也是学校对他的信任。

"好的,谢谢吴教导!"他看着吴教导,感激地说。

吴双人点点头，依然笑眯眯地说："你回去仔细看下通知内容，按要求准时前往。这两天你的课务呢，教导处会安排人代课的。"说罢，站起身，把黄鸿桦送到门口，还习惯性地重重拍了下他的肩膀。

黄鸿桦回到办公室，在办公桌前坐定，发现桌面上多了一份以学校工会与团委的名义联合印发的通知，内容是关于泾渭中学青年教师与泾渭镇商业系统和卫生院青年职工于本周末开展联谊活动的安排。黄鸿桦也无心细看，只是大致浏览了下，便搁在一边，拿过一叠作业本批阅起来。

每周一下午第三节课过后，是学校教职员工的例会时间。黄鸿桦生怕迟到，便早早地赶到会议室，拣个不前不后的中间位置坐着。不一会儿，徐增祥校长便坐在了主席台上。他总是很守时的，这也许跟他曾经的军旅生涯有关吧，黄鸿桦想。后来，所有的中老年教职员工都到场了，唯独五六个小年轻还没有来。徐校长的脸上明显掠过一层又一层的阴影，到最后，整张脸如同阴沉的天空，铁青铁青的。抬腕看过两次手表以后，他便宣布会议开始。

"今天的会议主要有两个议程：首先由我代表党支部、校长室，就近阶段学校工作做总结。然后，分别由教导处、政教处、总务处就有关下阶段工作进行布置。"

徐校长威严地扫视了一遍会场，那目光，仿佛要洞穿每个老师的心扉。可当他扫视到那几个空位时，目光中似乎又立马喷发出一股股的火焰了。

"从上周结束的期中考试成绩分析来看，每个年级各班的语、数、英、物、化等各科的及格率、优秀率与平均分参差不齐。"徐校长斜睨了几眼那几个陆续走进会场的小年轻，似乎是故意很响亮地咳嗽了一声，"我想，这除了和各科老师的教学水平、经验等因素有关，还有就是教学态度问题了！"

会场里鸦雀无声，大家都在等待着徐校长的下文。按照以往的经验，他都会以"教学态度"为切入口，给老师们唱上一遍关于认真备课、认真上课、认真批改作业之类的"老三篇"。

"从开学到现在已经两个多月了，可据我观察，我们有些老师，特别是一些年轻老师，纪律松弛，想早退就早退，想迟到就迟到，还私自调课，对教育教学工作一点儿都没有责任感与敬畏感！"

此话一出，大家就都明白今天徐校长的这番总结的要义与用意所在了。有些老师便不由地歪过头悄悄看了一眼那几个上周私自调课、今天上午又迟到的小年轻。而那些个私下里跟他们调课的老师呢，却反而故作镇静，一动不动地坐着。最尴尬的就是那几个自由散漫的小年轻了。此刻，有的脸上白一阵红一阵的，有的羞愧地低下了头。毕竟，大庭广众之下被领导批评，不是什么光彩的事。

黄鸿桦此时十分庆幸自己上周早退是跟教导处请过假的。不过，他觉得那几个同伴如此操作，就把自己与他人的后路都给堵死了。试想，如果学校来个从此一律不准迟到早退的规定，那以后有老师，譬如自己这样家在很远的外地人，倘若确有困难需要照顾时，不就难办了吗？

看来自己的这些同伴们至今还沉浸在大学生的角色里，依然飘浮在天之骄子的幻觉中，而不清楚自己在现实生活中的位置啊！黄鸿桦心想。同时，他也更加感激吴双人教导上次开会事件后对自己的点拨。毕竟自己现在是老师了，的确应该以老师的标准严格要求自己啊！

"今天会议后，请教导处尽快查明上周五未经学校同意无故私自调课，与今天上午迟到的相关老师的情况，并报校长室。学校将视情节轻重，给以扣除本月奖金的处分。"

最后，徐校长扔下了这一重磅炸弹，结束了讲话。

看来，自己以后得适当拉开点儿与这些同伴的距离了。黄鸿桦的脑际忽然飘起一缕这样的念头。

周三，黄鸿桦起了个大早，因为他想去镇上汽车站赶头班车前往县文教招待所报到。他从泾渭镇坐了一个半小时的农村公共汽车，到位于泽州市北门的长途汽车站下车；然后再转3路市内公交车，终于抵达了地处城市西南部的三吴县文教局。等到黄鸿桦踏进文教局大门的时候，已是上午九点半钟了。向门卫一打听，才知文教招待所在马路斜对面的一条弄堂里。想着自己已经迟到半个小时了，黄鸿桦便三步并作两步，急匆匆地穿过马路绿化隔离带，赶了过去。

三楼会议室的门口，一张临时摆放的荸荠色条形桌前，坐着两位漂亮的姑娘，正在为黄鸿桦前面的一位年轻教师办理报到手续。看来迟到的人不止自己一个，黄鸿桦自我安慰着。他走到门口向会场张望了下，发现主席台上已经坐着一位三十多岁的女人低头看着桌上的一份资料。她大概就是教研员吧？黄鸿桦心想。因为他早就听自己师傅姚德群说过，他们的语文教研员是一位女老师。下面已经坐满了人，男男女女，都是风华正茂的年龄。

听到门口那两个姑娘招呼自己，他便登记签名，领取培训材料与招待所房间的钥匙以及饭票之类的东西。然后绕到后面，蹑手蹑脚地进了会场，拣个空位坐下。

黄鸿桦刚坐定，便听到主席台上传来了那位女老师的声音："各位老师，现在我们开始开会了！"

那声音清脆，具穿透力，又不失甜美，很是悦耳。但听着，怎么夹杂着点儿自己家乡仁和的口音？黄鸿桦有点儿惊讶。

"首先，我代表我们三吴县教研室领导，热烈欢迎大家的到来！"

台下报以热烈的掌声。黄鸿桦从她那笑意盈盈的脸上，真切感受到她那发自内心的热忱与真诚。

"我自我介绍一下。"她很亲切地看着会场上四十多位青年教师,"我叫施雅韵,目前担任教研室中学语文教研员,和大家一样,是我们三吴县中学语文教学大家庭中的一员。"

然后,施老师照例把此次青年语文骨干教师培训的目的、意义、内容等一一作了说明,并提出了学习培训期间的具体注意事项以及培训结束后每位学员所需完成的任务。

施老师开场白结束,她便请出了东江省教育厅教科院语文教研室主任为大家做《关于改革开放新形势下中学语文教学的任务》的主题报告。报告具体分析了当下语文教学的诸多弊端;并高屋建瓴,给黄鸿桦这些青年教师们普及了许多中学语文教学的新思想、新理念。说实话,有许多内容都是黄鸿桦之前闻所未闻的。这让他深感自惭:真所谓"学然后知不足",原来,教书还有那么多学问哪!看来自己从教大半年以来,对教书的认知一直处于混沌状态啊!

下午是泽州大学中文系洪大江教授对他们进行教材教法培训。据说这是位专门研究中学语文教材教法的资深人士,经常深入东江省内各基层中学听课、调研,并担任许多著名中学的特聘专家,培养了一大批知名中学语文教师,在泽州市乃至整个东江省都有很高的声望。这样级别的专家前来授课,足见县教研室对此次培训的重视。洪教授的讲课深入浅出,他列举了大量中学老师的优秀课例与许多学生的典型学案,进行详细剖析解读,让在场的青年教师们感到特别真实亲切。从下午一点半到四点半,足足三小时,洪教授讲得滔滔不绝,大家听得津津有味,丝毫没有冗长疲乏之感。

中午是简单的工作餐。到了晚上,仿佛是为了犒劳大家,饭菜丰盛而精致,还摆上了饮料酒水。施老师还陪同教研室主任前来给大家敬酒。让黄鸿桦受宠若惊的是,席间,施老师还跟他攀谈了起来:"小黄老师,你可是此次培训老师中唯一一位工作未满一年的老师啊！"

"谢谢施老师的栽培！"黄鸿桦自己也很惊讶怎么反应如此灵敏。

"嗯，说明小黄老师很优秀。"施老师对他颔首致意，目光中满溢着鼓励，"希望你快速成长，尽早成为我们三吴县的骨干教师哦！"

黄鸿桦微微举了举手中的酒杯，诚恳地说道："施老师，我会好好努力的，决不辜负您的期望！"

"嗯，好！"施老师满意地点点头，"你们吴教导与姚老师可是很看好你的啊！"

黄鸿桦绯红着脸，直直地站着，一时不知说什么是好。

施老师轻轻给他碰了下杯，低声说："我也很看好你。"说罢，转身向别的饭桌去了。

第二天上午，先由三吴县文教局一位分管基础教育工作的副局长做了大约一个小时的报告，主题是《做一位爱岗敬业、又红又专的新时代优秀青年教师》，对照教育方针，立足于新时期教育战线拨乱反正的宏观形势，就师德规范与建设提具体要求，谈践行途径。这个问题虽然校领导在大会小会上经常提，但总觉得零散，没有现在那么系统而完整地呈现。然后就由施老师对此次培训做总结，并对所有参加培训的青年教师布置具体任务。在所有任务中，黄鸿桦觉得压力最大的就是施老师说将在接下来的一年时间里，对在座的每一位青年教师进行考核，内容包括：提交一份教案、开设一堂公开课、命题一份试卷。

下午离开文教招待所时，黄鸿桦特地去跟施老师道别。临别时，他问道："施老师，您老家是仁和的吧？"

施老师先是一愣，然后便点头说："是的，仁和县梅里乡。"

"那我们是老乡呀！"黄鸿桦喜出望外，"我是皇坟乡的，就在您隔壁。"

"真的呀！"施老师显然也很惊喜。

这又拉近了黄鸿桦与施老师的关系。从此，施老师对自己的这位小老乡关爱有加。

当天下午回到学校已过放学时间。

第二天中午午餐时，黄鸿桦特意与师傅姚老师同桌就餐，边吃边把培训的事宜以及其间自己与教研员施老师交谈的情形，给师傅汇报了一通。

"小黄，下午你抽个空，把培训情况给吴教导去汇报一下吧。"师傅给他提点道。

黄鸿桦立刻明白，这是师傅在教他尊重领导，尤其是像吴双人那样培养自己的领导。哎，看来自己真是啥都不懂，要不是师傅提醒，自己是绝对想不到这点的，到时会让吴教导怎么看自己呀？

"知道了，师傅。"黄鸿桦感激地说。

中午，他看见吴双人教导刚好在办公室，便赶紧前去汇报了一通。

又是一个周末，也许是周一教师会议的效应吧，下午的时候，黄鸿桦发现自己的那些同伴们居然全都齐刷刷地在各个办公室坐着，或备课或批作业的，没有一个提前离校。等到晚饭的时候，也全都出现在食堂。

回到宿舍一问林子丹，黄鸿桦方才记起本周末他们要与镇商业系统和卫生院青年职工进行联谊活动的事。

"明天的活动你去吗？"林子丹问。

"既然是学校组织的，那就去呗。"黄鸿桦毫不犹豫地答道。

"可我真心不想去。"林子丹直接亮明了自己的想法，"想要把咱们留下来，何必用这种方法呢？哦，让咱们去跟镇上的那些大姑娘配对，从此就能拴住大家啦？想得美！"

"看来你是有对象了吧？"黄鸿桦半开玩笑地试探道，"所以即便明天有仙女下凡也不会让你动心喽。"

"你呀，当心中了仙女的魔法，从此被终身'囚禁'于此！"林子丹笑嘻嘻地回敬道。

联谊活动是在镇政府小礼堂举行的。泾渭中学十一位青年教师悉数到场，带队的除了工会主席，就是吴双人教导。而来自泾渭镇信用社、邮电所、供销合作社、镇卫生院的青年人也有十五六位，且绝大部分都是女性。看来，各单位领导们都是用心良苦啊！黄鸿桦不禁暗想。

活动内容其实也很单调。小礼堂里有一架放映机，平时大概是给镇里播放影片的。现在给大家播放的是电影《青春之歌》。看完电影，大家被安排到对面的小体育馆进行乒乓球比赛，参赛者均有纪念奖，优胜者奖品加倍。但大家都明白，这比赛只是个由头，重要的是让这些来自各单位的青年男女们彼此认识；最好是萌发感情，成为恋人并最终走进婚姻殿堂。这一点，泾渭中学的领导们恐怕尤其期盼。乒乓球赛的主要规则：参赛选手必须是来自不同单位一男一女，或二男二女；每一组比赛结束，双方必须握手，也可以拥抱。总之，一切都为这些青年男女提供接触机会而设置。

黄鸿桦与来自邮电所的一位姑娘比赛。对方球技极佳，三局下来，黄鸿桦居然以两负一胜败北。黄鸿桦之前一直自诩别的运动项目也许逊色，但乒乓球是绝对可以的。因为从小生活在农村，从小学到中学，受校园设施限制，黄鸿桦的记忆中，儿时唯一的运动项目便是打乒乓球，日积月累，水平自然不差。可今天碰到这么个厉害的对手，不禁暗自佩服对方技高一筹，并甘拜下风了。但除此之外，似乎并未如领导所愿，让他对对方产生哪怕一丝一毫的其他什么感觉。

引起黄鸿桦注意的倒是那位默默坐在一旁观战的姑娘。黄鸿桦感觉自己比赛一开始，那姑娘便就在那儿了。她穿一件白底粉色碎花衬衫，外面套着件枣红色马甲，黑色紧身长裤，配一双白色运动鞋。瓜子脸红扑扑的，鼻梁很挺，嘴唇泛着淡粉色的健康光泽。双眼如同两颗黑葡萄，水灵灵的，随着长睫毛忽闪忽闪地眨着。一头浓密的黑发懒散地挽于脑后。看个头，约莫一米六光景。她的目光先是随乒乓球而来回晃动，继而便停留在了黄鸿桦与其对手的身上。每当黄鸿桦输球时，她总会瞟他几眼，脸上也随之露出紧张焦虑的神情。有时球滚到她脚边，她会弯腰帮他们捡起，丢到黄鸿桦跟前。等到比赛结束，她也随之起身离开，仿佛是专为观看黄鸿桦的比赛而来似的。

乒乓赛结束，午餐过后，便是自由活动时间。黄鸿桦与林子丹都第一次来镇政府，便将其前前后后里里外外兜个遍。一边兜一边感叹其建筑之气派，设施之高档。要是泾渭中学的办公条件，能比得上镇政府，自己也就心满意足了！黄鸿桦不禁暗自感叹道。

下午，他们这些参加活动的三十来位青年男女们，又被安排在一间会议室喝茶聊天，等待稍后的颁奖。黄鸿桦与林子丹一路上有说有笑，先行进入会议室。

"知道吗？据说今天的活动安排都是吴教导一手操办的。"林子丹悄悄告诉黄鸿桦。

"真的呀？"黄鸿桦很是惊讶，"不是工会负责的吗？"

"工会只是负责组织我们这些人，哪有那么大能耐把这活动安排到镇政府举行呀？"林子丹压低了声音。

"看来吴教导路子很广啊！"吴双人的形象在黄鸿桦心里顿时又高大了一截。

"他的表哥是刚上任的镇党委书记。"林子丹凑到黄鸿桦耳根说道。

他们两个见已有很多人都陆续进场了，也便停止了交谈。此时，黄鸿桦突然发现刚才那位"观战"的姑娘不知什么时候居然坐在了自己的斜对面。

她静静地坐着,嘴角牵出一丝含而不露的微笑;眼睛依然扑闪扑闪的,朝自己这边顾盼着,但也说不出到底在看谁。而黄鸿桦此时也不好意思多看她,目光平视着对面,偶尔偷偷地用眼睛的余光瞄她几下。但在黄鸿桦的心里,眼前的她就像一株茉莉花,端庄,淡雅,散发着阵阵幽香。他甚至想象,此刻她也在悄悄地关注自己,在观察他的每一个动作表情,在揣测着有关自己的一切,只是她和自己一样,不好意思表露罢了。

这样想着,黄鸿桦的心里顿觉甜滋滋的。他真希望这样静美温馨的时光能无限延长,永不结束!

活动结束已近下午三点半钟。在乡政府大门口相互道别时,黄鸿桦见她对自己嫣然一笑,挥挥手,随即转身离开。黄鸿桦默默注视着她在人群中渐渐远去的身影,心头不禁掠起一丝淡淡的惆怅,如同远处田野里飘起的一阵烟岚。

晚上躺在床上,回想起当天活动的一幕幕场景,她的形象不禁又清晰地浮现在了眼前。好久好久,黄鸿桦的思绪才被对面林子丹的呼噜声给打断。

嗨,也许这都是自作多情罢了,人家压根儿都没有半点儿意思呢!黄鸿桦摇摇头,把刚才的那些胡思乱想甩个一干二净,翻个身,也睡去了。

第四章

"五一"节假期结束返校后,黄鸿榆一直有点儿心神不宁。因为同学们不知从哪儿得来的消息,说是他们这一届学生和之前的毕业生一样,到时候都要全省统一分配的。

这让黄鸿榆不禁想起，他和全家当时欢天喜地拿到录取通知书时，通知书上的确赫然写着"若服从全省统一分配者，请于某年某月某日前往本校报到"的字样。不过，因为当时都沉浸在喜悦之中，谁也没有太在意。现在同学们都在议论此事了，他才真切地感受到其中的隐忧了。

东江省位于长江下游，濒临大海，分为江南、江北两大区域。从古到今，江南地区相对富庶发达，而江北地区则要落后很多。所谓全省统一分配，大概率是将江南地区的学生分配到江北去任教。据黄鸿榆了解，他所在的本届数学系共五个班，两百多号人，来自江南地区的就有一百五十多人。也就是说，两年以后，江南地区将有五十多人被"统一"到江北去。而黄鸿榆所在的仁和县，又属于江南地区教育发达县份，本届数学系人数之多，在各县市中首屈一指，所以到时被"统一"去江北的可能性是极大的。

再说，二哥鸿桦就是他的前车之鉴。黄鸿桦前几年考取的太湖师范学院隶属于太湖行政专区。太湖行政专区下辖仁和县、仁和市、泽州市、三吴县等八县二市，涵盖东江省的三分之一地域。太湖师范学院的学生无一例外均来自这些地方。同样是因为仁和县教育水平远高于其他县市的缘故，前些年包括黄鸿桦在内的一批仁和县的师范毕业生，先后被统一调配到了专区的其他县去任教了。后来，被分配到三吴县的二哥鸿桦，每次节假日回家，都会对自己的背井离乡耿耿于怀，唉声叹气。究其原因，无非是因为作为农家子弟的二哥鸿桦，没关系没门路，而且当初压根儿也没有想到要去托关系、找门路。

如今，黄鸿榆觉得自己再也不能像当年二哥那样稀里糊涂地吃亏了。试想，如果自己两年后也被统一分配到江北去，那离家可比鸿桦还要远得多，在那边的生活条件也肯定要艰苦得多！一定要想办法找找门路，千万不能被动！他暗暗下定了决心。

一个偶然的机会,黄鸿榆听同学议论,正在给他们班上实变函数与泛函分析课程的系主任项怀仁是仁和县人。他心里一喜,决定尝试着跟项老师套套近乎,搞搞关系。因为他知道,所谓统一分配,其实决定权全在学院,尤其是系里。而系主任当然是他们分配命运的主宰者。

实变函数与泛函分析对他们数学系学生来说,是最难的一门课程。班上许多同学都说太深奥,听不懂,学得云里雾里的。黄鸿榆在高中阶段学得最好的科目就是数学,高考时数学几乎满分,他也因此而十分自得。但即便如此,如今他对这门课程也感到有点儿力不从心。

那天下午,项怀仁老师给他们班上完一节课,信步踱出教室,正站在走廊里抽烟歇息。

"项老师!"

项怀仁回头一看,发现是一位清秀的男生。他扔掉烟蒂,朝他点点头。

"你是⋯⋯"

"我叫黄鸿榆。"黄鸿榆估计老师对自己没有印象,赶紧自我介绍。

"哦,你好!"项老师冲他笑笑,等待着下文。

"我是仁和来的。"黄鸿榆看着项怀仁老师的脸,自报家门,想要求证同学们对于他籍贯的传闻。

项老师的脸上漾出一圈淡淡的涟漪,打量了一番黄鸿榆,亲切地问:"哪个乡的呀?"

"皇坟乡的。"

"嗯,蛮好。"

黄鸿榆终于得到了想要的答案,窃喜。随即又转移了话题:"项老师,您的这门课的确有点儿难。"

"讲课听得懂吧?"

"深入浅出，很形象生动。"黄鸿榆说出了自己的真实感受，"但听过之后，回头去复习，还是有点儿似懂非懂的。"

"这样已经很不错了。"也许是出于鼓励吧，项老师对黄鸿榆微笑着说，"这是你们本科阶段最具挑战性的课程，能及格就是胜利。"

"谢谢项老师！"黄鸿榆一时觉得也无话可说了，就赶紧想撤，"那我回教室去了？"

项怀仁老师对他点点头。不一会儿，自己也走进教室继续上课。

其实，黄鸿榆当初并不想报考师范院校。高中时，他的数、理、化成绩堪称优异，如果不是英语拖了后腿，考个重点大学应该不在话下，甚至清华北大也不是没有可能。作为一名乡村学子，和其他同学一样，从初中到高中，因为农村中学师资力量薄弱，英语学科是他们天生的弱项，即便自己努力有加，高考时也只是勉强得了个及格成绩。这就是先天不足，任你如何努力也无法弥补！后来，黄鸿榆时常慨叹。

黄鸿榆心仪的大学是医学院。说起来，这与他儿童与少年时期的经历有关。那时候，农村医疗条件极差，甚至差得几近没有。打从他记事起，就看见自家阿爹（爷爷）是整天整月整年地咳嗽。尤其是冬天，更是咳得直不起腰、走不动路，很多时候只能躺在床上。可以说，他们的童年与少年时期，是在阿爹的咳嗽声中度过的。尽管父亲经常去镇上药铺抓药，阿婆（奶奶）也时常用紫砂罐给他煎药，可阿爹的病还是慢慢地加重，人也日渐地消瘦。终于，在黄鸿榆十一岁那年的深秋，阿爹躺到床上后再也没有起来。后来黄鸿榆才知道，阿爹一开始犯的是急性支气管炎，如果及时去城市大医院看医生，是完全可以治愈的。只是当时农村没那医疗条件，一直拖着，便拖成了慢性病；再加上长年累月地咳嗽，把肺都咳坏了。这事给黄鸿榆幼小的心灵留下了极其浓重的阴影。从此，他发誓长大了要当一名医生，去救治像阿爹一样的病人！

而更让黄鸿榆有切肤之痛的是，十二岁那年的初夏，他突然连续发高烧好几天不退，父母一开始还以为他只是普通的发寒热（感冒），后来，经村上一位赤脚医生反复诊断，认为得的是脑膜炎。于是，父母亲便赶紧把他送到乡卫生院治疗，才捡回了一条小命。否则，即使保住了性命，也会落下一个终身的后遗症：癫痫。这样的例子，在他的同龄人中并不罕见，几乎每个村上都有一两个。于是，年少的黄鸿榆便更加坚定了长大后要当医生的决心。

那年高考一结束，黄鸿榆拿回家的志愿表草表上，从第一志愿到最后一个志愿，无一例外地全是医科大学、医学院、医专。可父亲一看，立马反对。

"鸿榆，这志愿可不能由着性子来填啊！"

"我只想读医科！"黄鸿榆脱口而出，态度十分坚定。

"读医科学费全要自家出，而且要读五年。"父亲提醒道，"而如果和你二哥一样读师范，学费国家出，也只要读四年，可以早一年工作。"

"我不管，反正我喜欢医科。"黄鸿榆全然听不进父亲的劝告。

"你这孩子怎么这样倔呀！"父亲有点儿恼怒了，"你有没有想过，这一进一出，家里负担要相差多少啊？"

黄鸿榆沉着头，不出声了。一会儿委屈地流下了眼泪。

父亲看着儿子，也有点儿心痛。他也怪自己太穷，没能让儿子随心如愿，去读自己想读的大学。说真的，他一方面很庆幸几个儿女能赶上好时代，而且很懂事很争气很有出息；另一方面又深感自己无能，以致妨碍了子女的前程。但此刻，他必须要说服儿子面对现实。

"再说，你大哥鸿樟为了你和鸿榉、鸿佳三个，一直帮着我和你姆妈起早摸黑地干活，把婚事都耽搁了。现在终于要结婚了，但家里还得准备一大笔钱呀！"

第二天，黄鸿榆还是听从了父亲的建议，填报了师范院校。

就这样，他顺理成章地被东江师范学院录取了，成为黄家第二位大学生，师范生，未来的人民教师。

如今，时过境迁，黄鸿榆也认命了。师范就师范吧，好歹自己与二哥一样，终于也跳出农门，此生不会再像父母那样，一辈子被束缚在土地上了。但要他毕业后背井离乡去往更加贫穷的江北，那是绝对接受不了的。父母在，不远游。他们兄妹四个，大哥鸿樟成家立业了，有了自己的孩子要抚养；二哥鸿榉已经去了他乡，将来能否调回来还是个未知数；妹妹还在读小学。如果自己也去了江北，那到时父母万一有个头痛脑热的需要他们照顾时，找谁去呀？所以，即便为了这个家，他也必须离父母尽量近一点儿。

好在今天他终于与项老师搭上了关系。只是他暂时不知道自己该如何去跟老师交往，更不知道到时老师会不会帮自己。

东江师范学院学生每月的伙食费是二十一元，学校统一以饭票的形式发放；如果用不完，可以积攒着，定期到学院小卖部等价换取日常生活用品。黄鸿榆是农家子弟，从小苦惯的，一日三餐只图吃饱，所以原本这每日七毛钱的伙食费，他硬是要省下一毛来。这样，一个月也能挤出三元钱的零花钱，去小卖部换取牙膏、肥皂之类的生活必需品。加上家里给他寄的五元钱生活费，他每月就有八元钱可以自由支配了。

黄鸿榆虽然家境贫寒，却从不吝惜钱，而是热心帮助比自己更加贫困的同学。同宿舍中，他的上铺是一位来自江北临海县的同伴，名叫言海东。入学将近一年半来，黄鸿榆发现自己的这位同伴一年四季永远只穿三件衣服：夏天是件鸭蛋青的长袖衬衫，冬天是件军绿色的棉袄，春秋两季则是一件藏青色的夹克衫。至于三餐，早晚餐是两个白馒头，中午一碗米饭外加一素一汤；一个月下来，他的伙食费只用去十来元，剩下的他都去学院小卖部换回牙膏、肥皂、毛巾、袜子、鞋子之类的，积攒着用和穿。用不完的还带回家去。

这情形，让黄鸿榆着实惊讶不已：以前只觉得自己家太穷了，没想到还有比自己更穷的！看来，这江北真的去不得！他又一次默默提醒自己。

转眼已是夏天，省城的天气闷热潮湿，简直就像蒸桑拿。

那个周末的下午，学院迎来了本学期篮球循环赛的最后一场比赛，数学系队对阵物理系队。言海东是主力队员，而黄鸿榆担任裁判。比赛进行到最后一场，数学系队以2∶1领先于物理系队，只要拿下这一局，便大功告成了。可此时双方队员都已体力透支，接下来拼的就是耐力与韧劲了。

热辣辣的太阳底下，硕大的篮球场上人山人海，学院各系的男女同学几乎全都来了，甚至有一些青年教师也前来观战了。理科各系的女生本来就很少，可今天似乎来了好多人。看来，文科各系的女生们也来了，尤其是英语与中文这两大系的。女生观看男生体育比赛，冲的就是赛场上浑身散发着阳刚之气的帅小伙。看来此话不假。黄鸿榆心想。

一顶顶遮阳帽下，一柄柄花布伞下，啦啦队员们声嘶力竭地给运动员鼓着劲，声浪如潮，此起彼伏。

而裁判位上的黄鸿榆却没有大家那么情绪亢奋，因为他需要的是绝对的冷静与理智，需要的是眼光机警。他的目光被飞速弹跳的篮球牵引着，在场地上、篮球架前来来回回地穿梭着。同时，他也为数学系队员们接连出现的失误而揪着心，紧张得全身的每根神经都如同紧绷着的弦。此刻，他眼看着篮球旋转着，飞快射向数学系队的篮筐上方。却见一个熟悉的身影几乎是同时一跃而起,抢过球,又向场地的另一头扔掷过去。随后,那身影却又啪的一声,重重地扑倒在地。

还没等黄鸿榆反应过来,整个场地瞬间便响起了一片慌乱的尖叫声。随即,人群如潮水般涌了过去。

"散开,快散开!"骤然间,黄鸿榆一边飞奔过去,一边用双手奋力拨开潮水般的人群,来到言海东身边。

此时的言海东脸色煞白,额头全是汗水,已经不省人事,但还有呼吸和心跳。

"水,拿水来!"黄鸿榆大声喊道。随即便有好几个凉水瓶递到他跟前。他将凉水倒在手中,再往言海东的脸上、头上淋。

"谁有扇子,帮忙扇扇风。"

话音刚落,又有几个女生走过来给地上的言海东一起扇起风来。

好一会儿,才看见躺着的言海东长出了一口气,身子也动了一下。黄鸿榆悬着的心终于落了地。

"好了,没事了!"

此刻,周围的人群都很惊讶:这黄鸿榆学过医吗?怎么处理中暑事件如此专业?

过了一会儿,黄鸿榆又说道:"有谁来搭把手吧?我把他送医务室去。"说着,背向躺着的言海东蹲下身来。

等大家七手八脚把言海东扶到他背上后,他便站起身背着言海东向学院医务室走去。走了几步,他回头对着身后站着的几个女生说:"麻烦把我裁判位的帽子、毛巾和水杯拿一下吧?"

等到把言海东背到学院医务室的时候,黄鸿榆已是大汗淋漓,上气不接下气了。而言海东此时虽然已经神志清楚,但却像生了场大病似的,浑身松软地瘫倒在病床上,连说话的力气也没有了。

校医给言海东听了心律,杂乱不齐;测了血压,是低血压;

再仔细检查了眼睑,苍白无血色。

"这中暑是严重营养不良导致的。"经过一番初步检查,校医直起腰,对黄鸿榆说,"还是送医院吧,进行一次全面体检。可能需要挂两天水。"

"不要,我没事的!"躺在病床上的言海东翻了个身,轻声拒绝道。

这时,一位英语系的女生把黄鸿榆的遮阳帽、毛巾与水杯送到了医务室。只见她用花手绢擦拭了下额头涔涔的细汗珠,落落大方地站在黄鸿榆面前:"喏,你的东西!"

"谢谢啊!"如此近距离地面对着一个女生,黄鸿榆倒是有些不自在了,羞红了脸。

"有啥好谢的呀!"那女生嫣然一笑,"要谢的话,我们全学院的同学都得好好感谢你才对。"

"那不是我应该做的吗?"此刻的黄鸿榆被她这么一表扬,更加不好意思了。他站在那女生面前,简直有点儿手足无措。

"我看呀,你们先别相互谢了。"一旁的校医对他们说,"赶快想办法找到你们老师或系主任,让这位同学住院检查去。"

经这么一提醒,黄鸿榆立马走到言海东跟前:"海东,你什么都不用担心,我们先去医院再说。"黄鸿榆知道,言海东是在担心住医院需要花钱,这对他,对他们家庭也许是一笔不小的开支。

"这……"言海东犹豫道。

黄鸿榆轻轻拍了拍言海东:"身体要紧!"然后,他回头对那女生说:"麻烦你在这儿陪他一会儿,我去找一下我们老师。"

"放心吧!"那女生顺手拽过张椅子,坐在了言海东的病床边,对黄鸿榆说,"你告诉你们系里的老师,去第五人民医院最方便,9路公交直达。"

黄鸿榆快步走出医务室大门,转过两个弯,穿过英语系教学大楼前的那片草坪,正欲沿着小河边的那条林荫道去往数学系老师办公的那栋三层小红楼,不料迎面撞见了系主任项怀仁老师。

"项老师。"黄鸿榆在路边立定,毕恭毕敬地招呼道,"我正要去向你汇报呢!"

项怀仁老师抬起头:"哦,黄鸿榆呀,情况我都知道了。走,我们一起去医务室看看!"项老师一抬手,示意黄鸿榆道。

于是,黄鸿榆紧跟在项老师后面,又折回了医务室。

项老师迈进医务室大门,把校医找到一旁,大致了解了一下言海东的病情,又走到言海东病床前问候了一番。而守护在病床边的那位女生见到项老师,立即站起身来,恭敬地喊道:"项老师好!"

"你也在呀?"项怀仁老师似乎很惊讶,朝她摆摆手,示意她坐下。然后,他把黄鸿榆叫到跟前,交代说:"等会儿你和小华同学一起,马上护送小言去五院就诊。至于住院费用之类的事情,学院医务室随后就去办理。你们只要负责陪护,照顾他生活起居就行了。"

"好的,项老师。"黄鸿榆满口答应,"您放心,我们会负责照顾好的。"

项怀仁满意地点点头,又对校医与小华说道:"那就辛苦你们了!"然后转身离开了。

黄鸿榆到现在总算知道她姓华了。可是,她一个英语系的女生,怎么会和项老师熟悉呢?莫非他们是亲戚关系?或者两家是世交?黄鸿榆心里犯起了嘀咕。

"你赶紧过来把他扶到校门口去吧?"这时,小华催促黄鸿榆道,"你带着他先过去办理手续,我去食堂买几个馒头,随后就到。"

黄鸿榆深感这位女生遇事之热情、冷静与干练,心里对她不禁产生了几分好感。随后,他便搀扶着言海东,与小华一起离开了医务室。走到英语系教学大楼前的那片草坪边的时候,小华又关照他说:"如果你们办理好手续后我还没到,就先等我下啊!"

"好,不见不散。"黄鸿榆答应道。

晚上八点多钟的时候,黄鸿榆与小华终于把言海东安顿好,一起离开病房,准备返回校园。

从医院到学院要坐9路公交车,有三站路程。黄鸿榆与小华并排走出医院大门,来到了对面的马路上。黄鸿榆径直朝公交站台走去,可小华停住了脚步,在后面说:"时间还早,再说明天又是周末,要不我们就走回去吧?"

"好!"

于是,两人沿着林荫覆盖的人行道,静静地走了起来。一开始马路上车来车往的,很是喧闹。转过两个弯便僻静了,他们谁也不说话。一弯上弦月斜挂于天空,煞是姣好,像极了浅浅的笑靥,温婉柔美。

黄鸿榆是有生以来第一次在这样宁静的夜晚单独跟一个女生走路。他有点儿局促,不时地东看看西望望,他很想跟小华说点儿什么话,可不知从何说起。小华呢,也极想主动跟黄鸿榆说话,可女生,尤其是漂亮女生特有的矜持,又让她强忍着。她,一直等待着黄鸿榆能主动开口。

约莫走完两站路,透过一片树林,隐约可见学院大楼闪烁的灯火了,小华实在忍不住了,在一旁问道:"听说你是仁和人?"

"是的,仁和乡下的。"黄鸿榆侧过脸回答,紧接着又反问道,"你呢?"

"也是。"

"那一定是仁和城里的。"黄鸿榆用十分肯定的语气说道。

"你怎么知道?"小华很是好奇。

"皮肤白皙,又漂亮又洋气呀!"

黄鸿榆本来说的是直观感受,可这话小华听了却特别高兴,脚步也瞬间变得轻松起来了，她一脸灿烂又自得地说道："算你有眼光！就冲你这句夸人的话，我今天的劳累也值了。"

"对了，只知道你姓华，芳名呢？"

"华芷莹。"小华回答道，"好听吗？"

"好听。"黄鸿榆朝她笑笑，"还有，你怎么跟我们系主任项老师熟悉呀？"

"我们是同乡呀！你不也是吗？"

其实，黄鸿榆觉得她有点儿答非所问，但他知道毕竟自己目前跟她还不是很熟悉，也不便再多问。

第二天上午，医院检查报告出来，言海东因严重营养不良而贫血，是导致昨天中暑昏厥的主要原因。这与校医的判断完全一致。下午，黄鸿榆和班上其他两位同学一起在医院陪言海东挂水。傍晚，项怀仁以系主任兼他们老师的身份特地到医院探望言海东。临走的时候，他特地对黄鸿榆说："这两天你辛苦了！"

然后，拍了拍黄鸿榆的肩膀，回去了。

第五章

按照惯例，每学年的初夏与深秋，东江师范学院学生都要到学院农场进行为期三天的劳动。这次正好轮到黄鸿榆所在的数学系与华芷莹所在的英语系。学院这样的安排是有讲究的。黄鸿榆听说，据统计，东江师范学院几乎每一届学生，都是理科的男生总数与文科的女生总数大致持平；同样，理科的女生总数与文科的男生总数也大致持平。所以，在安排下农场劳动时，校方为了提高效率，也为了住宿方便，通常安排数学系与英语系一起，中文系与物理、化学系一起，而政治、历史系与生物系一起。对此，同学们戏称为生态平衡，男女搭配干活不累。

　　一所大学还有自己的农场，说起来，这在东江省乃至全国也许都是不多见的。农场在省城东郊距离学校二十多公里处，长江的入海口。长江水经数千公里长途奔流，携带泥沙而下，在入海口经年累月地淤积，慢慢形成了一片广袤的滩涂。新中国成立初期，这里还是荒无人烟的所在；到了二十世纪五十年代，东江师范学院的前身、当时的东江省农业学校接收了这处土地，作为学校的实验基地。后来，农业学校被东江师专合并，正式升格更名为东江师范学院，这地方自然也就成为师院的农场。但在二十世纪六十年代末至七十年代中期，这处地方被政府征用，改成了东江五七干校，成为当时一些受冲击的老干部与高级知识分子劳动改造的地方。直到前几年，才又将这里还给学院，继续作为学生们劳动锻炼、体验稼穑之苦的地方。

　　学院规定，东江师院的学生，从大二开始到大四毕业，每届学生都要每年一次连续三年前往农场劳动锻炼。黄鸿榆是第一次去那儿，所以感觉特别新鲜特别期待。而且，他还听学长们介绍，学院的农场经过近二十年的建设，已是田亩千顷，生活设施一应俱全了。

　　黄鸿榆他们是在那个周三的午后，乘坐大巴车抵达农场附近的野马路边的。两个系，三百五十来号人，仿佛一大群活蹦乱跳的鱼儿，先后被十多辆大巴车倒出，瞬间便四散游弋于一片麦浪翻滚的绿色海洋里。

　　半个多小时后，大家都被安排进各自的宿舍。卸下行李，收拾完床铺，黄鸿榆和同学们就迫不及待地外出"考察"去了。

　　农场生活区很大，一长溜两层的红砖瓦房宿舍楼，坐北朝南。上下走廊的墙壁上全是马赛克贴面；每间宿舍内都设有两张上下铺床位，可容纳四人，与学院宿舍相仿。按学院规定，女生住楼上，男生住楼下。靠西建有一个硕大的餐厅，灰墙绿窗，里面宽敞透亮。它的对面是室内活动区，有会议厅、乒乓球室、放映室等。宿舍楼后面是男女浴室，与宿舍楼之间各有一条内走廊连着。

宿舍楼前面是一片宽敞的场地，植有香樟、梧桐与梅花、桃花、桂花等树木，设有花坛。只是地面上碎石一方、青砖一圈，显得很是凌乱。正值春夏之交，石罅砖隙间，野草疯长，蓬蓬勃勃。场地之外，则是满目葱郁辽远的千亩田畴。视野尽头，还隐约可见一带蜿蜒的青山。

黄鸿榆与言海东几个同学，前前后后左左右右地逛了一圈回来，站在底楼的宿舍门前正吹着牛。因为今天下午除了熟悉环境，没有什么具体劳动任务，所以大家全都懒懒散散地自由活动着。这时，黄鸿榆远远看见华芷莹和三四个英语系的女生们有说有笑地从外面回来。走过他们身边上宿舍楼的时候，看到黄鸿榆和言海东，她笑容可掬地朝他们挥挥手，算是打招呼。黄鸿榆见状，也热情地对她点头笑笑。

"这丫头不会看上你了吧？"言海东用胳膊轻轻蹭了下黄鸿榆，半是调侃半是试探地说道。自从他的那次中暑事件过后，他俩的关系明显亲密了起来。

"人家是城里人，眼界高着呢！我可不敢奢望。"黄鸿榆说的是实话，虽然经过上次的接触，他不否认自己喜欢华芷莹，但也清醒地认识到自己是高攀不上人家的。

"也不试试？"言海东冲他诡异地笑笑。

"怎么试？"黄鸿榆也调侃起来，"要不请你这个情场老手教教我？"

被黄鸿榉这么一戗，言海东顿时语塞。言海东心想，打从懂事起，打从国家恢复高考给了像他这样的农家子弟以书包翻身的希望起，他就一心为着自己的前程，为着这个贫困的家庭而发愤读书，压根儿连情场边都没沾过，何来"老手"呀？

黄鸿榆见言海东被自己这么一怼，不再吭声，暗自发笑。抬头看看天色，约莫已近五点了，他便对言海东说："走，我们去食堂看看，今晚都吃点儿啥。"说着，拖着言海东，朝食堂走去。

当天晚餐过后，数学、英语两位系副主任便在餐厅将这三百五十多号人混合编排成四十多个劳动小组，各组男女混合搭配，并给每组分配了一名农场职工当师傅。然后由农场场长给大家分配具体劳动任务，还提出了若干条安全事项。黄鸿榆与言海东听着这些事项，感觉很是滑稽可笑。譬如如何正确使用农具，如何防止蚊虫叮咬之类的，在他俩看来，前者简直是多余，后者本就是与田间劳动相生相随的，有啥好提醒的呢？

回到宿舍，看看时间还早，大家都不想睡觉。他们有的便聚在一起打牌，有的去活动室打乒乓球，也有的一边嗑瓜子一边聊天。言海东因为前阵子生病，身体尚未恢复，识相地歪斜在上铺养精蓄锐。黄鸿榆有些无聊，便独自步出宿舍，穿过楼前的场地，沿着场地外一条大路，信步向农场前面的那片田野走去。

抬头望望天空的一轮满月，当是农历四月十五，算算节气，也快到小满了。黄鸿榆突然觉得，今天能以大学生的身份到农场劳动锻炼，在别人也许是新奇的体验，而在自己更多的却是一种人生取得阶段性圆满之后的自豪与自得。生活中，但凡因为缺失某样东西，所以才需要刻意去体验。譬如，学院领导一定认定学生们平时缺乏生产劳动体验，故而特意安排每一届同学到此远离都市的地方进行四体锻炼，以警示大家不忘稼穑辛劳，珍惜当下之幸福生活。可自己就像家乡田地里的一颗麦粒，在凛冽寒冬中破土而出；经历过雨雪的浇灌，寒风的摧折，终于熬来了春日阳光雨露的温馨沐浴，长成了一株茁壮的麦苗；继而拔节，抽穗，继续生长。可以说，自己本就是在泥地里跌打滚爬而成长起来的。今生今世，自己的灵魂之根将永远深埋于泥土之中，且日久弥深！

朗月流辉,在苍茫夜空下的原野上恣意流淌,侧耳谛听仿佛还有汩汩的声响。微风潇潇,掀起一层层暗绿色的波浪,由远处翻涌而来,裹挟着黄鸿榆熟悉的田禾清香。不时地,从脚边的草丛中,还会窜出几只田鼠与别的不知名的小动物的身影,嗖的一下就隐没进田垄里去了。远处的山,峭楞楞黑压压的,仿佛是这片原野的守护者,肃穆而庄重。偶尔还有夜游的鸟儿无声无息地从低空飞过,好像是特意来给自己做伴似的。恍惚间,黄鸿榆觉得自己回到了家乡的田野,一切都是那样亲切而温馨!

骤然间,黄鸿榆分明听到了一阵阵喧响声,在深不可测的沉沉夜海里奔腾、翻卷,而且越来越大,越来越清晰。细细寻觅,四下里却迷蒙一片,什么也看不见。也许是海浪吧?他停下脚步,痴痴地遐想着。

"喂——"他情不自禁地放声大喊起来,就像小时候在乡下的田野里奔跑时一样。那喊声在夜空中回荡,消散,随即便消失在沉沉的夜海里,了无踪影。

"你这是在喊谁呢?夜空呢,还是原野呀?"身后传来了言海东的声音。

"喊你。这不把你给喊来了吗!"黄鸿榆回头对他摆摆手。此刻,言海东的出现让他很高兴。

"这样的夜晚,是不是让你很惬意舒心呀?"言海东随口道。其实,他自己又何尝不是呢?

"是呀,每个人的人生底色都是童年打下的,且会伴随其终生。你我生长在农村,乡野的山川田畴、星辰月光,永远都是最亲切甜美的回忆。"黄鸿榆幽幽地说。

"可是我们家乡那些靠近海边的田野早就不长水稻、小麦那些庄稼了,只长野草。"言海东轻轻叹了口气,偏过头,告诉黄鸿榆。

"为什么?"黄鸿榆从未听说过水乡地区的田地是不长庄稼

的,很是惊讶。

"都盐碱化了。"言海东见同伴不解,解释道,"听我父亲说,我们海边的那片一望无际的平原,早先都是肥沃的粮田,后来为了要多产粮食,拼命抽取地下水灌溉,几十年下来,抽空了地下水,引发海水倒灌,土壤盐碱化,再也种不出粮食了。"

"无知蛮干的恶果呀!"黄鸿榆感慨道。

"所以说,种田也需要知识。"言海东若有所思地说,"以后回家乡当了老师,我想给学生开设一门农业土壤学方面的课程,让我们的下一代能真正了解土地,科学种田。"

"那你当初为啥不报考农业大学呀?"黄鸿榆脱口而出。

"嗨,都是因为家里穷呀,想读个免费食宿的大学。"言海东似乎有些伤感。

听到这儿,黄鸿榆深深地叹了一口气:"我们真是难兄难弟啊!"言毕,不禁轻轻拍了下言海东的肩膀。

"你也是……"

"不说了,时间不早了,明天还要劳动呢,我们回去吧。"黄鸿榆知道言海东想要问什么,但他觉得一年前的那份遗憾已经翻篇了,再去纠结,徒增伤感,所以不愿意再提。

回去的路上,黄鸿榆的耳畔又响起了一阵阵此起彼伏的喧响声。

"海东,听,这是什么声音?"

"海浪声。"言海东肯定地说,"临近农历十五,大海起潮啦。"

"远吗?"

"不远,离我们三里多地吧。"

真不愧是海边长大的人!黄鸿榆暗暗佩服。

晚上躺在宿舍床铺上,黄鸿榆辗转反侧,怎么也睡不着。与言海东的交往,让他深深感觉到:也许,每个人都各有各的不易、烦恼与遗憾，尤其是像自己这样来自农村的。同时，他又觉得言海东要比自己更孝顺，更懂得体贴父母与家人；为了减轻家里负担，他甚至能如此省吃俭用而不惜损伤自己的身体。还有，言海东也比自己深刻，有长远目光和社会责任心。看来，贫穷与苦难对有志者而言，真是一笔财富啊！

第二天早饭过后，黄鸿榆言海东他们这三百五十多号人，浩浩荡荡地来到农场东部靠近海边的田地里正式参加劳动。

这是一片数十亩的蔬菜、瓜果种植基地，鸡毛菜、生菜、金花菜、莴笋、韭菜、大蒜，还有茄子、西红柿、黄瓜、西葫芦、豇豆、土豆、洋葱等等，一应俱全。总之，凡是学院食堂应有的时令蔬菜，这儿全有。听同学们说，因为有了这个农场、这片菜地，学院食堂一年四季的蔬菜，基本都是自给自足的。据说在农场南面的山脚下，还有一个养殖场，饲养有猪、羊、牛等等，放养着鸡、鸭、鹅之类。旁边还有好几口波光粼粼的池塘，养着鲤鱼、青鱼、鳊鱼、鲫鱼等各类淡水鱼。农场师傅告诉大家，这是个生态农场，养殖场的粪便用于给蔬菜施肥，种出的蔬菜除了给学院食堂，下脚料可以作为养殖场和鱼塘的饲料。如此循环，绿色环保。

黄鸿榆、言海东这些农村同学对此并不觉得稀奇，可像华芷莹这样的城镇同学，知道种田还有那么多讲究，无不啧啧称奇；有的甚至还在一旁哇哇地大叫起来，尤其是那些女生。劳动开始前，黄鸿榆站在田埂上举目四望，忽然发现菜地北边沿处还有一排白色塑料帐篷覆盖的田亩，他猜想那应该是大棚蔬菜地，难怪有时候食堂吃到的蔬菜永远没有家里的味道！他不禁无端地揣测起来。

也许是因为黄梅雨季临近吧，这次劳动大家分配到的任务是：每一小组包干一个地块。其中，男生给菜地开挖沟渠，以备雨季到来时泄洪，并把挖出的泥土运送到低洼田地里去。女生则给每组所包干的菜地除草、施肥。黄鸿榆与言海东先是熟练地挥动铁锹在田垄间开沟，后来看看有运土的同学被担子压得龇牙咧嘴，他们便主动过去帮忙交换，挑担运土去了。挑了几个小时来回，言海东远远听到那边菜地里有一群女生在高声尖叫，便对黄鸿榆说："会不会有人弄破手脚了？"

"我们过去看看吧！"黄鸿榆也有点儿好奇。

他们卸下担子走了过去。到得近处，拨开围观的人群一看，原来莴笋地里有一条水蛇在蜿蜒游动，围观的人群便随着蛇的游动，一边惊叫着，一边慢慢地向后退去。

"我来铲死它吧。"旁边来了一位挖沟的男生，双手高高举起一把铁锹，紧随着那水蛇游动，来来回回地晃动。

"别伤害它！"黄鸿榆大声道，随即，迅速弯腰伸手，用两个指头捏住那蛇的尾巴，将它倒拎起来。

那蛇拼命扭动着，从下面向上蹿起恐怖的三角形脑袋，口吐火苗似的芯子，几次差点儿从黄鸿榆的手中挣脱。

人群中发出了一阵又一阵的惊叫声，有一位女生一边尖叫一边用双手蒙住了双眼，半蹲下身子蜷曲着。

"你当心，赶快把它扔掉吧！"华芷莹在人群中大声对黄鸿榆喊道。

黄鸿榆大步走到田埂上，朝蔬菜地边缘的麦田方向小跑过去，然后，隔着两垄生菜地，向半空中奋力一甩，将那条水蛇甩成一道抛物线，妥妥地扔进了麦田里。

"好了，没事了，把它放生了。"黄鸿榆返回到莴笋地头，将滑腻腻的手指在田埂边的青草丛中擦一擦，安慰大家道。

"要是这地里还有呢？"刚才那位蜷曲蹲身的女生怯怯地说。

"好，我们来检查下。"

于是，黄鸿榆拉着言海东，再叫上另外两位男生，在这一片莴笋地里，来来回回仔细搜索了一通。完了，对女生们喊道：

"放心吧，绝对没事了！"

"对，肯定安全了，大家可以继续干活了。"仿佛是为了呼应黄鸿榆，华芷莹随声附和道，并第一个走到莴笋地中。

人群慢慢散开了，大家陆陆续续回到了地里，继续拔草，施肥。

黄鸿榆与言海东太过卖力，几个来回下来，就把他们组地块所挖出的泥土都运完了。暂时没事可干，他们便坐在地头谈天看风景。

"海东，你毕业后就准备回自己老家当老师？"黄鸿榆望着远处隐隐约约的大海，若有所思地问。

"是呀，我们那边那么缺老师，不想回也得回呀。"言海东坦然答道。

"不争取去县城什么的？"

"嗨，不可能！"言海东侧脸看着黄鸿榆，"一来我们乡的中学就奇缺老师，二来我父母都是老农民，没门路呀！所以，我从来不做虚无缥缈的梦。"

黄鸿榆听了，一声不吭，顺手拔起脚边的一根茅草，送进嘴里，漫不经心地嚼着。

"你呢？毕业有什么打算？也是回老家吧？"言海东见状，反问道。

"我跟你不一样，我是想要回老家，难哪！"

言海东转念一想，也是，人家可是江南发达地区的生源，到时极有可能要去支援像自己老家那样的不发达地区的。于是，他半开玩笑地问黄鸿榆："要不，到时你主动申请去我老家那边吧？这样，我们也好有个伴呀。"

"我才不呢！"黄鸿榆认真地说，"我去异地了，我父母怎么办呀？"其实，他很想告诉言海东，自己的二哥已经远离父母去了他乡了，所以自己无论如何必须留在父母身边。但他没有说。

"其实呀，我们现在想这些都为时过早。离毕业还有两年半时间呢，谁也不知道到时会怎样。"良久，言海东安慰黄鸿榆说。

"对了，你当时的录取通知书上可有'若服从全省统一分配者'这样的字句？"黄鸿榆突然想起了什么，问道。

"好像没有吧？"言海东想了想，然后又肯定地说，"对，没有的。"

"哦，明白了。"看来，这是给像他这样的江南地区的生源量身定制的，黄鸿榆想。于是，这巨石般压在他心头的阴影更浓更重了。

一天的体力劳动，除了像黄鸿榆、言海东这样平时在家里劳动惯了的农家子弟外，大部分同学都早已腰酸背痛，四肢无力了。所以，晚饭过后，洗漱停当，尽管天色还是亮堂堂的，可大部分同学都歪斜在宿舍床铺上，懒得动了。黄鸿榆也在床铺上歇了一会儿，看看手表，快要六点一刻了。他便独自悄悄地出了宿舍，穿过场地，径直朝着农场外东面的那片小树林走去。

今天晚饭的时候，华芷莹特地坐到黄鸿榆饭桌对面，边吃边跟他闲聊。他们聊白天莴笋地里所发生的事，聊言海东中暑，聊项怀仁老师，聊家乡仁和，话题鸡零狗碎，漫无边际。后来不知怎么的又聊到了大海。最后，华芷莹跟他说，她喜欢海，想今晚让他陪她去海边走走。黄鸿榆满口答应，约定晚上六点一刻在农场东面的那片小树林见。

黄鸿榆刚在小树林旁那条长满青草的小路口站定，就看见华芷莹在苍茫的暮色中向自己飘过来了。他上前迎了几步，等她到了跟前，见她上身穿一件白领子、嵌有深红条纹的黑色紧身T恤，下身套一条白底碎花喇叭裙，修长的双腿被肉色长筒袜裹住，脚穿一双黑色运动鞋。整个给他以一种高挑、活泼、明快之感。

"早到了吧？"她笑盈盈地在他面前立定。

"佳人邀约，敢不早吗？"为了掩饰此刻的害羞紧张心情，黄鸿榆调侃了一句。

华芷莹的脸颊瞬间泛起两朵红晕，脉脉含情地瞟了他一眼："走吧。"

他们便沿着那条芳草萋萋的田间小道，肩并着肩，在这片春夏之交的原野上，在幽暗的暮色中，向大海方向走去了，走成一帧永远镶嵌于彼此心灵之壁的青春剪影。

第二天上午，按计划继续劳动。不过，不再去蔬菜基地，而是去养殖场。这次，男生负责清理猪、羊、牛圈粪便，全是脏活。女生则是给养殖场的猪、羊、牛喂饲料，并打扫整个养殖场的环境卫生，也比昨天要累一点儿。

黄鸿榆和言海东干活时明显没有昨天卖力了，特别是黄鸿榆，到了午后甚至打起了呵欠。一副精力不济的模样。言海东看他今天有点儿不对劲，就问：

"昨晚没睡好？是不是小华给你灌蜜灌得太多了？"其实，他知道昨晚黄鸿榆约会去了。从饭桌上与华芷莹的窃窃私语，到半夜三更才悄悄溜回宿舍，他断定黄鸿榆跟华芷莹一定爱上了，而且很浓。

被言海东这么一点，黄鸿榆霎时间很是害羞而尴尬，他红着脸说："别瞎想啊！"

言海东见状，便打趣道："但愿是我瞎想。只是提醒你，孤男寡女干柴烈火的，可别到时弄出点儿什么状况来啊，那可是要开除的。上一届就有这样的教训。"

黄鸿榆更加害羞了，便假装生气地离开了。

没想到，过了一会儿，言海东又凑到他身边，故作神秘地说："知道吗？她今天没来劳动！"

"她怎么了？"黄鸿榆急切地问。

"她呀，据说是感冒了。"言海东冲他不怀好意地笑道，"是不是你害的？"

黄鸿榆此刻已经完全不在乎好友对自己的调侃了。他只是担心华芷莹，担心她感冒到底重不重，有没有发烧。同时他又后悔，后悔昨晚与她在海边待的时间太久，再说，她穿那么单薄，哪经得起海风劲吹呀？他很想马上赶回宿舍区去看看她，可是又不能，他也很想去她同舍的同学那儿打听一下消息，可是也不便。这种煎熬，让他恍恍惚惚，魂不守舍。

终于熬到了午饭时间。趁同学们去食堂用餐的机会，黄鸿榆便独自来到二楼，轻轻敲响了华芷莹宿舍的门。

"谁呀？"里面传来了轻微的询问声。

"是我。"黄鸿榆应声道。

华芷莹打开门的刹那，黄鸿榆惊呆了。他分明看见她脸色苍白，头发凌乱，颤颤巍巍地站在自己面前。

"我听说你感冒了，很……"

"我知道。你赶快走吧，我只是有点儿头晕鼻塞，放心吧！"华芷莹探出头看看外面，"她们马上就要回来的。"说着，顺手轻轻地推了推黄鸿榆。

黄鸿榆一脸焦急地望着她，眼里全是不舍。他仍然站在原地，一动不动。

"走吧，放心，我没事！"她对他温柔地笑笑，随即关上了门。然后，静静地等在门背后，直到听到黄鸿榆离开的脚步声，才回到自己床铺上。

第六章

东江师范学院位于省城南郊的余山南麓，占地面积一百来亩，整个学院沿一道不规则的半圆形山坞而建。学院大门朝南，东部为教学区，中部为办公区，西部则为生活区。东西两边各另外设有一道边门。教学区几近整个学院的一半面积。其紧靠山脚的地方，原来是一座著名的江南园林，园随山名，取名为余园。余山是天目山蜿蜒至此的余脉，虽不高，却也峭拔有凛然之气。据说清朝中期，有位封疆大吏因厌倦官宦生涯，人到中年便毅然归隐家乡，在此结庐而居，以度余生。现如今，几经兴废的这座江南名园，曲水回廊萦绕出浓郁柔情，亭台楼阁错落成参差韵致，成为学院一景，成了同学们读书休闲乃至谈情说爱的绝佳场所。

从农场回来已经两个多星期了。黄鸿榆与华芷莹的感情急速升温，他们几乎天天见面，地点就在余园的亭子里，或者假山石旁。临近期末考试，只要不是风雨天，华芷莹每天都会到园子里去复习功课，顺便欣赏花草游鱼，听听鸟鸣，感觉很是惬意。可黄鸿榆不行，他得天天待在教室里看公式定理，解题演算。这就是文科与理科的差别！黄鸿榆想。但是，每天早上上课前或傍晚晚饭前，他都会去余园，在华芷莹经常读书的地方溜达一圈；而华芷莹呢，也一定会准时出现在该出现的地方。如果同学多，他们就随便说上两句话，或者什么也不说，只是彼此心照不宣地看看对方、让对方看看；如若恰巧没有其他同学，就牵手，拥抱，亲吻，想干什么就干什么。这，成了他们每天生活中不可或缺的一部分。

黄鸿榆永远也忘不了那晚在农场海边的情形。那晚，天空幽蓝漠漠，月亮很圆很亮，星星都眨着迷离的眼睛。那晚，大海平静辽远，只有轻浪汩汩吻着海滩，柔若夜的絮语。他和华芷莹静静地坐在海边，相依相偎。她靠在他的胸前，像一头温柔的小鹿。他的下巴轻轻抵在她的头顶，能嗅到她的秀发散发出的缕缕馨香，让他心神陶醉。好久好久，他们谁也不说一句话，只是尽情地享受着那份宁静，享受着彼此的温情。

此时此刻，天地间仿佛只有他们俩。

"你的心跳很有弹性。"不知什么时候，她扬起头，看着他，轻轻说了句。

"你好香。"他的下巴在她发际微微摩挲了下，陶醉地说。

"那就多闻闻。"她伸出柔软的右手，从他的后背轻轻勾住了他的脖子，往下压，同时顺势扬起自己的脸，微闭双眼，将嘴唇慢慢送到他的鼻尖。

他则将她翻转身，一把抱在怀里。于是，两人情不自禁地尽情地狂吻了起来。

可是，当他的手将要移动到她胸口的时候，她仿佛一下子清醒了似的，轻轻将他推开了。同时，直起身子，捋了捋额前散乱的头发，小声却果断地说："不可以！"

他也随之冷静了下来："对不起！"

"来日方长。"她伸手抚摸着他的脸，温柔地安慰道，"只要我们是真爱。"而后，又侧身靠在了他胸口。

"嗯。"他搂着她的肩膀，用自己的身体将她裹住。

头顶的月亮已经偏西了，他的背上也感觉有丝丝凉意了。他们面前的大海也似乎掀起了一波又一波的浪涛，发出阵阵哗哗的喧响。他估摸着已过半夜了。

"冷吗？"他问。

"有你在，不冷。"其实，她也感觉到凉意了，但她很想就这样在他胸前靠着，一直到永远。

他就不再吭声了，继续拥她坐着。

"问你个事。"他突然轻摇了她一下。

"什么？"

"我是乡下人，你不嫌弃吗？"其实，他知道她不嫌弃自己，只是不自信，想要她亲口告知自己。

"不会嫌弃。因为你很男人。"她说的是真心话，自从他认识他以来，她被他身上的那股热忱、善良与勇敢所深深吸引。她相信，他就是她想爱的人。至于他的身份背景，她从来都没考虑过。

他不再说什么，只是紧紧地抱住她，以此表达对她的感激与爱意。

"你呢？你爱我什么？"良久，她摩挲着他的胸肌，幽幽地问。

他深思了一会儿，说："我说不清，但感觉你很好，就不知不觉地喜欢上你了。"

"哪方面好？"她追问道。

"真说不出。感觉哪方面都好吧。"的确，他只是感觉她好，但要他说出所以然来，还真说不清。

而她呢，喜欢的也许正是他的这一点，从不花言巧语，所有的爱意都用行动表明。虽然和天下所有女孩一样，她也喜欢浪漫，也喜欢自己心中的白马王子能给她说甜言蜜语。也许是读英语系的缘故吧，她接触了太多西方文学中那些虚无缥缈的浪漫爱情故事，读着很感人，让她遐想联翩，但静心一想，这些故事中的男女主人公总是以悲惨的结局收场，毫无真正幸福可言。对于这一点，她曾跟女伴商讨过，争论过。她们嘲笑她傻，不懂得享受爱情。而她却说，如果这也是爱情，她宁愿不要，宁愿傻；因为她要的是能走进婚姻殿堂的爱情，相伴终生的爱情。

"相信你说的是真话，但希望你也不要做木头疙瘩。"她仰面看着他，认真地说。

"不会的。"他回答得很自信,"都后半夜了,我们回去吧?"
"你怎么知道后半夜了?"
"看月亮就知道。"
"好吧,听你的,我们回去。"

她站起身。他顺势一把抱住她纤细柔软的腰,把她扶起,又趁机亲吻了一番。

回到农场前面的小树林边,黄鸿榆目送华芷莹先进入宿舍区,然后自己才放慢脚步,也悄悄回到了自己的宿舍。

现在,黄鸿榆虽然每天都能见到女友华芷莹,却很少能见到言海东,除了每天上午在教室和晚上在宿舍。他在忙什么呢?莫非也有女朋友了?黄鸿榆很是纳闷。

"这些天每天下午和傍晚,怎么都不见你呀?"那天早上,他们俩一起从食堂吃过早饭,返回宿舍的路上,黄鸿榆问。

"我在一家高复班打工,赚点儿小外快。"言海东觉得对好友也没啥好隐瞒的,和盘托出。

黄鸿榆先是惊讶,后是好奇:"具体做些什么呢?"

"主要是给一个班级的学生辅导下数、理、化作业,偶尔也会帮数学老师批点作业。"

"很辛苦的吧?"黄鸿榆关心地问。

"还好,每天下午三点半到四点半,就一个小时。"言海东笑笑,"就是有点儿烦,有些学生太笨,根本不是考大学的料。"

"你这家伙,怎么这么说人家呀?什么叫不是考大学的料?"黄鸿榆打断了他,"我跟你说啊,人家说不准就是理科差点儿,文科却很好呢!"

言海东自知失言,也就没再往下说。

其实,言海东并不知道黄鸿榆怼他这话的原因。黄鸿榆的哥哥鸿桦就是属于文科好而理科相对较差这一类。而黄鸿榆呢,刚好跟他哥哥相反。所以,他很反感学科歧视,在他看来,这世上全才极少，而偏科的却很多，因此，谁也没有资格歧视谁。

这时，黄鸿榆还想再问问言海东一月能赚多少钱，但还是忍住了。一来他觉得言海东实属不易，他一定是以勤工俭学的方式为自己赚点儿必要的零花钱，以减轻家庭负担；二来这毕竟是海东的隐私，多问也不太礼貌，也许还会伤他自尊心。

"对了，你想不想一起去？那儿还需要个助教。"走进宿舍楼的时候，言海东问黄鸿榆。

"我没时间。"黄鸿榆回绝道。

"是不是怕影响与她约会呀？"言海东坏笑道，"悠着点儿，千万别搞大啊！"

"去你的！"黄鸿榆假装生气地在他胸口击了一拳，而后又回敬道，"要不要给你也介绍一个呀？"

"得了吧！我可没那福气，也没那精力。"

言海东说的是实话。他不是不羡慕自己的好友能有那么一位洋气、温婉的同学做女友，可他有自知之明。自从上次晕倒以后，他终于明白，要想为父母与家庭分忧，一味节流不是办法，既伤身体，又有失脸面；重要的是开源，是自力更生。所以，他十分珍惜当下这份兼职。唯有如此，他才能和其他同学一样，衣食无忧。至于爱情，至少目前还不是他的必需品。

回到宿舍后，看看马上要上课了，他们俩便赶紧向教室奔去。

眼看着大二即将结束了。按照惯例，随着大四学生的行将毕业，东江师范学院学生会也将进行一年一度的改选。黄鸿榆是去年升大二时经数学系推荐进入学生会担任文体部干事的，干的都是些杂七杂八的事。现在他很想通过竞争，凭实力担任个部长什么的职务。但这样的愿望他可从来没敢跟别人说过，包括女友华芷莹，好友言海东。

又是一个周末的傍晚，黄鸿榆与华芷莹一起去校外散步。他们沿着学院大门外那条浓荫密布的大马路悠悠地走着。不时地,他们身边有一对又一对像他们一样的恋人擦肩而过。每逢此时,华芷莹总会先是有点儿害羞地低下头,然后侧过脸看看黄鸿榆。见他不吭声,便轻轻推了他一下:"想什么呢?"

"没想什么。"

自从跟她恋爱以来,黄鸿榆最怕的就是华芷莹问他"想什么",因为很多时候,他的确只是感觉和她在一起很温馨很美好,并没有想什么,甚至可以说脑子里一片空白。

"那就我来替你想点儿吧?"华芷莹故作神秘地对他笑笑,"想听吗?"

"想听。"黄鸿榆的好奇心被勾起了。

可就在这时,忽然响起了一阵嘟嘟嘟的汽笛声。同时,他们看见有七八辆大巴车,一辆接着一辆,从对面的马路上开来。

"这好像是我们学院大四同学外出实习的车,估计是实习结束回来了。"华芷莹说。

"多长时间呀?"黄鸿榆问。

"大概一个月吧。"华芷莹答道,"我们英语系的昨天就回来了,我还听说这届毕业班,凡是班干部和学生会干部,几乎全被学院推荐到所在各市县的重点中学去了,还有的干脆留在了教育局。"

"真的?"此刻,黄鸿榆身上的每一个细胞都被激活了。

"应该是真的。"华芷莹看着黄鸿榆,肯定地说,"反正能当上班干部或学生会干部绝对有好处。所以你应该好好把握机会。"

"什么机会?"

"这次学生会改选呀!"

黄鸿榆是真心佩服她的机灵了,她平时似乎什么都不在乎,却什么都关心,尤其是对跟他相关的事。也正是因为这一点,让他更加喜欢她,爱她。在他的心目中,自己未来的妻子,就应该是她那种样子的。

"可是我感觉没啥把握,那么多人想上,哪轮得到我呀?"黄鸿榆坦言道,他很不自信。

"我打听过了,本次改选的流程:学生会确定竞选岗位,竞选者进行竞选演讲,经由各系推举的学生代表投票,学院审核确认。"

华芷莹了解得清清楚楚,说得也头头是道。末了,还跟黄鸿榆分析道:"你呢,竞选文体部部长最合适,好好准备竞选稿吧。以你的人品与影响力,应该没啥问题的。"

"一道道都是关卡,谈何容易呀!"黄鸿榆呵呵一笑。

"笑什么呀,这么不自信呀?"华芷莹给他打气道,"放心,有我给你参谋帮衬呢!再说,还有项老师呢。"说完,冲黄鸿榆意味深长地笑笑。

"你觉得我毕业后有机会去城市?"

"严格地说,是我希望把你留在仁和市。"

"其实,我不奢望别的,只希望别被统配到江北去。如果到时能回到仁和县,回到老家皇坟乡,就算祖坟冒青烟了。"黄鸿榆深深叹了口气。

"不想去仁和市?"华芷莹有些失望。

"当然想啦,可是要有可能才好呀!"

"不努力不争取,怎么就知道没希望呢?"也许真被黄鸿榆的消极情绪气着了,华芷莹显然不高兴了。

黄鸿榆见状,立马搂住她,凑到她耳边说:"知道了,就算为了你,我也要好好搏一搏。"

"哼,算你拎得清!"华芷莹娇嗔道。

第二天傍晚,华芷莹拎着一袋红富士苹果,松松爽爽地来到位于东江师范学院东校门外一个名叫金山花园的小区,项怀仁老师住在这里。

项怀仁与华芷莹父亲华达江是同乡，也是多年的好朋友。而年龄上，项怀仁小华达江七岁。二十世纪六十年代中期，同为仁和师专老师的他们俩，因受到冲击，一起被下放到江北的一个农场劳动改造，成了难兄难弟。二十世纪七十年代中期，他们又先后落实政策恢复工作。不过，华达江返回了仁和，被分配到仁和市革委会，现在已升任仁和市人民政府副市长。而项怀仁则去了省城东江农业学校当老师，一路奋斗，终于成了如今的东江师范学院数学系主任。三年前，项怀仁的夫人林茵，因为华达江的帮忙，好不容易由仁和市一中成功调入省城的一所重点高级中学，彻底解决了他们夫妻长期分居两地的问题。

项怀仁夫妇去年还住在学院内的教工宿舍楼，今年初，项怀仁被破格晋升为教授，按学院规定，终于有资格分得了一套一百二十多平方米的住房。

"林阿姨好！"当华芷莹敲开项怀仁家的门，看到开门的林茵时，笑嘻嘻地站着。

"哟，是莹莹哪！快进来！"林茵显然很惊讶，"怀仁，快出来看看谁来了。"

项怀仁闻声从书房走了出来，见到华芷莹，也很惊讶与高兴。

"项叔叔好！"华芷莹略施弯腰礼，依然笑嘻嘻地，"听说你们搬新家了，我爸妈让我来认认。"随即进了门，在客厅的沙发上坐定。

"你爸爸北京出差回来了？"项怀仁在她旁边的沙发上坐下。一个月前，当他们电话联系时，华达江告诉项怀仁自己马上要去北京出差，说是东江省即将进行市管县行政体制改革，原太湖行政专区将一分为二。届时，仁和市将升格为地级市，下辖仁和市、仁和县、江平县、丁蜀县等三县一市。另外，泽州市也将升格为地级市，辖管泽州市、三吴县等五县一市。他出差北京，就为此事。"

"刚回来。前两天我妈来信说的。"华芷莹回答道。

"来，莹莹，吃点儿杨梅。我们仁和产的，新鲜着呢，我刚才下班时才买的。"林茵把一盘用温淡盐水刚洗过的杨梅端到她面前，热情地招呼着，也在沙发上坐下。

"谢谢林阿姨！"华芷莹欠了欠身，也不客气，用指尖捏起一颗，送到嘴里，"嗯，真甜。是我们仁和的。"

"多吃点儿，孩子。"林茵很开心地看着她，"两年不见，出落得越来越漂亮了！"

"对了，小宜呢？还没放学呀？"华芷莹环视屋内，没看见他们儿子，便问道。项怀仁与林茵夫妇的儿子项林宜，在林茵调入省城前一直随母亲生活于仁和市。那时，每到周末，林茵时常带着他到华芷莹家玩。所以他们两个从小就很熟很亲，以姐弟相称。项林宜今年刚读高一，华芷莹今天没见到他，自然惦记。

"他住校的。"项怀仁告诉她，"现在越是好学校抓得越紧。"

"我好久没见到他了。"华芷莹有点儿失望地说，"我妈信上也惦记他呢！"

"暑假回仁和，我带他去看你爸妈。"林茵安慰道。转而看看项怀仁，又提议道，"你看，光顾着说话了。怀仁，我们和莹莹一起吃晚饭吧？"

"我吃过了。"华芷莹如实答道。

"吃了也再陪我和你项叔叔一起吃点儿。"说罢，端出饭菜碗筷，招呼着华芷莹一起围坐于饭桌前。华芷莹也不再客气，陪着他们夫妇俩象征性地再用了次晚餐。

"项叔叔，听说本届大四的有些学长们已经被分配掉了呀？"席间，华芷莹一脸漫不经心地问。

"嗯，是部分学生干部，提前被一些城市的重点中学要去了。"项怀仁一边给华芷莹夹菜，一边说，"怎么，你这么早就操心毕业分配了？"

"不是我，是你们数学系的同学在打听。"华芷莹依然故作一副漫不经心的样子。

"是那个我们仁和的黄鸿榆吧？"项怀仁对华芷莹一笑。

被项叔叔一点破，华芷莹有些害羞了。但她还是很大方地坦然道："他家在仁和乡下，倒没奢望留城里，而是在担心被统配到江北去。当然，如果有机会留在城里，那是他求之不得的。"

项怀仁只是抬头对她笑着看看，然后又给她夹了一筷子菜："多吃点儿菜。"

而华芷莹也没有再说什么。她想，反正自己已把话说到这份上了。到时只要有机会，自己的这位项叔叔肯定会帮忙的。她唯一担心的是，项叔叔会不会把自己和黄鸿榆这事告知她父母。至于此次学生会改选，只要黄鸿榆参加竞选，系里这一关，也定然会顺利通过的。

"你妈身体还好吧？"也许是怕冷场，林茵转移了话题。华芷莹的母亲宋慧也是中学老师，只是体弱多病，经常请假在家养病。

"这两年好多了，学校很照顾她。"华芷莹回答道。

"嗯，那就好。我学校也挺忙的，加上小宜读高中了，家里的事情也多，你项叔叔又指望不上。所以呀，都忙得好久没跟她联系了。"林茵颇为感慨地说道，"代我向你妈问好啊！等暑假回去，一定过去聚聚。"

"嗯，林阿姨，你也要保重身体。"华芷莹十分体贴的话语，让林茵心里暖暖的。

华芷莹在项怀仁老师家做客的时候，黄鸿榆却在教室里用功。

学院的晚自习，就数数学系出勤率最高，其次是物理系与化学系等。而英语系、中文系这些个文科类，是出勤率最低的。此刻，班上的同学都在做题，只有黄鸿榆对着一张写了半幅文字的稿子冥思苦想着。他的案头，还摆放着好几本从图书馆借来的演讲稿写作例文的书。好久好久，估摸着自己再也写不出什么了，便干脆翻开这些书本，东拼西凑地抄了起来。折腾了将近一个黄昏，总算勉强弄出了一张页面的文字。

算了，就这样了吧。还是明天给华芷莹看看去，让她提提意见，兴许她会给自己灵感的。黄鸿榆这样安慰着自己，站起身，幽幽地回宿舍睡觉去了。

第二天早晨，华芷莹坐在余园的亭子里，看完了黄鸿榆的竞选稿，对他莞尔一笑。

"怎么样？提提意见吧！"黄鸿榆在一旁既忐忑又焦急，那样子，就像一位小学生站在老师面前，让华芷莹颇觉好笑。

"想听……真话？"华芷莹抬起头，故意慢吞吞地，卖起了关子。

"当然。"黄鸿榆催促道，"哎呀，你快说吧。"

"不怎么样。"华芷莹不再玩他了，很认真地说，"你呢，就是个理科生，做题绝对一流，干这个可不行了。"

"那岂不是没戏了？"黄鸿榆有点儿气馁了。

"放心吧，有本姑娘为你代劳，你怕什么呀？"

黄鸿榆赶紧打躬作揖，连连称谢。

"走吧，要上课去了。"华芷莹站起身，挽住黄鸿榆的胳膊，拉着他走出了余园。分手的时候，她又调皮地轻轻捏了下他的脸："到时可别忘了感谢我啊。"

两天后的下午，东江师范学院学生会改选大会在行政楼小礼堂举行。学院党委书记、团委书记、各系主任以及上届学生会主席、副主席等一干人等，全都齐刷刷地坐在主席台上。大一、大二、大三的学生代表们，也把校礼堂撑得满满当当的。

走完了领导发言、上届学生会工作汇报等流程之后，便进入了下届学生会各职位的竞选环节。按抽签顺序，黄鸿榆是第三个上台发表竞选演说。

他今天穿上了华芷莹给他建议的白衬衫、黑西裤、黑皮鞋，打上了条深红色领带，显得很正式，甚至有点儿一本正经。他迈着稳健的步伐，不急不慢地走到演讲台前，站定，然后先用平静的目光扫视了下全场。这样的举止，也是华芷莹事先给他设计好并操练过好几遍的。华芷莹在高中时就是班级文艺委员，对于此类设计可谓驾轻就熟。

"尊敬的各位领导、老师，亲爱的同学们。"

他吐字清晰，语态平和，一副从容淡定的神态。华芷莹真担心他今天的整个演讲都会如此风平浪静，波澜不惊。那岂不太过平庸了？

"大家下午好！"

没想到就在此时，黄鸿榆瞬间提高了分贝，让华芷莹的情绪为之一震。

"我是来自学院学生联合会文体部的黄鸿榆。首先我很感谢学院为我们提供了一个展示自我的平台，今天也很荣幸能够站在这里参加学生会的竞选活动，我竞选的是学生会文体部部长一职。我自信我能胜任这一职位，在同学们的协助下，我相信我可以把文体部的工作做得更好、更出色。"

听到这儿，华芷莹终于放心地发现，今天的戏完全在按自己预设的剧本上演。而且，男友黄鸿榆这位"演员"的演技也很出色。此刻的他不卑不亢，从容自若，吐字清晰，语言流畅。尤其让她感到满意的是，他一边演讲，一边还微笑着环视全场，用目光跟台下进行着情感交流。

"如果我有幸竞选成功，我将进一步提升自我能力和自身素质修养，以'一颗热心'——热爱学生会的心，'三种意识'——团队、服务、创新意识，'五个素质'——政治、道德、知识、能力、心理素质，去引导文体部走向一个新的发展平台。"

听到这儿，坐在主席台上的项怀仁，也不禁对自己的这位同乡后生刮目相看了！尽管他毫不怀疑黄鸿榆今天的竞选演讲绝对有华芷莹的成分，但这个小伙子在大庭广众之下竟然能有如此之表现，着实让他惊讶不已。嗯，可造之才！他在心里赞赏道。

"既然是树，我就要长成栋梁；既然是石头，我就要去铺出大路；既然要担任文体部部长，我就要成为一名出色的部长。我有这样的决心和信心，希望大家支持我，给我一个实现自我的机会。"

黄鸿榆的话音刚落，台下便响起了一片哗啦啦的鼓掌声。这掌声，似一条溪水泻出小礼堂，泻入整个校园。

"谢谢大家！"

末了，黄鸿榆向着台下鞠躬致意，又转身朝向主席台，深深一鞠躬。然后，大步流星地向台下走去。

华芷莹静静地坐在台下人群中，热泪盈眶。她就像欣赏着一件移动的艺术品一样，目光随黄鸿榆的身影流动着，直至他消失在礼堂的边门里。

活动结束，华芷莹貌似漫不经心地站在小礼堂大门口的广场上，与几个熟识的同学随意交谈着。待到黄鸿榆发现自己后，才在他的尾随下，径直朝余园方向走去。到了老地方，她忽然转身，紧紧抱住黄鸿榆，狂吻了起来。

第七章

江南的梅雨季节如期而至。

天空似一个硕大的筛子，将没完没了的雨水淅淅沥沥地筛下。放眼望去，稻田、桑地、树林、村庄全都湿漉漉地浸泡在雨水中，甚至连空气也是潮湿湿的，抓一把都能拧出水来。雨水横溢，由田地淌进沟渠，泻向大大小小的江河，汇入星罗棋布的湖泊。到处都喧响着淅淅的下雨声，哗哗的流水声。老天就像个喜怒无常的孩子，一会儿又哭又闹，稀里哗啦地下一阵雨；一会儿破涕为笑，照一地热辣辣的日头在天地间晃几下。整整一个多月的时间里，就如此循环往复地折腾着。

天气又闷又热。青蛙们不耐烦了，呱呱呱，呱呱呱，日日夜夜地鸣叫着。鱼儿憋闷得透不过气来了，时不时地蹿出水面，在半空中翻个跟斗，划出一道道白亮亮的弧线。平日里满地奔跑的猫狗鸡鸭们，全都懒洋洋地蜷缩在村巷的屋檐下，只有看见远处水田里有白鹭飞抵，它们才有气没力地叫唤几声。

这个星期天，因为天气，全校所有的小年轻们都没回家。反正没事可做，也无处可去，他们有的相约聚在宿舍打掼蛋；有的将教室的课桌临时拼凑成乒乓桌，切磋球技；有几个不合群的，独自赖在床上看时尚小说或电影画报。黄鸿桦却没有心思做这些事。早饭过后，林子丹去玩牌了，黄鸿桦在宿舍里来来回回地转了几圈，便幽幽地朝办公室走去。在二楼的办公桌前坐定，明明有一大沓作文簿要批改，却也没心情去翻阅。他就这样独自呆呆地坐着，眺望着窗外那片烟水苍茫的景色。

就在上周四早读前，学生姜进特地走到讲台前，把一封信交给了黄鸿桦。看着信封上歪歪扭扭的字迹，黄鸿桦疑惑地打开了信件：

敬爱的黄老师：

  首先，我为这一周没有请假而不到校上课向您表示歉意。因为自从今年春节以后，我爹爹就不让我去学校了，但是我姆妈反对，所以从开学到现在，我还能来上课的。到了上周六放学后，我爹爹又说不许我上学了，我不肯，他就打我，还把我关在房间里。这次，我姆妈反对也没用了。

黄老师，其实我是很想和同学们一样到校上课学文化的。但看来再也没有机会了，我很伤心。这两天被关在房间里，听着外面的雨，我很想哭，但是我知道哭也没用，我爹爹再也不会让我去上学了。

黄老师，希望您不要生我气！我会永远记着您和其他老师们给我的关心和给我带来的快乐的。

请您原谅我！黄老师。

您的学生：金文英
1983.6.15

读完信，黄鸿桦心情如这天气般阴郁、压抑，胸口感觉被一块沉重的石头压着，好久都透不过气来。都什么年代了，居然还有这样的事情发生！

金文英是黄鸿桦班上长得又高又大的女生，坐在最后一排。她的学习成绩虽说不上优秀，但如果读到初三，考个高中应该没啥问题。这几天没到校，他本来就在纳闷，托班上姜进等几个住得离她家近的学生去打听，也没啥消息。本来他想抽个梅雨的间歇期，让姜进他们带着他前去家访一次呢。没想到现在居然收到了金文英的来信了，却也没说清楚她父亲究竟是什么原因让她辍学的。难道是家里贫困交不起学杂费了？应该不至于呀！又或者是她父亲重男轻女的思想作祟，认为女孩子不需要读书？也不至于吧？那究竟是什么原因呢？黄鸿桦百思不得其解。

当天中午，黄鸿桦把姜进叫进了办公室。

"你知道金文英爹爹到底为啥不让她到校读书吗？"

"是因为……"姜进支支吾吾的，还脸红了。

黄鸿桦感觉很是奇怪："说呀！有什么不好说的呀？"

"是因为他爹爹……"姜进抬头看看黄鸿桦，又看看办公室其他老师的座位，"他爹爹给她找对象了。"

"什么?!"黄鸿桦这下被惊得差点儿从座椅上掉下来,"怎么可能呢?你这臭小子要是敢胡说八道,看我不抽你!"

"黄老师,是真的!"姜进唯恐老师真打他,吓得退后了几步,"这样的事我怎么会瞎说呢?"

黄鸿桦伸手一把将他拉到了身边:"那你跟我说说,究竟是怎么回事。"

于是,姜进一五一十地给黄鸿桦道出了原委。原来,金文英一共有姐妹三人,她是家里的老大。因为没有儿子,按照当地村上的风俗,一般要把大女儿留在家里招婿入赘,以支撑门楣,传宗接代。而金文英的父亲生怕这事办得晚了,找不到合适的上门女婿,于是早在大女儿小学六年级时,就托人打听物色人选了。说来也巧,就在金文英小学毕业的那个夏天,有媒人说隔壁沈墓乡有户人家养了四个儿子,因为家里特别穷,父亲又去世得早,最大的儿子已经二十岁了,至今都找不到对象。于是母亲决定让十八岁的二儿子出门去当人家的上门女婿,以减轻家里的负担。金文英父亲得到这个消息,高兴得好几天都睡不着觉。他算年龄,那男孩只比自己大女儿大五岁,正好!论条件,那男孩出身苦没父亲,比自己家矮了一截,安全!这么好的机会必须得抓住!就这样,金文英父亲便软硬兼施,千方百计地逼迫金文英与那男孩订婚,而在他的理念里,订婚之前就得先辍学在家。再说,这样也可以让大女儿帮助他们夫妇干农活、打理家务。

黄鸿桦听完姜进的话,一股忧伤、愤懑之情充溢胸间,同时又深感无奈。他平生第一次体会到,这世上有些事尽管你很想出手相助,可却无从着手,又无能为力,只能在一旁干着急。

下午上完课,黄鸿桦便去教导处找到吴双人,向他汇报了具体情况,并把金文英给他的信放到吴教导面前。吴双人听完汇报读完信,一时神情格外严肃,但随即又平静地对黄鸿桦说:"小黄,这事我知道了。到时我来看看能否联系金文英家所在的村委会，让他们出面做做工作。你呢，也设法抽个空去家访一次，了解下具体情况。"

黄鸿桦知道，其实吴教导也没啥办法。但他还是寄希望于金文英家村委会那边，也许能通过行政手段，促使家长改变主意，让孩子重新返校上课。

回到办公室，黄鸿桦突然想起前阵子去县文教局培训时，那位省教科院主任好像曾经说过，国家正在酝酿出台义务教育法，以法律形式明确规定，每个孩子都有接受九年义务教育的权利，如果有谁胆敢阻挠甚至剥夺孩子的这一权利，必将受到法律的制裁，包括父母。看来，全国各地像自己学生这样的情况很多很普遍哪！可是，在江南这样的发达地区，居然也会出现此类现象，还是让他匪夷所思。

那天傍晚放学时，黄鸿桦特地把姜进单独留下。

"我想星期天去金文英家家访，你能带我去吗？"

姜进看看教室走廊外挂着的雨帘，面露为难之色："这样的天气你也要去？"

"对！"黄鸿桦肯定地说，"步行去需要多久？"

"步行绝对不行。"姜进顿了顿，"要不这样吧，我到时开拖拉机到学校来接你。这样快一点儿。"

"你会开拖拉机？"黄鸿桦表示疑惑。

"那当然！"姜进一脸得意，"而且还很熟练。寒暑假的时候和我爹爹去镇上赶集，都是我开的，你说熟不熟练？"

"好，那就这样定了，星期天上午九点你到校门口等我。"黄鸿桦拍拍姜进肩膀，"你回去吧，路上小心。"

这小子真行。看着姜进消失在雨帘中的背影，黄鸿桦心想。

星期天一早，外面风雨交加，天空阴郁得几近黑夜，还不时地传来隆隆的雷声。黄鸿桦真担心正在赶来的姜进会不会出现点儿什么意外，他有点儿后悔了。

"黄老师!"

姜进突然出现在了窗口。被雨水淋湿的头发紧贴着额头,黝黑的脸蛋上闪着一双晶亮的眼睛,手里提着把长柄黑雨伞。

"你路上还顺利吧?"黄鸿桦很是感动,起身离开办公室,走到窗外摸摸姜进的头,"我们走吧。"

来到楼下,姜进撑开大雨伞。黄鸿桦一手勾住姜进的脖子,钻了进去。两人朝校门口的拖拉机走去。

雨中的拖拉机稳稳地停靠在校门口的石子路边。驾驶座顶上搭了个雨棚,四周用白色透明的塑料布遮盖着。姜进一手撑着伞,一手扶着黄鸿桦坐上驾驶座右手的座位。然后,收起伞,用手摇柄发动拖拉机,那拖拉机便浑身抖动着,突突突地响了起来。姜进顺势跨上了驾驶座。

"你坐稳啦!"姜进又高声喊道,驾驶着拖拉机穿行在风雨中。

驾驶座雨棚里又闷又热,外面的视线也模糊到几乎看不见东西的地步,还有雨水洒进棚内。尽管姜进将拖拉机车灯开得很亮,但他也只是凭感觉在凹凸不平的石子路上行进着。黄鸿桦不免有点儿担心,不时地提醒他"慢点儿,慢点儿"。

"放心吧,老师,我稳着呢!"姜进抹一把脸上的雨水,安慰黄鸿桦道。

"这么大的雨,你父母放心你出来吗?"也许是心虚,黄鸿桦问道。

"有啥不放心的?"姜进呵呵一笑,"我爹爹、姆妈还说,你小黄老师这样的天气还出来家访,不容易,要我无论如何保证你安全呢!"

听了姜进的这番话,黄鸿桦似乎心安了好多。

约莫一刻钟光景,看看将到丰泽湖边了。而风雨居然也渐渐地小了,停了。黄鸿桦因为不久前到过这里,感觉眼前的风物很是熟悉。

"金文英家离你家近吗?"

"就在我们村再过去一点点的地方。"姜进回答道,"南湖湾那边。"

黄鸿桦便不作声了。任凭姜进驾驶着拖拉机奔跑,他却只管欣赏起路边田野的风景来。满眼都是碧绿的稻田,潇潇的野风掀起一层层绿浪,裹挟着似潮的蛙声,翻卷着,一拨又一拨,煞是壮观。阳光从云层的隙间透出,有一阵没一阵地投射下来,给眼前这片涌动的绿浪涂上一层似有若无的金色。

不一会儿,拖拉机在一户灰墙黑瓦的人家门口停下。姜进跳下驾驶座,大声喊道:"金文英,黄老师看你来了!"

一位四十岁模样的农妇应声迎了出来。她上上下下地将黄鸿桦打量一番,很热情地招呼道:"没想到黄老师这么年轻哪!来来来,快进屋坐!"

黄鸿桦与姜进进屋坐定的当儿,金文英出现在了他们面前:"黄——老——师——"

从那颤抖的声音里,黄鸿桦听出了她满腹的委屈。再看看她的脸,消瘦,苍白。她站在面前,一副手足无措的样子。黄鸿桦的心里,涌动起一股不舍与酸楚。

黄鸿桦接过金文英母亲递来的一碗香喷喷的大麦茶,礼节性地呷上一口,招呼金文英道:"来,你也坐下吧。"

看着金文英在她母亲身边坐定,黄鸿桦亲切地安抚道:"你的情况我都知道了。今天老师过来,就是想跟你爹爹、姆妈商量下让你复学的事。"

金文英对黄鸿桦感激地点点头,又看看自己的母亲与同学姜进,眼泪直在眼眶里打转。其实,她给老师写那封信,既是为了告知情况,也是巴望班主任黄老师能帮自己。现在,老师果然出现了,她觉得自己重新返校读书似乎有希望了。可是,黄老师能不能说服父亲呢？她很是担心。这样想着，便不停地朝大门外望着，盼望去地里干活的父亲能早点儿回来，好让黄老师见到他。

"阿姨，今天来呢，主要是想让你家金文英尽快回到学校上课。"黄鸿桦开门见山，还搬出了校领导，"这也是我们校长和教导的意思。"

"我知道，谢谢你啊！这大雨天还特地赶到我们家，真是辛苦你了。"金文英母亲真诚地说，"其实，我也是很想让我们家文英到校读书的，因为我和她爹爹都吃足了没文化的苦头。"

他们正说着话的时候，金文英爹爹扛着一把耙稻木耙进了家门。他看见姜进和黄鸿桦，很感意外，同时也明白是怎么回事了。

"他爹，文英班主任黄老师来了。"金文英母亲招呼道。

"叔叔好！"姜进是认识金文英父亲的，便也很有礼貌地起身打招呼。

"哦。"金文英父亲胡子拉碴的脸上荡漾出一圈笑意，在墙角放好木耙，也坐了过来。他从口袋里掏出一包勇士牌香烟，抽出一支递给黄鸿桦："黄老师，抽烟！"

"我不会的，谢谢叔叔！"黄鸿桦连忙摆手。

"那黄老师喝茶。"说着，起身拎过热水瓶，给黄鸿桦续上水，然后，刺的一声划亮一根火柴，点上一支烟，吸了起来。

"金叔叔。"黄鸿桦欠了欠身子，"我想请你女儿明天回到学校继续读书。"

黄鸿桦如此直白，显然让金文英父亲没有想到。他看看眼前的这位小黄老师，一声不响，闷头抽完了一支烟。然后，又给自己续上一支，微微抬起他那红肿的眼皮，说："小黄老师，谢谢你的好意。我也知道读书很重要，可是我们家情况特殊。"

一旁的金文英听到这话，感觉自己心中的最后一点儿希望也破灭了，不禁呜呜地哭了起来。她母亲见状，也无奈地叹了口气,伸手摸着女儿的头,万般不舍。

"金叔叔,你的想法呢,我是知道的。"黄鸿榉此刻格外冷静,"但是你想过没有,你女儿还是个未成年的孩子呀!你现在就安排她订婚,合适吗?再说,国家有法律规定,每个孩子都必须完成小学与初中的学业,否则便是违法行为呀!"

说完这话,黄鸿榉也感觉自己如此上纲上线,有点儿在吓唬人了。更何况,他所说的法律,充其量也还只是在酝酿之中的事,八字还没一撇呢!

可金文英父亲听了,明显被触动了:"唉,小黄老师,你说的不是没有道理,我也不是不想让我们家文英去读书,可是,我们家的确有难处啊!"

"那要不这样,金叔叔。"黄鸿榉突然灵机一动,"说媒的那根线呢,你先牵着别断,至于定亲的事,就说因为你家女儿年龄太小,等读完初中再说。您看如何?"

一旁的金文英此刻十分感激地看看黄老师,同时,又十分忐忑焦急地等待着她爹爹的答复。

"孩子她爹,我觉得黄老师说得有道理呀!"

"是呀,是呀……"姜进也插嘴道。可见黄老师对他使眼色,便没再吱声。

金文英父亲又是一通闷头抽烟。好久,才抬眼对看着自己女儿的老师说:"好吧,让我考虑考虑再说。"

黄鸿榉见对方好不容易松口了,一块好几天以来压在心头的巨石终于落了地。他放下茶碗,站起身:"金叔叔、阿姨,那就这样说定了,明天你们先让金文英到学校来上课吧!明天一早,我会向我们校长、教导汇报这事的。"

他一边说着,一边走到大门口。身后的姜进也紧跟着。来到拖拉机旁的时候,他又回头对站在门口的金文英说道:"你明天可一定要来学校啊!免得校长、教导再来家访。"

可金文英父亲却觉得,这话分明就是说给他听的。这小黄老师,年纪轻轻的,就这么会说话,会办事,真不简单!看着黄鸿桦、姜进他们乘着拖拉机消失在村口,金文英父亲不禁默默感叹。

返校的路上,姜进将拖拉机开得飞快。天色似乎比来时亮了许多。黄鸿桦望着身边一望无际的绿野,沐浴着凉爽的野风,心情有说不出的轻松。

"黄老师,要是明天金文英爹爹还是不让她来上课,怎么办呢?"过了好一会儿,姜进突然说出了他的担心。

"应该不会。"黄鸿桦心里似乎很有把握。

"那会不会来了一阵又不来呢?"姜进依然不放心。

"那就到时再说。"黄鸿桦沉思片刻,十分坚定地说,"大不了到时再去家访一次!"

姜进不再作声,专心开他的拖拉机。

"还有,今天这事别在班上说啊!"黄鸿桦关照道。

"知道。"姜进对黄鸿桦笑笑,"不然,金文英会尴尬的。"

"知道就好!"黄鸿桦就是喜欢这小子的机灵劲。

"不过,我可不能保证班上其他同学不知道啊!"过了会儿,姜进似乎想起了什么。

"为什么?"

"你想呀,我们班有许多同学都是住在附近村巷的,有两个还和金文英是同村的,能不知道吗?"姜进看看黄鸿桦,解释道。

"我是担心有同学渲染,会伤金文英自尊心。"黄鸿桦把自己的忧虑说了出来。

"这点你放心,黄老师!如果谁要是敢嘲笑金文英,我会收拾他们的。"姜进拍胸脯道。

"你可别乱来啊!"

"知道,我自有分寸。"

开到半路的时候，天又下起雨来了，而且越下越大。姜进赶紧给黄鸿桦放下雨棚，可因为风太大太猛，哗哗啦啦的雨水直往他们身上洒。不一会儿，师生两个便被淋得浑身湿透了。但他们顾不得这些了，只管开足马力往回赶。

第二天早晨醒来，黄鸿桦觉得头昏脑涨。下了床，双腿酸痛发软，浑身都没力气；鼻子也塞住了，呼吸都困难。他感觉，是昨天淋雨受凉而感冒了。自己摸摸额头，似乎体温还正常的，没发烧。

因为没有胃口，黄鸿桦早饭吃得很少，只是喝了一小碗粥。从食堂吃完早饭赶到教室，发现金文英已经端端正正坐在座位上了。他那颗一直悬着的心总算放了下来。他又特意走到金文英的座位前，轻声关照："把前几天落下的主课作业补起来。如果不会，可以请同学辅导，或者直接找老师，我会跟他们打招呼的。"

金文英感激地点点头。

今天是早读连第一节课，黄鸿桦故意用约半堂课的时间复习上周所讲的两篇课文的内容，一来是给全班复习巩固，二来也是为了降低金文英补课的难度。等到第一节课结束回到办公室，他却发现自己头晕得厉害，全身发冷，口腔里热溜溜的。他再也撑不住了，去教导处告假后，直接回宿舍在床上躺着。

中午的时候，吴双人教导把校医带到黄鸿桦宿舍，并让林子丹打回了一份请食堂特意制作的病号饭菜。

"病毒性感冒。"校医也是位未婚女青年，她弯腰给黄鸿桦测完体温，并用听筒听完胸口后，直起身，脸上泛起一层害羞的红晕，对吴教导说，"先吃点儿退烧药吧，假如退烧后不反复，就不要紧的，否则得去镇上卫生院挂水了。"

"好的，你先回医务室去吧，这些天生病的学生也多。"吴双人对她点点头说。

校医离开后，林子丹把饭菜端到黄鸿桦跟前。黄鸿桦却摇摇头,表示没胃口吃。吴双人坐到他床边,劝他说:"如果可以,多少吃点儿吧?增加点儿能量。"

黄鸿榉勉强坐起,刚吃了几口,却一阵阵地反胃,想吐,便放下碗筷。林子丹给他递上杯温水,让他喝了几口。

"小黄,那你就先休息吧。"吴双人关切地说,"我下班后再来看你。"

说完,吴双人与林子丹便一起离开宿舍,回各自办公室工作去了。

第八章

下半夜的时候,高烧就上来了。黄鸿榉爬起来吃了一粒退烧药,喝了一大杯温水,继续躺下。昏昏沉沉的,却怎样也睡不着。

这是他参加工作后第一次生病。平时感冒什么的,出身汗就会自愈的,他也从来不介意,可这次他明显地招架不住了。这让他想起了母亲经常说的一句老话:在家千日好,出门一日难。说的大概就是像他现在这样生病,或遇到别的什么独自不能解决的困难之类的情况吧?他觉得自己虽然是一个农家子弟,从小生活在贫困之中,却从来不缺乏父母的呵护,亲人的关心,而且,父母虽然没什么文化,却目光长远,宁可自己受苦受委屈,也绝不会妨碍耽误他们兄妹的前程。这是让他深感庆幸,并将铭记感恩一辈子的。

都说父母在不远游,游必有方。那么,自己现在这样背井离乡到这儿来当个乡村教师,算不算"游必有方"呢?黄鸿榉问自己。

邻床，林子丹鼾声如雷。黄鸿桦记得前两天林子丹对自己说过，他们这十一位小年轻中，有几个人几乎每周都要去一次文教局人事股，要求将自己调回到老家去，尤其是那两个和黄鸿桦一样非三吴县的人。还说，听他们最近的口气，好像已经有点儿眉目了。这让黄鸿桦很是惊讶，同时也隐隐觉得，自己似乎也应该有所动作了。反正经过上次的业务培训，他已经认得文教局的大门了。只是如果自己也去了，文教局会不会将情况反馈给学校呢？到时给校领导留下个不安心工作的坏印象，似乎又不太好。再说，吴教导对自己那么器重，如果他知道了，会怎么想呢？想到这儿，黄鸿桦又犹豫起来了。

天亮的时候，黄鸿桦感觉自己精神似乎好了些，但腿脚依然软塌塌的，起床下地活动下，整个身子轻飘飘的。勉强支撑着去食堂吃了碗粥和一个馒头，他便返回宿舍。走到门口，发现姜进与金文英两个在站着等他。

"黄老师，她一定要我陪着来看你。"姜进看看金文英，对黄鸿桦说。

"黄老师，我姆妈说，都是因为来我家家访，你才生病的。她要我把这个带给你。"说着，把手中拎着的塑料袋递给黄鸿桦。

"代我谢谢您姆妈！"黄鸿桦说，"心意我领了，但东西我不能收。"

"哎呀，黄老师，你就收下吧！"姜进倒是替自己老师不客气，一把接过金文英手中的塑料袋，拎起进了宿舍，放到黄鸿桦床边的柜子上。

"黄老师，谢谢您！"这当儿，金文英突然对着自己的老师深深弯腰鞠躬。此刻，黄鸿桦分明看见她眼眶里噙满泪水。

还没等黄鸿桦说什么，姜进走出来对金文英说："我们回去吧，要迟到了。"两人便告别他们的老师，回班级去了。

黄鸿桦去教室上完第一节语文课，感觉体温又上升了。他便去教导处请完假，准备上医院去挂水。姜进知道了，来到办公室对黄鸿桦自告奋勇地说："黄老师，第二节刚好是体育课，第三节又是美术课。我去问班上骑自行车的同学借辆车子，送你去医院吧？"

黄鸿桦沉吟片刻，说道："好吧。"

于是，师生两个推着车子出了校门，向泾渭镇卫生院去了。

一刻钟光景，他们便到达了镇卫生院。挂过号，黄鸿桦就让姜进赶快回学校去上课。

"你挂好水在医院等着我，我放学后会来接你的。"临走时，姜进对老师说。

看着姜进离开的背影，黄鸿桦心里暖洋洋的。这小子既淳朴又能干，自己真是越来越喜欢他了。

他手持挂号单，从一楼上二楼，沿着长长的走廊，推开了一间虚掩着的内科诊室的门。

诊室内有三五个病人，呈半圆形围着一位年轻的女医生候诊。而那位女医生，端坐在椅子上，正专心致志地给眼前一位中年妇女开着处方。黄鸿桦定睛一看，这身影怎么那么熟悉呢？再仔细辨认，不禁惊呆了：原来是她！那位在联谊会上见过的姑娘。但他很快就把此刻那份惊喜的情绪收拢住，一脸平静地坐在门口的长椅上，等待着里面的叫号。

黄鸿桦就这样静候着，看着里面一个个病人退出，盼望着能早点儿轮到自己。因为此时，他感觉自己越来越难受，脑袋昏昏沉沉的，整个身子疲软得都快坐不直了。

"下一位！"也不知过了多久，终于听到里面传来了叫号声。

黄鸿桦起身，感觉有点儿站立不稳了，他蹒跚着坐到她对面。

"是你？！"对方显然很意外，瞬间脸色掠过一圈绯红，停顿了大约一分钟，才问道，"哪里不舒服？"

"发烧了，估计是病毒性感冒。前天晚上就开始了。"黄鸿桦倒是很镇定，如实回答。他抬头看看她胸口别着的号牌：No.20 苏晴川。

"先测下体温吧。"苏晴川把体温表塞进黄鸿桦的嘴巴里，"肌肉酸痛，鼻塞，是吧？"

"嗯。"黄鸿桦补充道，"还头胀痛，口腔发热。"

"嗯，是病毒性感冒。"苏晴川拔出他嘴巴里的测温表，"40.5摄氏度。挂两天水吧，能恢复得快一点儿。"

说着，苏医生便开具了处方。黄鸿桦看着她此时的样子，恬静、端庄，一缕刘海斜挂于额头，随着她书写手臂的抖动而轻漾着，煞是妩媚。

片刻工夫，处方开具完毕。黄鸿桦等待着她递给自己。可她却把递到他面前的处方又收了回去，然后拨通了案头的电话："护士站吗？我是苏晴川。麻烦叫小贺过来一下。"

说罢，苏晴川对黄鸿桦嫣然一笑："你等等啊！"然后对门外喊道："下一个。"

黄鸿桦虽然心里很是疑惑，但也只能等着。等到苏医生给下一个病人看完病，方见一位小护士走了进来："苏医生。"

"哦，小贺。"苏医生抬起头，看着黄鸿桦对她说，"这位黄老师是我亲戚，发烧得厉害。麻烦你帮忙给他去药房配药，然后把他带到输液室去挂水吧？"

"好！"小贺护士答应道。然后，她对黄鸿桦道："黄老师，我们走吧。"

黄鸿桦也没来得及多想，起身跟着护士就走。

"哦，对了。"他们刚到门口，苏医生又叫住他们，"小贺，麻烦你把隔壁我那张躺椅也一起带输液室去吧。"

护士笑笑，二话没说，就去诊室隔壁取出一张轻便的小躺椅，领着黄鸿桦走了出去。此刻的黄鸿桦不禁深感受宠若惊，他站在门口,红着脸对苏晴川道:"谢谢啊!"

苏晴川也脸红了,对他笑着点点头:"当心点儿!"

配好药,来到输液室。小贺护士把躺椅在朝南的窗下放好,让黄鸿桦斜躺下,然后走进前面隔着一层玻璃窗的输液室护士站,对着一位年长的护士交代了一通。最后,她又折回到黄鸿桦身边,关照道:"黄老师,你耐心等一会儿,她们马上就过来的。"

"好的,真是不好意思啊,麻烦你了!"黄鸿桦真诚地说。

"对了,苏医生是你什么亲戚呀?"小贺护士突然又问道,脸上含着一种别样的笑意。

"她是我表妹。"黄鸿桦不假思索地答道。不过,他感觉自己此刻的脸一定很红很红。

"哦。那我忙去了。再见!"小贺对他诡异一笑,轻轻摆摆手,转身离开了。

黄鸿桦环顾整个输液室,陈设很是简陋。空空荡荡的两开间屋子里,零零落落地放着十几张长椅,目前正有五六个病人在打着点滴。她一定是怕自己坐在如此硬邦邦的长椅上吃不消,才拿出她午休的躺椅给自己的。黄鸿桦想到这儿,心里不禁泛起阵阵暖意。这阵暖意,又由心田外溢到脸上,让他感觉热辣辣的。

黄鸿桦当天的点滴快要挂完的时候,苏晴川突然来到了他身边。此刻的她,已经脱下白大褂,换上了一袭粉色连衣裙,外面罩一件咖啡色开衫,手里挽着个黑色小牛皮包,娉娉婷婷地站在他面前。

"苏医生,今天麻烦你了!"黄鸿桦跟她打招呼,看着旁边的椅子,"你坐吧。"

苏晴川坐下,笑眯眯地说:"好点儿了吧?"

"嗯,好多了。好像烧退了。"

"今天主要是退烧药和消炎药。晚上应该不会有反复了。"苏晴川微微前倾身子，"感觉你现在脸色也好多了。"

"明天什么时候来挂水呢？"黄鸿桦问。

"我明天夜班，傍晚五点半到岗。"苏晴川依然笑眯眯的，但脸上明显泛起层红晕，"要不你晚上来挂吧？反正就一大一小两瓶，快的。"

"好的，那我明天下班后过来。"黄鸿桦心领神会。

苏晴川离开不久，姜进就来到了医院。在输液室找到自己老师后，他帮黄鸿桦把苏晴川的躺椅寄放在了护士站小贺处。然后，用自行车载着黄鸿桦返回了学校。

"明天我可以自己去医院了，你放学后直接回家吧。"回到校门口，临别时，黄鸿桦关照姜进说，"这几天辛苦你了。"

"好吧。"姜进憨笑着挠挠脑袋，"有事随时吩咐，小的一定全心全意为老师服务！"

"你这臭小子！"黄鸿桦满心欢喜地拍了他一下，"还有，帮我多多关注金文英，有啥异常情况及时告知我。"

"放心！"姜进用大拇指与中指一捻，啪的一声，打出个响亮的指音，松松爽爽地走了。

晚饭后回到宿舍，黄鸿桦翻开床头桌子上金文英送来的塑料袋，里面是一包用牛皮纸包着的熏青豆，两袋用白纱布包裹的虾米干。一看就是农家土特产。黄鸿桦经历了两天高烧，本来嘴巴就淡得不知滋味了，如今便又是青豆又是虾米干地大嚼起来，很是解馋。

当晚果然没有再发烧。一开始，黄鸿桦躺在床上，回味着白天去苏晴川处看病的点点滴滴，想象着第二天又要去见她的情景，心潮起伏，浑身燥热，一时难以入眠。但半夜以后，他不知怎么就睡着了，而且睡得很沉很深，以至于第二天的早读都给耽误了。

中午，黄鸿桦收到了弟弟鸿榆的来信，说是今年暑假前要去同学家，希望额外给他寄十元钱去。黄鸿桦自己读大学时也有过类似的体会，自然理解，所以准备下午去医院时顺便去趟邮电所，给他寄去。

下午没课，黄鸿桦在办公室埋头备课、批作业。这两天先是忙金文英的事，后来自己身体又打岔，耽搁了太多的工作了，他现在得好好补上。工作近一年来，尤其是本学期以来，每当因为什么事而耽误了备课、上课、批作业之类，他都会内心感觉对不起学生，对不起自己每月所领的那份工资。上次去文教局培训后如此，这次更是如此。尽管他知道，很多时候，备课粗糙点儿、上课偷懒点、批阅作业马虎点儿，学生们没啥感觉，校领导也不会知道，唯一清楚的只有他自己。但他迈不过愧疚、自责这道坎！仿佛只有把这些落下的补回来了，他才会心安理得。

"小黄，好些了吗？"

黄鸿桦猛抬头，发现吴双人教导来到了他面前。他看看黄鸿桦的脸色，又看看他手头摊开的书本与备课本，一脸的和善关切。

"吴教导好！"黄鸿桦急忙站起身。

"快坐快坐！"吴教导朝他摆摆手，自己拉过一张椅子，也坐了下来，"这些天你受累了。金文英母亲昨天特地赶到学校，说是特别感谢你对她女儿的关心，并表态一定让她女儿读完初中，不辜负你的期望。"

"那真是太好了！"黄鸿桦高兴地挪了挪身子。

"还有这个。"吴教导又把一份红头文件放到他面前，"你仔细阅读下，到时按要求及时提交。"

交代完毕，吴教导便离开了，走到办公室门口，还不忘回头关照一句："这两天注意休息啊！"

黄鸿桦站起身，感激地点点头。然后重新坐到办公桌前，仔细阅读起那份文件来。原来是文教局教研室下发的关于开展全县语文青年教师教案比赛的通知，参赛对象为全县所有青年语文教师。黄鸿榉立刻明白，那是上次培训结束时教研员施雅韵老师布置的三大任务之一：交一份教案。只不过把参与对象扩大了，而且到时还要评奖。这明摆着是在促使像自己那样上次参加培训的老师要加倍努力呀！如果到时连个三等奖也拿不到，那不丢人吗？而自己呢，必须争取得个一等奖，否则也愧对吴教导与学校的栽培呀！

黄鸿榉打定主意，等此次挂水完毕，身体康复了，一定得好好按要求撰写一篇高质量的教案，并在课堂上试讲一遍，并邀请师傅姚老师前来听课指点，经过反复推敲修改后，再呈送上去参加县里的比赛。

下午放学已是四点钟，等到监督完班上值日生打扫好卫生，已过四点半钟了。因为食堂的晚饭要五点半以后才开始，黄鸿榉只得回宿舍带上点儿苏打饼干，径直步行去镇里，先到邮电所给弟弟鸿榆寄去十元钱，之后赶往医院。

走进输液室，里面只有两位病人在输液。黄鸿榉从小贺护士那儿搬来躺椅，在老地方一放，去护士站报过到，就安安静静地坐在躺椅里候着。不一会儿，还是昨天那位护士走了过来，动作十分麻利地给他打上点滴，离去了。

整个输液室静悄悄的没有一点儿声音。隔着玻璃窗望过去，护士站那头的两个护士一个坐着在翻阅一份什么画报，另一个抖动着一枚钩针在编织着什么。两位病人身边，倒是都有家属陪护着，不过都不说话，静默得如同印在连环画上的人物。黄鸿榉起先还巴望着苏晴川会像昨天那样突然出现在他面前，不过想想人家既然是值夜班，也应该有病人需要接诊的，肯定很忙，所以后来也就断了那份念头。看着输液瓶里的液体缓慢地往下滴，他感觉自己的心跳似乎也渐渐地慢了下来，心情渐渐地沉了下来。不知不觉中，居然睡着了。

等到他醒来的时候,发现苏晴川正坐在他身边的椅子上,就像昨天一样,只不过她今天穿着一件白大褂,胸口挂着诊筒。再抬头看看头顶的输液瓶,已经换上满满一瓶新的了。

"你啥时来的?"黄鸿榉不好意思地问。

"才一会儿。"苏晴川说,"刚好看见你上一瓶滴完了。"

"真是麻烦你了!"

苏晴川没接他话,只是对他莞尔一笑。然后抬眼看着输液瓶滴着的滴液,大概感觉太慢了,伸手将调节器稍微放松了点儿。

"刚才那瓶是氨基酸,增强免疫力的。"苏晴川忽然对他说,"明天你会感觉恢复得更好些!"语毕,又对他笑笑。

"谢谢了!"黄鸿榉此刻感觉自己嘴笨得很,除了"谢谢"竟然说不出其他合适的话语。

"我去值班室了。"苏晴川抬腕看看表,站起身说,"你看着点滴。我等会儿有空再过来。"

目送着苏晴川消失在门口的背影,黄鸿榉难免又遐想起来。

挂完水已是晚上九点三刻,输液室里再无别的病人。黄鸿榉让护士拔掉管子,便提起躺椅,穿过寂静的长廊,放到苏晴川诊室的门口。然后,他便找到底楼的医生值班室。看到苏晴川和另外一位医生正在给一个急诊病人诊治,就在门口站着。忙碌的当儿,苏晴川抬头看见他,对他点点头。

待到那个急诊病人离开诊室,苏晴川跟同事打了个招呼,方才出来领着黄鸿榉上了二楼,朝自己的内科诊室走去。整个二楼空荡荡的,除了他们两人的脚步声,寂静得出奇。廊道内灯光朦胧,映照着他们并排移动的身影。此刻,黄鸿榉的心酥酥麻麻的,他很想抓住她的手,但没有勇气。而她呢,一边走着,一边不时地侧过脸对他微微一笑。那笑意,恰似阵阵微醺的春风,吹拂得他心旌摇曳。

到了内科诊室,苏晴川打开灯,黄鸿榉把躺椅搬进室内,在里间的休息室放好。站着,一时有点儿不知所措。

"坐会儿吧。"苏晴川自己在椅子上落座,问黄鸿桦道,"肚子饿了吧?"

"不饿。刚才吃了点儿苏打饼干了。"

"嗨,这怎么行呢?苏打饼干只能偶尔吃,没营养的。"苏晴川赶紧从旁边的柜子里取出一个保温瓶,打开盖子,放到他面前,"喏,给你准备的,吃吧。"

黄鸿桦一看,是两个水铺蛋。连忙说:"不……不要了,我不饿!"说着,推回到她面前。

"吃吧,补充点儿蛋白质,黄老师!"也许是为了淡化黄鸿桦的尴尬情绪,苏晴川以调侃的口吻说。

黄鸿桦觉得如果自己再推辞,反而显得矫情了,便答应道:"好吧。谢谢!"于是,当着她的面,斯斯文文地吃了起来。吃完后,又去一旁的洗手池洗干净,用苏晴川递过的纱布擦拭过,将保温瓶盖好盖子,放回到橱柜里。

"不妨碍你值班吧?"黄鸿桦重新坐定,感觉如此近距离面对面地跟她坐着,有点儿不自在,便没话找话地随口问道。

"不要紧,一般不会有啥病人的。即使有,她一个人也能处理的。"苏晴川似乎一点儿都没在意,落落大方地答道。

"那就好。"黄鸿桦应付了一声,便不再作声。

"你昨天是怎么跟小贺护士介绍我们两个的关系的呀?"过了一会儿,苏晴川半开玩笑地问他。

"我说你是我表妹。"黄鸿桦如实回答,"你别放心上啊,我也是一时情急,随口瞎说的。"

"哦,瞎说的呀。"苏晴川开心地笑道,"看来我今天的夜宵不是给表哥吃的,是给一个毫不相干的外人吃的。"

"不不!"黄鸿桦自知失言,连忙辩解道,脸上一片通红。

"好了。黄老师,不跟你开玩笑了!"苏晴川站起身说道,

"我要去值班室了。不过,以后呀,我就是你的表妹了!记住,这可是你说的啊!"

黄鸿桦也站起来:"不过,以后我要是再有个头疼脑热的,怎么找你呀?"

苏晴川立马反应过来,顺手在桌上撕下一页处方纸,在上面写了个号码:58652020。苏晴川把纸交到黄鸿桦手上,说:"打我这个办公室电话。"

走到门口,苏晴川关灯的当儿,黄鸿桦趁机拉了下她的手。她先是缩回,但随即也拉住了他的手。就这样,他们一直手牵手走到底楼,快到值班室门口的时候才分开。

"外面天黑路滑,小心点儿!"黄鸿桦转身朝医院大门走去的时候,听到苏晴川在身后说。

"放心吧!"他回头跟她挥挥手,看到她的身影消失在值班室门内了,他才离开。

出了医院大门不多路,黄鸿桦走上了空旷的大街。街道是弹石路,坑坑洼洼。幽暗的灯光下,一汪汪积水泛出白亮亮的光,晚风吹来,透着阵阵寒意。但回想起今晚与苏晴川相处的点点滴滴,他的心里甜滋滋的。

突然,从右手边的弄堂里蹒跚走出了一位弯腰弓背的老人,背上还驮着一个人,正好一头撞到了他跟前。

"哦,对不起啊!"那位老人抬起头,在黄鸿桦面前站定,喘得上气不接下气。

"老伯,您这是……"

"麻烦让一下,老伴老毛病犯了,送她去医院。"老人说着就迈开步子,继续向前走去。

黄鸿桦也没多想,立马赶上前去:"大伯,我来吧!"说着替老人把那位大娘转到自己背上,迈开大步,急匆匆地返回了医院。

"苏医生，快，有病人！"来到急诊值班室门口，他一边喊着，一边撞开了虚掩着的门。

苏晴川见此情状，几乎是从座位上反弹了起来，她一脸惊讶地看着黄鸿桦。不过，当她看见后面跌跌撞撞赶来的老人时，就大致明白是怎么回事了。于是，她赶紧帮黄鸿桦把背上的大娘放下，让病人平躺在一旁的病床上。另一位值班医生则抓起听诊筒，解开已经昏厥的老人的领口，检查起来。

"医生，快……快给她速效救……救心丸。她是老……老毛病犯……了，家里……家里没了……"那位老伯在一旁提醒道。

苏晴川稍做检查后，确认无其他明显病症，怕延误病情赶紧取出药丸，走到病床前，朝老大娘嘴巴里塞去。

不一会儿，老大娘醒过来了。刚才那位焦急上火的大伯终于长长地舒了口气，一脸疲惫地瘫坐在椅子上。

黄鸿桦见状，拧开自己随身带着的玻璃水杯，递给老人："大伯，您喝口水，缓缓神。"

一旁的苏晴川见了，连忙上前阻止："喝这儿的水，热！"说着去旁边的屋子里倒了一纸杯温水，递给老人。

原来，这老两口都已年过七十，居住在附近的老街上，但常年独居，因为儿子女儿都在外地工作。

半个多小时后，病人已经完全恢复健康。那位老人提出要回家。黄鸿桦自告奋勇想送他们回去，老人连忙摆手："小伙子，今天真是太谢谢你了！但现在我们完全可以走回去的，真的不麻烦了。"

黄鸿桦便没再坚持，但还是把两位老人送到了医院门口。送完两位老人，他本想径直回学校的，但转念一想，还是觉得应该跟苏晴川道个别为好，于是又转身折回。没想到刚转身，发现苏晴竟然就站在他身后。

"你怎么……"

"送送雷锋同志呀!"苏晴川调皮地一笑。

"我得赶紧回去了,明天还有早读呢!"

"嗯,知道,赶紧回吧!"苏晴川道,"不过,以后可不要随便把自己的水杯给别人喝,不卫生。"

"好,知道了。"黄鸿桦笑笑,心想,医生就是医生,讲究卫生。看来自己以后是得注意呢!

苏晴川目送着黄鸿桦走出了医院大门,彼此挥手告别之后,方才返回值班室。

第九章

赶在期末考试之前,黄鸿桦终于把课文《连升三级》的参赛教案撰写完成了。拿去给师傅姚老师审阅,姚老师看完后,大加赞赏,称赞他有创意。

教案厘清了本篇课文的教学思路:首先举出文章结尾处的一个词:"一群混蛋"。然后提问:这一群混蛋的所做的"混蛋"事有哪些?他们为什么会做这样的"混蛋"事?作品写这些"混蛋"的所作所为,想要揭露什么现实?表达什么感情?

姚老师说,这样的教学思路是典型的反推教学法,既切合这篇讽刺小说的风格,又抓住了初一学生好奇心强的心理特征。这样的教学设计,让学生循着课文内容去抽丝剥茧,层层反推,大大激发了学生的学习热情,锻炼了他们的自主学习能力。

师傅的这一通肯定赞美,完全出乎黄鸿桦的意料。说实话,他虽然在备课时花了很多功夫,可绝没有姚老师说的那么深。但现在经姚老师那么一点评,他感到似乎挺有道理的。

"谢谢师傅鼓励!"黄鸿桦尽量掩饰此时的喜出望外之情,十分谦虚地说。

"小黄呀,教学其实是一种对作品的再创作。而如何将作品呈现给学生,就是我们教师一辈子需要研究的学问。"姚老师最后对黄鸿桦说,"一个新教师,头三年的教学状态,基本上决定了他一生的业务走向。你有了一个好开头,真为你高兴!"

师傅的话,除了让黄鸿桦感受到鼓励与期望,其他的,他一时还难以完全理解,但他真心为自己能遇见这么一位好师傅而庆幸!同时,从教研员施老师的口中,从自己这工作一年来的点点滴滴的感受中,他也真切体会到了吴教导对自己关怀与期待。他暗暗下决心,一定要用心钻研业务,做一个好老师!

期末考试一结束,学生照例全都放学在家,老师们都集中在办公室集体阅卷、结分、誊抄成绩。然后是班主任给学生书写评语、填写成绩报告单之类。参照老教师们的做法,黄鸿桦叫上了班上几个书写优秀的学生到校,请他们在教室里帮着填写报告单。他呢,特地请姜进去镇上买了几块赤豆棒冰,给这几个学生一人一块,算是奖励。

这段时间里,黄鸿桦发现林子丹通常不回宿舍住了。白天还偶尔能见到他来上课,可上完课就不见了。起先黄鸿桦以为他家里有什么事,又不便多问,也就不怎么在意。可连续两三周依然如此,而且期末考试时也不见他来参加监考、阅卷什么的,黄鸿桦就觉得反常了。出于好奇和关心,他便向几个消息灵通的小年轻老师打听。

原来,三吴县文教局成立了校办企业公司,原则上要求全县有条件的中小学都创办校办工厂,受县校办企业公司与所在学校双重领导,企业负责人由各校校级领导担任,还可以在教师队伍中遴选有潜能的老师,或面向社会招工,到校办厂工作。而林子丹就属于这类"有潜能的教师"。因为泾渭中学要创办一家铝合金厂,不知是谁打听来的,说是林子丹的叔叔是泽州市一家冶金国企的厂长，有门路。于是徐校长与总务主任亲自出马，几次三番找林子丹谈话，要把他借调到校办厂去负责供销业务，并承诺一旦做出成绩，以后评优评先优先考虑，结婚后分房也优先照顾。无奈，林子丹只好答应。

听完，黄鸿桦一时目瞪口呆，心想：唉，我真是孤陋寡闻哪！学校发生这么重要的事情，居然不知道！而且，文教局竟然也能办企业，还在全县中小学全面开花！看来，以后可不能只顾忙自己的事，要多多关心学校的事，更要多多关注社会的发展变化了。

班级学生的成绩报告单都填写完毕了，需要盖上学校公章，还有校长与教导主任的印章，而这些印章，按规定由校长室人事秘书朱老师统一保管。黄鸿桦去了两次朱老师办公室，却都没见到他。问办公室其他班主任老师，他们告诉黄鸿桦，朱老师这几天只是偶尔来学校，听说他可能要办停薪留职，下海去做珍珠生意了。这消息虽然还没得到证实，但对黄鸿桦无疑又是一大心灵的冲击。

学校办企业，教师下海做生意。这社会怎么了？是在鼓励全民经商吗？黄鸿桦真有点儿反应不过来了。但现实就摆在面前，自己得适应。试想，像自己这样工作不满一年的新教师，本科毕业，实习工资是每月四十二元，满一年转正，四十八元。而那些干了快一辈子的老教师，据他所知，月工资也不会超过七十元。可如果经商呢，像人事秘书朱老师，听说他现在每周只要往泽州市赶一趟，把泾渭这边所养殖的蚌珠转手一倒卖，至少赚二十元，一个月下来，不是八十元吗？还教什么书呀？而且，现在政策允许，可以停薪留职保留教师编制，到时万一生意不景气了，还能返岗捧着这个旱涝保收的铁饭碗。如此两全其美的事，何乐而不为呢？

自然，朱老师做这样的决定，既需要条件，也需要魄力。而像自己这样初来乍到的小年轻,眼馋之余,也只能想想罢了。自己目前的首要任务是好好学做一名合格的老师,在学校站稳脚跟,然后设法调回家乡仁和去。否则,到时父母年老了,一旦遇到突然生病之类的事,虽说还有大哥鸿樟,不至于狼狈得无人照料,可自己于心何安哪?

突然间,黄鸿桦又想到了苏晴川。自从那晚分别以后,快一周了,自己和她再也没有联系过,更不用说见面了。因为自己实在找不出什么理由可以去联系她。有几次到吴教导那儿,看到电话想拨过去,又觉得有点儿不妥。再说,即使拨通了,当着吴教导他们的面,又能说什么呢?如果直接去医院找她吧,那更显唐突了。思来想去,都只能作罢。但如果不去找她呢,每天这样心心念念地想着她,实在折磨人。这可怎么办呢?

晚上,黄鸿桦独自躺在床上,细细回味了前两次与苏晴川相见的缘由。初次相遇缘于联谊活动,再次相见因为自己生病。这看似巧合,可他总觉得那是冥冥之中上苍的安排。既然是天意,自己就应该好好把握啊!那么,想再见面,是否可以创造机会呢?想到这儿,他突然灵机一动,有了主意。

第二天上午,黄鸿桦抱着一叠班级学生成绩报告单,又去学校办公室盖章。这次总算没吃闭门羹,那朱老师笑嘻嘻地坐着正喝茶,看见黄鸿桦进门,十分热情地从锁着的抽屉里取出公章和另外两枚校长、教导个人章,放到他面前:"小黄,不好意思啊,前两天有点儿忙。"

"没事,朱老师,不就是多跑两趟吗!"黄鸿桦也灿烂地笑笑,一脸的无所谓。说罢,便沉着头,啪啪啪地专心盖章。

盖完,道过谢,赶紧离开。刚走到门口,朱老师却喊住了他:"小黄,麻烦你给各班的班主任们都传个话,就说凡是要盖章的,赶紧过来,今天一整天我都在,明天可能又要有事出去了。"

"好的，朱老师。"黄鸿榉爽快地答应道。走在回自己办公室的路上，心想：这朱老师大概明天又要进城贩卖珍珠了吧？

下班后，从办公室出来，黄鸿榉便出了校门，一路晃晃悠悠地朝镇上走去。一刻钟后，他来到泾渭镇卫生院门口，进了门，去挂号处排队。过了十来分钟，终于挂上了内科门诊号，然后熟门熟路地上了二楼，在苏晴川诊室门口的长椅上静静坐着候诊。又过了二十多分钟，才好不容易听到里面传来熟悉的叫号声："下一位。"

黄鸿榉虽然有些紧张，但还是佯装平静地走了进去，在苏晴川对面坐下。

"你这是……"苏晴川看见他，惊讶得嘴巴都差点儿合不拢。

"看病呀！"黄鸿榉俏皮地笑笑，但脸上还是掩饰不住内心的恐慌，唰的一下红了。因为他生怕自己如此唐突，会引起苏晴川的不高兴。

"哪里不舒服？"

"心里。"

这下，轮到苏晴川脸红了："为啥事先不打电话呀？"

"没电话呀，去校长室或教导处打又不方便。"鸿榉解释道。

"好，那我就给你开点儿药吧。"说着，苏晴川在处方纸上写了起来。写完，递到黄鸿榉面前。

黄鸿榉一看，处方纸上赫然写着："明天傍晚五点三刻，邮电所门口见。不见不散！"抬头去看苏晴川，只见她微笑着对他点点头，并示意他赶紧离开。

黄鸿榉领旨一般，站起身来，离开了诊室。刚走到门外，听见里面又传来了叫号声："下一位。"

午饭回到宿舍，发现林子丹居然回来了，正在收拾床铺，打理衣物。

"林老师，你怎么有空回来的呀？"黄鸿榉问候道，"这阵子很忙吧?"

"是呀,忙得很。"林子丹停下手中的活,对他笑笑,自我调侃说,"只是从此以后恐怕就要不务正业了。"

黄鸿桦上上下下打量了他一番:一身藏青色西装,白衬衫,红领带,黑皮鞋,俨然一副年轻有为的企业家派头。只是脸色变黝黑了,神情也略显疲惫。便也半开玩笑说:"你这不务正业,是为了让我们更好地务正业呀。"

"哪有那么崇高呀!"林子丹继续整理他的东西,"每天在外面求爷爷告奶奶的,脸皮都变厚了。"

黄鸿桦相信他说的是事实,但更相信他如果真有国企厂长的叔叔帮忙,肯定会走出一条属于他自己的路的。便说:"有你叔叔的提携,你怕什么呀?"

"但愿吧。"林子丹冲他笑笑,随即转移了话题,"过两天你也把东西收拾下吧,暑期学校要造一栋新的宿舍楼,这儿连同围墙外面那块地要变成校办厂了。"

"哦。那你就不住学校了?"黄鸿桦问。

"是呀,我主要负责采购原材料这块,整天在外面跑,不可能再回学校住了。"林子丹把手提箱盖上,提到宿舍门口,"今天就搬了。"

"看来我们的林老师要来个华丽转身,成为企业家了!"黄鸿桦拍拍他的肩膀,开玩笑道,"以后再要见你怕是不容易咯!"

"哪有那么夸张呀?"林子丹走到宿舍走廊上,"混不灵,以后还回来教书,和你住一起。到时你可要收留我呀!"说罢,朝黄鸿桦潇洒地挥挥手,头也不回地径直离去了。

真没想到,才一年时间,他们这十一位一起来到泾渭中学的小年轻,林子丹居然是第一个离开的。虽说他如今人事关系还在学校,但就凭他叔叔那关系,离开是迟早的事。这又让他想到林子丹之前跟他透露的关于另外两位一直在活动着要调动的人,也许暑假一过，他们也会离开的。那么自己呢？自己该怎么办呢？他一时既烦躁又摸不着头脑。

林子丹离开后，黄鸿桦独自一人坐在床铺上，就这么落寞了好一阵。

第二天上午，因为没啥事可做，黄鸿桦就猫在宿舍看书。

九点多钟的时候，宿舍门突然被敲响。一开门，发现姜进与金文英居然站在门口。

"你们怎么来啦？"黄鸿桦大为惊讶，担心金文英父亲又出什么幺蛾子逼迫女儿辍学。

"看看你呀，不可以吗？"姜进嬉笑着。

"我姆妈昨天上午在医院看见你在排队挂号，说是你肯定又生病了，让我来看看你。"金文英有点儿腼腆地说，说着，看了看放在门口墙脚网袋里的两个青皮大西瓜。

"我是陪她来的。"姜进在一旁解释道。

黄鸿桦这才放了心，请两位学生进宿舍坐下。

"这西瓜是我们家地里种的，头批瓜，很甜的，黄老师您尝尝。"

"是呀，特别好吃，我昨天傍晚尝过的。"还没等金文英说完，姜进已经麻利地把两个西瓜拎进门，放在窗下的桌子上。

"替我谢谢你爹爹、姆妈啊！"对于自己是否生病，黄鸿桦刻意避而不谈，而是立马转移了话题，"你们两个期末考试各科成绩都不错，以后可要再接再厉，争取更好。"

"能当'三好生'吗？"姜进问。

"还差一点点，不过下学期可以争取。"黄鸿桦鼓励道。

姜进一听，立即来了劲："看来下学期是大有希望的。"

黄鸿桦看着眼前这两个淳朴的学生，感觉特别亲切。顺势问道："说说，你们长大后都想做什么呀？"

"当个大老板，赚很多的钱，开汽车，住洋房。"姜进不假思索地答道。

"你呢?"黄鸿桦笑眯眯地问金文英。

"我以后想读师范,和您一样当老师。"金文英幽幽地说。

"嗯。"黄鸿桦对她点点头,"只要你好好学习,会有希望的。"

"好呀,毕业后回来正好教我儿子!"姜进在边上打趣道。

黄鸿桦见状,笑骂道:"你这臭小子,脸皮真厚!你才多大呀?"

被黄鸿桦这么一说,又看见身边的金文英对着他看,姜进大概有点儿不好意思了,便顺手取过桌上刚才黄鸿桦看的书,装模作样地翻阅了起来。

姜进、金文英离开后,黄鸿桦就开始整理衣物与日常生活用品,为后天回家做准备,因为明天就是学校的休业式了。上午给学生发完成绩报告单,颁好奖,布置完毕暑期作业,下午开完全体教职工总结会议,就将开始放暑假了。

午饭过后,黄鸿桦几乎一直盼望着傍晚能早点儿到来。说实在的,虽说他与苏晴川心意相通,甚至一见钟情,可对于彼此的个性、兴趣、对未来的期许,还有家庭背景等情况,可以说一无所知。他是真心希望自己能经常与她一起散散步,谈谈心。无奈条件所限,这一想法几乎成为一种奢望。好不容易今天能有这么一个机会,他自然是盼之切切、心驰神往了。

早早地去食堂用过晚饭,再回宿舍洗漱一番,看看时间差不多了,黄鸿桦便走出学校,朝镇上走去。

黄梅季一过,就正式进入了夏天。天空深蓝,了无纤云。太阳斜挂于西天,依然刺眼热辣,朗照着眼前的房屋、田野。稻田碧绿,在晚风中掀起一波波绿浪,发出萧萧的声响。天地间一派清净明洁。

黄鸿桦来到春申河边,抬腕看看表,才五点一刻,而到对岸的邮电所门口,最多只要五分钟路程。于是就在河边找块石头坐了下来,顺手掐了根身边的草茎,摆弄起来。眼前的春申河,水面宽阔,水流湍急,不时地有几条渔船顺流向丰泽湖方向驶去。对岸的河滩上,零零落落地,有一些洗衣女子的声影上上下下,幽暗的天光里,像极了丰子恺笔下的漫画景象。苏晴川会否就在她们中间呢?黄鸿桦不禁痴痴地想。不过,他立刻又摇摇头,否定了自己这种无由头的妄念。再次看看表,已经五点四十二分了!他霍地站起身,赶紧朝邮电所门口走去。

等黄鸿桦到达邮电所门口时,发现苏晴川已经在了。黄鸿桦不禁懊恼万分,急忙解释道:"这个……对不起啊!"

"对不起什么呀?"苏晴川看上去倒是一脸的无所谓,笑眯眯的。

"其实我早到了,只是……"黄鸿桦想解释,可感觉不知从何说起。

"早到了?我怎么没有看见呀?"苏晴川俏皮地逗他。

"我……我是在……"黄鸿桦都紧张得结结巴巴的了。

苏晴川看着他那样,扑哧一声笑了起来:"行了,你呀,不用解释了,我都看到你了,在河边。"

"你怎么知道的呀?"黄鸿桦被她弄糊涂了。

"我千里眼呀!"苏晴川依然卖关子,"当医生的,眼力好,心力更厉害!"

莫非,她刚才真在对岸河滩上洗衣服?黄鸿桦心想。不可能呀,世上哪有那么巧的事啊?

"好了,别琢磨了。"苏晴川见他如此过意不去迟到的事,不忍心,便给他交了底,"我今天休息,下午和我妈去了趟河对岸的阿姨家,回来时看见你坐在桥堍旁发呆。我也生怕迟到,一到家便过来了,跟你也是前脚与后脚的差距。"

黄鸿桦这才释然,但还是对她说:"不过,我迟到还是不应该的。"

"知道黄老师守时的。"苏晴川轻轻推了他一下,"走吧,我们去镇子西头的高岗头那边走走。"

于是,两人折进邮电所北边的一条小巷,出了泾渭镇区,在渐浓的夜色中,悠悠地向西面那一片满目苍翠的高岗头走去。

高岗头是一处突兀于田野的土堆,面积足有三个足球场那么大。据老人们说,那儿早先是一片抛荒的野坟地,葬有太平天国将士的遗骸。"农业学大寨"那会儿,给附近几个村巷的村民们培土种上了桑树。现如今,这儿是一大片郁郁葱葱的桑树林,与其他几处桑树林一起,支撑起泾渭乡的蚕丝产业。不过,这两年,每到初夏季节,却成了镇上居民们清晨或傍晚散步散心怡情养性的好去处。

一路走着,苏晴川饶有兴致地给黄鸿桦介绍高岗地的前世今生。

"看来,你是土生土长的泾渭人?"听罢介绍,黄鸿桦求证道。

"当然,对于你这个来自仁和皇坟的外乡人来说,我是地道的本地人。"苏晴川停下脚步,一脸诡异地看着他说。

"你怎么知道我是仁和的?"黄鸿桦惊诧万分。

"我在你们学校有卧底呀!"

"谁?"

"你猜猜看。"

"猜不出。"

"我还知道,你家有兄妹四个,你哥哥已经成家,你是老二,你弟弟也在读大学,你妹妹还在读小学。"仿佛是想要给他提示似的,苏晴川干脆把她所知道的关于他的家庭情况和盘托出。

黄鸿桦彻底蒙了:真没想到自己对她的情况一无所知,而她却对自己了如指掌。不过,到底是谁告知她的呢?他思来想去,终于想起了一个人。

"是吴教导吴双人吧？"

"算你聪明！"

"你们是亲戚呀？"

"他是我表哥。"

就在如此问答式的交谈间，他们俩来到了桑树林边。天已是全黑了，东方的天空冉冉升起了一轮皎洁的明月，很圆很大很亮，就像眼前她的面容。刚才见到她的时候，黄鸿桦发现她穿一条黑色中裤，水蓝色的薄外套映衬出里面的白衬衫。她略施粉黛，显得淡雅、恬静又清纯。而此刻，在月光的沐浴下，眼前的她更显娇美了。

看到路边有块巨石，黄鸿桦便拉着苏晴川的手，肩并肩地坐了下来。

"那我们算是自由恋爱呢，还是媒妁之言呀？"黄鸿桦凑到她脸边，调侃道。

"你说呢？"苏晴川故意别过脸。

"两者兼而有之吧。"黄鸿桦重新坐正了身子，"只是我是个乡下人，你是镇上的，我们是不是有点儿门不当户不对呀？"

"哟，亏你还受过高等教育，满脑子封建思想。"苏晴川轻轻推了他一下，"你就知足吧，你们吴教导可把你赞美得跟一朵花似的。"

听她这么说，黄鸿桦心里喜滋滋的，不过，嘴上还是说："你可千万别信啊，我可没那么完美。"

"完美呢，说不上，但经过我的考察，基本过关。"

"对了，光顾着说我了。"黄鸿桦突然话题一转，"说说你吧？"

"怎么，查户口呀？"苏晴川笑道，"不过，为了满足你的好奇心，可以告知你：我爸是玉山县稀土矿的党委书记，我妈在泾渭镇信用社工作,弟弟刚考取泽州医学院。怎么样?满意吧?"

"书香门第啊!"黄鸿桦由衷赞叹道。

"书香门第呢,谈不上,但估计不会委屈你。"苏晴川突然温柔地靠在了他肩头。

"我会好好珍惜的。"黄鸿桦顺手抱住了她。

"嗯,相信你。"苏晴川低声道,"不管未来如何,我希望我们永远在一起,永远!"

他们便不再说话了。只是相拥坐着,静静地沐浴着月光与星光,沐浴着这初夏之夜凉爽的微风,沐浴着爱的柔情蜜意。

当晚回到学校已近午夜。第二天中午,黄鸿桦赶到镇上码头,坐上了回仁和的班轮,回家歇暑假去了。

第十章

黄鸿榆终于如愿以偿,顺利当选东江师范学院新一届学生会文体部部长。

这一周是期末考试,大家都忙。华芷莹每天复习一门考一门,专业课要背,公共课要背,就这样连续过了五天,搞得天昏地暗。所以,她也整整一个星期没见到黄鸿榆了。每天一早醒来和临睡前,她脑子里除了过一遍当天考试的内容,就是想黄鸿榆。还有就是坐到余园亭子里的时候,脑海里总会浮现出自己与他相处的点点滴滴,想着想着,常常会一发而不可收,心猿意马起来,但为了考试,她都极力控制自己。只是她有时觉得奇怪,黄鸿榆为啥也不来找自己呢?如果他也忙于复习,那么他会每天想到自己吗?自然,这些都是她无端的想法。

考试一结束,大家都空下来了。夏天是女生们争奇斗艳的季节，暑假前的这几天，英语系的姑娘们全都穿上了各式各样的裙子，飘飘然如仙女般在校园里荡来漾去，把男生们招惹得眼花缭乱、想入非非。

华芷莹的裙子每天都不重样，筒裙、喇叭裙、连衫裙、超短裙什么的，翻着花样穿。反正父母就她那么一个宝贝，条件又好，物质上要什么有什么，每月的生活费，只要她开口，母亲从不打回票。女为悦己者容，她自然希望能每天都遇见黄鸿榆，让他欣赏下自己漂漂亮亮的模样。于是，早晨起来去余园，可没见他影子；傍晚再去一趟，依然不见他踪影。有两次，在食堂看见言海东，真想去询问，但碍于自尊，终于没有。

他这是怎么啦？请假回家啦？那也得打个招呼呀！生病啦？不可能呀！或者是……移情别恋啦？

华芷莹不想再想下去了。随便吧，本姑娘就等着，绝不主动，看他什么时候来找自己。

为了打发时间，去除心头那些说不清是对黄鸿榆的期盼还是怨气，她就天天搭几个女友去逛街、吃零食、看电影，弄得很晚才回宿舍。

但是白天能过，晚上躺在床上脑子里却还是会不由自主地想到黄鸿榆，而且这些凌乱思绪就如同这省城夏日的燠热天气，让她烦躁不安，辗转难眠。

期末考试成绩都揭晓了，眼看着再过两天就要正式放暑假了，可黄鸿榆依然没有出现。华芷莹再也忍不住了，中午去食堂午餐时，便主动坐到言海东对面："言海东，你们系里这些天在忙什么活动吗？"

埋头吃饭的言海东先是一愣，随即便反应过来了："哪有啥活动呀？怎么，与黄鸿榆没联系啦？"

"嗯，没见过他。"华芷莹微红着脸，"你也没见过他？"

"哪有，天天见的。"言海东说，"不过，总是要到晚饭后，而且看上去很疲惫的。但一到第二天中午前，又不见了。"

"哦。多久了？"

"期末考试就如此，不知道在忙些什么。"

好你个黄鸿榆，原来一直在学校呢！居然跟我玩捉迷藏！华芷莹心里有点儿气恼了，但脸上还是笑嘻嘻的，对言海东说："你就没问过他在干啥？"

"问了，跟我打哈哈，玩保密。"言海东说，"要不到时你去问吧？"

"哼，不问，没兴趣！"华芷莹说罢，转身就走了。

言海东望着她气鼓鼓离去的背影，苦笑着摇摇头，继续埋头吃他的饭。

回到宿舍，华芷莹余气未消。她喝了瓶冰汽水，身心才似乎冷静了点儿。坐在床上，细细回味着刚才言海东跟自己说的话，方才感觉黄鸿榆一定是遇到了什么事，而且十有八九跟钱有关。那么，是他家遇上什么难事了？或者是他欠别人钱了，他必须出去打工挣钱还债？如果是这样，他不跟自己说就情有可原了，因为这毕竟不是什么有面子的事。她本来等着跟黄鸿榆一起去火车站预购暑假回仁和的车票，然后一起回去，顺便让他在仁和市区招待所住一晚，这样两人也好有机会单独再待上一天，聊聊天，看看景。现在看来没这可能了。

下午四点多钟的时候，看看外面的日头已经不再那么热辣了，华芷莹就打着把花凉伞，走出校门，坐上公交车，前往火车站，准备预购大后天早上由省城发往仁和市的车票了。

偌大的车站广场上人来人往，川流不息。华芷莹走下公交车，一路走一路漫无目地东看看西望望。将要到达售票厅大门口时，透过攒动的人头，她发现对面的石阶旁，有一个年轻的身影，很是熟悉，再定睛一看，简直让她惊讶得眼珠子都快掉出来了：这不是黄鸿榆吗？他怎么会在这儿呀？

此刻的华芷莹，呆呆地站在原地，就这么远远地望着对面的黄鸿榆。她看见他头戴一顶草帽，身穿一件圆领白汗衫，一条灰色西装短裤，脚上是一双咖啡色的凉鞋，他卖力挥动着手中的一顶女式凉帽，正吆喝叫卖着呢！

也许是想要听清他的吆喝声吧，后来，华芷莹便慢慢地走了过去。走到近处，发现他脚边的铺开的白色塑料布上，也有一顶女式凉帽，款式与手中挥动的相同，只是颜色不同。这时，恰好有位路过的少妇在他面前停下脚步，弯腰捡起那顶凉帽，翻来覆去地看着。黄鸿榆便笑容可掬地跟她推销了起来。一会儿工夫，那少妇将两元五毛钱交到黄鸿榆手心，取过凉帽，高高兴兴地离开了。黄鸿榉便蹲下身，把手中的凉帽放在一边，去收拾面前的塑料布和随身所带的小包、水杯之类的杂物。

"老板，我也想买一顶！"华芷莹突然走到他跟前，把打着的凉伞故意遮住自己的脸，弯下腰，顺手抓起了刚才黄鸿榆放在一旁的凉帽。

黄鸿榆正在折叠塑料布的双手顿时停了下来，抬起头，看到面前凉伞后站着的华芷莹，也惊呆了："你怎么来这儿啦？"

"跟谁说话呢？我不认识你！"华芷莹依然躲在凉伞后面。

黄鸿榆一把夺过她手中的凉伞："别逗了！"

"谁跟你逗呀？不卖就算了！"华芷莹别过脸，装作转身离开的样子。

"你干什么去呀？"

"买车票去。"

"我已经给你买好了！"黄鸿榉从小包里掏出两张火车票，递到她面前，"喏！"

华芷莹这才转过身，抡起拳头，半哭半笑着，拼命在他胸口捶。

"好了好了，对不起，是我不好！"黄鸿榆轻轻搂着她，低声说，"你看这大庭广众的，我们先回去吧，到时听我跟你解释。"

于是，黄鸿榆收拾好东西，收起华芷莹的凉伞往自己包里一塞，将刚才手中挥动着的那顶漂亮的凉帽往她头上一戴，牵着她的手，穿过广场，向公交车站走去了。

"你干吗要来卖凉帽呀？"华芷莹想挣脱他的手，可被他紧握着。

"想赚钱呀！"

"家里不给你生活费了？"

"有呀，每月五块。"

"你这凉帽是从哪儿贩来的呀？"

"我一高中同学，名叫钱大勇，没考上大学，把他们村办厂生产的男女凉帽批发来省城出售，店面就在我们学院不远处的小商品批发市场。我从他那儿一块钱一顶批发来，到火车站、长途汽车站出售，可以卖到两块五一顶呢！"黄鸿榆得意扬扬地说。

"你哪来的本钱呀？"

"向我二哥要的，他在泽州那边当老师，每月工资四十多块呢。"

"那你干脆别读什么大学了，直接去当贩子吧，说不定几年以后我再见到你时，已经是一个腰缠万贯的土老板了！"

黄鸿榆听出她在挖苦他，便扭过头对她说："我真当土老板，你还看得上我呀？"

"知道就好！"华芷莹依然气鼓鼓地，"也不好好复习迎考，整天不务正业！你就不怕挂科？"

"这个请放心。记得读中学时老师就教导我们：大考大白相，小考小白相，不考不白相。"黄鸿榆得意地说，"我有把握。"

华芷莹一想也是，大概这就是文理科的区别。一到考试，文科生们往往都复习得天昏地暗；可那些理科生却都笃笃定定地，没事一般。再说他又是属于比较聪明的那种，自然就淡定了。但她嘴上却怼他道:"哼,吹吧你就!"

看看公交车来了,他们就不再说话,安安静静地坐在座位上,依然手拉着手。

在距离学校还有两站路的时候,黄鸿榆提议道:"我们前面站下吧,然后一起去外面吃晚饭?"

华芷莹瞄了他一眼,心想:大概赚到点儿小钱了,想花掉点儿。便说:"随你。"

于是,车子一靠站,黄鸿榆就拉着她跳下了车。然后步行不到五分钟,折进了一家路边的小饭馆。他拣靠马路边的一张临窗的桌子让她坐定,自己便去吧台前点菜了。

华芷莹静坐在桌前,看到他跟吧台前的那位小姑娘比比画画地说了一阵话,便转身回来了,可走到一半,忽然好像想起了什么,又返回去交代了一句,才回到她身边。

"点菜很熟练呀!经常来?"华芷莹调侃道。

"嗯,这十来天我每天从批发市场到火车站、汽车站来来回回的,经常误了学校食堂的饭点,所以只能来这里吃碗阳春面应付啦!"

华芷莹此刻面对面近距离地看着他,感觉他又黑又瘦,脸上的确满是疲惫之色。她的心头掠过丝丝缕缕的担忧,之前对他的种种怨气,便随之烟消云散了,神情也变得温柔了起来:"以后别去干了,这么热的天,要中暑的。"

"我哪有那么娇气呀?"不料,黄鸿榆却一脸无所谓,"知道我这十来天赚了多少吗?"

"多少?"见他那样,华芷莹也不禁好奇起来了。

"一百多!"黄鸿榆满脸的兴奋,但把声音压得极低,几乎是贴着她的耳根说道。

"看你高兴的!"华芷莹内心深处大概也挺兴奋的,伸出一根食指点了一下他的额头。

见服务员端来了饭菜,他们才停止说话,专心吃起了饭。黄鸿榆今天很阔气,点了一盘糖醋排骨、一条清蒸白鱼、一大碗鸭血汤,还有蒜泥蕹菜、清炒苋菜,全是华芷莹爱吃的。不过,大概他这些天吃得太简单了,今天的糖醋排骨几乎全是他自己包掉的。华芷莹一边慢悠悠地吃着,一边看他如此狼吞虎咽的情形,心里先是暗自发笑,后来却又有点儿酸楚起来了。

出了小饭馆,外面已是华灯初上。他们俩沿着马路旁的林荫道,肩并肩地朝学院的方向走回去。

这时的华芷莹已经完全忘却之前对黄鸿榆的怨气,又和以前一样欢悦活泼了。黄鸿榆呢,看到她高兴了,也就如释重负,揽着她细软的腰肢,心情前所未有地惬意。

"后天回到仁和市区后,我们好好玩一天吧?"华芷莹跳到他前面,对他说。

"应该不行吧,我来不及坐返回皇坟的汽车的。"他道。

"你可以找个招待所住一晚呀!"

"不合适吧?"他停住了脚步,有点儿犹豫。

"有啥不合适呀?"她坚持说,"我想要你陪我去咱们仁和的春秋古城遗址逛逛,据说那边很有意思的。"

黄鸿榆见她这么坚决,便爽快地答应了:"好吧,我舍命陪公主!"

"这还差不多!"华芷莹朝他扮了个鬼脸,挽住他的手臂,继续走路。

第二天早饭后,黄鸿榆特意去了趟百货公司,给华芷莹买了条最时尚款的连衫裙,给妹妹黄鸿佳买了条花裙子和一双两用凉鞋,给侄子买了身童装,鼓鼓囊囊地拎了一袋子回到宿舍,一共花去了四十二块钱。剩余的六十多,准备一半留着作为下学期自己的零花钱,免得再伸手向家里要;另一半回家交给父母,也好让他们高兴高兴。同时,这个暑期,他还想去一趟那位搞批发凉帽的高中同学老家所在的村办企业，看看有没有机会直接去批发点货，如果可能，他还准备把它们贩运到仁和市区去出售，再赚点儿外快。

回到宿舍，发现言海东的床铺上已经卷好铺盖铺上一层报纸，显然已经回家去了。其他两个虽然看样子还没回家，但都不在。这家伙，招呼也不打一声就走了，真不地道！黄鸿榆心里嘀咕道。不过转念一想，自己这阵子忙着赚钱，还对他保密，不也一样吗！他明显是跟自己也疏远了呢。好在来日方长，开学后再说吧，反正这个朋友自己是交定了！黄鸿榆又对自己说。

忽然他又想起了华芷莹。这会儿她在做什么呢？应该和自己一样吧？他真想立马去找她，可看看外面的天气，极其炎热，窗外梧桐树上的知了已被烤得奄奄一息了，断断续续地发出有气无力的吱吱声。估计只要一出宿舍楼，便是汗流浃背了。于是，只得作罢。

就这样熬到了太阳落山，黄鸿榆去食堂吃过晚饭，走到食堂门前的小广场，发现华芷莹居然靠着草坪旁的一根路灯杆，在跟项怀仁老师说着话。

"项老师好！"黄鸿榆大大方方地走过去，对项老师一个半鞠躬。

"哦，小黄呀！"项怀仁也显得很热情，"明天你们都回仁和了吧？"说着，看看黄鸿榆，看看华芷莹，脸上露出慈祥的笑意。

"是的，车票都买好了。"黄鸿榆显得落落大方，"明天上午九点一刻的火车，我们一起走。"

"好，那你们聊吧，我回去了。"项怀仁看着地上的一小袋东西，转头关照华芷莹道，"向你爸妈问好！路上注意安全！小黄，照顾好她！"

"项老师放心！"

"项叔叔再见！"

等项怀仁的背影消失在暮色苍茫的校园里,黄鸿榆拎起那袋东西,与华芷莹一起向余园走去。

晚风习习,很是舒爽,揉碎了园内池塘倒映着的淡黄色的灯光,吹拂得树木发出沙沙的声响。华芷莹习惯性地靠着黄鸿榆的肩膀,一副小鸟依人的意态。

"明天八点我们到校门口会合吧?"黄鸿榆轻轻抚摸了下她的头。

"不要,你来宿舍接我。"华芷莹娇声道。

"不好吧?"黄鸿榆转过她的脸。

"你怕什么呀?"华芷莹把头紧贴在他胸口,"她们今天都回去了。记着,二楼,204室。"

黄鸿榆停下脚步,顺势坐在他们一直约会的那个亭子旁的廊檐下,一下把她抱到自己腿上,尽情地吻起她来。

校园静谧得出奇,天空一弯新月斜挂,恰似一个笑靥,皎洁的月光笼罩着他们。身边的竹林里,跳出一只灰兔,静静地注视着他们。

当晚,他睡得特别香,她睡得格外甜。

一觉醒来,已是六点半钟。黄鸿榆急忙赶往食堂,买了四个包子,一边吃一边返回宿舍。一脚踏进宿舍,正好将最后一口包子吞完。他喝了杯水,拎起昨晚就准备好的行李,向英语系女生宿舍楼走去。

204室的门虚掩着。黄鸿榆轻轻推门进去,心跳有点儿加速,感觉自己跟个小偷似的。里面黑咕隆咚的,他一时什么都看不见。

黄鸿榆定了定神,慢慢适应了这一室黑暗。渐渐地,他终于看见靠窗的床铺上,有一个熟悉的身影斜倚着,透过窗帘的缝隙,有一道光投在她身上。再定睛细看,峰胸高耸,微微起伏着。他踮起脚走过去,轻轻坐在她旁边,看着她。好一会儿,想伸手去触摸，却又不敢。

"醒醒吧，时间不早了，我们要去火车站呢！"他试着碰了下她肩膀。

她没有任何反应，只是峰胸起伏得更厉害了。

此刻，他感觉自己浑身燥热，胸中万千波涛汹涌澎湃，一波波撞击着他理性的堤岸。他的手伸到她胸口，可又缩了回来。不，不能！他对自己说。于是，他干脆站起身来，想要逃走。

没想到他刚要起身，却被她一把抓住手臂："有贼心没贼胆！"说着霍地坐了起来。

"我没贼心！"他竭力掩饰，"不是怕你睡过头吗？"

她唰地一下突然把窗帘拉开，一窗亮光把他刺得头晕目眩。

"好了，顺利通过考验！"她搂住他的脖子吻了一下，"恭喜你！一个有自控力的男子汉，我喜欢！"

然后，华芷莹转过身，十分麻利地卷起床上的铺盖，收拾好桌子，拎起一个鼓鼓囊囊的手提包，塞到黄鸿榆手中。

黄鸿榆一手拎着自己的，一手拎着她的，先行出了204室宿舍门，站在走廊上等着。心想：幸亏今天自己没唐突。

华芷莹锁上门，把黄鸿榆给她的那顶凉帽戴在头上："走吧！"

赶到火车站已经九点。排队、检票、上车、找座位，经历了好一阵折腾，他们才在靠窗的位子上坐定。

"这个给你的。"黄鸿榆在自己手提包里掏出给她的连衫裙，递给她。

华芷莹打开一看，脸上笑得像朵花："真好看！暑期刚好能穿。"

"你喜欢，以后再买。"黄鸿榆看着她开心的样子，心里特别满足，"我想暑假继续去贩卖凉帽。"

"算了吧，这么大热的天，要晒死人的！"华芷莹反对道。

"我从小晒到大,也没死呀!"黄鸿榆笑着说,"我可没你这种娇生惯养的大小姐孱弱。"

华芷莹朝他深情地看看:"对了,今天你就在仁和火车站附近找个招待所住吧?这样,我们明天从车站坐公交去春秋古城遗址,方便。"

"好的。"黄鸿榆答应道,"那你明天从家里坐公交来火车站这边吗?"

"是,我家到火车站有直达公交。"华芷莹说,"你明天早上就在招待所等着,早饭我给你带来。"

他们两个是下午三点半钟到仁和车站的。随着挤挤挨挨的人群出了站,华芷莹惊讶地发现自己的母亲宋慧居然站在出站口向自己招手呢!

华芷莹看了黄鸿榆一眼,就走到自己母亲跟前:"妈!你怎么知道我坐这趟车呀?"

"你项叔叔告诉我的。"华芷莹母亲看了眼一旁的黄鸿榆。

"这是我同学,也是我们仁和的,黄鸿榆。"华芷莹给母亲介绍说。

"阿姨好!"黄鸿榆致弯腰礼。

"哦,好好!"

"你还要去长途汽车站转车吧?"华芷莹母亲瞄了黄鸿榆一眼,又转过脸对女儿说,"你呀,回来得正好,明天你爸刚好从北京出差回来,你好好陪陪他。"

"哦,知道了。"华芷莹朝黄鸿榆看看,眼睛里满是失望。

"那我们回家吧!"华芷莹母亲催促女儿道。

黄鸿榆见状,把华芷莹的手提包递给她,然后拎起自己的包,也准备离开。

"慢着。"华芷莹叫住他,她立刻从身上背着的小包里掏出一个小本子,写了一行字,撕下,塞到黄鸿榆手心,看着他,轻声说:"这是我家地址和电话,暑期写信或打电话给我。"

然后,她跟着母亲,朝停靠在广场马路边的一辆黑色小轿车走去。一边走,一边不时地回头朝站在原地的黄鸿榆看。

黄鸿榆回到家已是傍晚。一踏进家门,发现二哥鸿榉已经在家了,正在看妹妹鸿佳的成绩报告单。

"不错呀,还得了个'三好生'!"鸿榉摩挲着妹妹的头,一脸高兴地赞美道。

"二哥,那你给我什么奖励呀?"鸿佳撒娇道。

"有!"黄鸿榉去包里拿出一只崭新的粉红色书包,放到妹妹面前打开,"新书包,还有新文具盒。都是奖励你学习优秀的!"

妹妹雀跃起来:"太好了,太好了!我有新书包啦!"边说边在原地打转。

"三哥也有奖励!"黄鸿榆一进门,就把手提包往旁边凳子上一放,拉开拉链,取出花裙子和凉鞋,对妹妹扬一扬,"看,这是什么?"

"哇,新裙子,新鞋子!好漂亮啊!"妹妹又是一阵兴奋的惊叫,"谢谢三哥!三哥真好!"

"都回来啦?"妹妹鸿佳的叫声引出了在灶间忙碌的母亲,"鸿榆,你哪来的钱给妹妹买礼物呀?"

"姆妈!"黄鸿榆喊道,随后解释说,"是我挣来的。"

"挣来的?怎么挣呀?"母亲怀疑地问。

"是呀,你去哪里挣钱呀?"二哥鸿榉也很疑惑。

于是,黄鸿榆把自己批发贩卖凉帽的事汇报了一通。末了,还对鸿榉说:"是你给了我十块钱的原始资金。"

黄鸿榉这才想起了鸿榆曾向他要过十块钱的事。心想:还是弟弟比自己活络。自己读大学那会儿,就只管专心读书,压根儿就没动其他脑筋。

于是,他又想:学校的老师下海经商,读大学的弟弟去赚外快，甚至连自己才读初中的学生也立志长大后当老板。莫非，一个全民经商的时代就要到来了？

第十一章

黄鸿榆把赚来的三十多块钱交给了父母，同时告知了他们自己这个暑期的打算。

父母看着手中的钱感慨万千：本指望三儿子像他大哥、二哥一样，能在工作后为家庭分忧，没想到他居然这么懂事，还没毕业就懂得体谅父母了！看来，他们老两口这辈子没白辛苦，一户人家，子女争气、懂事、有出息，比什么都重要！

这个夏天，家里种了两亩地西瓜。和往年一样，为了防止被偷，在瓜地边搭了个茅草看瓜棚，父亲黄全根这几天日夜都守在瓜棚里。每天傍晚，他都要到瓜地去把成熟的西瓜摘下，小心放到停在瓜棚里的黄鱼车里，第二天一早等到女儿鸿佳来替班的时候，他就骑车去附近镇上卖。这样一季下来，也能赚个千儿八百的。现在，鸿榉放暑假了，每天都是跟着他一起去镇上帮忙，这让他也省力省心了许多。

那天临近中午的时候，他们父子俩从镇上卖瓜回来，刚到村口，一头撞见鸿榆骑着自行车从村里出来。

"鸿榆，你去哪里呀？"黄鸿榉问。

"去取点儿东西，爹爹知道的。"黄鸿榆朝他们挥挥手，"下午就回的。等会儿给我在井里浸个西瓜啊！"

黄鸿榉回家后，草草吃了点儿东西，去自己房间取了个小包，挎上，便去瓜棚把妹妹鸿佳替回家吃午饭。他先在瓜棚的竹榻上午睡了一小会儿，醒来后，打开小包，铺开信纸，想给苏晴川写封信,说说自己回家后的情况。可想了半天,却又不知从何说起,硬是没有写出一个字来。

"二哥,二哥,爹爹突然胃疼,躺在床上哼哼呢!"妹妹鸿佳突然跑进瓜棚喊。

"那大哥呢?"黄鸿桦一骨碌从竹榻上滚下来,"怎么这两天没见到他呀?"

"大哥和嫂子带着图程一起去嫂子娘家了,嫂子姆妈住院了。"鸿佳解释道,"我在这儿守着,你快回家去看看吧!"

黄鸿桦急忙赶回家,背上父亲黄全根去了村合作医疗所。医生一番诊断过后,说是浅表性胃炎急性发作,是长期不规律进食引起的。医生建议立即挂水消炎。黄鸿桦则全程陪同,等挂完水,又搀扶着父亲回到家,已是晚饭时候了。

饭桌上,黄鸿榆一边啃着母亲刚从水井里捞起的凉西瓜,一边指着堂屋长条桌上那一堆凉帽说,第二天一早他要去仁和城里贩卖,可能要很晚才能回家,所以建议今晚让二哥鸿桦去瓜棚看瓜,好让父亲好好休息。黄鸿桦满口答应。

可父亲黄全根却对黄鸿榆说:"鸿榆啊,你这贩卖凉帽,要是搁在前几年可是犯的投机倒把罪呀,要批斗的!"

"爹爹,你放心,那年代早就过去了!"黄鸿榆笑嘻嘻地说,"现如今,全民经商,鼓励一部分人先富起来。"

黄鸿桦在一旁一言不发,心想自己这弟弟以后可能不是安心当老师教书的料,因为他本来就不喜欢当老师,再加上受如今这时势的影响,一心只想着挣钱呢!那么自己呢,是不是有点儿太迂腐,跟不上时代了呢?他问自己,内心一片迷茫,就像大门外那渐浓的暮色。

晚饭后,黄鸿桦、黄鸿榆陪着父母一起围在堂屋里说了一会儿话。

黄鸿桦说,自己在泾渭中学很好,领导、师傅、教研员都很看重他。唯一不满意的就是离家太远了,所以,还是想争取调回仁和来。至于跟苏晴川恋爱的事,他生怕父母反对,暂时不敢告知。父亲黄全根听了,安慰说,还是要安心工作,好好珍惜这来之不易的铁饭碗。还说,工作调动呢,也不是一时半会儿的事,如果到时真调不回来,也可以调到与皇坟乡隔壁的三吴县的乡镇,一样的离家近。

"鸿榆呢?你在大学里怎么样啊?"父亲黄全根又问正在一旁跟母亲窃窃私语的黄鸿榆。

"很好的,考试门门过关。"黄鸿榆敷衍道。

"不能只求及格的,还是首先要把心思放在学习上。"知子莫若父,黄全根知道这孩子心思活,心机重,从来不肯多说半句话,便又问,"其他方面呢?"

"哦,这学期末,刚刚竞选当上学生会干部。"黄鸿榆补充了一句。

"你呢,要踏踏实实,不要浮漂浪荡。"黄全根又叮嘱了一句。

"知道了,爹爹,反正呀,我毕业后不会像鸿榉一样去外地的,一定回仁和来。"黄鸿榆笑嘻嘻地说,"说不定还能留在仁和市里呢!"

父亲瞟了他一眼,心想:这孩子虽说心气高,但一般不会说大话,现在这么说,一定是有原因的。至于什么原因,自己也不想多问,因为问了也是白问,他不肯说的。

母亲张腊梅呢,坐在一旁也不多言语。只是对着两个儿子说:你们离家半年,都又黑又瘦的,一定没有好好吃东西!说着,心痛地抹起了眼泪。

突然,黄鸿榉想起妹妹鸿佳现在还一个人在瓜棚里呢,急忙起身拿上手电筒,直奔瓜棚。赶到瓜棚口,看见鸿佳正捧着个大西瓜闷头在啃,脸上、额头还沾上了几粒黑瓜子,很是滑稽,他没忍住，扑哧一声笑了出来。

"二哥！"鸿佳仰起一张猫咪花脸，"我肚子饿了。"

"西瓜能饱肚子呀？"黄鸿榉走过去抹掉她脸上的瓜子，"快回去吃晚饭吧。"说着，把手电筒递给了鸿佳。

第二天一大早，黄鸿榉照例和父亲黄全根一起去镇上卖瓜。黄鸿榆则背着个硕大的蛇皮包，骑着自行车，赶到五里地外的农村公交车站，坐上车前往仁和市区，贩卖他的女凉帽去了。他的蛇皮包里，除了凉帽，还有两瓶他昨天下午买来准备送给女友华芷莹的地产的紫云英蜂蜜。他一共买了四瓶，还有两瓶准备下学期开学时给项怀仁老师送去。

而此刻，华芷莹刚刚醒来，躺在床上睁大眼睛，正在想心事。暑期回家快一周了，她天天等着黄鸿榆能给她来信，或者来个电话什么的。可他倒好，音讯全无，简直跟失踪了似的。想想自己从小到大，只有她不理别人的份，绝没有人敢不睬她的。现在倒好，他黄鸿榆竟敢如此冷淡自己，真是岂有此理！自己平时对他那么在意，那么好，难道他是根木头，毫无知觉吗？不应该呀！那么，难道是他并不如她所想象的那样爱自己？这半年多来，自己压根儿就是在自作多情？

一个早上，她就这样躺在床上胡思乱想着，越想越烦躁，越想越气恼，越想越感到委屈，到最后，甚至流下了眼泪。

也不知过了多久，母亲宋慧突然推门进来："莹莹，醒了吗？你的电话！"

听到是电话，华芷莹一骨碌爬起来，急不可耐地冲到客厅，拿起电话："喂！"

"我是黄鸿榆。"

"你现在才想到我呀？"显然，华芷莹有点儿生气。不过，说完这话，她便警觉地看了眼还站在她房门口的母亲。

"我现在刚到城里，在长途汽车站呢。"

119

"知道了，午饭后我过去。"她断定他一定又进城贩卖凉帽来了，所以想让他卖完凉帽后再见面，"你到时就在售票厅门口等啊！"说完，挂了电话。

"是上次和你一起回来的那个男生吧？"母亲坐到沙发上，带着审问的眼光问她。

"是的。"华芷莹想反正也瞒不住，干脆承认了。

"你恋爱了？"母亲没想到女儿居然如此坦然，尽管她早就料到。

"算是吧。"华芷莹一副一不做二不休的神态。

"你看你这孩子啊！"母亲急了，"这终身大事，你怎么就那么随便呢？"

"妈！你急什么呀？"华芷莹见母亲反应那么大，也有点儿急了，"我又不是马上要嫁给他，看你大惊小怪的！"

"嗨，你这孩子，什么叫我大惊小怪呀？啊！"母亲显然生气了，"你一个姑娘家，也不觉得难为情？"

"哎呀，妈！"华芷莹见势不妙，便坐到她身边，换了语气，撒娇道，"你放心，我们现在什么也没有，就是相互有好感而已。"

"真的？"母亲用怀疑的眼光望着她。

"真的。"华芷莹肯定地点点头。

"莹莹，你想过没有，他是乡下的，你们不合适！"母亲开始给她洗脑了。

"可人家现在和你女儿一样，是个大学生，不在乡下了。"

"那也不行，你要知道，乡下的生活习惯、理念、价值观等等，都跟我们城里不一样。"

"哎呀，妈，我们现在不讨论这些问题，八字还没一撇的事。"华芷莹打住了母亲的话。

"那你今天还要去车站见他？"

"妈，你想多了。"华芷莹谎称道，"我班上有个和他同乡的小姐妹，要送样东西给我，刚好他今天进城，托他带给我的。"

"没骗我？"

"没骗你，真的！"

华芷莹想，反正到时候见到黄鸿榆，再想办法去乡下来的那些地摊上买个稍微值钱点儿的农产品，糊弄过去就是了。

而她母亲宋慧将信将疑，便不再说话了。华芷莹见状，便拉着她，问她要早饭吃。于是，宋慧去厨房了。

早饭过后，华芷莹对母亲说："妈，今天早点儿吃午饭，我十一点三刻要出发的。"说完，就回房间去了。

等女儿进了房间，宋慧便给丈夫华达江的司机小宋打了电话，压低声音说了一通话。

午饭过后，华芷莹头戴黄鸿榆送她的那顶凉帽，跟母亲说了声"再见"，就出了家门。

华芷莹走出了仁和市委、市政府家属大院。刚拐弯进入大马路，想去对面的公交站台，不料有人冷不丁地走出停在路边的一辆黑色轿车，朝她喊道："莹莹，你这是去哪儿呀？"

华芷莹一看，是父亲的司机小宋，惊讶地问："小宋哥，你怎么会在这儿呀？"

"路过这儿，准备替华市长去接一位客人。"小宋微笑着说。

"我要去长途汽车站，"华芷莹说，"现在先去坐公交。"

"那我带你过去吧？"小宋热情相邀，"刚好顺路。"

"好！"华芷莹很开心地上了车。

"这么热的天，你这是去干什么呀？"小宋一边开车，一边漫不经心地跟她聊了起来。

"去取个东西，"华芷莹望着窗外的景色，"大学同学托人带来的。"

窗外，阳光热辣，照在高楼的玻璃窗上反射下来，白亮亮的十分刺眼。离家到省城读书两年，她发现这座自己熟悉的城市正在发生着许多变化。譬如，街面上的小商铺明显增多了，且都把店铺延伸到门外的人行道上；来来往往的人也增多了，大多穿着鲜亮，在各色店铺里出出进进；装潢时髦的服装店，挂满了各式各样琳琅满目的衣服；门口的大音箱里，还不时地飘逸出绵绵的情歌声，熏得人心里酥酥麻麻的。

"莹莹，到了。"小宋提醒道，"东西重不重？要不要我陪你去拿？"

"哦，不用，小宋哥！"华芷莹赶紧谢绝。说着便下了车，朝他挥挥手，径直向车站售票厅门口走去。

小宋熄了火，静静地坐在驾驶座上，等华芷莹走远了，才下车尾随了过去。

华芷莹来到黄鸿榆面前的时候，他正在收摊。很显然，今天的生意并不是太好，因为她看见他正把卖剩的十几顶凉帽塞进包里。

"黄老板，今天生意怎么样？"她明知故问。

"你来啦！"他利索地收拾好，直起腰，额头上满是汗，"不好，才卖了十五顶。"

"还没吃饭吧？"她掏出手绢帮他拭去额头的汗珠。

"走，一起吃去！"他把蛇皮包往肩上一挎，指指广场南边马路对面，"那边有家特别好吃的鸭血粉丝汤店，你一定喜欢。"

"我吃过了。"她冲他妩媚一笑，"不过，愿意陪你一起去。"

店堂很整洁，顾客也不是很多。黄鸿榆知道华芷莹爱吃鸭血粉丝汤，还是点了两份。而华芷莹呢，尽管已经吃过午饭了，居然还是把黄鸿榆给她点的那碗吃得连汤都不剩一滴。

填饱肚子后，因为要享受头顶吊扇那点儿凉风，他们两人暂时谁也不愿意离开。华芷莹看着黄鸿榆的蛇皮包，问："知道为啥生意不好吗？"

"为啥？"黄鸿榆一副愿闻其详的样子。

"因为你这凉帽是仁和产的，仁和像你这样贩它的人多。"华芷莹拿出循循善诱的腔调，"跟省城不一样的，黄老板！"

"对呀！"真是一语点破梦中人，黄鸿榆立马反应过来，"要不然，我那同学钱大勇为啥要跑到省城去卖这东西呢？"

"本姑娘聪明吧？"华芷莹一脸得意。

"聪明，聪明！"黄鸿榆从包中取出两瓶紫云英蜂蜜，放到她面前，"来来来，奖励下！"

华芷莹一看，心里乐开了花：哈，这下可以和老妈圆谎去了。但嘴上还是问："怎么，这是你家的养蜂场割的？"

"哪有，是我去那个在省城贩凉帽的同学钱大勇家买的。"

"很贵的吧？"

"不贵，但绝对纯。"黄鸿榆伸手摸摸她的手，"给你吃的！"

"谢谢！"华芷莹柔声道。

突然，华芷莹萌生了个想法，准备帮黄鸿榆把这十几顶剩下的凉帽解决掉。就问："你还准备把这些凉帽带回去？"

"不然呢？"黄鸿榆说。

"要不交给我吧，我来设法帮你推销？"华芷莹脸上挂着神秘的笑意。

"你能有啥办法？"黄鸿榆以为她在跟自己开玩笑，"算了吧，大不了我拿回去退货。"

"不跟你开玩笑啊！"华芷莹认真地说，"交给我吧。不过，你待会儿得负责把我送回家，我可不愿意让人以为是贩子！"

黄鸿榆见她那么真诚，便顺水推舟："好吧，只是辛苦你了。"

出了店门，看看时间还早，但天又太热，华芷莹提议两人一起坐公交去不远处的城中公园走走。

这一切，站在马路对面树荫下的小宋全都看在眼里。他觉得,华市长夫人的担心完全是正确的。于是,回到车里,发动车子返回了市委市政府家属大院。

傍晚回到家属大院,华芷莹把黄鸿榆的那包凉帽寄放在了门卫处,说是第二天下午会去取的。当她抱着两瓶蜂蜜走进家门的时候,发现母亲与父亲正面对面坐在沙发里说着话。

"爸爸,你今天怎么那么早回来呀?"华芷莹把蜂蜜放在茶几上,娇气地坐到父亲身边。

"你怎么大热的天还去外面野呀?"华达江侧过脸问。

"去取个东西。"华芷莹一脸漫不经心,"妈知道的。"

"你这是步行回家的呀?"母亲宋慧在旁边说,"需要半天工夫哪?"

"我……"华芷莹吞吐起来。

华芷莹感觉今天父母一唱一和的,似乎都话中有话,好像自己的行踪他们都知道似的。莫非有人跟踪?对了!她突然回过神来,会不会是小宋?

"莹莹,明天是周末,你费伯伯和左阿姨约我们去他们家做客。"宋慧对华芷莹说,"你爸明天有会议,我们两个一起去吧。刚好,他们家宗宗也回来了。"

"我不去。"华芷莹不假思索地回答道,"我和几个高中同学早就约好了,明天聚会呢!"

母亲宋慧所说的费伯伯是现任仁和市委副书记兼组织部部长费鹏程,左阿姨是市妇联主任左蕙兰。宗宗就是他们宝贝儿子费承宗,是个典型的花花公子,他是华芷莹的高中同学,学习不好,毕业后在家浪荡了一年,后来他父母花了九牛二虎之力,总算把他弄到外省的一所高级中专校混文凭去了。去年暑假,在母亲的逼迫下,华芷莹曾经去做客过一次,当时她就感觉这位公子跟自己压根儿不是一个世界的人!

"你这孩子,我之前怎么没听你说过有什么同学聚会呀?"宋慧有点儿生气了。

"现在不是听说了吗?"华芷莹说。其实,什么高中同学聚会,本就是她的托词。不过,此刻,她却把它弄假成真了,干脆今晚就约,顺便把黄鸿榆的凉帽给推销掉。

"不行,明天一定要去。"宋慧语气十分坚决,"我都答应人家了!"

"就是不去!"华芷莹也拒绝得十分干脆。

"好了,不去就不去吧。"一直一言不发的华达江说话了,"以后再去嘛!"说罢,起身朝书房走去了。

"对对对,妈,以后再考虑,有机会的啊!"华芷莹借机收场,挪到母亲身边,帮她揉起了肩膀。

"死丫头,就知道气我!"母亲也站起身,进厨房间忙去了。

黄鸿榆乘车回到镇上,再骑着自行车回家,路过自家瓜棚的时候,发现瓜棚里桅灯下,二哥鸿桦正趴在竹榻上写着什么。

"二哥,写什么呢?"黄鸿榆走进去,在黄鱼车里取出一个圆滚滚的青皮大西瓜,"明天还有那么多要去卖呀?"

"你回来啦?"黄鸿桦收起纸笔,"给同学写封信。"其实,他是在给苏晴川写。

"嗯,汽车晚点了。人又多,挤得要死。"黄鸿榆说,"爹爹身体不要紧吧?"

"没事,老胃病。"

"哦。"黄鸿榆用手指轻轻弹了两下西瓜,听见是噗噗的声响,便左手将瓜托在掌心,右手一拍,啪的一下西瓜碎成两半。于是,一半递给鸿桦,一半送到自己嘴边,啃了起来。

啃完瓜,他又问:"大哥他们回来了吗?"

"没呢。"

"暑假回来都没见到过图程。"黄鸿榆嘀咕道。当初要给侄子起名的时候,他是自告奋勇地说由他来负责,还说黄家接下来的孩子都是"图"字辈,老大就叫"图程"吧。

"你早点儿回家吧,晚了爹爹、姆妈要担心的。"黄鸿榉提醒道。

"知道了。"走到瓜棚门口,黄鸿榆对黄鸿榉说:"今天你再辛苦一晚,明天我来吧。"说完,骑着车回家去了。

那天去医院上夜班,门卫给了苏晴川一封信,打开一看,原来是黄鸿榉的:

晴川:

见字如面。

暑期过半,到今天才给你去信,实在抱歉。今年家里种了两亩地西瓜,恰巧父亲身体又不太好,我就天天晚上在瓜棚看瓜,第二天一早和父亲一起去镇上卖瓜,忙得四脚朝天。

因为几乎天天去镇上卖瓜,感觉这两年我们皇坟乡的变化很大。首先是街面上建筑变新变高了,道路拓宽了,商店也增加了许许多多。从早上到中午,整个镇上全是川流不息的人。街面上全都是摆摊的人,卖什么的都有。有人把城里花花绿绿的衣服、时尚的收音机之类的贩运到乡下来出售,据说都发成万元户了。乡村是我们这个社会的神经末梢。如今,乡村都商品化成这样了,那大城市更是可想而知了!

另外,我有几个高考落榜的同学,今年春季都去了乡政府创办的大专班上学了,据说那是电大远程教学,有各种专业。他们毕业后将去镇上的信用社、税务所、工商所等单位上班。"春江水暖鸭先知",感觉一个重知识、讲文凭的时代将要来临了。

现在,我正趴在瓜棚的竹榻上,就着桅灯给你写这封信。如今的乡村,只有到了夜深人静的时候,感觉还是小时候的那个乡村。透过头顶茅草,天上的星星很大很亮,就像小时候的夏夜,坐在屋场上,奶奶给我们讲天上扁担星过银河的故事时一样。在瓜棚看瓜，其实不是防有人来偷瓜，主要是驱赶那些状如刺猬的偷瓜獾，它们昼伏夜出，晚上经常会成群结队地来瓜地糟蹋西瓜。当然，跟你说这个兴许你不会理解，因为你一个镇上长大的大小姐，没有农村生活的体验。如果有机会，以后一定请你一起来瓜棚看瓜。（笑）

你一定还是每周一次上夜班吧？病人多不多？要学会偷懒，抽空补觉。一切保重！

想你的鸿桦
一九八三年七月二十二日

苏晴川读罢，心里暖暖的。其实，从上次分别到现在，已经整整一个月了，她是天天盼望着黄鸿桦能给自己来信，可天天都失望，今天，总算等来了，她怎能不高兴呢？如果说，她之前只是爱他的淳朴、善良、可靠，那么，读完此信，她又发现了他的另一大优点：爱思考。而且，他是如此体贴父母，这更让她感动。记得之前曾听长辈说过，一个懂得体贴、孝顺父母的人，其本质便是善良的，跟这样的人过日子，错不了。

这又让她想起，那次表哥吴双人在给她介绍黄鸿桦的时候，满是溢美之词。当时，她觉得也许是表哥太喜欢他的缘故，有点儿夸大其词。现在看来，表哥的确有眼光。

但此刻的苏晴川，内心也有一份隐隐约约的担心，她担心自己的这份恋爱，得不到父亲的允许。她的父亲曾是名军人，转业后在邻县的玉山县稀土矿工作，是矿上的党委书记。从军的经历与当下职业的缘故，他严肃、冷峻，有时甚至霸道。家里但凡有大事，作主的全是父亲，几十年了，母亲和他们全家都习惯了。而她内心除了敬畏，对父亲并无多少亲近感。好在节假日之外，父亲很少回家，上次"五一"回来的时候，她跟黄鸿桦才认识，连话都没有讲过一句，母亲自然不可能跟他说什么。现在，她跟黄鸿桦已经正式确立了恋爱关系，等父亲下次回来，母亲肯定会跟他说的。

想到这儿，苏晴川很是烦恼。刚才收到黄鸿桦来信时所产生的那点儿喜悦，瞬间被驱散得踪影全无。好在急诊室来病人了，她暂时也无心去想那事了。

第十二章

一个暑假就这样不知不觉地过去了。

黄鸿桦回到泾渭中学，发现变化还真不小。一排崭新的两层教工宿舍楼拔地而起，就像刚从地底下长出来似的，而且马上能入住。黄鸿桦这些单身小年轻们被安排在二楼，两人一间，宽敞明亮，跟原来宿舍比简直是天壤之别；有家室的老师们则在一楼，两间一户，外带走廊外的一个院子。

当天傍晚，黄鸿桦打理好新宿舍，就赶到医院去找苏晴川，因为据他所知，这一天她应该上夜班。到急诊科一看，没在。到护士站打听，说是她今天调休了。无奈，只得返回宿舍，百无聊赖。

新学年，泾渭中学的第一次教职员工大会十分隆重。会上，三吴县文教局人事科尤玉玲科长特地到校宣布：吴双人为三吴中学副校长、代理校长，徐增祥因年龄原因，不再担任校长职务，但留任党支部书记。人事任命宣布完毕后，徐书记、吴校长与另外一位副校长送走了尤科长，然后返回会议室继续开会。接着，会议由徐书记主持，吴校长宣布了学校中层部门负责人名单。出乎大家意料的是，林子丹居然一下子被任命为总务处副主任！

事后，黄鸿桦才知道，林子丹的副主任其实只是个虚名，因为有他叔叔的撑腰，如今校办厂的所有业务几乎全靠林子丹，他是校办厂副厂长了，厂长则由徐书记兼任着。而按照县校办工业公司的相关规定，校办厂负责人应该由学校总务主任兼任。现在泾渭中学情况有点儿特殊，所以才有了这样的安排。据说这一切，都是徐书记竭力促成的。徐书记既然已经从行政岗位上退下来了，手中没了实权，心里空落落的，自然要想方设法再去抓一块有实权的工作，于是他把手伸到了校办厂。在校办厂，林子丹本事再大，也只是个毛头小子，只要他徐书记把实权牢牢抓在手里，一切都是他说了算。再说了，这可是出产真金白银的地方，以后学校要从校办厂划钱办事，不得通过他吗？

自然，这些都是办公室的老教师们分析出来的，黄鸿榉也只是姑妄听之，断然不会上心的。让他上心的是，他们这十一位小年轻教师中，本学年竟然已经有两个调回自己老家去了！其中一位还和他一样是仁和的。黄鸿榉再次强烈地意识到，自己再也不能像过去那样无所作为、听天由命了，否则自己真会一辈子被圈在这个偏僻的小地方了。

但一想到苏晴川，黄鸿榉开始犹豫了。这四个多月相处下来，他感到自己真的是爱上她了。她漂亮、温婉、善良，又善解人意，工作也体面，跟自己一样。而且，也许是冥冥之中的安排，她还是吴教导，不，现在应该是吴校长的表妹。这一年来，吴校长对他的关心、培养，让他感动、感恩。如果自己以后真的与苏晴川结为连理，无论从哪方面讲，都是美事一桩呢！但前提是，他要彻底放弃回家乡的念头！这，让他陷入了两难的境地。

学生报到当天，黄鸿榉发现金文英没有来，问姜进，说不知道。但当时他看姜进的表情，断定他肯定知道，只是不肯说罢了。黄鸿榉心里直犯嘀咕：莫非他父母又有什么反复了？

放学后，他把姜进叫到教室前的走廊上："今天回家后你马上给我去金文英家探探情况。"

"这个……"姜进挠挠头皮，尴尬地朝他笑笑。

"怎么啦？"黄鸿桦刮了他个头皮，"快说呀，别吞吞吐吐的！"

"我答应她不说的。"姜进依然十分为难，"否则她说她跟我不客气的。"

"你这臭小子，你就不怕我跟你不客气？"黄鸿桦提高了嗓门，"说！"

"是这样的，前天，他爹爹又跟她提起那事，她坚决不肯。"姜进道出了详情，"他爹爹要打她，她就一路哭一路逃出家门。逃到丰泽湖边的时候，见无路可逃了，她干脆跳进了湖里。他爹爹慌了，急忙去救她。可等到救起她时，她已经呛了一肚子水了，差点儿出事。"

"后来呢？"黄鸿桦听着都感觉十分恐怖，急切地问。

"后来她爹爹把她背回家。她把自己关在房里不吃不喝，只是哭。"姜进继续说，"昨天我去看她，跟她说开学的事。她说她暂时不想来上学，不过过两天会来的。"

"那他父亲还逼迫她订婚吗？"黄鸿桦关切地问。

"应该不会了。"姜进想了想说，"都弄得寻死觅活了，哪还敢呀？"

听完，黄鸿桦一脸认真地对姜进布置道："这样，今天回去你再去看看她，就说是我希望她明天来上学。"

"好的，好的。"姜进答应着，飞也似的逃走了。

黄鸿桦回到办公室，觉得这事有点儿严重，就想去教导处汇报，可教导主任是本学期从其他学校刚调来的，他不熟悉。转念一想，反正这事吴双人校长知道，还是直接去找他吧。于是径直向校长室走去。到了门口，见门半开着，吴双人校长正在埋头写着什么东西。他定定神，笃笃敲了两下门。

吴校长抬起头，见是他，招手道："小黄呀，进来吧！"

黄鸿桦坐到吴双人校长旁边的沙发上，见他正在忙，便开门见山地把事情的经过说了一遍，并谈了自己准备如何处理这事的想法。

"很好，小黄！"吴双人校长听完汇报，十分满意地说，"你这学生很有个性的，这么一闹，估计他父亲以后再也不会逼她了。"

"我也这样认为的。"黄鸿桦附和道。

"不过，你还是要找她好好谈谈心。"吴校长提醒说，"要她以后做事再也不能冲动，不计后果。多危险啊！"

"知道了，吴校长。"黄鸿桦站起身。

"哦，还有个事，小黄。"吴双人校长叫住他，"你的教案得了县一等奖，书面公告过两天就下来。恭喜你啊！"

"真的？"黄鸿桦喜出望外，"谢谢吴校长！"

吴双人校长也笑眯眯地站起身，亲切地说："小黄，好好干！将来就在这儿成家立业。"

黄鸿桦知道，他所说的成家立业，就是希望自己能与苏晴川终成眷属，以遂了他这个公私兼顾的隐形月老的心愿。

"好的，吴校长。"黄鸿桦习惯性地应答道，随即出了校长室。

第二天，金文英终于返校了。这让黄鸿桦心中一块石头落了地。中午，他找她谈了话，情况与昨天姜进说的基本一致。于是，他又是安慰又是鼓励，关怀备至地给她说了很多话。但愿她以后能顺顺利利读到毕业，不再折腾了！谈话结束后，他心想。

下午抽空去教师阅览室看报纸。黄鸿桦发现《泽州日报》头版上，赫然刊登着关于东江省正式实施市管县行政管理体制改革的消息。大致内容是：将原属太湖行政专区的二市八县，分割为两个大市：泽州市和仁和市。其中，新组建的泽州市下辖泽州市区与三吴县、玉山县等六县；仁和市下辖仁和市区与仁和县、丁蜀县等三县。这消息不啻一颗炸弹,一下子把黄鸿桦给炸蒙了:从此,自己回家乡仁和无望了!

傍晚,他晕晕乎乎地回到宿舍,忽然想起昨天吴校长跟自己所说的"在这儿成家立业"的话,方才回过神来:原来,吴双人校长是在暗示自己哪!

过了一个多星期,黄鸿桦的心情方才渐渐平复了下来。

此后,黄鸿桦几乎每天放学后都会与苏晴川约会。通常,他们都会去泾渭镇周边的乡野散步,最远的时候会一直走到丰泽湖边。他们聊各自的家庭,聊自己的求学经历,聊当下日新月异的变化,聊未来的打算。漫无目的,无拘无束。如此坦诚的交流,让两颗年轻的心灵水乳交融,也让他们的感情急剧升温,简直到了如胶似漆的地步。

"我妈说,我爸这次'十一'假期回家,要跟他说我们的事情了。"那次散步的时候,苏晴川对黄鸿桦说。

"哦。"黄鸿桦有点儿兴奋,"那就是说,过了假期,我可以去拜访岳丈、岳母了?"

"瞧你这脸皮厚的!"苏晴川嗔怪道,旋即脸上露出忧虑的神情,"我是担心我爸会不同意我们在一起。"

"不同意?应该不会吧。"黄鸿桦有点儿奇怪,都什么年代了,恋爱是子女自己的事情呀!

"你不了解我爸。"苏晴川幽幽地说。

"那要是真不同意,你怎么办呢?"

"我也不知道。"苏晴川看看黄鸿桦,"你到时会退缩吗?"

"我不会,坚决不会!"

"那就好,我们共同应对。"苏晴川把原本挽着的黄鸿桦的手臂摇了摇,仿佛得到了什么鼓励,"我就知道,我不会看错人!"

这个"十一"假期,因为只有一天休息时间,再加上苏晴川要跟父亲谈他们两个的事,黄鸿桦想及时知道情况,所以没有回家，而是怀着忐忑不安的心情待在学校等候消息。

新学年开学前夕，黄鸿榆便提前一天赶到了仁和市区，住宿在一家招待所，这是前几天他特地赶到村委会打电话跟华芷莹约定好的，因为他要践行陪她去逛春秋古城遗址的诺言。

第二天，他们俩便坐公交来到了华芷莹渴慕已久的春秋古城遗址公园。这是一处距离仁和西郊约十公里的丘陵地带，十多年前，文物部门在此处考古挖掘出了一个面积约五平方公里的春秋末年的城池。后来，还就地兴建了一座文物馆，将所出土的玉器、青铜器、陶瓷等大量文物收藏、展示，以彰显其深厚的历史文化底蕴。还在原址建立了一个遗址公园，供游人们参观游览。

新中国成立前，华芷莹的外公曾是仁和师范专科学校的一位历史教授，受家学熏陶，她从小到大都对文史感兴趣。如果不是因为上中学时英语学得特别好，大学还真说不定会读历史系呢！她曾对黄鸿榆开玩笑说，自己是一个被英语耽误了的文史专家。黄鸿榆知道了她的这一爱好，自然要遂其所愿了。

"我那天打你家电话，听你妈接电话的口气，好像很警惕似的。"走出文物馆的时候，黄鸿榆对华芷莹说。

"她知道是你，生怕你把她女儿骗走，当然要警惕喽。"华芷莹玩笑道。

"我呀，当时跟你挂了电话，还在村委会等了一会儿，担心你妈不同意你跟我一起出来，你会回拨过来跟我说。"

"等了多久呀？"

"半个多小时吧。"

"傻！"华芷莹扑哧一下笑了出来，"我妈才没你想象的那么封建呢！"

"那就好。"黄鸿榆放心地笑了。

"对了，听我爸爸说，国庆假期后，要正式实施市管县了。也就是说仁和县归仁和市管辖了，到时你可能真有机会留在市区了。"华芷莹对黄鸿榆说。

"好呀,我倒是巴不得呢!"黄鸿榆认真地说,"只是感觉不大可能。"

"事在人为。"华芷莹冲他笑笑,"就看你是否努力了。"

黄鸿榆一时摸不着头脑:"怎么努力?"

"说你傻,还真傻!"华芷莹轻轻打了他一下,"不说了,反正还早呢。"

于是,两人兜兜转转地在遗址公园逛了大半天,直到华芷莹喊走不动了,方才返程。当夜,黄鸿榆去火车站预购了两张第二天上午返校的车票。因为估计第二天下午要两三点才能到学校,就又买了两包方便面和一堆华芷莹爱吃的零食。

黄鸿榆一踏进宿舍门,发现宿舍里聚了一群同学,在讲着从假期到现在学院里的一大堆新闻。诸如谁与谁分手了,谁与谁还有谁是三角恋爱啦,还有就是关于刚毕业分配的学长们的去向,等等。

"听说了吗?"言海东一脸神秘,"我们系换新主任了!"

"真的?"有人急忙追问,"那项老师呢?"

"不知道,我只听说来了新主任。"言海东显然知其一而不知其二。

"项老师提职了!"另一位消息灵通的立马说道,"我们的项老师呀,如今是东江师范学院副院长呢!"

黄鸿榆听到这一消息显然也很惊讶,但惊讶之余便是喜悦!

这些天,黄鸿榆发现言海东除了上午在教室上课,常常从下午到晚上连人影都不见。一打听,他依然在高复班打工,而且所辅导班级数量比以前翻了一倍。言海东告诉他,因为这家高复班今年高考录取率高,名声大振,本学期前来复习的人数居然增加了好多。

而黄鸿榆自己也忙得很。近来他这位新上任的文体部部长,正在策划学院迎国庆大型文艺晚会活动,从节目遴选、主持人确定,到嘉宾邀请、现场布置等等,他都在亲自操办或督办,投入了大量精力。等到这一头工作基本就绪,他忽然发觉自己从家里带来准备送给项怀仁老师的两瓶蜂蜜,已经在床头边的抽屉里躺了将近一个月了。于是,他找到华芷莹商量:"你啥时候去项老师家?"

"最近没啥事,不去呀!"华芷莹很是惊讶,"怎么啦?"

"我也给项老师夫人带了两瓶蜂蜜,和给你的一模一样,想送去。"黄鸿榆说。

华芷莹立马明白了:"看来你真会做人呀!"

"那当然。"黄鸿榆自得起来,"也不看看我是谁的男友!"

"去你的吧!"华芷莹笑骂道。

"哎,你看什么时候方便,带我去引荐一下吧?"黄鸿榆认真地说道。

"知道了。"华芷莹说,"不过,项叔叔现在是副院长了,很忙的,要找机会。"

"那就拜托你了!"黄鸿榆见周围没人,给她来了个闪吻。

国庆假期后,黄鸿桦一直像热锅上的蚂蚁般煎熬。有好几次,他放学后都去医院找苏晴川,想约她出来散步,可没见着。问护士站的小贺,说是她请病假了,已经好几天没来上班了。一种不祥的预感弥漫于黄鸿桦心头。

那天傍晚,黄鸿桦收到了门卫特地给他送来的一封信,说是就在刚才,有一位姑娘来到传达室,嘱咐他们无论如何在放学前要把这信转交给黄鸿桦老师。信封是空白的,打开一看,就一张纸条,写道:"今晚九点半,邮电所门口见。切记准时!晴川。"

终于有她的消息了!收到信的那一刻,黄鸿桦心如乱麻。她父亲反对他们恋爱,那是铁定的事实了。但她的态度如何呢?是要和自己一起坚持呢,还是准备跟自己分手呢?他不知道。还有就是她母亲的态度,如果此时能支持女儿,兴许他们还有希望;但如果顺从了她父亲的意愿,那他们这段感情可就难上加难了。

晚饭后,为了不让别人看出自己心神不宁的样子,他独自将自己关在办公室,心不在焉地处理些学生们白天的作业。好不容易挨到了九点,他便踏着一地秋夜的月光,幽幽地向镇上走去。

从学校到镇上要穿过一片田野。此刻,月光朗照下的稻田迷蒙一片,欢快热闹的蛙声早已销声匿迹了,只有秋虫们发出稀稀拉拉的鸣叫声,带着几分凄切。路面上不时地有白水荡漾着,那是黄昏时一场大雨留下的印迹。镇上已经冷冷清清了,只有碎石路面上闪着白亮亮的光,说不清是月光还是路灯光。

黄鸿桦到达邮电所门口时候,才九点二十分,却发现苏晴川已经站在那儿了。她穿一身粉红色睡衣,头发懒散地披在脑后,站在路灯下,脸色惨白。看见黄鸿桦,也不说话,只是幽怨地朝他看了一眼,然后转身就向北走去。黄鸿桦默默地跟在后面,也不知她要领他往哪里去。她走了几步,回头看看他,仍然不作声,继续领着他向前走去。转过一个弯,折进一条小弄堂,苏晴川在一扇暗红色大门口处停下,回头看看黄鸿桦就在身后,便打开门,领着他进入屋内。

苏晴川拉亮了屋内的灯。这是一栋两开间两层楼房,看样子属于私宅。站在底楼的堂屋内,感觉特别宽阔敞亮。

"这是我家。"苏晴对黄鸿桦说,"让你来认认。"

"你妈呢?"黄鸿桦知道平时苏晴川一直跟她母亲住。

"去她娘家了。"

"你外婆家?"黄鸿桦感觉有点儿奇怪,似乎想证实一下。

"不是我外婆家。"苏晴川说,"她不是我亲妈。我对我亲妈没有任何印象。"

黄鸿桦颇感诧异,一时不知说什么是好。

苏晴川走到西厢房门口,拉亮了里面的灯,同时把堂屋的灯关掉:"进来吧,这是我房间。"说罢,自己就势往床沿上一坐。抬起头,看着黄鸿桦。

黄鸿桦一时手足无措。

"今晚就我一个在家。"苏晴川看着他的眼睛说,"你也坐这边来吧。"她拍了下身边的床沿。

黄鸿桦站在原地,一动不动。过了一会儿,他想移动脚步走过去,可才迈开,却又缩了回来,因为他觉得她今晚很是反常。

苏晴川突然站起身,一把把他拉了过去,随即,搂着他的脖子,拼命地吻了起来。黄鸿桦抵挡不住,也紧紧地抱住了她,尽情呼应着她的满腔柔情。

过了好一会儿,她似乎平静了下来,然后,伏在他胸前,嘤嘤抽泣了起来。

"你怎么了?"尽管他完全能猜到她伤心的原因,但却还是这样问道。

"我爸坚决不同意我们。"她擦了擦眼泪,仰起脸对他说,"要把我许配给他战友的儿子。"

"哪里的?"他捋了捋她额头的头发,警惕地问。

"泽州市第一人民医院的。"她说,"他爸,是我爸的战友,就是县卫生局党委书记。"

黄鸿桦的心一下子凉了一大截,对方这样的条件,自己是无论如何也比不上的。可他还是对她说:"只要你坚持不答应,我就一直等你。"

"没用了。"苏晴川绝望地看着黄鸿桦,"他爸都已经跟我们院长打招呼了,说我是他们家儿子的女朋友。"

"怎么这样恶劣!这不是耍流氓吗?"黄鸿桦又伤心,又愤怒。

"鸿桦,我没有办法了。"苏晴川躺在他怀里,哀怨地说,"家里是爸妈逼,单位是领导看管,我别无选择。"

黄鸿桦看着眼前的她,心碎、无奈又无助。他只是满怀不舍地抚摸着她,却说不出半句话。

忽然,苏晴川伸手去解他的衬衣纽扣:"鸿桦,今晚,我是你的。"说着,抬起头,眼泪汪汪地看着他。

此刻,黄鸿桦脑子里一片空白,他木木地坐着,一动不动。

苏晴川慢慢帮他脱去衬衣,然后自己也解开睡衣,平躺在床上,一把将他揽到自己怀里。

黄鸿桦瞬间被点燃了,他压着她狂吻起来。他的嘴唇,从她的嘴唇移到脖子,再移到胸口。他整个身体仿佛是一团火焰,燃烧着她。

而当她扭动着身子,渐渐地敞开身心准备完全接纳他时,黄鸿桦却突然一个激灵,头上仿佛一下子被人泼了桶凉水似的,骤然清醒了过来。他立马直起身,整理好衣服,坐回到床沿上。

"不,晴川,我不能害你!"他喃喃道。

苏晴川先是一愣,随即便躺在床上呜咽起来。

黄鸿桦看着她,想伸手去抱她,可犹豫了一会儿,还是没有。

过了好一会儿,见她渐渐平复了,他便站起身,头也不回地离开了她的房间,离开了她家。

当晚,黄鸿桦不知道自己是如何失魂落魄地回到学校,回到自己宿舍的,也不知道自己是如何在迷迷糊糊中挨到天亮的。

第二天清晨,秋风乍起,落叶纷飞。一场凉沁肌肤的秋雨如期而至。

中卷

第十三章

一九八五年八月二十七日早晨，刚歇完暑假的黄鸿桦与黄鸿榆兄弟俩，都将再次告别父母与大哥黄鸿樟、妹妹黄鸿佳，还有嫂子周英与侄子图程，各自踏上新的工作岗位。

黄鸿桦虽然没有如愿以偿被调回仁和，但总算调到了三吴县与皇坟乡毗邻的乡镇——秦亭镇秦亭中学。大哥鸿樟跟他说，从家里骑自行车到秦亭镇不过五十分钟光景，因为他几乎每月都要去秦亭镇上赶集卖一次竹器，计算过的。

早饭过后，鸿桦骑上一辆崭新的长征牌自行车，带上弟弟鸿榆出发了。骑过一刻钟的乡间土路，鸿桦在公路边的车站把鸿榆放下。鸿榆要坐汽车往北，去往仁和市教育局报到；而鸿桦却是沿着公路继续骑车往南，前去秦亭中学。兄弟俩从此一南一北，走上了各自不同的人生道路。

经历了三年的生活历练，黄鸿桦已不再青涩。生活让他知道，在这个世界上，自己其实只是一株微小的草木，一场风雨，就能把自己吹刮浇淋得不知东西。想要生存发展，必须得适应环境。

如果说他的教师职业生涯是一场漫长的人生之旅，他对前程一无所知而又充满期待，那么，泾渭中学的这三年，无疑是这段旅程的起航。他感恩吴双人、姚老师、施雅韵对自己的关心、照顾与栽培；他庆幸自己能遇见苏晴川，虽然与她终究无缘成眷属。他也为自己作为一个老师，能教到像姜进这样浑身散发着泥土芳香的学生而高兴，更为自己通过努力，最终使金文英避免辍学，并顺利考取中等师范学校而欣慰。他希望自己是一位业务精湛、充满悲天悯人情怀的师长,去感染影响学生,并最终助力他们发展,就像当年秦老师对自己一样。而目前他还是一位涉世未深的小年轻,只是不再懵懂无知罢了。

同时,他的心头,又隐约弥漫着一股淡淡的惆怅:三年时光匆匆,就那么悄然而逝了!流年似水,自己的青春时光,又无可挽回地流走了一段。好在自己的境遇似乎正在慢慢顺遂,还是值得庆幸的!

这次能顺利调动工作,无疑还是因为吴双人校长对他关爱有加。

自从与苏晴川分手后,足足一学期时间里,他就像霜打的茄子般萎靡不振。最初的几周里,他甚至到了上课走神、无心批阅学生作业的程度。有时,学生作业马虎了或是犯错了,平时耐心宽容的他,竟然会莫名其妙地发火训斥他们。这一切,让不知就里的学生与同事都感到万分诧异,而担任他班级政治课老师的吴双人校长却心里跟明镜似的。

那个深秋的午后,吴双人校长在黄鸿桦班上完课,特意拐进他办公室,要他空课时去一趟校长室。黄鸿桦下午没课,就当即跟着吴双人校长过去了。到了校长室,吴双人一如既往地微笑着请黄鸿桦在沙发上坐下,还给他倒了杯水,送到他手里焐着。

"小黄,你的事情我都知道了。"吴双人也给自己茶杯里续了水,坐在办公桌前,对黄鸿桦说。

黄鸿桦明白今天吴双人校长是要给自己做工作,但不知道自己该对他说什么好,便不说话,只是抬起头看着他。

"我也能理解你的心情。"吴双人安慰他道,"这样的事情搁谁身上都痛苦。"

黄鸿桦被他说得几乎想掉眼泪了,因为自参加工作以来,每当自己遇到什么难事苦事时,没有谁曾如此安慰过他,吴双人校长是唯一的一个。但是,他还是要强地忍住了,没让自己失态。

"吴校长，我……"

"我相信你会尽快调整好自己的状态，重新振作起来的。"

黄鸿桦知道，吴双人这话既是一位长辈对自己这位晚辈的鼓励，更是作为校长对他这位老师所提的要求。他直了直身子，让自己恢复了下情绪，说："吴校长，我会管理好自己的。请您放心！"

"嗯，好！"吴双人站起来，走到黄鸿桦身边，拍了拍他肩膀，"男子汉，要拿得起放得下！"

黄鸿桦也从沙发上站起来，看着吴双人，诚恳地点点头，然后，向门外走去。走到门口，又回头对吴双人说："吴校长，我想……"

"怎么了？有啥想法直说。"

"我想调回仁和去。"黄鸿桦啜嚅道。

吴双人显然有点儿惊讶，他沉吟了片刻，说："知道了，我考虑下。你好好工作！"

"谢谢吴校长！"黄鸿桦对他鞠了个半躬，转身离开了。

此后的一年半中，黄鸿桦全身心投入了工作中，所带班级在中考中取得了总分年级第二的优异成绩。同时，他所担任的两个班级的语文成绩在中考中也取得了年级第二与第三的好成绩。

中考成绩揭晓的第二天，临近暑假，黄鸿桦突然被吴双人叫去校长室。吴校长跟他说："现在三吴与仁和分属泽州市与仁和市管辖，要调回仁和县难度很大，但如果你愿意去与仁和县毗邻的秦亭中学，是可以考虑的。"黄鸿桦当即爽快地答应了。

就这样，因为吴双人校长的帮忙，黄鸿桦终于被顺利调往了秦亭中学。事后，他才知道，原来，就在这个暑假过后，吴校长也离开了泾渭中学，被调往三吴县文教局工作了。

到达秦亭镇中心，问了好几个人，黄鸿桦终于在镇子西南角一条偏僻的马路边找到了秦亭中学的校门。

学校坐北朝南，面积很大，足有泾渭中学的两倍多。走进大门，穿过一片水泥场地，便见一座三层教学楼矗立着，楼前植有一长溜整齐森郁的水杉树，枝干粗壮，树叶苍翠，一看就跟这所学校一样，有些年头了。教学楼后面是一个硕大的园子，分左中右三个部分，其间有青砖小道连接相通。园子后面是一排两层老式红砖瓦房，看样子像是教工宿舍区。校园的东面错落有致地坐落着几栋建筑，大概是实验室、艺术教室之类的，围墙之外连着镇上鳞次栉比的居民住宅区。而西边则为操场，操场外面是广袤的田野，田野之外，大概就是烟波浩渺的太湖了。

校园里冷冷清清的，不见一个人。除了大树枝头欢快啁啾跳跃的麻雀、白头翁、野鸽子与乌鸦之类的鸟儿，就是偶尔从草丛里跳出的野兔、野猫。黄鸿桦在校园里兜了一圈，总算看见教学楼里走出了一个三十来岁的矮个子男人，看模样估计是值班的老师或领导。他赶紧上前打招呼："老师，您好！我是新来报到的。请问校长室在哪儿？"

那人将他上上下下打量一番，面无表情地给他指指二楼楼梯左边的一间说："喏！"然后就离开了。

黄鸿桦谢过对方，上了二楼，敲响了那间挂有"校长室"牌子的门。

"请进！"里面传来了一个苍老沙哑的声音。

黄鸿桦推开门，看见里面由前往后排列着三张办公桌。此刻，前两张都空着，只有最后一张桌前端端正正坐着一位五十多岁的男子，精瘦，驼背。凭经验，他感觉那就是秦亭中学的厉校长了。

"厉校长，我是从泾渭中学调来的黄鸿桦。"黄鸿桦自我介绍道。

"哦。"厉校长抬起头看看他，瘦削的长脸上挤出一丝微笑，露出一口金牙，"小黄老师，请坐。"

黄鸿桦在一旁的沙发上坐下，挺直了身子，将双手放在膝盖上，面带微笑看着厉校长，一副毕恭毕敬的样子。

"欢迎你来秦亭中学工作！"厉校长对黄鸿桦说，"经学校研究决定，你本学年将先被安排到堰头片中任教，具体课务安排，后天上午你去教导处了解。"

听了这样的消息，黄鸿桦的脑袋仿佛瞬间被打了一记闷棍，嗡的一下发懵了：去片中教书？这可是他万万没有想到的呀！自己好不容易从偏僻的泾渭镇调到了离家近点儿的大镇秦亭，可现如今居然要被分配到更加偏僻的乡村去？这可怎么办呀？

"小黄老师，这是我们秦亭中学的规矩，凡是从外地调来的老师，一般都必须去片中锻炼一段时间。"大概是见黄鸿桦一脸沮丧，厉校长解释道。

"好吧，厉校长。"黄鸿桦知道自己初来乍到，没有任何讨价还价的资格与底气，便很快镇静了下来，答应道。

"但是，你可以住在镇上，到时总务处会给你安排宿舍。"也许是为了安慰他吧，厉校长又补充道。

"好的，谢谢校长！"黄鸿桦礼貌地致谢，顿了顿，又说，"可是，我还有一事相求。"

"你说。"

"我妹妹这学年刚好小升初，我想把她带到我们秦亭中学来读初一，可以吗？"

"这个可以的。"厉校长满口答应。

也许是冥冥之中老天的安排吧，本学期妹妹鸿佳上初中，按就近入学的原则，进不了皇坟镇上的中学，只得到附近的片中入学，可因为片中教学质量差，父母打算让她跟着自己到秦亭中学去读一年书，然后再转学到皇坟镇上。没想到现在妹妹的问题解决了，自己却又被分配去了秦亭乡下的片中！

走出秦亭中学校门，黄鸿桦长长地吁了口气，又无奈地摇了摇头。权当是锻炼吧！他对自己说。

三天后的上午，黄鸿桦带着妹妹鸿佳正式来到秦亭中学报到。他先去总务处领了自己宿舍的钥匙，打扫卫生，铺好床位被褥；然后又去学生宿舍，帮妹妹找了张靠南窗的下铺床，搭好蚊帐，安放好行李箱。看看自己和妹妹都还缺少一些日用品，再说午饭也没有着落，就带着鸿佳一起去秦亭镇上兜兜。

尽管已近中午，镇上却依旧一派热闹景象。秦亭是泽州城外的三大古镇之一，位于大运河边，太湖之畔。据说远在秦朝时，此地就设立了"亭"一级行政单位，"秦亭"因此而得名。作为泽州的北大门，又地处咽喉要道，秦亭历来就是南来北往的商贾集散地。新中国成立后，这儿又建造了一家在华东地区赫赫有名的火力发电厂——秦亭电厂，光职工就有两千多人，他们工作生活于此，更使此地街市繁华，人潮涌动，热闹非凡。再加上东有京沪铁路贯通，西有312国道连接，中间有大运河穿镇而过，秦亭，俨然成为泽州与仁和两地的交通枢纽。就在去年，泽州市与仁和市把市内公交车通到了秦亭，从而大大方便了本地居民的出行。今天，因为行李多，黄鸿桦和妹妹就是先骑车到皇坟镇，然后坐仁和市的公交过来的。

在秦亭北面的太湖边，泽州与仁和两地界河旁的仁和一侧，还有原太湖地区农业大学与太湖农科所两个单位，现在它们被划归为泽州市管辖，这里的教职员工与科研人员及其家属，日常生活起居自然也与秦亭镇有着密不可分的关系。

正是因了这些，秦亭中学的生源除了本地居民孩子，还有电厂的、农大的、农科所的子弟。

现在，黄鸿桦拉着妹妹在镇子的街面上穿行着。他给自己和鸿佳在百货商店买了毛巾、牙刷牙膏、肥皂之后，看见鞋帽柜台里有一款女式皮鞋十分漂亮，就让妹妹亲自挑选颜色，帮她买了一双暗红色的。这可让鸿佳高兴得又蹦又跳！也许是因为只有一个妹妹吧，黄鸿樟、黄鸿桦、黄鸿榆三个哥哥都很疼爱鸿佳，而黄鸿桦尤甚。黄鸿桦还在读初中的时候，由于父母白天都得下地干活挣生产队工分，根本没工夫照料年幼的妹妹，黄鸿桦除了下雨天，几乎天天都带着妹妹去上学。他上课的时候，就让妹妹在校园里自己玩，放学后和妹妹一起一边割草一边回家。每到番茄、桃子、黄瓜、香瓜这些乡间瓜果成熟的季节，他还会花几分钱给妹妹买一两个哄她。也正因为如此，从小到大，妹妹鸿佳跟他特别亲，有事没事总是"二哥、二哥"地缠着他。现在黄鸿桦工作了，赚钱了，更是经常给这个妹妹买这买那的。

在镇上吃过午饭，回到秦亭中学。黄鸿桦安排妹妹待在宿舍，自己则去参加学校的新学年全校教职工大会。会议的主席台上他发现头天来报到时自己问询的那个矮个子老师也坐着，后来才知道是教导处分管初中部的副主任，名叫陈必胜。会议结束后，去教导处领受课务安排，接待黄鸿桦的也是他。两次接触下来，黄鸿桦总觉得这位陈主任有点儿阴笃笃的。

虽说黄鸿桦第二天要去堰头片中报到，但妹妹鸿佳却后天才正式开学。当天傍晚，黄鸿桦带着妹妹坐公交车返回皇坟镇，然后再骑自行车回了家。

堰头片中的办学条件简陋得让黄鸿桦目瞪口呆。这是在太湖边一座废弃的乡野小庙的原址上修建起的一所学校，因为是庙宇遗址，当地村委会觉得建住宅压不住，盖猪圈不作兴，还是办学校最合适。于是，就翻建了十间瓦房，初一、初二、初三，每两间一个年级，剩下的用作教师办公室。教师除了黄鸿桦，都是清一色的民办教师，散住在附近各村子里。他们除了上课，就回自己家里干农活。特别是到了农忙季节，为了节省时间，他们常常会直接从干活的农田里爬起来，顾不得清理衣服上、鞋子上的斑斑点点的泥水污渍，匆忙赶到学校，径直奔进教室给学生上课去了。上完课，再返回自家田地，与家人一起赶天时抢收抢种。

在这样的地方，自然没有什么上班纪律，反正只要按时上完课，批阅好作业，其余时间就归自己支配了。如此环境，黄鸿榉觉得自己在业务上是不可能有什么长进的，长此以往，非让自己废掉不可。他得设法让自己离开，越快越好。但这样的想法目前决不能有任何表露，因为他清楚地知道，自己就是一只失群的孤雁，在此举目无亲，因而事事处处得小心谨慎为好。于是，他每天把学校分配给他的初一、初三两节语文课上完，就强迫自己安安静静地坐在办公室看书，他看叶圣陶，看陶行知，看夸美纽斯、赫尔巴特、凯洛夫，看许多古今中外的教育名著。看着看着，他仿佛觉得自己走进了一片无比广阔的教育新天地，眼前风光无限，惊喜迭显。此刻，他感觉自己就是一个乡野蒙童，无知却充满好奇。

转眼间，田野的稻子黄了，天气也凉了，眼看着秋收季节马上就要到了。黄昏时分，黄鸿榉骑着他的长征牌自行车，行进在返回镇上中学宿舍的乡间的小路上。开学到现在，妹妹鸿佳的学习状况一直不稳定，成绩忽上忽下的。直觉告诉他，值此小学到初中的转换期，这样的情形可不是什么好兆头，他必须得随时关注、严加督促了！所以，期中考试后，他每天晚上都会陪着妹妹一起做复习、预习作业，并询问当天她在校的学习情况，如有必要，他也一定会于第二天找到相关老师，了解详情。今天，黄鸿榉惦记着的是鸿佳昨天英语考试的分数，因为上初中以来，英语一直是妹妹的弱项。如果这次再考不好，黄鸿榉在考虑是否要请她的英语老师帮忙，利用星期天给她补补课了。

晚饭的时候，妹妹鸿佳一边吃，一边跟黄鸿榉滔滔不绝地说着白天班上的新鲜事，十分兴奋。黄鸿榉看着眼前的妹妹，除了亲切，脑子就全是关于她学习的问题。

"英语考试几分呀？"黄鸿榉突然打断妹妹的谈兴。

鸿佳停下手中的筷子，一脸诡异地看着他："不告诉你！"

"快说呢!"

"全班第十。"鸿佳笑嘻嘻的,"满意了吧?"

"不会是倒数吧?"黄鸿桦表示怀疑。

"哎呀,二哥!"鸿佳急了,"正数!"

"那多少分呀?"黄鸿桦这下相信了,但又怀疑是否这次考试太简单了;因为他觉得,按妹妹现有的水平,最多拿个班级中等分数。

"八十六。"鸿佳一脸得意。

"嗯,进步了。"这下黄鸿桦彻底相信了,"继续努力啊,争取下次到班级前五。"

"放心吧,二哥。"鸿佳得到了哥哥的表扬,心里喜滋滋的,"我以后还要像你和小哥一样,考大学呢!"

"好,有志气!"黄鸿桦满心欢喜,摸摸妹妹的头,"快吃吧。"

这几天班上时常有学生缺课,即使不缺课的,回家也不做作业。一了解情况,说是因为农忙,他们一回到家就帮父母下地干活或者做家务,根本没时间。黄鸿桦问其他老师,也是如此,他便只能睁一眼闭一眼地随大流了。

那天下午上完两节课,黄鸿桦照例回到办公室休息。刚喝了杯水,第三节课上课铃声响起,校园里声便安静下来了。隔了好一会儿,初一班级的班长突然走到他跟前:"黄老师,我们这节美术课老师没来。"

"去问你们班主任呢!"黄鸿桦说着,环视整个办公室,除了他,一个老师也没有。

"班主任也不在,应该回家割稻去了吧。"

"那你们就上自习课吧。"黄鸿桦刚从座位上起身,想去班级维持下纪律,却见茶壶老师匆匆忙忙地赶到了办公室。

"没事了,走吧,上课去!"茶壶老师对班长挥挥手,又向教室赶去了。不过，他什么书本与教具都没带。

黄鸿榉也没心思看书了，就踱到办公室门口的走廊上，想看看野景散散心。

"同学们，今天这节美术课请大家来画个人。"

此时，黄鸿榉听到隔壁教室里传来了茶壶老师的上课声。

"画谁？"有学生高声问。

"就画我。"茶壶老师黝黑而又疲惫不堪的脸上，绽放出墨菊般的笑容，"但是，大家要安静，不许讲话！"

说罢，黄鸿榉看见他坐到讲台前，双手拢成半个圈，平放在讲台上，脑袋顺势往上一靠。不一会儿工夫，教室里便响起了如雷的呼噜声。

这下，讲台下的学生乐了起来，有的窃窃私语，有的掩口而笑。黄鸿榉见状，走到教室门口，给他们做了嘘声的动作。教室里便安静了下来。

这茶壶老师姓申，大名申继耕，四十五六岁光景，复员军人，党员，从部队回到地方后，当上了政治老师，如今在堰头片中兼任美术老师，"茶壶"是他的外号。据说，他原本在秦亭中学教书，因为嫌远，主动要求到离家最近的堰头片中来的。也有人说，其实他是受不了镇上中学上班时条条框框的约束，图自在才要求下来的。但因为他天资聪明，结交广，人缘好，从村里到乡里都通人脉，秦亭中学领导便让他担任堰头片中的负责人。

他上政治课时，有个习惯动作：左手叉腰，右手扬起在黑板上写字。因为人又矮又胖，他写字时常常要踮起脚尖，伸长脖子。这样，学生们从他背后望过去，活像一把茶壶。于是，"茶壶老师"这个外号就在一届届学生中传开了，传到最后，以至于人们都忘记了他的真名，只知道他叫茶壶老师了。

茶壶老师多才多艺。他写得一手好字，会吹笛子、拉二胡。每逢春节，他都会给乡邻们写对联，也会参加乡村民乐班，走村串巷地给结婚人家去吹拉弹唱,赚外快。

在乡民们眼中,他有文化,口才好,威望又高,所以如果谁家已经分了家的父子间或兄弟间因为什么事闹了矛盾,还会请他去当"老娘舅",做调解人。

不过,这些日子,茶壶老师自己却遇上了难事。改革开放已经好多年了,现如今教育系统也在规范管理,譬如国家已将师资队伍建设摆上了议事日程。接到上级通知,三吴县文教局正在重新审核教师资质,对于全县的代课教师一律清退,民办教师通过考核者转公,不合格者也予以清退。和堰头片中的其他老师一样,茶壶老师年底前需要参加上级相关部门组织的一次笔试,现在捧着一堆资料正在复习呢。可是有些内容感觉太深奥,怎么看也不懂。于是,他想到黄鸿桦是正儿八经的大学生,应该可以帮助他。

农忙结束后的一天,放学前,茶壶老师特意坐到黄鸿桦办公桌前,满脸堆笑地说:"小黄老师,有个事想请你帮忙。"

"啥事?"黄鸿桦一时摸不着头脑,"申老师您尽管说,只要我做得到的,一定帮。"

茶壶老师就把情况说了一通。黄鸿桦听后,沉思片刻,道:"申老师你看这样行不行?您把资料上弄不懂的地方先划出来,然后明天早上给我。等我明天下班后看了,后天我们找个时间,我来一条一条跟您说。好吗?"

茶壶老师大为感激,连声道谢。

就这样,黄鸿桦断断续续利用两个星期的时间,终于帮茶壶老师辅导完毕。

年终前的笔试,茶壶老师竟然以68分的成绩,顺利通过考试,第二年春天,他正式转为公办教师。

这个举手之劳让黄鸿桦在秦亭收获了第一份信任与友情,收获了第一份人脉。从此,黄鸿桦与茶壶老师走得很近,并成了忘年交。

第十四章

　　黄鸿榆赶到仁和市教育局已是上午十点多钟。

　　市教育局位于市区最为热闹的主干道之一的中山路边，大门朝东。大门口的南北两边悬挂着两块木牌。右边写着"中共仁和市教育党工委"，白底红字；左边写着"仁和市教育局"，白底黑字。黄鸿榆向门卫出示了报到通知书，询问了一通之后，就大步流星地向里走去。

　　这地方，与其说是市级单位的办公场所，倒不如说是一个大院。整个大院花木扶疏，浓荫密布，一座座院落参差散布其间。建筑是民国风格，青砖灰墙黛瓦，大多是二三层的楼房。黄鸿榆循着一条笔直的金山石道一直往里走，向右转过一个弯，径直走进了一栋三层楼建筑。又沿着底楼内走廊向西，在靠南一侧的一扇门前停住脚步，抬头看看门框边的号牌，上面赫然写着"人事师资处"几个字。

　　笃笃笃，他轻轻敲了三下门。随即，里面传来"请进"的声音。黄鸿榆推门进入："您好！我是前来报到的新教师，黄鸿榆，东江师范学院数学系毕业生。"

　　"请出示你的通知书。"坐在中间一张办公桌前的中年女子抬起头对他看了看，和蔼地说。

　　黄鸿榆走到她面前，从挎包里掏出通知书，恭恭敬敬地放到她桌前："谢谢您！"

　　那位中年女子接过通知书，随即从身边的橱柜里取出一份空白介绍信，用桌上的蘸水钢笔开具了起来。

等待的当儿，黄鸿榆环视室内，里面宽敞明亮而整洁。靠墙的东西两面，摆放有四五张工作人员的办公桌；中间置放有一套沙发和茶几；靠近走廊的白墙边，全是公文橱柜；朝南敞开的窗外，是一个小花园，此刻，竹影摇窗，鸟鸣啁啾。

"你拿着这份介绍信，今天前往仁和市第一中学校长办公室报到。"那中年女子看看手表，又补充道，"上午恐怕来不及了，下午去吧。"

"谢谢您了！"黄鸿榆来个半鞠躬礼。然后转身离开，走到门外，又轻轻把门带上。

那位中年女子，就是仁和市教育局人事师资处处长任霞。此刻，她望着黄鸿榆消失在门口的背影，微微点点头。心想：这位华副市长的未来女婿，长得可真帅啊，而且又那么地彬彬有礼，难怪华家千金看上他！

黄鸿榆走出这栋楼，返回到院子里。心里嘀咕道：华芷莹今天会不会也来报到呢？但转念一想，人家就住在城里，兴许老早来局里报到完毕后，又去下面的学校了。这样想着，就沿着来路向教育局大门走去，准备先去找到仁和市第一中，在附近随便吃个饭，下午再去办理报到入职手续。

"黄鸿榆！"后面传来了熟悉的叫声。

黄鸿榆回头，看见华芷莹站在道路右手边小花园的亭子里。"你怎么也在这儿呀？"他赶紧走到她跟前。

"等你呀。"华芷莹落落大方地说，"刚才你去人事处的时候就看见你了。"

"你报到好了吧？"

"是呀，这里一上班我就来了。"

"去下面的学校了吗？"黄鸿榆急切想知道她的具体去向。

"我留在教育局了。"华芷莹一脸灿烂，"在基教处上班。"

黄鸿榆有点儿惊讶，但随后就反应过来了，感觉她留在局里也是情理之中的事，倒是自己之前那种推己及人的想法太天真了。

"太好了，真为你高兴！"说罢，亲热地搂了下她的肩膀。

"走吧，我们去外面吃个饭，为我们庆祝下！今天我请客。"华芷莹挽起他的胳膊，"然后我陪你去一中报到。"

"你早知道我去一中了？"黄鸿榆很是惊讶。

"早上来报到时知道的。"华芷莹解释道，"任霞处长私下告知我的。"

黄鸿榆立马反应过来，刚才那位中年女子就是任处长。

他们俩一路说着，已经走出了教育局大门。华芷莹指了指对面的公交站台，两人便穿过熙来攘往的马路，径直走去。

他们俩走进仁和一中附近的一家饭店，要了一个小包厢。这样有包厢的饭店，目前在整个仁和市还不多。今年暑期，华芷莹跟着父母一起来过这家饭店，感觉这里环境整洁优雅，又时尚又有情调，所以今天特地带着黄鸿榆来体验下。她点了五六道精致的菜肴，荤素搭配，既有黄鸿榆喜欢吃的，也有自己中意的。

黄鸿榆今天有点儿蒙。他是打定主意今天由自己付款的，可看着华芷莹进这么高档的饭店，又进包厢，还点那么高档的菜肴，心里实在有点儿担心，担心自己兜里的那点儿钱付不起这些饭菜，到时多尴尬呀！可他尽量装作镇定，以免华芷莹看出来。华芷莹呢，自然早就感觉到黄鸿榆的表情与心思，可她假装糊涂。

"今天呢，主要是为我们自己庆贺一下。"华芷莹一边给黄鸿榆夹了块糖醋肋排，一边说，"庆贺我们都能顺利入职仁和市区。"

"是呀，真心不容易。"黄鸿榆也感慨道，"这几年的功夫总算没有白费。我们，特别是我，真的要好好感谢项老师！"

"还有呢？"华芷莹看着黄鸿榆，狡黠一笑。

"还有当然就是你喽！"黄鸿榆也憨厚地笑了，"没你在你项叔叔面前美言，我不可能那么顺利回仁和的。"

"还有呢？"华芷莹盯着黄鸿榆，脸上满是调皮可爱的笑意。

"没有了呀！"黄鸿榆想了想，"还有就是感谢我自己的努力。"

"你别得意了，我告诉你，就凭你我跟项老师的关系，最多把你分配回仁和县，留在市区可是想都别想。"华芷莹提醒道。

黄鸿榆一想，也是。他挠挠头皮，尴尬地笑笑："可我真想不出了。"

"再给你一次机会，想想！"华芷莹脸上挂着高深莫测的神秘。

黄鸿榆努了努嘴，摇摇头。

"我爸爸！"华芷莹在黄鸿榆手臂上拧了一把，"说你笨，就是笨！"但脸上满是得意灿烂的笑。

黄鸿榆大为惊讶：他是真没想到，也不敢想到她爸爸会帮自己的忙。甚至，他一直在怀疑，他跟她的恋爱，她父母会不会反对。毕竟，他与她两家的地位实在太悬殊了。

"真的呀？"

"能有假吗？"华芷莹这回很认真地说道，"告诉你，我把我们俩的事，完完全全给我爸妈坦白了。反正至少到目前为止，我爸爸没反对。"

黄鸿榆看着她，心里满是感激，但说不出一句话来。

结账的时候，黄鸿榆抢先赶到吧台前，掏出口袋里所有的二十块钱放到服务员跟前。可服务员告诉他，这是记账的，不用付，黄鸿榆又是一阵惊讶。

"走吧，到时我妈会付的。"华芷莹在一旁笑嘻嘻地说，"说好了我请客的。但我要你以后慢慢还我。"

去市一中报到完毕后，黄鸿榆与华芷莹各自回家。

回家路上，黄鸿榆坐在一路颠簸的农村公交车上，陷入了沉思。平心而论，这次毕业分配的结果，远远好于自己的预期。他觉得，这一方面是因为项老师对他的照应，另一方面正如华芷莹所说，是她爸爸的影响力在发挥作用。那么，这也就意味着，她父母是准备接受自己了？如果真是如此，是不是应该跟父母公开自己与华芷莹的恋情呢？他一时拿不定主意了。

还有，他知道，华芷莹对自己的感情无疑是真的，纯的，否则，这两年多来，她也不会给予自己那么多无私的帮助。那么，自己对她的感情也纯吗？尤其是当自己得知她家与项老师的关系之后。扪心自问，这一路走来，自己对她的感情中，明显掺杂着功利的成分。而这一点，凭她的聪慧敏感，心里也应该明镜似的。问题是，接下来该以怎样的姿态去面对她对自己的那份感情呢？怎样去经营自己的那份初恋，并使之成功转换成幸福的婚姻呢？他现在也不知道。

但是此刻，当他一想到自己终于能进入仁和市最好的中学去任教，还是喜不自胜的。所以，一踏进家门，他便急不可耐地告诉了父亲与母亲，还特地赶到大哥鸿樟家，告知了他。等到二哥鸿桦回到家，他又告诉了一遍。

晚饭的时候，全家的话题是黄鸿桦与黄鸿榆兄弟俩的工作分配事情。看到二儿子鸿桦情绪低落，父亲黄全根宽慰了一番，说其实片中不片中的无所谓，现在离家近了，每周都可以回家一次，应该满足了。而当说到小儿子黄鸿榆时，他显然很兴奋，说："鸿榆呀，你一个农村孩子，能到城市工作，说明你在大学学习好，表现也好。你可要珍惜啊！以后当了老师，一定要认真工作，对得起领导对你的栽培。"

黄鸿榆对着父亲开心地笑笑，没有说话。心想：这分配工作要是真这样简单就好了，之前二哥也不会被分配到泽州去了。

"爹爹，你不了解情况，鸿榆这次分配，多亏了有老师和同学帮忙,否则,别说进市区了,连回仁和都是问题呢!"黄鸿樨在一旁说道。对于弟弟的事,他曾从之前兄弟俩零星的交谈中知道了些情况。

"真的吗?鸿榆,那我们一定要好好感谢人家。这个人情太大了,可不能欠!"父亲黄全根盯着黄鸿榆问。

话都讲到这个份上了,黄鸿榆觉得不如干脆把自己与华芷莹的事告诉父母吧。于是,他便将自己从大二开始与华芷莹结识、交往、恋爱的来龙去脉简单地说了一通,又将自己跟老师项怀仁的关系也说了一下。

听完这番话,全家顿时如炸开了锅,七嘴八舌地议论开来。

"好呀,这下我们家可算攀上高枝了。仁和市副市长,连县委书记、县长都要听他的话呀!"大哥鸿樟既惊讶,又兴奋。

"至少,以后我们家有什么事,找得着人帮忙了。"嫂子周英附和道。

"我觉得没啥好的。"好久,父亲黄全根终于开口说话了,"人家这么高的门第,我们怎么高攀得上呀?"

"是呀。"母亲也不无担心地接话道,"以后成了家,人家那边那么大的势力,我们家鸿榆可不要处处吃瘪呀?"

"这个就让鸿榆自己决定吧。"黄鸿樨看了眼弟弟,也插嘴了,"我觉得吧,只要鸿榆以后能平衡好各种关系,应该也没啥问题。"

自己的这场恋爱居然会引起了全家这番议论,倒是黄鸿榆事先没想到的。其实,撇开其他世俗因素,他觉得自己跟华芷莹的恋爱与婚姻照例是没啥问题的,因为他们彼此都爱对方,而且,他觉得对方爱自己甚至还多一点儿。但婚姻从来不是只有爱,还受方方面面牵牵拉拉的因素制约。至于将来他跟华芷莹到底会怎样,现在他自己也没底。于是,他对父亲、母亲说:"爹爹、姆妈,你们先别想得那么远,我呢只是跟大家汇报下这个情况,至于以后的发展,到时再看吧。但是,小华对我是真心实意的,我们俩目前感情很好。"

知子莫如父。父亲黄全根知道,自己这个小儿子从小到大都是属于那种不随便表态的人,也比上面两个大的要有心机。他今天肯把这么大的一件事跟大家说,十有八九是已经拿定主意了。何况,自己的这三个儿子中,除了老大没读出头书,其他两个都是大学生了,无论哪方面,以后都应该比自己强,婚姻大事,还是让他们自己做主比较好。

"鸿榆啊!"黄全根语重心长地说,"这事呢,反正你要自己好好考虑清楚,不要贸然做决定。至于小华,只要她人好,对你也好就行,我们可不在乎她家里条件呀地位呀什么的。现在我唯一担心的是,人家以后会不会看不起我们乡下人。"

"不会的,爹爹、姆妈。"黄鸿榆看着父母说,"看不起我父母和家人的人,我绝对不会要!再说小华也不是这样的人。"

"是呀,是呀,肯定不会的!"鸿樟、鸿桦他们几个见状,纷纷应和道。

而华芷莹回到家时,却发现母亲宋慧气鼓鼓地坐在客厅沙发上正等着她。

"妈,你怎么啦?"她边换鞋边惊讶地问。

"你今天这是报到后直接上班呀?"母亲显然在刺她。

"没有呀!"华芷莹坐到母亲身旁,"从教育局出来后,约了几个同学玩去了。"

"恐怕是跟小黄同学玩去了吧?"宋慧盯着她,那目光,就像X线,仿佛要洞穿她的内心。

"哎呀,放心吧,妈!"华芷莹使用老伎俩,嗲声嗲气地说,"我心里有分寸的,怎么,怕你女儿被拐骗走呀?"

"都这么大的姑娘了,也不知道自重!"母亲宋慧对她翻了个白眼,"我警告你啊,你跟那个小黄同学的事,我们还要好好考察一个阶段呢！这也是你爸爸的意思！明白吗？"

"明白，明白！"华芷莹搂住了母亲的脖子。

其实，在本次毕业分配时，华芷莹本可以去市政府机关的，但因为父亲华达江不同意，结果她还是回到了教育局。而教育局领导自然是拎得清的，一开始把她安排在组织处这个要害部门。她父亲得知后，又说："年轻人应该多熟悉业务，过多的照顾，对她成长不利。"于是，她便去了基教处。

至于黄鸿榆，东江师范学院把他作为优秀毕业生推荐给了仁和市教育局，自然是项怀仁副院长从中起了作用。回到仁和后，华芷莹生怕他被打发回仁和县，曾几次催促母亲宋慧出面去教育局打招呼，可母亲就是不肯。后来她就缠着父亲华达江，华达江被宝贝女儿缠得实在没办法，就对她说："这事你找你项叔叔去解决。"就这样，华芷莹当着父母的面，拨通了项怀仁的电话。之后，同样因为项副院长的关系，黄鸿榆顺理成章地被留在仁和市区，还去了仁和市最好的高中。

对于自己与黄鸿榆的恋爱，起初母亲宋慧是坚决不同意的，可后来看到自己丈夫华达江并不怎么反对，也就摆出一副既不反对也不赞成的态度。

那次，华芷莹刚给项怀仁打完电话，母亲宋慧便在一旁说："莹莹，看来你是真把那位小黄同学当男朋友呀？还在你项叔叔面前把自己跟他说得那么亲，也不难为情啊！"

"都这个节骨眼上了，有什么好躲躲闪闪的呀？实话实说最好！"华芷莹很是理直气壮，"你不就是嫌弃人家是农村的吗？"

"嗨，你这死丫头，说你两句不行呀？"母亲宋慧有点儿恼了。

这会儿，华芷莹仗着向来宠着自己的父亲今天在场，又任性起来了："当年我爸也是乡下人，你不是照样喜欢呀？"

"当年是当年，现在是现在，能一样吗？"宋慧看看华达江，

"再说，你爸当年就是个人才。"

"那你怎么知道人家以后不是人才呢？"华芷莹反驳道。

母亲宋慧一时被女儿怼得无语，只是看着丈夫，而一直沉默不语的华达江此时终于开口了："是驴是马要牵出来遛了才知道。过段时间再说吧！"

父亲一语定乾坤，她们母女两个都不再作声。不过，伶俐的华芷莹就此也明白了父亲的态度：不反对自己与黄鸿榆的恋爱，不在乎黄鸿榆的乡下人身份，因为父亲自己原本也是乡下人。但是，她也深刻明白一个道理：得不到父母祝福的婚姻是不会幸福的。因此，她要千方百计帮助黄鸿榆通过父母对他的考核这一关！

黄鸿榆在仁和一中担任两个班级的数学教学任务，外加一个班主任。从熟悉学生、教材，到适应教育教学工作，他只用了短短一个多月时间。这期间，他几乎天天下班后都要跟华芷莹见面，他们相互交流工作心得，一起憧憬以后的美好生活前景。同时，他也会委婉地打探华芷莹父母对他们恋爱的态度以及华芷莹对他自己家庭的态度。

九月二十三号，黄鸿榆领到了他工作后的第一份工资：六十九块八角。他花十一块给华芷莹买了件她最喜欢的米色西服外套，花十三块给母亲买了一身棉毛衫，再花十块给妹妹鸿佳买了一顶漂亮的帽子、一双袜子与一个新书包。其余的作为本月生活费。

华芷莹收到黄鸿榆用第一份工资给她买的礼物，高兴激动得直流眼泪。从小到大，她生活优裕，吃穿不但不愁还很讲究，所以她不是个贪图物质的女孩。但是，和天下所有女孩一样，她在乎心爱的人关心她、呵护她，甚至宠爱她。而今天黄鸿榆的举动，无疑让她真切地感受到了这份关心与呵护。如果说，之前她欣赏黄鸿榆的聪明、淳朴、吃苦耐劳，欣赏他的有理想有追求，甚至还欣赏他的心思缜密；那么，现在她还欣赏他的善解人意与懂得体贴关爱自己。她希望通过他自身的努力，通过自己对他的调教，还有自己家庭对他的帮助，有朝一日能让他出人头地，就像当年她的母亲成就她父亲那样。

仁和市第一中学的前身是前清时期的仁和书院，民国时期的省立仁和高等师范学堂，新中国成立后正式更名为东江省仁和市第一高级中学，二十世纪五十年代就已是赫赫有名的全国十三所重点中学之一。因此，该校校长的行政级别相当于仁和市教育局副局长，改革开放后，校长干脆直接由市教育局副局长兼任，现任校长就是仁和市教育局副局长洪钟。不过，严格意义上说，洪校长应该属于校长领副局长头衔，他的主要工作就是处理一中的日常事务，主抓一中的教育教学质量，至于副局长的头衔，也就是去参加局领导会议时用一下。

现在，华芷莹这位副市长千金几乎每周都会光顾洪校长的"领地"，而且很多次都还让洪校长看见她跟黄鸿榆在一起。这自然引起了洪校长的关注。于是，第一学期期中考试过后，黄鸿榆在学校的团委书记改选中，出人意料地当选为校团委书记。

黄鸿榆虽然为自己的工作生涯能有如此顺利的开端而高兴，却一直刻意保持低调，从不敢有丝毫自得之情，因为他曾有过类似的教训。

刚升入大四的时候，班级要发展学生党员，全班就两个名额，而且是班内公开竞争。黄鸿榆是学生会干部，学习又优秀，自认为是当之无愧的候选人。于是，他一方面认真准备竞选材料，另一方面在同学中四处运作，拉选票。自然，在公开投票的时候，他以高票过关。可就在他得意扬扬，自以为十拿九稳的时候，居然有几个同学联名写举报信，举报他公然违反学院规定谈恋爱，虽然整个学院学生恋爱从来都是公开的秘密。在这样严肃的事情上，有人举报本身就是问题了，至于举报内容是否属实已经无关紧要了,其结果当然是可想而知了。

事后,虽然由于项怀仁老师的关照,黄鸿榆还是顺利入了党,但华芷莹跟他分析说,木秀于林风必摧之,那绝对是因为他各方面太过突出,引起了某些同学的嫉妒。

黄鸿榆从此明白了一个道理:为人处世一定要低调,尤其是在顺风顺水的时候。

现在,黄鸿榆虽然意外地当上了校团委书记,有时候还会列席学校中层以上行政会议,但他却一直收敛锋芒,在同事、领导面前时刻保持着一副谦卑姿态。

期末考试前的一个中午,洪钟校长突然一个电话打到办公室,请黄鸿榆去趟校长室。黄鸿榆不敢怠慢,立马放下手头正在批阅的作业本,赶了过去。

"小黄老师,市委宣传部、团市委'五讲四美三热爱'主题宣传活动领导小组将于近期来我校检查工作,"洪校长坐在办公桌前,双手抄在胸前,和颜悦色地对黄鸿榆说,"这块工作之前一直是你们团委具体负责的。请你这两天准备好台账资料,布置好校园主题宣传栏,准备迎接检查。"

"好的,洪校长。"黄鸿榆端端正正地坐在他对面,认真地聆听着,表态道,"我会抓紧落实好的。"

"有什么困难吗?"洪校长的脸上露出了一丝体贴下属的笑意。

"没有,我能完成好的。"黄鸿榆毕恭毕敬,表态道,"市里正式下来检查前,我会提前向您汇报的。"

走出校长办公室,黄鸿榆便直奔政教处主任、前任校团委书记凌志峰处。他先是向凌主任汇报了自己所在班级的情况,然后才把刚才洪校长布置的有关任务做了一通说明,并向凌主任讨教了如何做台账、如何布置宣传专栏的事宜。在充分请教后,方才离开。

三天后，由市委宣传部一位副部长、团市委书记带队的仁和市"五讲四美三热爱"主题宣传领导小组人员如期莅临第一中学。洪校长亲自接待，黄鸿榆具体负责汇报、讲解、答疑，半天的检查工作紧张有序。洪校长从事后的反馈中得知，市委宣传部、团市委对一中的工作予以充分肯定。黄鸿榆的工作能力，第一次给洪校长留下了深刻的印象。

第十五章

这是一九八六年的早春。过完新年的黄鸿榉正骑车行进在返校的路上。今天，他的长征牌载重自行车后座上，顺带着用麻绳结结实实地绑着十二只竹匾。那是父亲黄全根和大哥鸿樟年前跟秦亭发电厂食堂谈成的生意，今天前去交货收钱。本来是大哥亲自去办的，但因为今天他和弟弟鸿榆一起去仁和市一家国企食堂交一批更多的货了，顾不上，他只能独自去电厂这边了。

抵达电厂食堂门口的时候，黄鸿榉已经浑身是汗了。他一手扶着车把，顺势跨下自行车，一不小心脚后跟碰到了后座的那堆竹匾上，一个站立不稳，连人带车带货倒在了门口墙脚边的水泥地上。就在这时，只听得哐当一声响，把不知是谁靠在墙上的一块大玻璃给撞了个粉碎。几乎就在同时，从食堂门里走出了一个女孩，高高瘦瘦的，扎着两根干练的马尾辫。她惊讶地看看碎在地上的一摊玻璃碎片，又看看一旁倒着的自行车，对黄鸿榉说："这是你撞的？"

"是的。"黄鸿榉一脸歉意，"不好意思啊！你放心，我会赔偿的。"

那女孩把黄鸿榉从头到脚打量了一番，然后冷冷地道："你是做竹匾的？"

"是。"面对异性的全身扫描，再加上自己又闯了祸，黄鸿桦一时心慌，有点儿语无伦次了，"哦，不，我不会做的，是……是我家里做的。"

"你妻子？"那女孩显然很是吃惊，语气中又带点儿挑衅。

"哦，不不不！"黄鸿桦的脸涨得通红，赶紧澄清道，"是我父亲与大哥他们做的，我还没结婚呢！"

"那你打算怎么赔呢？"出乎黄鸿桦的意料，女孩突然面带微笑了。

"你是电厂食堂的吧？"黄鸿桦一脸真诚，"要不我用这竹匾折价一部分吧？"

"我不是电厂的，是镇上供销社的。"女孩说，"刚才刚请运输师傅把玻璃运过来，也是卖给食堂的，正准备安装呢。"

"要不这样吧，"黄鸿桦明白了原委，不再慌张，拿出了协商方案，"麻烦你再去店里运块过来，我下午去你们店里付赔偿款，行吗？"

"也只能这样了。"女孩随即把他们店的具体位置告诉了他，但又补充了句，"要是你不来呢？我到时找谁去？"

"我叫黄鸿桦，是秦亭中学老师。"黄鸿桦亮明了身份，"放心吧！"

话说到这个份上，女孩也放心了，嫣然一笑："呀，老师啊？相信你！"

事情总算解决了。女孩折回了食堂，不一会儿就离开了，大概是返回店里调运玻璃了。黄鸿桦也只能自认倒霉，扶起自行车，卸下竹匾，把竹匾搬进食堂交货、结账。然后，要来了箕畚、扫帚，把那摊碎玻璃处理完毕，骑车直接去了秦亭中学的宿舍。

下午，他按原价将玻璃钱如数送到了镇上的供销社五金玻璃店。一脚踏进店门,发现上午那女孩穿着身工作服,弯腰伏在一张硕大的桌子前,正在刺刺刺地划玻璃呢!就连黄鸿桦站在她跟前也没发现。

"你好!"黄鸿桦很礼貌地招呼道。

女孩抬起头,朝他笑笑:"你来啦?"

"这是玻璃钱。"黄鸿桦把十二元钱放到她面前,"不好意思啊,今天给你添麻烦了!"

"没事。"女孩也很爽快,笑嘻嘻地,"以后家里要买玻璃来找我啊!"

还真会拉生意!黄鸿桦心想。不过,他嘴上却应付道:"好的,到时一定来。"说着,便离开店堂,骑上车子回家去了。

回到家,发现哥哥、弟弟也都在了。虽然赔了钱有点儿懊恼,但他并没有跟家里说。晚饭时,全家依然开开心心地团坐在一起,有说有笑,把牙牙学语的侄子图程当作开心果逗着。父亲黄全根抚摸着图程圆滚滚的小脑袋,先是询问了一通小儿子黄鸿榆与华芷莹的恋爱情况,然后对着二儿子黄鸿桦,一本正经地说:"鸿桦啊,你也可以考虑找个对象了。在我们乡下,像你这么大岁数的,都已经成家了。"

"爹爹,镇上和乡下不一样。"黄鸿桦回答道,"我们学校像我这个年龄的多着呢,都没有谈对象呢!"其实,自从与苏晴川分手近两年来,黄鸿桦依然没有把她从心中抹去,尽管他曾经尝试过好多次。所以,他暂时还没准备好去接触一段新的感情。

"反正呀,你要抓紧了。总不能到时老三都要结婚了,老二还没对象吧?说出去要被人家笑话的。"父亲黄全根看看鸿榆,又看看鸿桦,态度有点儿严肃。

每到这样的时候,鸿樟、鸿桦、鸿榆还有鸿佳兄妹几个一般都会保持沉默,这是他们从小到大养成的习惯。在大家的心中,父亲是一家之主,他的话就是一言九鼎,即使现在他们都成年了,即使鸿桦与鸿榆已经是大学生了。

"爹爹,二哥会抓紧的。"这时,黄鸿榆出来打圆场了,"您放心,我一定会在二哥成亲之后才结婚的。"

第二天,黄鸿榆提前去了学校,因为他答应华芷莹,要赶在她正式上班前去陪她逛商场、看电影。

两天后,黄鸿桦也正式开学了。到秦亭中学报到的当天中午,茶壶老师申继耕突然对黄鸿桦说,第二天是学生报到领取书簿,没啥事情,要第三天才正式上课呢,所以邀请黄鸿桦第二天中午去他们家认认门。黄鸿桦当时感觉很意外,但出于礼貌与尊重,便爽快地答应了。

第二天中午,黄鸿桦把两袋特地从镇上买来的水果,往自行车把上一挂,便骑车跟着茶壶老师从堰头片中出发。十来分钟后,终于在太湖边一个名叫迎湖的村子里的一户农家大门口停下。听到自行车铃响声,茶壶老师的妻子热情地把黄鸿桦迎进了屋,请他坐下,还把一杯早已泡好的红茶加上开水,端到面前。黄鸿桦谢过,便有点儿拘束地坐着。

一会儿工夫,堂屋的八仙桌上变戏法似的摆上了一桌子菜。茶壶老师先请黄鸿桦坐到桌前,然后又去厨房搬出一小瓦缸米酒,开封,舀出白乎乎酒香馥郁的两大碗,放到桌上,跟黄鸿桦一人一碗,喝了起来。

"小黄老师,真心谢谢你去年帮我的大忙!"几口米酒下肚,茶壶老师的话开始多了起来,"要是没有你,我真还转不了公,那这些年可不就白干了呀?"

"申老师,您千万别说见外的话。"黄鸿桦真诚地说,"您是我的长辈,这都是我作为一个小辈应该做的,再说,我也是举手之劳呀!"

"小黄,我看出来了,你这小伙子很实在!"不料,茶壶老师竟大为感动起来,"以后呀,你在这儿有什么需要我帮忙的,尽管找我！"

听了这话，黄鸿桦也很感动。他乘着酒兴，对茶壶老师说："我其他没啥难处，只是有一件事还真想请您帮我出出主意。"

"啥事？说出来听听。"茶壶老师追问道。

"就是……"黄鸿桦有点儿犹豫，生怕说出来了让茶壶老师觉得自己不安心工作，因为毕竟自己跟他还不是很熟。

"说嘛！"茶壶老师有点儿急了，催促道。

"我想离开堰头片中。"黄鸿桦终于鼓足了勇气。

"嗯，理解。让你这么个正儿八经的大学生待在这地方，是有点儿委屈了！"茶壶老师不知是米酒过量了呢，还是在思索着什么，睁着红红的双眼直愣愣地看了黄鸿桦足足一分钟，又继续说，"对了，乡政府的文教助理是我学生。要不改天我来跟他说说，让他想法子把你调回镇上中学去？"

"申老师，那真是太感谢您了！"一听这话，黄鸿桦喜出望外，赶紧端起酒碗，"来，我先敬您一个！"说完，一口气把碗里的米酒喝了个精光。

这顿午饭，两人都吃了个酒足饭饱。黄鸿桦也不知道自己是如何迷迷糊糊地骑车回到秦亭中学宿舍的，但有一点他心里明白，自己今天很兴奋。在宿舍一觉睡到傍晚，他突然想起今天妹妹鸿佳的晚饭还没着落，因为中学食堂还没开张呢！于是，赶紧去找到妹妹，领着她去镇上找吃的了。

此后的好几天，黄鸿桦心心念念着茶壶老师酒桌上答应自己的那事，可每天见到茶壶老师，感觉他跟没事人似的，但自己又不好开口询问。于是就想，也许那只是人家酒后随口说的，不能当真的。渐渐地，他也就不再去想那事。

转眼清明节就要到了，因为想着要回家吃母亲做的青团子，还有赶集游皇坟山，这个周末，黄鸿桦准备上完下午第一节课，便早早地回到了秦亭中学的宿舍，等妹妹鸿佳放学后，就一起回家去。于是,第一节课下课铃一响,他赶紧回办公室收拾东西。

"小黄老师。"回头一看,茶壶老师手里拿着个牛皮纸信封,挥手对他扬了扬,"你等会儿回去时帮我把它带给厉校长。"

"好的,申老师!"黄鸿桦走过去取过信件,"我等会儿马上出发了,今天想早点儿回家。"

到了秦亭中学,把信件转交给厉校长后,黄鸿桦穿过校园,便径直朝自己的宿舍方向走去。走到教学楼后面的小花园时,突然看见东首边一栋小楼前的门口,一个穿着白大褂的中年女人在向他招手。黄鸿桦很是奇怪,就走了过去。走到她跟前,才认出是校医叶秋菊。

"叶医生好!"黄鸿桦热情地打招呼。

"今天回来怎么这么早?"叶医生笑盈盈地。她是秦亭中学德育处主任的妻子,秦亭当地人。据说原来是乡镇卫生院的内科医生,前两年才调进学校的。他们家就在校园的教工宿舍区内,平时经常照面的。在黄鸿桦的印象中,她为人热情和善。

"今天申老师让我送点儿材料给厉校长,怕晚了大家都回家过清明节了,碰不到。"黄鸿桦给自己找了个理由。

"小黄呀,你今年有二十四了吧?"叶医生笑容可掬,显得非常和蔼可亲,"有没有对象呀?"

黄鸿桦被问得有点儿难为情,羞红着脸:"是二十四岁,没对象。"黄鸿桦知道,这个年龄的阿姨们,最喜欢给人做媒人。

"要不给你介绍一个吧?"叶医生看着他的脸,询问道。

黄鸿桦觉得人家那么热情,不好拒绝,便腼腆地说:"谢谢叶医生!"

回到宿舍,黄鸿桦也没多想,赶紧整理好旅行包。看看时间还早,便拿起一本书,一边看,一边等待着妹妹鸿佳放学。

周一回到学校,黄鸿桦正准备去上第一节课,看见茶壶老师向他走过来,悄悄对他说:"小黄,你那事我昨天已经跟我学生说过了，他答应帮忙的。"

"太谢谢您了，申老师！"黄鸿桦感觉喜从天降，很是开心，"要不什么时候您带我去拜访下吧？"

"好的，我及早安排，到时通知你。"茶壶老师心想，这小伙子真是拎得清，以后有前途的。

日子就这样在波澜不惊中悄悄流逝。黄鸿桦现如今变得很是淡定，每天上班下班，晚上给妹妹鸿佳辅导作业，周末兄妹俩一起回家跟家人团聚。妹妹的成绩也越来越好，从上学期的班级中等，到本学期每次考试都是名列前茅。父亲黄全根知道了，甚感欣慰，并竭力夸赞黄鸿桦对妹妹学习很上心，像个哥哥的样子！还说，兄妹四人中，除了哥哥鸿樟没机会读书，他们下面三个读书都很有出息，是黄家门的骄傲。

"五一"前的那个周末，黄鸿桦刚回到中学宿舍，正准备备点儿第二天的课，却发现校医走了进来："小黄，明天上午有空吗？"

黄鸿桦照例是要回家的，但听她这么问，感觉肯定是为上次所说的介绍对象的事，便站起身回答道："有空的，叶医生。"

"那明天上午九点钟，你跟我去我同学家，相个亲？"校医笑眯眯地说。

"好的，谢谢你，叶医生！"黄鸿桦爽快地说。

见校医离开了，黄鸿桦独自坐着，再也没有心思备课了。他的脑海里，突然又浮现出了苏晴川那熟悉而又似乎变得有点儿陌生了的身影。随即，又想到了开学前父亲说的那番话。心想：相亲就相亲吧，也许真能遇见个让自己倾心的呢！

星期天，黄鸿桦安排妹妹在自己宿舍做作业，自己跟着校医去她同学家相亲了。穿过热闹的大街，拐进了一条笔直宽敞但却宁静的大道。黄鸿桦认得，那是通往秦亭发电厂职工新村的路。进了新村大门，又转了几个弯，校医把他领进了一栋红砖房底楼的一个套间。

"红梅,我把我们小黄老师带来了。"刚敲开门,叶医生便一脸笑容地跟门内的一位中年妇女打招呼。

"你好!打扰了!"黄鸿榉极有礼貌地对女主人打过招呼,跟着校医进了门,一眼看见客厅里坐着一位十分面熟的女孩。

"哎,是你!"黄鸿榉很是惊讶。

那女孩显然也很意外,立马站起身来:"怎么是你呀?"

"原来你们两个认识呀!"一时间,叶医生也有点儿蒙了。

"我打碎过她店里的玻璃。"黄鸿榉看了眼女孩,微笑着对校医说。

"那就最好了呀,说明你们有缘分!"女主人红梅一边把一盘水果和三杯茶端到大家面前,一边说,"来来来,喝茶!"

然后,她自己也坐了下来,削了一个苹果递给黄鸿榉:"小黄老师,吃个苹果。"

"谢谢你!"黄鸿榉立马站起身来,接过苹果,随即又把苹果放到女孩面前,"你先吃。"

坐在女孩身旁的校医与自己同学红梅心领神会地相视一笑,伸手搂了下女孩的肩膀,对黄鸿榉介绍道:"小黄,这是小叶,叶玲珑,我的本家。"

黄鸿榉对女孩笑笑,那女孩也冲他一笑。

"对了,我昨天给你们俩买了今晚的电影票,电厂影剧院的。"善于鉴貌辨色的校医看他们两人很有感觉,便掏出两张电影票塞到黄鸿榉手里,"小黄,你今晚就陪小叶去看吧。"

黄鸿榉接过票,朝小叶看了看,对校医说:"好的,谢谢叶医生!"

一个多小时后,校医让黄鸿榉先行离开,回到秦亭中学去照顾妹妹。当晚六点半,他安顿好鸿佳后,就前往电厂影剧院陪小叶看电影去了。

"五一"假期回家,为了安慰父母,黄鸿桦把叶医生给自己介绍对象的事告知了全家,并说了自己对小叶的良好印象以及自己帮家里送竹匾时不小心打碎她商店玻璃并做赔偿的事情。

"不打不相识。鸿桦,看来你们俩是真有缘分呢!"母亲张腊梅听到儿子给自己找了个儿媳,很是开心,兴奋地说。

"处处再说吧,目前为止只看过一次电影。"黄鸿桦对母亲说,"姆妈你别急。"

接着,黄鸿桦便故意扯开了话题,向父亲询问了一通关于家里要翻建老宅的事情。家里本来就三间平瓦房,哥哥鸿樟结婚时,在老宅后面另外盖了三间新房,作为哥哥嫂子的婚房。现在,看到村上其他人家都建楼房了,哥哥鸿樟也想建,并跟父母商量,要将前面的老宅翻建成三楼三底自己住,而把后面的置换给两个弟弟。

父亲黄全根考虑再三,对鸿樟说要等"五一"时跟鸿桦、鸿榆商议了再定。其实,父亲黄全根心里是赞成这一方案的,因为他始终觉得,鸿樟作为老大,帮自己把下面两个弟弟一个妹妹拉扯大,付出了很多,所以多得点儿家产也是应该的。但是,他一般不会专断独行,他觉得这要得到下面两个儿子的同意,让他们心甘情愿地答应才好,免得以后兄弟之间不和睦。

"鸿桦、鸿榆,你们大哥大嫂想要把现在的老宅翻建成楼房。"父亲黄全根当着他们小兄弟俩的面,十分认真地说,"然后把后面的三间新房跟我们置换,你们没意见吧?"

黄鸿桦、黄鸿榆相互对望了一眼,又看看母亲,都没吱声。黄鸿桦想表态表示同意,可不知道弟弟鸿榆怎么想。

"鸿桦,你先表个态。"父亲黄全根怕弄僵,先点名了。

"我是同意的。"黄鸿桦看看弟弟鸿榆,说,"因为大哥和嫂子毕竟一辈子住在乡下,是该要宽敞点儿的房子。"

"鸿榆呢?"父亲看着他。

黄鸿榆本来想发表点儿不同看法的。因为他觉得现在自己与二哥鸿桦都没成家呢,再说妹妹还在读初中。如果大哥他们翻建房子,必定将父母的积蓄全都用空。可是,现在看到二哥鸿桦都表态了,自己再反对,就显得有点儿既违背父母意愿,又不懂得感恩大哥鸿樟了。所以,他也表态说:"我也没意见。"

父亲见状,大为高兴。便顺势对在场的四个子女说:"俗话说,篱笆扎得紧,野狗钻不进。今天,我很高兴看到你们兄弟三个都能识大体。以后兄弟之间,兄妹之间,不管谁办事,大家都要尽自己所能去帮忙!"

"鸿桦、鸿榆,你们放心,等到你们成家时,我也会尽量帮忙的。"在一旁始终一言不发的大哥鸿樟,这时很是感动,便对两个弟弟表态说。

母亲张腊梅此时也插话道:"手心手背都是肉,其实我和爹爹都舍不得你们的!还有妹妹鸿佳,你们三个哥哥以后一定要保护好她。"说着,把女儿拉到自己身边。

"五一"假期结束后返校的第一天晚上,黄鸿桦跟小叶约会了一次。那天晚上,月朗风清,他和小叶一起沿着一条大路,嗅着初夏夜麦田的清香,一直从镇上走到了太湖边。两人一路走,一路谈心。小叶告诉了黄鸿桦一些她家里的基本情况:她是家里最小的女儿,上面的一个大姐、三个哥哥都已成家立业。其中,大哥家在仁和,二哥家在上海,小哥家就在秦亭镇上。自己高中毕业那年,母亲因病去世了,现在年迈的父亲带着自己和小哥住在一起。没有了母亲,她总感觉在家里是多余人了,所以小嫂子一直很热心地给她找对象,希望早点儿把她嫁出去。之前曾经多次给她说对象,可她没看中,这次嫂子又辗转托到了叶校医。

黄鸿桦听了小叶的这番身世介绍,感觉这位表面热情爽朗、泼辣能干的女孩,其实内心弥漫着一股淡淡的忧伤,这让他的心里也隐隐涌起了丝丝缕缕的酸楚。

就这样,在不知不觉中,他们一直散步到半夜才回到镇上,最后各自回去。

第二天到了学校,在办公室见到茶壶老师,黄鸿桦把家里带来的一个竹筛送给了他,然后便伏案认真备课了。因为他觉得,近一个月来,自己都在忙着私事,上课都有点儿敷衍了事了。虽说在这样的环境里,不会有人来关注责备自己,但他心里却总像做了什么亏心事似的,很是不安。

又过了几天,一个傍晚,茶壶老师突然把黄鸿桦叫到办公室外面的走廊上,对他说:"小黄,明天下班后我带你去我学生房助理家。昨天他出差刚回来,再不去,说不定过几天他又要外出了呢!"

"好的,申老师。我明天在哪里等你?"黄鸿桦问。

茶壶老师想了想,说:"这样,你明天下班后先回秦亭中学。我刚好要去镇上办点儿事,办完事,我去找你。"

"知道了,麻烦申老师了!"

"你我还客气呀?"茶壶老师笑眯眯的。

"对了,申老师,房助理叫什么名字呀?"黄鸿桦又问。

"房俊辉,这名字还是当年我给起的呢!"茶壶老师一脸的自豪,"他呀,马上升副镇长了。"

第二天下午一下班,黄鸿桦急忙赶到镇上买了两瓶泽州牌白酒、两条红塔山香烟、一盒水果,回到宿舍安排好妹妹,然后等待着茶壶老师的到来。

五点钟,茶壶老师领着黄鸿桦到了秦亭镇政府家属大院,上了二楼,敲开了镇长助理房俊辉家的门。房俊辉看到老师登门,很是热情,急忙把他们迎进客厅。客厅很是宽敞,布置也是黄鸿桦从未见过的那种豪华。

"申老师,真是巧了,你的另一位学生刚好也在呢!"房俊辉助理看着客厅沙发上坐着的人对茶壶老师说。

那人立马站了起来："申老师，好久不见。"

"哎哟，义权也在呀！"茶壶老师很是高兴，并向他走了过去。然后又转过脸对黄鸿桦说，"来，小黄，认识下，这就是房助理，这位是青山中学的钟校长。"

"房助理好！钟校长好！"黄鸿桦恭恭敬敬地分别跟他们打过招呼，并行躬身礼。

"这位是我们学校新来的小黄老师，年轻有为的大学生。"茶壶老师又把黄鸿桦介绍给了他的两个学生。

接下来，黄鸿桦就规规矩矩地坐着，面带微笑，静静地听着他们师生三人的叙旧聊天。间隙，还给他们的茶杯里续了一次水。

半个多小时后，茶壶老师便站起身，与钟义权校长道过别，领着黄鸿桦退出了房俊辉助理的家门。而房助理也一起下了楼，一直把他们送到乡政府家属大院门口。

"俊辉，你留步吧，家里还有义权等着呢！"茶壶老师停住脚步，对房助理说，"小黄老师的事反正上次跟你说过了，你费心吧。"

"好的，申老师，我有数的。"房助理微笑着，"申老师有空来玩！小黄老师再见！"

于是，彼此挥手告别。

第十六章

这阵子，黄鸿榆感觉心力交瘁。

校团委几乎每周都有事，隔三岔五地去局里开会、区里开会、市里开会，每开一个会，都领一堆任务回来。还有学校团委常规工作,一个班的班主任工作,两个班的教学工作,都忙得他跟陀螺似的飞转。而且,这一切工作他都是陌生的,需边做边学。尤其是期中考试成绩一揭晓,黄鸿榆发现自己所教两个班的数学成绩,居然在年级十一个平行班中是垫底的。这让他脸面尽失,好长一段时间在备课组内都抬不起头来。虽说一些好心的老教师安慰他说,作为一个新教师,一开始不适应是正常的,但他还是极具挫败感,因为打从上高中到大学到现在,他从未输给别人。

还有就是周边人对于他身份的好奇。也许是因为副市长千金华芷莹这半年来经常出没于校园吧,身边的同事因此也对他的身份产生了浓厚的兴趣。有一次上课间操的时候,他和其他班主任一起,站在学生队伍后面督操。隔壁班的班主任李群芳老师笑眯眯地走到他跟前,很关心地问:"鸿榆老师,上周末回家了吧?"

"回了,李老师。"黄鸿榆看着眼前这位阿姨级的同事,同样笑眯眯的。

"老家远吗?"李老师看似漫不经心地继续打探道。

"不远,就在仁和县。"黄鸿榆心想,接下来一定是要问自己父母是做什么的了。

"哦,那要赶到乡下,也蛮折腾的,现在到处都堵车。"没想到李老师居然是要确认自己是城里人还是乡下人。

"还好,习惯了。"黄鸿榆说着,便走到自己班的两列队伍中间去了。

工作近半年来,黄鸿榆浅尝了人性势利的滋味。自己是个地道的农家子弟,命运之神的眷顾,让他邂逅了华芷莹这样的领导子女,而且他们还相爱。但他知道,自己和华芷莹完全是两个阶层的人。如果不是华芷莹深爱着自己,如果不是她的运作,大学的项老师最多把他毕业分配回仁和县,而绝对进不了仁和市,更进不了像一中这样的一流中学!如果不是她家庭的影响,他也不可能一进校就走上校团委书记的岗位。

说实话，他现在虽然爱着华芷莹，华芷莹也爱着自己，但是，他们最终会如愿以偿地修成正果吗？他不敢确定，因为他根本不清楚她父母的真实态度。自然，现在单位同事们对自己的"关注"也就不奇怪了：如果有朝一日他和华芷莹终成眷属，那么大家都会表示祝贺；而假如他们分手了，就会有人嘲笑自己本来就是癞蛤蟆想吃天鹅肉。

而现在，他对这些都无能为力，只能听任命运的安排。他所能做的，就是好好工作，把一个班带好，把两个班级的数学教好，到期末考试时打个翻身仗。还有就是好好经营跟华芷莹的感情。他相信，只要她爱他，那么她父母即使现在心里还疙疙瘩瘩，最终一定会跟女儿妥协的。

想明白了这些，黄鸿榆心里便坦然了许多。

那个初冬的傍晚，华芷莹从教育局下班后直接来到了学校，但她没有进校门，而是让门卫打通了黄鸿榆办公室的电话。

"你下班后马上到校门口来吧，我在这儿等你。"华芷莹跟他说。

"外出吃饭吗？"黄鸿榆今晚想在办公室好好备课、处理作业，不想外出。

"不是。"华芷莹说，"晚饭可以去我家吃。"

黄鸿榆一听，感觉她找他肯定有事，就说："好吧，你等我一下，我去趟宿舍，马上过来。"说完，就急忙回宿舍换了身衣服，梳洗一番，赶到了校门口。

华芷莹看看手表，才十分钟时间，便嫣然一笑："速度够快的啊！"

"那当然，领导召见，敢不快吗？"黄鸿榆玩笑道。

"谁是你领导呀？"华芷莹娇嗔道，"现在你才是我领导，我得为你服务！"说着，挽起他手臂，穿过马路，向一中对面的公交站台走去。

　　黄鸿榆虽然没作声，但觉得她今晚找他肯定有事，但聪明的他没有问。

　　"去哪里呀？"坐在公交车上，黄鸿榆觉得是去市委市政府家属大院的方向，便问。因为他觉得如果去她家，必须得买点儿礼物才好。

　　"去我家。"华芷莹把头靠在他胸口，"不用买什么东西，就我们两人。"

　　"哦。"黄鸿榆暗暗舒了口气。说真的，今天要是让他马上去见她父母，他还真没那勇气呢！

　　一进家门，华芷莹一边换鞋，一边对黄鸿榆说："我爸又出差去了，我妈今天去了外婆家，要明天才回。今天呀，我们一起在家里自己做饭吃，等会儿，你给我打下手！"

　　"遵命！"黄鸿榆换好鞋，站在宽敞的客厅里定了定神，熟悉了下环境，便说，"今天你负责吃，我负责做饭！"

　　"真的？"华芷莹很是诧异，没想到他还会做饭。

　　"当然！"黄鸿榆先去卫生间洗过手，然后出来对她说，"来，你跟我一起去厨房把菜拿出来。"

　　华芷莹满心欢喜，一把将他推进了厨房："行，本领导今天就满足你的愿望，让我见识下你的厨艺！"然后，打开冰箱，将一条鲫鱼、三个鸡蛋，还有几样蔬菜放到灶台上。

　　"好了，你去客厅休息吧。"黄鸿榆系上厨房围裙，转身捋了下她的头发，说，"半小时后你来端饭菜。"

　　华芷莹今天本想与黄鸿榆一起动手做顿饭菜，也好预先体验下过日子的滋味，没想到黄鸿榆居然如此大包大揽，她也就顺水推舟了。更为主要的是，不管他今天的晚餐做得如何，他的那种态度，都让自己大为满意与感动。是的，她没有看错人。今天，她终于又发现了他的另一大优点：会做家务！此刻，华芷莹的心里甜滋滋的，就像刚灌了蜜一般。

半个多小时后，一盘红烧鲫鱼，一盘青椒炒藕丝，一碗蒜泥苋菜，一碗榨菜西红柿蛋汤，便热热地端上饭桌。黄鸿榆从厨房走出的当儿，华芷莹从酒柜里取出一瓶红葡萄酒，打开，倒上满满两杯。于是，两人相对而坐，开始享用起来。

"来，让我们先为自己庆贺一下！"华芷莹举起酒杯，跟黄鸿榆轻轻碰了一下，"干了！"说着，将一杯红酒一饮而尽。

黄鸿榆见状，顿了顿，也举杯将酒倒进喉咙。然后，看着华芷莹："庆贺什么呀？"

"庆贺我们毕业后都能如愿以偿地回到仁和工作，庆贺我们的爱情之树常青呀！"华芷莹白嫩的脸蛋绯红流霞。

"对！庆贺我有幸遇见一位知情知性、善良可爱的天使！"黄鸿榆给华芷莹和自己又续上了酒，举起酒杯，"芷莹，谢谢你！真的！"

华芷莹明白他的意思，也相信此刻他的话是发自肺腑的。便开玩笑道："你的意思，我也应该谢谢你喽？"

"哪有的事！"黄鸿榆也许是一杯红酒下肚，酒后吐真情了，"芷莹，我知道，我只是个农家子弟。我们在一起，是我高攀了。"

华芷莹一时有点儿吃惊。以黄鸿榆的性格，要在平时，他即使心里明镜似的，也绝不会说出口；今天他是借着酒意说出了内心最真实的想法。但这也恰恰说明了作为一个男人，面对她的家庭时，他内心有一种自卑。于是，聪明的她便安慰他道："鸿榆，我理解你的感受。但是，我相信，我们的感情应该经得起这些世俗观念的考验。更何况，你也不可能一辈子只是个小教师呀！"

黄鸿榆直愣愣地看着眼前的华芷莹，此刻内心除了爱情，更多的是感激。而这份爱情与感激之情一旦与所他固有的强烈的自尊心相交融、发酵，便酝酿出一股冲天豪迈之气：自己一定要好好珍惜所拥有的这份难得的资源,以智慧、勤奋与努力,去开辟出一方天地,从而回报她对自己的那一番真情!"

"芷莹,我不会让你失望的!"说罢,他又要将杯中酒一饮而尽。

"慢点儿喝。"华芷莹急忙走过去抢过他的酒杯,放到桌上,然后坐在他身边,夹了一筷子鲫鱼放到他碗里,"先吃点儿菜。"

"放心,我不会喝醉的。"黄鸿榆转过脸冲她笑笑,"你也吃!"

吃过晚饭,收拾完毕,他们两人便相拥在宽敞柔软的沙发里。华芷莹依偎在黄鸿榆怀里,默不作声地轻轻抚摸着他的脖子,尽情享受着他的温存。黄鸿榆呢,因为酒精作用,脑子里迷迷糊糊的,仿佛停止了一切思考,也不声不响地只是搂着她,不停地抚弄着她的头发,嗅着她发际散发出的阵阵幽香。

"哎,你看什么时候我来跟我爸妈说说,你正儿八经地到家里来吃个饭吧?"好久,华芷莹扬起头对黄鸿榆说。

"嗯。我一直盼望着呢,只是怕你爸妈不同意!"黄鸿榆吻着她。

"不会的。"华芷莹肯定地对他道,"我找个机会跟爸妈提。"

"直觉告诉我,你妈应该心里不愿接受我。"黄鸿榆一副忧心忡忡的样子。

"放心吧,我妈是个容易改变的人。"华芷莹摸了下他的脸,"关键是我爸的态度。我爸认可的事,我妈一般不会反对。"

"你爸就更让我担心了。"黄鸿榆说出了自己担心的缘由,"一个身居高位的副市长,怎么可能认同一个农家子弟当他女婿呀?"

"你呀,想多了。"华芷莹宽慰道,"其实我爸是个特别淳朴的人。别看他现在是副市长,其实他原来和你一样,也是个农民的儿子,所以他不会歧视你的。"

黄鸿榆将信将疑地点点头。

"我爸看人应该更看重一个人的本质、修养与潜质。"华芷莹若有所思,"而你,我相信符合他的要求。"

"谢谢你对我的信任。"黄鸿榆抚摸着她绵软的身体,动情地对她低语道。

"好了,以后我可不允许你再说不自信的话了!"华芷莹万般温柔地搂着他的脖子,凑到他耳根,"你只管认真做好自己的事,好好爱我,其他的由我来负责。"

过了好一会儿,黄鸿榆感觉自己的脑袋没有刚才那么糊涂了,对华芷莹说:"我该回学校去了,太晚了门卫会关门的。"

"别回去了,今晚就住我家吧?"华芷莹转了个身,伏在黄鸿榆胸口,仰着头,满是温柔。

"不好吧?"黄鸿榆犹豫道。

"有啥不好呀?"华芷莹娇嗔道,"不就是住一晚吗?不过,你可别多想啊,我呢,就是怕你半夜三更地返校不安全,留宿你一晚,免得你流浪街头。"说完,得意地冲他坏笑。

当晚,黄鸿榆在华芷莹家的大沙发上睡了一晚,而华芷莹却依然回自己房间休息,而且没有关门。有好几次,黄鸿榆都想悄悄溜进她房间,但一想到他那次在她大学宿舍的经历,他还是很理智地忍住了。后来,他干脆这样安慰自己:是我的总归是我的,没必要那么猴急。再说,一坛佳酿放在那儿闻着,香气扑鼻,也是一种幸福的体验呢!

第二天一早,等黄鸿榆醒来,发现华芷莹已经将早饭端端正正地摆放在餐桌上了。两人用过早餐,温存一番之后,便各自回单位上班去了。

等到第二学期期中考试成绩揭晓,黄鸿榆两个班的数学成绩终于打了个小翻身仗,班级均分上升至年级中等。作为一个第一年上岗的新教师,能教出这样的成绩,也算是一种成功了。尤其可喜的是，他所带的高一（8）班，人均总分位列年级第三，无论从哪方面评价，这对于一个新班主任，可谓业绩辉煌！从此，黄鸿榆在校园里走路也可以挺胸拔背了。

"五一"假期前夕，华芷莹对他说，春节期间，他爸妈有意要见见他这位毛脚女婿。黄鸿榆知道后，既喜又忧。喜的是终于盼来了她父母的同意，或者说基本接纳；忧的是不知道自己该如何去面对她父母。

一天上午，黄鸿榆突然接到了言海东的来信：

鸿榆老同学：

别来无恙。毕业分别快一年了，时常想起我们大学读书时的美好时光，既温馨又伤感。

正如我当初预期的一样，毕业后，我被分配回了老家临海县下河乡下河中学，我的母校。因为师资缺乏，我第一年就被安排上高三两个班的数学，但不当班主任。现在我每天的课务都被排得满满的，除了上课还是上课，基本上每天都要上六节课。更要命的是，我现在和毕业班学生一样，是住校的。每天晚上得进班辅导作业，或者看班，一直到十点钟结束。

老同学，说真的，这样的工作强度时常让我感到身心疲惫。有时我会想：这难道就是我所要的生活吗？但当我一想到眼前这些渴望书包翻身、出人头地的学生时（他们绝大部分跟我弟弟妹妹一样大，我也更愿意把他们看作弟弟妹妹），我又觉得即使自己苦点儿累点儿也是值得的，因为我从他们的眼光中，看到了四年前的自己。

改革开放都这么多年了，听说外面的变化很大。可是，在我看来，我们这儿基本没什么变化，举目所见，依然是我小时候的村落、农田。学生们发愤读书，目的就是为了有朝一日逃离这片土地。而事实上，除了像我这样的师范生大学毕业后返乡教书育人外,其他许多专业,尤其是工科毕业生们,基本上都逃离了,因为这里除了农业,基本没有工业。这让人又倍感气馁:如果接受过高等教育的人都逃离家乡了,那么,我们的家乡岂不是依然落后贫穷,甚至更加贫穷落后?都说要爱家乡爱祖国,如果一个人连自己的家乡都不爱,还谈什么爱祖国呢?当然,也许这个问题太高深太复杂,并非是我这样的人所能理解的。但它却让我困惑不已。

从我们老师那里知道,你毕业后不但回到了老家仁和,而且还进城去了一所最好的高中。真心为你高兴!你和女友华芷莹一定很好吧?衷心祝福你们,望你们终成眷属!

致以真挚的祝福!

你的老同学海东
于一九八六年初夏日

读罢来信,黄鸿榆不禁感慨万分。他从字里行间,读出了这工作近一年来言海东的身心疲惫之感和伤感无奈之情。同时,他也读出了言海东作为一位教师的仁爱心与责任心。正是因为有了这一批批一代代教师们的辛勤付出,莘莘学子才有了未来与希望。

而另一方面,相比言海东,黄鸿榆感觉自己的确幸运多了。都说一个人的出生地与家庭是无法选择的,但人生之路是可以靠自己努力开拓的。而事实上,每个人的成长与工作环境,却往往会制约其发展,言海东就是个活生生的例子。

两天后,黄鸿榆给言海东写了封回信,对这位昔日的同窗好友劝勉了一番,同时向他大致介绍了自己的工作情况。但对于自己在学校任团委书记的事却只字未提,因为他要顾及老同学的感受。事后,当他把这事告知华芷莹时,她沉默了足足五分钟,然后才说:"临海县下河乡是我爸和项叔叔当年的下放之地,直到现在他们都会时常提起的地方。看来,这么多年了,那地方没啥变化哪!"

"真的呀?"言海东的家乡居然还跟华芷莹爸爸与项老师有这样的渊源,这着实让黄鸿榆惊讶不已。

"唉,看来这贫穷与落后是长在江北这块土地上的顽疾了。"华芷莹轻轻叹了口气,对黄鸿榆说,"但愿有朝一日,他们那边也会像我们这边一样,慢慢繁荣起来!"

转眼已是端午日。这天上午,黄鸿榆突然接到华芷莹打来的电话,说是晚上她和爸妈一起在一中对面那家饭店吃饭,要他也参加,还特地关照他早点儿到达,千万别迟到。放下电话,黄鸿榆坐在办公桌前,细细琢磨了好一会儿:端午节吃饭,去的是饭店而不是她家,明显是她爸妈要对自己进行一番考察。看来,自己要好好备备课才是!

下午上完课,他特地去了趟食品商场,买了一盒水果,一盒粽子,还去服装店给自己买了双黑色皮鞋。傍晚一下班,他又急忙赶回宿舍,洗漱一番,拎着两样礼物早早去饭店包厢等着。不一会儿,华芷莹也来了,两人先叫来服务员点好菜,然后规规矩矩地坐在包厢内,恭候着华芷莹父母的光临。

半个多小时后,楼下传来了小轿车的声音。华芷莹和黄鸿榆凑到窗口一望,是她爸妈来了,两人赶紧下楼前去迎接。走到饭店门口,黄鸿榆停住脚步,对着走到面前的华芷莹父母叫道:"叔叔好!阿姨好!"同时,弯腰行半鞠躬礼。

"嗯,好!"华副市长十分威仪地对黄鸿榉微微点了点头。而旁边的副市长夫人宋慧却只是面带微笑地看了黄鸿榆一眼,并没有作声。

与此同时,华芷莹则小鸟一般飞到父母中间,挽住他们的胳膊,蹦跳着一起进了饭店的大门。

进入包厢,黄鸿榆拉了下朝南正中的两个主位:"叔叔、阿姨请坐！"等他们入席了，自己却还恭恭敬敬地站在他们旁边。

华达江微微侧过脸，对黄鸿榆说："你也坐吧。"

黄鸿榆这才隔着他未来岳丈的一个座位，轻轻坐下。而华芷莹则紧挨着她母亲坐下。

一会儿工夫，服务员将一道道精致的菜肴端上桌子，打开一瓶红酒和一瓶果汁，给各人的杯中倒上。然后轻轻退出包厢，带上门。

父亲华达江看看女儿，又看看黄鸿榆，轻声对夫人说："那我们就开始吧？"

"好，吃吧！"母亲宋慧举起倒满果汁的杯子，对着女儿与黄鸿榆说，"来，莹莹，陪你爸喝一个！还有小黄，一起来！"

华芷莹端起酒杯，对黄鸿榆说："鸿榆，我们一起先来敬一下我爸妈吧。"

黄鸿榆立马端起眼前的果汁杯子，站起身来。

"你换红酒吧，陪我爸喝。"华芷莹说着，便另外倒了杯酒，递给黄鸿榆。

黄鸿榆迟疑片刻，举起红酒杯："叔叔、阿姨，那我先敬你们。"当看见华芷莹父亲抿了一小口时，他才也喝了一小口。

"好了，莹莹，不要那么多礼节了。"父亲华达江说，"来，我们一起吃菜。"

"对，吃菜。"母亲宋慧附和道。然后，她侧过脸又对黄鸿榆说，"来，小黄，动筷子。"

黄鸿榆拿起筷子，夹了块糖醋排骨小心翼翼地放到嘴里，慢慢地咀嚼了起来。华芷莹见状，对他意味深长地望了望。他似乎明白了什么，又特意站起身走到华芷莹母亲跟前，举起酒杯，说："阿姨，敬敬您！"

宋慧侧过脸，十分亲切地对他笑笑："好的，谢谢你，小黄。坐下吃吧！"

黄鸿榆刚在位子上坐定，华达江端起酒杯，看着黄鸿榆问道："小黄，在一中工作还顺利吧？"

"挺好的。"黄鸿榆答道，"现在各方面都已经适应了。"

"嗯，蛮好！年轻人嘛，就应该从基层做起，从各方面多多锻炼自己！"华达江像是叮嘱，又像是鼓励。

"我会好好工作的，谢谢叔叔关心！"黄鸿榆看着眼前这位位高权重的副市长，未来的岳父大人，十分认真而从容地答道。

华达江赞许地点点头，用慈祥的目光看着黄鸿榆："好好干！"

"好了，爸。你就多多关心关心您女儿吧！"华芷莹见到这副情形，内心别提有多高兴了。但为了调节气氛，她便故意在父亲面前发嗲道。

"死丫头，还要你爸怎么关心你呀？"母亲宋慧在一旁半是责备半是喜欢地插话道，"你也好好工作，别给你爸丢脸。"

"哎呀，妈，您说什么话呢！"华芷莹继续她的嗲劲。

接下来，晚饭的气氛明显轻松自由多了。宋慧又看似漫不经心地问了黄鸿榆许多关于仁和乡下的生活情况，其实句句都在打探他父母与家庭的情形；黄鸿榆呢，都一一如实回答。因为他觉得没什么可以躲躲闪闪的，如实回答才是最好的。

这顿晚饭，黄鸿榆感觉自己像是参加了一次大考。开考前他紧张焦虑，刚进入考场时还有点儿胆战心惊；但由于他小心谨慎，也因为华芷莹这位监考官的提点照料，自己很快适应了环境，以平和的心态从容应对，终于顺利过关。

事后，他和华芷莹还特地庆贺了一番。因为从此以后，他们的恋爱终于得到了华芷莹父母的正式认可。

第十七章

　　新学年伊始，黄鸿桦终于如愿以偿地调回了秦亭中学。

　　本来，父母准备让妹妹鸿佳继续跟着黄鸿桦在秦亭中学读到初中毕业的。后来，黄鸿桦说，现在秦亭与皇坟分属不同的大市，两年后的中考泽州市与仁和市是完全不一样的，所以，还是让妹妹回老家皇坟中学读书为好。于是，黄鸿桦帮妹妹鸿佳办理了转学手续，通过当年自己的高中老师，把妹妹安排进了新初二年级最好的班级。

　　开学工作会议一结束，黄鸿桦兴冲冲地赶到教导处，询问自己的任课情况。走到门口，发现只有陈必胜一人独自坐在办公桌前埋头忙着什么事。他现如今是教导处主任，刚才开会时才宣布的。就在厉校长宣布的时候，坐在他身边的茶壶老师悄悄告诉他："这陈必胜是厉校长的人，他是本地人，中师毕业后来到秦亭中学，前两年才进修大专毕业；后来因为厉校长的提拔，当上了校团委书记，教导处副主任。现在，这厉校长眼看自己将到卸任的年龄了，又将他提拔为教导处正主任。你等着，没准到下学年，这陈必胜会成为副校长的！"最后，茶壶老师还给黄鸿桦提醒道。

　　"陈主任！"黄鸿桦走进门，热情地招呼道。

　　"哦，黄老师啊！啥事？"陈必胜抬起头，瘦长脸上的肌肉勉强挤出几分笑意，恰似缀在丝瓜蒂处即将凋零的花朵，蔫巴而僵硬。

　　"我想问下本学期的课务安排。"黄鸿桦来到他跟前。

　　"哦，你等等吧，等会儿教务老师会通知你的。"然后，陈必胜继续埋头做他自己的事，头也不抬，把黄鸿桦晾着。

　　黄鸿桦感觉尴尬，急忙退出。但自己连办公室也不知道在哪儿，一时也无处可去，只得在校园里随便逛逛。

在校园里遇见教务郭老师，黄鸿桦上前询问。郭老师顿了顿，告诉他：本学期没有给他安排课务，而是让他在文印室帮忙。

黄鸿桦一听，不啻噩耗：没安排课务！这是什么意思？自己连教书的资格都被剥夺了？

此时，茶壶老师刚好走了过来。黄鸿桦把他叫到一边，告知了他。茶壶老师显然也十分惊讶，沉吟了好一会儿，对黄鸿桦说："看来，厉校长心里对你这事有疙瘩。"

"那怎么办呢？"黄鸿桦焦急又无奈。

"你先别急，等我下午去乡政府，问问房助理再说吧。"茶壶老师说，"看来，你这次调动的事，我们当时还是考虑不周。"

"哪方面不周？"黄鸿桦一时没反应过来。

"你想呀，你是被房助理以乡政府文教助理的身份，硬调回到秦亭中学的，事先厉校长一点儿心理准备都没有。你让他这个校长怎么想呀？他如果不给你点儿颜色看看，那以后还怎么当这个校长呀？"茶壶老师解释道。

黄鸿桦恍然大悟。"那有什么补救措施吗？"他急切地讨教道。

"事情都这样了，再去补救不但多余，搞不好反而会弄巧成拙了。"茶壶老师关照黄鸿桦，"你现在最好的办法是服从学校的安排。我想，去文印室帮忙也是临时的，厉校长不可能让你这样一个专业老师浪费掉的。"

"好，申老师，我听您的！"黄鸿桦表态说。

中午，在学校食堂用过午餐，黄鸿桦特地邀请茶壶老师去自己宿舍坐了一会儿。交谈中，茶壶老师还告诉了他一件往事。十一年前，厉校长刚从外面一所学校副校长岗位上调任秦亭中学当校长，在新学年的首次全校教职工大会上，他是这样介绍自己的："我姓厉，厉害的厉，从今天开始，我将和大家一起工作。

我的工作原则是：能者上，庸者下。我的工作作风是：雷厉风行。"

后来，他用一学年时间熟悉了解学校情况，第二学年便改组了学校中层部门，降职、免职教导处、德育处、总务处三位主任，把他所中意的新人提拔到这三个学校核心部门的岗位上。从此，他便确立了自己在秦亭中学的威信，一直到现在。厉校长在学校实行的就是家长制，他说一，别人绝对不敢说二。

就这样，新学年第一周，黄鸿桦便被安排在学校文印室打杂。跟着两位教工师傅油印学校各个部门的资料、每个年级学生试卷之类的。但他也通过各种途径，具体了解了学校老师，尤其是语文老师的任课情况，发现的确都是一个萝卜一个坑，并不存在有老师超负荷工作而故意不给他上课的迹象。后来，倒是他的媒人叶校医告诉他说，有一个教初二语文的中年女老师，因为身体原因一直要求厉校长给她减轻工作量，厉校长也答应她好久了，可是迟迟没有兑现。这学期，听说黄鸿桦来了，又去提，可厉校长依然口头答应着，就是不见行动。

这一消息，无疑给了黄鸿桦以希望。他心想：也许厉校长现在只是先把自己晾着，给自己点儿不尊重他的教训；等到过一两周，他气出够了，消了，还是会让自己去接一个班，同时也解决了那位女老师的困难。于是，黄鸿桦就这样耐心地等待着，等待着。

而对于茶壶老师所说的房助理那儿，黄鸿桦本来也没再抱什么希望，因为人家已经帮过自己一次了，如果再让人家出面，岂不是太为难人家了？再说，厉校长这么做，明显也就是在对房助理表示不满，毕竟，他在秦亭中学树大根深，没人能撼动他的。

可是，一周过去了，没有消息；两周过去了，还是没有消息。等到第三周的时候，黄鸿桦简直快泄气了。周二一早，黄鸿桦刚上班，校长办公室主任突然找到黄鸿桦，说是厉校长让他马上去一下校长室。黄鸿桦喜出望外，可神色却十分平静，只是礼貌地对办公室主任点点头，便跟着他径直去了校长室。

"厉校长。"黄鸿桦站在校长室门口，十分响亮地给里面正在办公桌前看着一份红头文件的厉校长打招呼道。

"哦，小黄老师。"厉校长抬起头，摘下老花镜，露出一口金牙，瘦削的脸上挤出几分笑意，对黄鸿桦说，"进来坐吧！"

黄鸿桦大大方方地走进门，在一年前第一次来报到时的那张沙发上坐下，依然双脚并拢，挺直了腰，一副毕恭毕敬的样子。

"是这样，目前呢我们秦亭中学没有多余的班级给你上课，所以开学到现在一直把你安排在文印室帮忙。"厉校长露着金牙的嘴巴似笑非笑，"昨天接到县文教局电话，我们隔壁乡青山中学缺一位语文老师，要我们支援一下。所以，学校决定派你过去，为期一年。"说完，他依旧似笑非笑的，盯着黄鸿桦看。

此刻的黄鸿桦先是震惊，而后心里便是翻江倒海般地难过。可是经历了那么多事，如今的他也已修炼得处变不惊了。所以，他脸上仍然微笑着，说："好的。只要一年后能回来。"

"这个没问题的。"厉校长说，"我们按章办事，今天下午你去趟县文教局人事科，他们那儿会给你出一份借调函的。"

"还有……"黄鸿桦欲言又止。

"你可以继续住在我们学校，去青山中学可以早出晚归。"厉校长似乎明白黄鸿桦的心思，对他说。

"好的。"黄鸿桦退出校长室，头也不回地回到文印室，收拾好东西，立马去镇上公交站，候车前往三吴县文教局。

经历了一年的折腾，总以为可以安逸了，结果却还要折腾！坐在去往泽州市的中巴车上，黄鸿桦心里五味杂陈。奔波、委屈、心酸，让他都有一种想掉泪的感觉，可是他知道，男儿有泪不轻弹，这点儿挫折也许是他应该经受的，他得坚强。于是，他长长地舒了口气，把视线移向窗外。窗外，九月的骄阳炙烤着大地，碧绿的田野一望无际地舒展着。老柳树上，知了的叫闹声嘶力竭，那悠长的尾音似炸开了的马蜂窝，让人心烦意乱。

两小时后，黄鸿桦终于敲开了三吴县文教局人事科的门。接待他的是新任人事科长管成林。黄鸿桦向管科长说明来意后，管科长便立马给他出具了一份借调函：

借调函

青山中学：

兹介绍秦亭中学黄鸿桦老师（语文）前来报到，望妥善安排为要。

黄老师暂借青山中学一学年，借用期间，工资仍由秦亭中学发放，其他福利待遇由你校按统一标准发放。

致礼

抄送：秦亭中学

三吴县文教局人事科
一九八六年九月十六

黄鸿桦一看，借调函上明确自己一年后能返回秦亭中学，他也就放了心。告别了管科长，走到大院里，黄鸿桦突然看见对面走来了一个熟悉的身影，仔细一辨认，原来是吴双人校长！

"吴校长！"黄鸿桦急忙走上前去，一脸高兴地站到他面前。

"是小黄呀！"吴校长显然也很惊讶，"你怎么来局里啦？"

"我是来办点儿事情的。"此刻的黄鸿桦觉得自己有满肚子话想要跟老领导说，可是一时又不知从何说起，就只能这么应付了一句。

"不急着回去吧？"吴双人对黄鸿桦还是像原来一样亲切和蔼。

"不急。"黄鸿桦如实回答道。

"那去我办公室坐会儿吧。"说着,吴双人就领着黄鸿桦朝办公楼走去。

他们来到办公楼二楼,走到了一扇挂有"基教科"牌子的门前,推门进去。黄鸿桦此刻终于明白,原来自己的老领导已经调任科长了!

"坐吧。"吴科长指着沙发,请黄鸿桦坐下,并亲自给他倒了杯白开水端到他跟前。于是,黄鸿桦一五一十地给老领导汇报了自己这一年多来调到秦亭中学后的境况,以及此次被借调到青山中学的缘由。而吴双人科长在黄鸿桦的言谈中,也明显感受到了眼前这位昔日部下的委屈与伤感。末了,吴科长便安慰黄鸿桦说:"小黄啊,你的情况我都知道了。你回去后好好工作,一切都会好起来的。"

"我一定会听您话的,吴科长。今后无论遇到什么困难,我也一定要好好工作!"黄鸿桦知道,今天吴科长能招呼自己来他办公室坐坐,本身就表明他是一位念旧、重感情的好领导,也说明他对自己的关心还是像原来一样没有改变。所以,自己一定要争气,不能让老领导失望。

吴科长看着黄鸿桦依然像过去一样对自己尊敬、信任,也成熟了许多,内心甚感欣慰。于是,他又对黄鸿桦说:"小黄,时间也不早了,你赶紧坐车回去吧。我呢,等会儿还有点儿事要处理。这是我的联系方式,有事可以找我。"

说着,吴科长又把一张名片递给黄鸿桦。黄鸿桦接过名片,给他行了个半鞠躬礼,便毕恭毕敬地退到门口。然后,说了声"吴科长再见",离开了。

返程的路上,黄鸿桦思绪万千。从泾渭到秦亭,这四年来,黄鸿桦已经历了不少事情,也初尝了生活酸甜苦辣的滋味。这些经历告诉他,生活是很现实的,在这异乡客地,自己想要立足社会,想要生存发展,就必须得经营人际关系,编织人脉网络。现在，只要自己好好经营，基教科长吴双人就是自己的靠山，还有茶壶老师以及他背后的秦亭乡文教助理房俊辉也可能是自己的人脉。可是，远官不如近管，当下自己在秦亭中学可是无依无靠啊！

　　回到秦亭已是傍晚四点三刻，看看将近商店打烊的时候了，黄鸿桦便径直去了女友叶玲珑的店里，等她一起下班。步行送叶玲珑回家的路上，把自己这一天里所发生的事情原原本本地给她说了一遍。小叶听了，很是惊讶。不过她是一个善解人意的女孩，知道事情已成定局，再也无法改变什么了，便劝黄鸿桦说："反正就一年，再说青山中学也很近，骑车沿着219国道半小时就到了，你就安安心心去工作吧，总归比原来那个野猫不拉屎的地方强。"

　　"嗯，也只能这样想了。"黄鸿桦幽幽地说，"只是又得奔波一年。"

　　"对了，你今天去我家吃晚饭吧？"叶玲珑对他回头一笑，"我爸去仁和大哥家了，这两天我一个人在家。"

　　"不合适吧？"黄鸿桦有点儿犹豫，"再说你哥嫂不是和你住一起吗？"

　　"没事的，我们两个自己做晚饭吃。"叶玲珑满不在乎地说，"他们今天去我嫂子娘家吃饭了！"

　　黄鸿桦便跟着她径直回家去了。叶玲珑的家位于大运河边的秦亭中心小学旁，是一幢三开间的两层楼房。除了楼下的厨房共用外，哥哥嫂子一家住楼上，她和父亲分别住在楼下的东西两间厢房。

　　叶玲珑回到东厢房放下包，走到客厅，对黄鸿桦说："你坐一会儿吧，我去做饭。"

　　"我来给你打下手吧！"黄鸿桦拿出一副主人的腔调，"我择菜、洗菜、切菜，你炒菜、煮饭。"

"好的呀!"叶玲珑莞尔一笑,她没想到自己的男友做事那么主动,便带着他进了厨房间。

不一会儿,一盘油煎大排、一汤碗鲢鱼头粉皮汤、一碗油焖茭白、一碗蒜泥空心菜便摆上了桌面。叶玲珑打开两罐雪碧,与黄鸿桦一起对饮了起来。整个做饭菜过程,黄鸿桦亲眼见识了叶玲珑干活的利落、干脆,隐隐觉得自己这位未来的妻子应该是个能干的女主人,心里暗暗高兴。

"有个事我想征求下你的意见。"黄鸿桦一边吃着,一边看着叶玲珑说。

"啥事?"叶玲珑笑眯眯地看着黄鸿桦,很是好奇。

"我父母说,想今年国庆节让叶医生他们来你家正式上门提亲,你看可以吗?"

叶玲珑一听,感觉有点儿突然,但转念一想,反正通过这半年的接触,感觉黄鸿桦学历、工作、长相、谈吐修养等方面都符合自己的要求,觉得正式提亲确立恋爱关系的时机差不多也成熟了。于是表态说:"我哥嫂他们应该没问题的,只是目前还不知道我爸的意思。要不过两天让我嫂子问下我爸吧。"

"嗯,好的。"黄鸿桦很是高兴。心想:看来叶玲珑对自己还是满意的,只要她父亲这一关过了,这事也就基本定下来了。这下,自己在父母那儿也好有个交代了。因为整个暑假,父母曾多次跟自己提起关于正式上门提亲的事。

黄鸿桦今年已经二十五岁了,也的确到了谈婚论嫁的年龄。而叶玲珑又恰好与他同龄,她父亲、哥嫂同样希望她找到合适的对象尽早出嫁。在这一点上,双方家长的愿望可谓高度一致。

晚饭后,因为怕外面天气热、蚊虫多,他们两个便在叶玲珑房间里促膝交谈了一个黄昏。叶玲珑告诉他,前两年,她父亲与哥嫂都是竭力主张给她在秦亭发电厂找对象的,因为电厂工资高,福利待遇好。别的不说,只要一结婚,马上到可以分配有一个套间的婚房。可是，见过两个之后，她却一个都没看中。后来，她的几个嫁到电厂的闺密告诉她说，其实，电厂内部那些优秀的小伙子，大多会找厂内的女孩子；凡是到外面找的，多少都是打点儿折扣的。言语间，她发现，自己这些出嫁到电厂的朋友们，除了物质条件感觉得到点儿安慰，其实对所嫁之人并不满意，有的甚至很失望。

从此，叶玲珑打定主意，自己绝不在秦亭发电厂找对象，镇上各单位的，也不考虑，除非医院的医生与学校的老师。因为毕竟他们都是接受过高等教育的，比一般人有文化有修养，也更明事理。

听了叶玲珑的这番话，黄鸿桦更是对自己眼前的这位女友刮目相看了，因为他觉得，她是一个有见地、重人品的好女孩。同时，他也告诉自己，以后一定要好好珍惜她，不辜负她对自己的期待。

同样，黄鸿桦也把自己两年前与苏晴川的那段恋情告知了叶玲珑，还把吴双人这个隐形媒人与自己和苏晴川的关系介绍了一通。

如此坦诚相待的交流，让黄鸿桦与叶玲珑的感情又加深了许多。在黄鸿桦看来，叶玲珑今天能请自己上门，本身就表明她内心已经认可了自己，而他也早已认定叶玲珑就是自己未来的妻子了。

周三上午，黄鸿桦独自前往邻乡的青山中学报到。青山中学位于秦亭镇西南面的青山镇，是一所纯初中校，那儿的学生初中毕业后，绝大部分会到秦亭中学来读高中。黄鸿桦骑着他那辆长征牌载重自行车，经过了三十五分钟的车程，终于抵达了坐落于镇西头一片山坞里的青山中学的门口。说明来意后，门卫将他直接领到了办公楼二楼的校长室门口。

校长室的门敞开着，宽敞的室内只有钟义权校长一张办公桌，其他就是沙发、橱柜之类的了。这位钟校长是秦亭人，和房俊辉一样，他也是茶壶老师的学生，上次茶壶老师带着自己在房助理家见过他一面的，只是不知道他对自己有没有印象。黄鸿桦心想。

"钟校长好！"黄鸿桦很有礼貌地轻轻敲了下门，站在门口报告道，"我是秦亭中学来的黄鸿桦。"

正在埋头看着文件的钟义权校长抬起头，热情招呼道："哦，小黄老师，快进来坐！"说着，他站起身，示意黄鸿桦在沙发上坐下，还倒了杯茶送到黄鸿桦手上，然后，也在对面的沙发上坐了下来。

"钟校长，我上次在房助理家见过您的。"黄鸿桦为了拉近关系，特意提醒道，但脸上却是一副笑眯眯漫不经心的样子。

"记得的。"钟义权校长很亲切地说，"小黄，接下来你又要奔波辛苦一年了。我们学校有位老师生病了，请假一学年，所以我才跟厉校长商量请你来帮忙的。"

"没关系的，钟校长，我年纪轻轻的，骑车上下班完全没问题。"黄鸿桦表态说，"再说，我现在单身一人，没有什么牵挂的。"

"那就好。"听完黄鸿桦这样的表态，钟义权校长显然很高兴，"考虑到你每天上下班路途遥远，学校只安排你上一个班的语文课，而且还是个重点班。具体课务等会儿让教导处跟你说。"

"好的，钟校长！我一定会尽力把这个重点班语文教好的。"黄鸿桦听罢，感觉到了钟校长对自己的信任。

"好好干，明年一定让你回秦亭！"钟校长对黄鸿桦很是满意。接着，他便站起身，给教导处拨了个电话。

告别了钟义权校长，黄鸿桦去教导处领受了课务，并直接跟着教导处主任去了语文组办公室。因为只上一个初三班语文课，黄鸿桦一周只有六节课，可谓轻松。但他心里明白，钟校长把初三（3）班这个重点班的语文交给自己，既是对他的信任，也是对他的考验！所以，他深感责任重大，不得有丝毫懈怠。

　　一看课表，当天是周三，下午第二节语文课。黄鸿桦从之前一位给（3）班代课的老师那了解了教学进度，就埋头备起课来。说实话，之前一年在堰头片中，表面上他既上初三又上初一的课来，教学任务很是繁重，实际上只有他自己最清楚，这一年里他在教学上根本没花多大的心思。有时候扪心自问，他时常深感愧疚。好在堰头片中对教学质量也没啥要求，所以无人过问。现在情况不同了，一年以后班与班之间是要比中考分数的，如果到时拿不出成绩，自己将无脸面对同事、领导与家长。更为重要的是，这还将直接影响到自己一年后回到秦亭中学，在领导与同事心目中的印象。

　　还有，黄鸿桦现在是中途接班，这第一堂课给班级学生的印象太重要了。上好了，学生从此打心眼里服你，那以后教学就会事半功倍；如若上平庸了甚至上砸了，那学生兴许就会不买你的账，接下来的一年里你再"用功"也白搭。

　　想明白了这些，黄鸿桦便深感自己教这个班的责任重大与上好这第一节课的重要性了。下午讲的是《桃花源记》这篇传统经典课文。课堂上，黄鸿桦一反其他老师的串讲法，而是选择讨论法引领学生疏通语言障碍，探讨文中"渔人"的人物形象，以及作者在文中所寄托的深意。另外，他还出示了《桃花源诗并记》原稿，告诉学生这"记"其实原本是"桃花源诗"前的小记，是从属于"诗"的；可是连陶渊明都没想到，千年以后，让后人传颂的却是"记"而不是"诗"！这又一次印证了"有心栽花花不开，无心插柳柳成荫"的道理。这样的课堂教学，给学生们耳目一新的感觉。他们被新老师黄鸿桦的讲授深深吸引了！

第十八章

中秋节回家,全家的话题都是黄鸿榉与黄鸿榆的婚事。

父母正式决定,国庆节期间,按照秦亭当地的风俗,黄家央媒人叶医生,为二儿子鸿榉去叶玲珑家提亲。父亲还特地关照黄鸿榉,开学后去好好了解下秦亭镇的提亲习俗,尤其是提亲礼物的讲究,以免礼数不周,让叶家不悦,让叶玲珑尴尬。

至于小儿子鸿榆,父母再三询问华副市长夫妇对他的态度,并告诫鸿榆:如果人家有半点儿看不起自己的苗头,赶紧刹车,否则这一辈子都将低人一等,抬不起头来。后来,黄鸿榆反复解释,说华芷莹父母已经接受了自己,他和小华的感情也好好的,没有任何问题。父亲黄全根听罢,依然半信半疑,最后对小儿子说:"反正瞧不起我们乡下人的儿媳,再好也不要,我们人穷,可志不能短!"

黄鸿榆反复安慰父亲说:不会的,小华压根儿就不是那样的人,她家父母也绝不会做这样的事,所以请二老放一百个心。

接下来就是鸿佳的学习。自从转学到皇坟乡中学,妹妹鸿佳的学习一直不太稳定,几次单元测试成绩只在班级均分上下浮动。黄鸿榉分析的结论是,因为妹妹小学是在村小读的,村小是不开设英语课的;而镇上小学是开设英语课的,如今妹妹与他们同班学习,自然有先天不足的弱点。

"鸿榉、鸿榆,你们现在都出息吃公家粮了,可鸿佳还没出息呢!所以,你们一定要把妹妹的事放心上,让她以后也能上大学吃公家粮。"母亲张腊梅知道情况后,在一旁发话了。

黄鸿榉、黄鸿榆对父母的话从来都是圣旨一样对待的,兄弟俩虽然学的都不是英语,但对于初中英语还是能应付的,而鸿榆尤甚。黄鸿榆便说:"姆妈你放心,以后每周末回家,我都帮鸿佳把当周学习的英语复习一遍。"

"这样最好了。"黄鸿桦也对母亲说,"如果到时再有问题的话,到寒假我帮鸿佳请个初中英语老师补一补吧?"

"好的,到时我负责接送。"大哥鸿樟也表态了。

听了三个哥哥的话,黄鸿佳一时十分感动。从小到大,她是兄妹四个中最幸福的一个,无论何时何地何事,哥哥们都会护她、宠她,无论遇到什么困难,哥哥们都会帮她解决。

中秋假期后,黄鸿桦从叶医生那儿具体了解了秦亭当地的提亲与结婚风俗礼仪,并把父母的具体打算如实告知了叶玲珑,叶玲珑也把她父亲同意前去上门提亲的事告知了黄鸿桦。将这件事关自己与小叶的大事敲定后,黄鸿桦便安安静静地在青山中学上着班。备课、上课、批阅作业;早出晚归,风雨无阻;每天与小叶散步、约会,海阔天空地畅聊,卿卿我我地恋爱。时间就这样波澜不惊、甜蜜温馨地流淌着。

国庆假期的提亲事宜很顺利,黄、叶两家都很满意。黄鸿桦父母尤其高兴,因为黄家即将有一位同样吃公家粮的媳妇要进门,这对于世代务农的黄家来说,无疑又是一件光耀门楣的大喜事。当天晚上,父亲黄全根特地让母亲张腊梅烧桌饭菜,全家老小聚在一块儿,热热闹闹地喝酒吃菜拉家常,高兴得不知如何是好。后来,父亲黄全根又对黄鸿桦说:"鸿桦啊,你什么时候带小叶回乡下来一趟吧?也好让她认认门。"

"我知道了,爹爹!"黄鸿桦满口答应,"到时凑个周末吧。"

"等小叶也来上过门,你们就可以考虑结婚的事了。"父亲黄全根道。

"这个太早了吧?"黄鸿桦说。

"不早了,明年结婚,你也要二十七岁了。"父亲提醒道,"再说,你结婚了,才能考虑鸿榆的事情呀。"

被父亲这么一说,黄鸿桦就不再说话了。他知道,他们小兄弟俩不结婚，父亲是不会定心的。

国庆后，黄鸿榉几乎每天下班后都去叶玲珑家吃晚饭，然后一起散步或看电影。征得叶玲珑父亲与哥嫂同意后，两人就去领了结婚证。

这回倒是叶玲珑的主意，她跟黄鸿榉说，只有领了证，他才有资格跟秦亭中学厉校长去申请安排婚房的事。一年前，叶玲珑的一位高中女同学嫁给了秦亭中心小学的老师，就是按这个顺序办的。

黄鸿榉十分佩服叶玲珑办事的计划性，相比之下，自己在这方面却显得很是幼稚而无能。那天散步的时候，他对叶玲珑说："玲珑，以后我们婚后的生活模式呀，大致就是你管生活，我管孩子教育与培养。"

"差不多吧。"叶玲珑对他甜甜一笑，"你们老师嘛，大都是书呆子，打理生活自然是不在行的。"

"没你说的那么严重吧？"也许是自尊心作怪吧，黄鸿榉似乎有点儿不服。

"干吗呀？又没说你不好！"叶玲珑娇嗔道，"谁让我就是喜欢文化人呢？"

"好好好，我们各取所长。"黄鸿榉顺水推舟道。

十月末的一个周四的下午，黄鸿榉按照事先与叶玲珑的商定，早早地从青山中学赶回了秦亭中学，准备去厉校长那儿申请婚房。

"厉校长！"黄鸿榉领着叶玲珑径直走进校长室，也没等对方招呼，便大大方方地在沙发上坐定。

看见黄鸿榉领着一个女孩突然到来，厉校长心里就明白是怎么回事了。他便笑嘻嘻地说："哟，小黄，怎么今天老早就回来了？"

"今天我是特地向钟校长请了半天假回来的。"黄鸿榉解释道，然后侧过脸看看叶玲珑，介绍说，"这是我的新婚妻子叶玲珑。"

厉校长对叶玲珑笑笑："你好！"

"厉校长，是这样的，前两天我们去领了结婚证，所以今天特地来向您汇报下。"叶玲珑说着，走到厉校长身边，把结婚证书放到他面前，"还有就是想请您帮个忙，给我们分配套婚房。"

黄鸿榉在一旁也附和道："是呀，请厉校长无论如何帮忙解决一下。"

"是这样的，小黄、小叶。"厉校长见话已挑明了，就直截了当地说，"你们两人分属两个单位，所以呢，解决婚房的事，不应该只靠一个单位。"

叶玲珑听出话外之意了，立马回答道："可是据我所知，我们供销社职工嫁给你们中小学教师，婚房向来是学校解决的呀！怎么——"

"目前我们秦亭中学没有房子给你们解决。"见叶玲珑如此说话，厉校长面露不悦之色。

"这个是你们领导考虑的事，反正我和我们鸿榉只管问你厉校长要。"叶玲珑丝毫没有退让的意思。

一旁的黄鸿榉生怕叶玲珑把事情弄僵，看着她，示意她说话客气点儿。

"小叶，你不能不讲道理吧？"厉校长显然有点儿生气了，因为在单位里，还从来没有人敢这样对他说话的，更何况还是求他办事呢！

"厉校长，我没有不讲道理呀！去年你们学校的小陈老师和我们供销社的小丁结婚，婚房就是你们学校解决的呀，怎么今年轮到我们就不行了呢？"叶玲珑干脆搬出事实来堵他的嘴巴了，"再说，有些人根本跟你们学校不沾边的，不是也曾住在校园里吗？"

此话一出，让厉校长彻底惊住了：看来这个小叶真是不简单呀！她居然对学校的事了解得那么清楚，而且说的还都是事实。于是，厉校长又恢复了笑容，侧过脸对黄鸿桦说："这样吧，小黄，我们校长室来考虑一下，看看能否跟镇上房管所商量下，尽量帮你们解决。"

黄鸿桦一听这话，赶紧站起身，对厉校长说："那太谢谢您了，厉校长！"

叶玲珑也见好就收，立即满脸灿烂地对厉校长说："厉校长，不好意思啊，我们也是没有办法，只好求您帮忙。"

"没事没事。"厉校长站起身，摆出一副送客的样子。

返回的路上，黄鸿桦问叶玲珑怎么对学校的住房情况了解得那么详细。叶玲珑回答道，这些情况都是她从叶医生那儿打听到的。还说，今天她算是把厉校长给得罪了，但要黄鸿桦千万别得罪自己领导，否则以后的日子不好过的。

"还有，你说的那个曾经住在校园里的外人是谁呀？"黄鸿桦很是好奇叶玲珑掌握这方面信息为何如此全面。

"这是两年前的事情了。当时厉校长的女儿在镇上邮电所工作，和在电厂工作的女婿结了婚，恰巧当时电厂没房子分配，厉校长就安排他们在你们秦亭中学的家属区暂住了一年。"叶玲珑对黄鸿桦笑笑说，"今天我也是实在没办法了，只能拿这个来堵他的嘴了。否则，他还会推三托四地不肯给我们房子呢！"

经历了这事，黄鸿桦真是从心眼里佩服自己这位妻子的泼辣能干了。

周末，黄鸿桦带着叶玲珑去了自己仁和皇坟乡的老家。

其实，原计划是上周末的，可是黄鸿桦考虑到乡下家里肯定比镇上要脏和乱，于是事先关照父母把家里卫生先打扫了一遍，特别是将堂屋里的家具、房间的被褥、房前屋后的场地等等都彻底打扫清洗了一遍，以免给叶玲珑留下差印象。至于为啥要安排在十一月而不是之前的十月，更是因为考虑到秋天虽然天凉了，但乡下蚊蝇依然很多，只有到了冬天，蚊蝇绝迹了，这大环境才相对清爽一点儿。

另外，现在这样安排也好让父母提前准备饭菜、瓜果之类的，毕竟，有城镇儿媳上门，这在黄家是一件十分隆重的大事，不好怠慢的。

周日上午，当黄鸿桦骑着自行车带着叶玲珑到达家门口的时候，门口的场地上立马围拢了一群左邻右舍的乡亲，仿佛一下子从地底下冒出来似的。大家看见叶玲珑，都七嘴八舌地窃窃私语起来：

"鸿桦真有眼光，你看这小姑娘长得多标致！"

"还很大气，看样子也很能干的。"

"他们家呀，这下真是翻身了。鸿桦在镇上当老师，鸿榆在城里当老师，听说还找了个领导的女儿当媳妇，以后呀，可真是有财有势了！"

"还有鸿佳，听说学习也很好的，以后又是个大学生的料。"

黄鸿桦父母看见新儿媳进门，都开心得合不拢嘴。母亲张腊梅坐在叶玲珑身边，又是抚摸她的手，又是给她剥橘子，亲热得跟好久不见的女儿似的。父亲黄全根站在门前的场地上，不停地给村上前来看热闹的乡亲递瓜子、蜜橘和香烟。哥哥鸿樟和嫂子周英带着侄子图程在后门口的井台边杀鸡、洗菜。妹妹鸿佳在厨房间烧火，弟弟鸿榆则在灶台旁忙碌。

午饭十分丰盛，简直赛过办年酒。家养白斩鸡、清蒸太湖野生鲑鱼、红烧太湖黑猪肉，全是隔天准备好的，而萝卜、菠菜、鸡毛菜之类的蔬菜，都是自家田地上种植的。总而言之，所有饭菜一律是叶玲珑平时吃不到的农家菜、绿色菜。这可是父亲黄全根为这次招待新儿媳所定的总基调。因为考虑到喝酒会脸红耳赤的，样子难看，父亲黄全根事先关照这次不上米酒，只喝特地让鸿榆从仁和买回的牛奶、雪碧之类的饮料。

饭后,黄鸿桦带着叶玲珑去村子附近的田野里逛逛。这是一个秋已尽而冬未至的时节,秋收后的田野一派清闲宁静的景象,稻田裸露着枯黄的稻桩,散发出庄稼特有的清香;田埂边,有绿油油的小草葱郁着,在透着凉意的西风中摇头摆尾,像极了乡野里调皮可爱的孩子。天远地旷,长风流荡,阳光将村庄、树林与悠悠流淌的小溪都涂成了暖黄色。叶玲珑从小到大都生活在市镇上,虽说也经常能见到田野,但像这样近距离而且专门欣赏田野风光,还是平生第一次,更何况还是和自己心爱的人一起呢!此刻,她跟着黄鸿桦漫无目的地在田野间走着,感觉自己正在演绎着电影、电视剧里所见到的温馨浪漫的画面,心中溢满了甜蜜幸福。

黄鸿桦牵着她的手,看着眼前的景致,内心非常平静。这景致,他是早已熟悉得麻木了。但看到叶玲珑愉悦,他也就感到满足了。这时,他满脑子盘算的却是明年春节过后啥时跟叶玲珑结婚的事情以及与之相关的种种问题,其中最让他头疼的是婚房问题是否能到位。因为父母再三关照自己,无论如何得抓紧时间办婚事了。自然,在考虑成熟之前,自己是不会跟叶玲珑说什么的。

下午三点半左右,按照皇坟当地的习俗,父母给黄鸿桦和叶玲珑每人下了碗水铺蛋粉丝汤吃了,他们俩才正式返回秦亭。临走时,母亲还给叶玲珑准备了两只老母鸡、一筐草鸡蛋、一袋新大米以及一些从自家地里采摘的各种时令蔬菜,让黄鸿桦给新儿媳载回家去。

又过了两周,一个周二的傍晚,黄鸿桦从青山中学下班返回秦亭中学,门卫突然叫住他,要他马上去找秦亭中学工会主席,说是有要事跟他说。黄鸿桦很纳闷,心想,工会主席找自己肯定是跟职工福利相关的事情,但一时也猜不出究竟是什么。

等黄鸿桦走到工会办公室,发现工会主席周老师斜靠在办公室沙发里,跷起二郎腿,正吞云吐雾呢!看见黄鸿桦,立马竖起身子,招呼道:"小黄老师,恭喜你啊!你的婚房学校给你解决了!"

"真的?"黄鸿桦喜出望外。

"真的。"周老师说,"明天下午五点前,你去一趟秦亭镇房管所,他们会告知你分配给你的婚房的具体情况的。"

"好的,好的。谢谢周老师啊!"黄鸿桦连声道谢。

"不客气的。"周老师掐灭手中的烟蒂,背起包,准备下班了。

黄鸿桦立即识相地退到门外,再次道谢过后,先行离开。他没有回宿舍,而是直奔叶玲珑家,赶紧把这好消息跟妻子分享去了。

第二天下午,黄鸿桦午饭后便请假回到秦亭镇上,去五金店找到叶玲珑,两人便直奔房管所。办过手续,填好单子,预先付清了一年的租金,房管所工作人员领着他们穿过镇上的运河大街,来到镇子东北角的叶家弄,转了两个弯,终于在一栋石库门前停住,取出钥匙打开门,走进屋内对他们说:"这是两间平房,你们好好布置一下,还算宽敞。只是地段稍微偏了点儿。"

叶玲珑看到自己的努力终于有了结果,一脸灿烂,高兴地说:"谢谢你啊!到时请您吃喜糖。"

"不客气。你们好好计划下如何布置新房吧。我还有事,先回单位了!"说着,把钥匙交到叶玲珑手上,道过别,离开了。

这是两间朝南的平房,靠东一间进深五架,西边那间进深六架。屋后隔着天井,住着另外的人家。黄鸿桦与叶玲珑绕到屋子后面,发现这原来是一栋三间三进的大户人家,如今被分割得支离破碎,住着足有五六户人家。秦亭是一个古镇,这样的大户院子在老街上还有好几家,如今都归镇房管所,分配给一些诸如医院、学校之类的事业单位的职工居住着。而这座古宅所在的弄堂被命名为叶家弄,是不是这座古宅原来的主人姓叶呢?黄鸿桦无端地想。

叶玲珑傍晚下班回家,带着黄鸿桦一起回家吃晚饭。饭桌上,叶玲珑将今天秦亭中学给他们分配到婚房的事告知了父亲老叶。老叶一听,沉吟片刻,幽幽地说:"唉,真是缘分哪!"

"爸,什么缘分?"叶玲珑似乎听出了父亲的话外之音,既惊讶又好奇。

"这本就是我们叶家的房子!"

于是老叶给他女儿、女婿详细道出了事情的原委。二十世纪三十年代,老叶跟随父母离开位于仁和市南门外的红庄,来到千年古镇秦亭开店经营粮油生意,因为秦亭地处大运河畔,又有铁路经过,水陆交通实在便利,加之老叶家祖上就有经商的传统,仅十多年工夫,老叶家的生意便做得风生水起,在秦亭镇置办了房产,在秦亭乡下还买了几十亩田地,成了秦亭赫赫有名的富户。无奈时势不太平,日寇入侵、内战连年,民生凋敝,叶家的生意与家业就在这起起落落中勉强维持。二十世纪五十年代,公私合营,叶家生意与家业全都归了公,只剩下三间二层楼供自家栖息。因为抗美援朝时,老叶的弟弟、叶玲珑的叔叔以志愿军文书的身份去了朝鲜,最后牺牲在了异乡,叶家也成了军烈属家庭。因祸得福,在后来的历次运动中,叶家只是家产充公,而家庭成员却无一遭受折腾。

知识青年上山下乡那阵子,老叶夫妇动用关系,让大儿子、二儿子全都插队到仁和老家乡下,后来知青返城,他们也终于留在了老家仁和市。现在,只有小儿子与小女儿依然留在了秦亭。老叶的老伴在女儿叶玲珑高中毕业那年因病过世;一年后,老叶也退休,让女儿顶了他在秦亭供销社的班。

但让老叶耿耿于怀的是,叶家这个本来好端端的秦亭富家大户，数十年间就在自己这一代衰败了！更让他不甘的是，叶家弄，这个本来他们叶家的家宅所在地，居然全都成了房管所的产业；而自己的女儿女婿现在居然要以租赁的方式，去居住这本该属于自己的房子！

　　这种以前只在小说中看到的故事，现在居然就发生在身边。这让黄鸿桦感觉自己是在做梦似的，很不真实，可这又是千真万确的事实。在时代的旋涡中，渺小的个体生命很难左右自己的命运，总是随波逐流，最终能够不被吞噬而幸存，已是上苍莫大的眷顾了。黄鸿桦想。

　　至于叶玲珑，以前也只是从父母的零星交谈中，约略知晓自己家本来属于殷实人家，现在却家道中落了。而像今天这样详细地听父亲讲叶家的往事，还是头一遭。这不禁让她感慨万千，为自己未能赶上叶家的好时光而深感遗憾。

　　新年一过，黄鸿桦家就紧锣密鼓地准备着鸿桦与叶玲珑的婚礼事宜。家具是年前打制、油漆好的，彩礼也赶在春节前送到了叶家，位于叶家弄的新房则是在开学后一个多月才正式布置完毕的。"五一"假期，黄鸿桦与叶玲珑终于真正地喜结连理了。

　　"五一"后上班的第一天下午，黄鸿桦请了假，给茶壶老师、已经升任秦亭镇副镇长的房俊辉、厉校长分别送去了喜糖与一份礼品。而青山中学校长钟义权的礼物，他是在晚上带上叶玲珑，特地一起赶到钟校长在青山镇上的家里去送的。

　　"钟校长！"敲开了钟义权家的门，黄鸿桦满脸笑容，"我们给您送点儿喜糖来。"

　　"哟，小黄！恭喜恭喜，快请进！"钟校长十分热情地把他俩迎进家里。

　　"这是我爱人叶玲珑，秦亭供销社的。"黄鸿桦看看妻子，给钟义权介绍道。

　　"你好！小叶。"钟义权给叶玲珑打过招呼。这当儿，他妻子把两杯绿茶递到黄鸿桦与叶玲珑手里。

钟义权很热心地询问了黄鸿桦关于结婚与老家仁和的情况之后，便把话题转移到教学工作上来了。他尤其对黄鸿桦所带班级的语文在上学期末的考试与此次的一模考试中的成绩表示满意，并鼓励他好好干，说以后会在业务上前途无量的。到后来，他又突然问黄鸿桦道："小黄，你跟文教局的吴科长是不是很熟呀？"

"是的，钟校长！"黄鸿桦不假思索地答道，"在泾渭中学时，他是我的老领导，对我挺关心的。"不过刚回答完，黄鸿桦立马觉得钟校长似乎是在向自己证实点儿什么。

"哦，蛮好！"钟义权一脸和蔼地对他说，"吴科长对你蛮赞赏的。"

"哪里，其实我也没有吴科长说的那么好。"黄鸿桦有点儿脸红了，谦虚地说。

看看时间也差不多了，黄鸿桦与叶玲珑便站起身，离开钟义权家，返回秦亭去了。

第十九章

黄鸿榆与华芷莹经历了长达三年半的恋爱，终于修成正果，领取了结婚证书。

这年头真是到哪儿都挤。他们俩在五月的一天上午各自向单位请了假，一起去往仁和市民政局婚姻登记处。给他们出具证书的那位四十来岁的中年妇女，敲完章，对华芷莹看看，又朝黄鸿榆望望，笑眯眯地说："祝福你们！"

本来坐着的黄鸿榆习惯性地站起身，对她鞠了个半躬礼："谢谢您！"

华芷莹也站起来对她点了点头:"谢谢阿姨!"

这位中年妇女本来是礼节性的祝福,没想到眼前的这对新人竟以如此隆重的方式回敬了自己,顿时大为感动。她立即也从座位上站起,说:"郎才女貌的,你们真是般配!"

黄鸿榆华芷莹再次道谢,然后转身离开。只听见身后又传来了那位妇女的赞叹声:"小伙子长得太英气逼人了!"

黄鸿榆冲华芷莹笑笑。华芷莹一脸幸福,顺势挽起他的胳膊,紧贴着他,说:"你给我清醒点儿啊!别被别人的赞美搞得找不着北啊!男人得有才才是真男人!"

"我有才呀!"黄鸿榆一手圈住她的腰,自得地说,"娶你就是才呀!"

"去你的!"华芷莹在他手臂上拧了一把,娇嗔道,"就怕你不好好珍惜。"

"哪会呢?根本就不是那样的人。"黄鸿榆在她腰间捏了下,"放心吧,黄某定当以一辈子的爱,来报答华公主的下嫁之恩!"

华芷莹不再说话,只是心里像灌满了蜜似的甜。她深爱黄鸿榆,也深信黄鸿榆。

分别回单位上班时,华芷莹对黄鸿榆说:"今晚你来我们家一起吃饭吧?刚好我爸也在家的。"

"好的。"黄鸿榆答应道。

"不过,你做好思想准备,今天见到我爸妈,可要改口了啊?"

"这个当然。"黄鸿榆略一沉思,立马反应过来了,"放心吧,我一定叫得和你一样亲热。"

看到黄鸿榆那样,华芷莹忍不住笑出声来,调侃他道:"你算了吧,不要到时候窘得面红耳赤的,连说话都结巴。"

"有你在,我才不会呢!"

华芷莹最爱的就是黄鸿榆的遇事淡定,又拎得清。

当天下班后,黄鸿榆回宿舍稍作收拾,拎着中午特地买好的礼物,便直接去了华芷莹家。

按响门铃后,华芷莹到门口开门迎接。看到黄鸿榆,华芷莹一脸灿烂,回头朝坐在沙发上看报的父亲华达江说:"爸,鸿榆来了。"

黄鸿榆进门,对着华达江副市长喊道:"爸爸!"这当儿,华芷莹母亲宋慧也闻声从厨房间走了出来。

"哦,小黄。"华副市长抬起头,对黄鸿榆看看,很和蔼地说,"坐吧。"

与此同时,黄鸿榆又对华芷莹母亲宋慧喊道:"妈妈!"这一声,比刚才还清脆响亮。

"哎!"母亲宋慧满心欢喜,答应道,"来来来,小黄,快坐到你爸边上来!陪你爸说说话。"

都说丈母娘看女婿,越看越欢喜,看来老话一点儿都不假。华芷莹见状,在一旁想。

黄鸿榆看看华芷莹,在华达江对面的沙发上坐下。华达江放下手中的报纸,笑眯眯地看着黄鸿榆这个女婿,顺手端起茶几上的紫砂茶杯,呷了口香气扑鼻的碧螺春茶。

但在黄鸿榆看来,副市长毕竟是副市长,他再和蔼,脸上依然透着股严肃之气,更何况,打从年初仁和市人代会之后,华达江已升任市委常委、常务副市长了。现如今,他是仁和市名副其实的第三把手,大权在握。

"小黄,在一中工作快两年了吧?"华副市长放下茶杯,看着他问道。

"是的,爸爸。"黄鸿榆大大方方地答道,"我现在在高二当班主任,下半年就高三,准备迎接高考了。"

"爸爸,我们准备等鸿榆把本届学生送毕业,就办婚事。"华芷莹嗲声嗲气地坐到华达江身边,亲热地搭着父亲的肩膀说。

"死丫头,哪有那么简单呀!你们的婚房都没准备好呢,到哪儿去结婚呀?"母亲宋慧把最后一道菜端到桌子上,在一旁嗔怪女儿道。

"妈妈,这个您放心,我会跟我们洪校长提的。"黄鸿榆急忙表态说。

"我也会跟我们局长申请的。"华芷莹也自信满满地说,"到时看哪一边给的房子好,就选哪边的。"

"但是,最好呢,还是请咱们仁和市的华市长出面,那就一切都OK啦!"华芷莹突然又调皮地凑到父亲的面前,"你说是不是呀,爸爸?"

"莹莹,这事不要麻烦爸爸了,影响不好!"黄鸿榆见状,立马对华芷莹说,"我们自己能解决的。"

此话一出,华副市长心里一喜。心想:自己的这位女婿果然知轻重,识大体,是棵好苗子!

"是呀,小黄说得对。这事你爸出面不合适。反正到时教育局或一中,无论哪一方解决,都不会差的。"母亲宋慧也对黄鸿榆今天的表现特别满意,觉得自己的女儿嫁给这样一位女婿,一定差不到哪儿去。

因为是庆祝爱女与女婿的结婚登记,今天的饭桌上,华达江副市长破例在家里喝了两杯红酒,并第一次与女婿黄鸿榆一起干了一杯。而善于鉴貌辨色、乖巧玲珑的华芷莹,更是不停地给父亲碗里夹着他爱吃的菜,一边夹,一边报菜名,仿佛是在刻意提醒黄鸿榆似的。

黄鸿榆干了一杯红酒,已是面红耳赤,不敢再喝第二杯。因为他知道,今天再高兴,也不能失态。但这场合,他又不能换饮料喝。于是,面对着华芷莹给他倒上的第二杯酒,每次举杯,他也只是象征性地抿上一小口。

这一切,华达江都看在眼里。都说细微之处见真实,黄鸿榆的克制、自律，更让我们的华副市长感到自己的这位女婿是个可造之才，只要假以时日，在基层岗位上多多磨炼，将来一定可堪大用。

"小黄，现在一中学生学业水平总体情况如何？"华达江一边吃菜，一边淡淡地问道。

黄鸿榆一时不能判断自己的这位副市长岳父到底是何用意了：是出于曾经也是一位教师的好奇，而漫不经心地随便一问呢，还是以常务副市长的身份，想从自己这位一线教师那儿了解点儿实情？

"我们学校是全市最好的高中，从近两年来的高考成绩和全市历次统考成绩来看，无论是高考录取率还是统考均分与优秀率的指标，在市区绝对是最好的。"黄鸿榆略加思索后，如实回答道。

"哦。不错！"华副市长抬起头，又说道，"我听说现在有一部分年轻人崇洋媚外，资产阶级自由化思潮泛滥。你们高中校园里是否也有此类情况发生呀？"

"高中生忙于学习，精力都在考大学上，应该还好的。"黄鸿榆很自信地应答道。

"你们老师也要注意正确引导。"华副市长神情突然变得严肃起来，"要让年轻人明白，我们的改革开放，主要是吸收西方先进的生产技术与管理经验，为我所用，但这并不意味着要对西方的一切东西都照单全收。我们有我们的国情，有我们的优秀传统文化。改革开放，正确的态度是洋为中用。"

"知道了，爸爸！"黄鸿榆看看华芷莹，表态说，"我们一定会好好引导学生树立正确的人生观与价值观的。"

"目前市委市政府对此也十分重视，正在责成相关部门调查研究，相信不久会有相关措施出台的。"最后，华副市长放下筷子，离开饭桌，坐回到沙发上。

当晚，华芷莹把黄鸿榆一直送到市委市政府家属大院外的马路上，并一起在附近的公园里散步将近一小时。

两天以后，黄鸿榆正式写了一份要求分配婚房的书面申请，并找机会呈送到了市一中校长室洪钟校长的办公桌上。

洪钟校长看完申请，沉思片刻，十分热情地对黄鸿榆说："小黄老师，结婚是大事，你放心，等我们校长室和学校工会研究商量后，会尽量帮你解决的。"

"那就太谢谢洪校长了！"黄鸿榆感激地说。

"对了，准备什么时候办喜事呀？"洪校长又关切地询问。

"我们小华说等我明年把这届学生送毕业了再办。我也觉得这样比较好。"黄鸿榆如实答道。

"好啊！看来你和小华都是顾全大局、有事业心的人！"洪校长赞叹道，"不愧是知书达理之家培养出来的孩子！"

黄鸿榆知道，那是洪校长在赞美华芷莹家，委婉赞美自己的岳父华副市长教女有方。而自己，充其量也只是沾边借光而已。

不过，有了洪校长的答复，黄鸿榆便放心了。其实，他心里清楚，自己有华副市长这层背景，这事早晚都会解决的，而且解决得一定会让他和华芷莹满意的。

与此同时，华芷莹也向仁和市教育局提出了分配婚房的申请。教育局局长看完申请书，立马一个电话拨给了市一中洪钟校长。两人通过气后，教育局局长又找来了局长办公室主任，让他具体负责安排此事。

周末的时候，黄鸿榆特地回了趟家，把自己与华芷莹领结婚证，以及向单位申请分配婚房的事向父母还有鸿樟、鸿榉他们汇报了。

父亲黄全根听了，特别高兴，对黄鸿榆说："鸿榆呀，那你跟小华约一下，什么时候回乡下来一趟认认门呢！"

"这个……我倒暂时还没考虑过。"黄鸿榆吞吞吐吐地答道。

"是呀,我们黄家的儿媳,总不能门都不来认吧?说出去岂不让人笑话啊!"母亲张腊梅也在一旁帮腔。

"哎呀,好了,姆妈,这些道理鸿榆都懂,到时他会安排的。"黄鸿桦见弟弟一时有点儿为难,便在旁边劝说父母道。其实,他是过来人,只有他清楚,要让一个从未在乡下生活过的城镇女孩来乡下做客,是一件多么麻烦与不容易的事!更何况还要让人家以儿媳的身份出现!

"这样,爹爹姆妈,等过了这个大热天吧?"黄鸿榆表态说,"到时我会安排好的,你们放心,不会坍你们台的。"

"我看还是跟鸿桦一样,安排在秋后吧。"大哥鸿樟提议道,"那个季节天气不冷不热,家里也不忙了,正好!"

"嗯,那就这样定了。鸿榆,到时你一定带小华回来,让我们都见见。"最后,父亲黄全根一言九鼎。

黄鸿榆只得点头答应。

其实,对于父母的意见,黄鸿榆并不赞同。自己的父母非得让小华来乡下认认门,说白了,无非是为了满足他们的虚荣心:自己的儿子不仅考取了大学,捧上了铁饭碗,还留在城里最好的中学当了老师;现在,又娶了副市长的女儿做了媳妇。这是多么光宗耀祖的事情啊!到时,十里八乡的乡亲们知道了,不羡慕死才怪呢!当然,另一方面,也是为了维护他们作为父母的尊严:任你是谁家的女儿,哪怕是皇帝家的,进了黄家门,你就是黄家的儿媳妇,都得认我们这个当长辈的父母!

当然,作为儿子,黄鸿榆也深深理解父母的苦心。他也认定:今生今世,都要尽量尊重父母,孝顺父母,不让他们因为自己而受委屈。而且,他也下定决心,一定要好好珍惜上苍赐给自己的机会,争取通过自己的努力奋斗,干一番事业,为自己争气,也为黄家争气!

想当初高考时,自己就想做一名救死扶伤的医生,所以一心想读医科。后来，听从父亲安排，考了师范当了老师。让自己没想到的是，读师范四年，居然受到了副市长女儿华芷莹的青睐。说实话，一开始，连他自己也不看好与华芷莹的这段感情，以为这无非是怀春少女的一时感情需求而已，最多到毕业，大家都各奔东西了，自然感情就淡了，最后也就散了。因为这样的事情在大学生情侣中比比皆是。可让他没想到的是，华芷莹却是个例外。她不但最终没有抛弃自己，还想方设法为了让自己回到仁和并留在城里，而不惜动用项怀仁和她父亲的关系。她对自己的爱不但真，而且深。这真让他感动且感恩！现在，他和华芷莹的爱，终于修成了正果。他暗暗发誓，一定要毕其一生，好好地呵护她，报答她，并且，自己一定要成就一番事业，不辜负她和她父母对自己的接纳与期望！

　　但是，黄鸿榆清楚地知道，在以后的人生道路上，自己一定要保持独立性与自尊心，千万不能凡事都依靠华芷莹家。岳父华达江市委常委、常务副市长的身份毫无疑问是自己的靠山与坚强后盾，这对自己以后的事业发展绝对起着重要乃至决定性的作用。但越是这样，自己越应该认真做事，低调做人。因为这样的家庭背景，用好了是助力自己成长的东风，用不好则会成为别人诟病诋毁自己的话柄。

　　回学校后，黄鸿榆有整整一周时间除了电话，没有和华芷莹见过面。因为他实在太忙了。每天上午他基本上都在备课、上课、批作业，下午则忙于班主任工作或处理学校团委的事务。

　　因为自己是首次带学生，毫无经验，如今的黄鸿榆在教学业务上，只是跟着备课组的老教师们亦步亦趋。为了取得"真经"，他时常十分谦虚地向同事们讨教教学过程中一些教学思路、方法之类的问题，还有作业布置上题型的选择、难易度的把控等等。而备课组的老师们对他也是有求必应，毫无保留地解答他所有的疑惑。这种和谐关系的建立，除了黄鸿榆为人处世的谦虚低调，也跟他平时用心经营有关。譬如，每到春天来临，黄鸿榆每次回家，都会去自家蔬菜地里摘上一篮春韭或是鸡毛菜，事先分好，到办公室给同事人手一把。每到秋收过后，水田里的茭白上市了，旱地上的地瓜成熟了，他也会特地给同事们捎上一点儿。这样的举动，在黄鸿榆只是微不足道的举手之劳，可对同事们，尤其是那些常年生活在城市的中年主妇或主夫们来说，无疑是十分稀罕的。

其实，人与人之间的关系说复杂也复杂，说简单也简单。办公室的同事们同处一室，朝夕相处，除了业务，本没有什么大的利益冲突，完全可以和谐相处的。更何况黄鸿榆是小字辈，只要懂得谦卑、守本分，根本不会妨碍别人什么，也不会与别人起什么冲突的。

这样地过了一星期，眼看又到周末了，华芷莹打电话到办公室，跟黄鸿榆说周末必须到她家去吃晚饭，有要事告诉他。

黄鸿榆现在是华家名正言顺的女婿，进出已成家常便饭，甚至连市委市政府家属大院门口的警卫也都跟他熟悉了，而且知道他的职业，见到他都喊他"黄老师"。

周六傍晚，黄鸿榆骑着自行车到了大院门口，警卫看见他，先是一个敬礼，然后热情地招呼道："黄老师，你来啦？"

"你好！"黄鸿榆停住脚步，同样热情地跟他打招呼。

"你有一周没来了吧？"那警卫依然笑嘻嘻地道，"华市长的车我们也好几天没看到了呢！"

言者无心听者有意。黄鸿榆听罢，心头一愣，心想：小华说有要事告诉自己，不会是跟岳父有关吧？莫非是她爸生病了？但转念一想，应该不会。真要如此，以小华的性格，早就告诉自己了。那到底是什么呢？他也不想瞎琢磨了，反正马上就会知道了。

按过门铃，出来开门的居然是岳母宋慧。

"妈妈！"黄鸿榆响亮而亲热地叫了一声。

"小黄，快进来吧！"岳母宋慧很是热情，顺手将门口鞋架上的一双咖啡色牛皮拖鞋放到他面前。自从领过结婚证以后，黄鸿榆明显感觉到岳母对自己的态度热情了许多。

此时，华芷莹也闻声从厨房间走出来，笑眯眯地招呼道："来啦？"

黄鸿榆看看家里只有她们母女俩，便脱口而出地问："爸爸还没回来呀？"问完，方才感觉自己似乎有点儿唐突了。

可岳母宋慧心里却是喜滋滋的：看来，女婿已经把自己当作家里的正式一员了！便也顺口答道："你爸呀，去北京了。"

黄鸿榆"哦"了声，依然不知小华想要告诉自己的"要事"是什么。但他看见今天是小华在厨房忙碌，便主动走过去帮忙了。

于是，岳母宋慧在客厅休息，黄鸿榆与华芷莹两人在厨房做饭。小华告诉他，爸爸华达江上周末突然接到通知，要他去北京中央党校培训三个月，而且时间紧迫，本周一就出发了。而近阶段以来，她妈身体又不太好。本来她爸在家的时候，家里买米、搬煤气罐之类的重活，都是由秘书小高代劳的，现在她爸要去北京学习这么长一段时间，小高也不会常来家里了，自然就不好意思再特地去差遣人家了。

黄鸿榆听到这儿，也就明白小华所说的"要事"是怎么一回事了。看来，以后自己得每天下班后来小华家里了。看来，一个家庭，没有男丁还真不行呢！他心里想。

一会儿工夫，黄鸿榆与小华便将五六道菜端上了饭桌。

"妈，吃饭吧。"华芷莹一边搬凳子，一边招呼母亲道，"今天的菜可都是鸿榆做的，你女婿呀，能干着呢！"

"嗯，好，我来尝尝小黄的手艺！"岳母宋慧显然很开心，拿起筷子夹一块红烧萝卜放进嘴里，"嗯，味道不错。"

"妈妈，以后我每天来做晚饭，你身体不舒服，就多歇歇吧。"黄鸿榆亲热地说。

"好呀，小黄！"宋慧对女婿笑笑，又朝女儿看看，"以后呀，这儿就是你的家。这家里的事，由你和莹莹一起打理，我也就放心啦！"

晚饭后，黄鸿榆与华芷莹照例去附近公园散步。正值初夏，和他们一样，附近的人们全都出来消食、散心了。空地上打拳、跳舞的都是老年人，林荫道上散步的、湖边静坐的则以恋爱中的青年男女居多。华芷莹挽着黄鸿榆，在城中公园的一片松树林中慢悠悠地走着。月光从头顶松枝间筛下来，在地面的小道上、路边的花圃里，洒落成晶亮、斑驳的碎银。晚风阵阵吹来，在幽暗的灯影里，将华芷莹的暗红碎花连衫裙拂得飘逸迷人。黄鸿榆的帅气，她的清纯娇美，引得人们不时投来一瞥瞥赞许、羡慕的目光。

"知道我在想什么吗？"华芷莹轻声问道。

"想什么？"黄鸿榆也轻声问道。

"想假如我爸这次党校培训后不再回仁和任职，那我妈和你我该怎么办。"华芷莹说出了自己的担心。

"不再回仁和？不会吧？"黄鸿榆有点儿不相信。

"这个你不知道的。可我和我妈见得多了。"华芷莹解释道，"我爸刚被提拔为市委常委、常务副市长，现在突然又去了中央党校接受培训，明显就是要再提拔的预兆。如果下半年回来那最好，可假如去了别的市或者留在省城，那我们家可不就要分离啦？"

"哦。"听华芷莹这么一分析，黄鸿榆倒觉得那的确是个问题了。此刻，他才真正明白华芷莹所说的"要事"的真正意思了。

"再说，要真如此，对我们的影响也挺大的呀！"华芷莹停住脚步，颇有点儿忧心忡忡的样子。

黄鸿榆知道，小华的担忧是极有道理的。一旦岳父华达江去了异地，哪怕是升了一把手的市委书记，到时对仁和的影响力也将大大降低，那自己和小华以后在事业上的发展可就不会那么顺风顺水了！可是，那是谁也无能为力的事，他们再担心也无济于事呀！

于是，他便宽慰小华道："别担心了，兴许到时依然回仁和来呢！再说，即使你爸真去了外地，家里不是还有我吗？你和你妈都不要担心的。"

华芷莹一听这话，顿觉心里暖洋洋的。便拽着黄鸿榆的胳膊，继续慢悠悠地向前走去。

黄鸿榆现在的日子充实、紧张而有规律。工作日上午他全都扑在教学上；下午除了处理一些班主任工作事务，主要精力都放在团委工作上了；下班后则直奔华家，帮岳母宋慧与妻子干家务。

经过一段时间的酝酿，黄鸿榆精心策划了仁和市第一中学团委关于开展"爱党爱国，自觉抵制资产阶级自由化思想侵蚀"的主题教育活动，报校党支部和市教育局政宣处后，受到了学校与教育局领导的高度赞赏与大力支持。后来，该活动在全市教育系统得到大力推广，并获得仁和市委宣传部的高度肯定。

事后，洪钟校长在全校教师大会上表扬黄鸿榆政治嗅觉灵敏、站位有高度、工作能力强，为学校、为全市教育系统赢得了声誉。这番表扬，让黄鸿榆害羞得面红耳赤，同时，也引发了同事们的种种议论与猜测。

第二十章

　　一九八七年九月一日，新学期伊始，黄鸿桦终于结束了两年的在外流浪，如愿以偿地正式入职秦亭中学。

　　这两年，黄鸿桦与叶玲珑认识、交往、恋爱并结婚，身心有了归宿。这两年，他结识了茶壶老师申继耕、副镇长房俊辉、秦亭中学老校长厉校长、青山中学校长钟义权，初尝了生活的酸甜苦辣滋味。这两年，他感觉自己如同庄稼地里的一株稻秆，经受了阳光的沐浴与风雨的吹打，一下子拔节成长了许多。

　　其实，对于自己调回秦亭中学，黄鸿桦早觉得是件十拿九稳的事，毕竟文教局那头有老领导吴双人科长关照着自己，秦亭还有房俊辉副镇长帮着自己，他厉校长再厉害，也再无理由阻止自己回来了。但出乎意料的是，钟义权校长居然也从青山中学调回到秦亭，接替退居二线的厉校长，而成为秦亭中学的新任校长！但细细想来，黄鸿桦觉得也是有预兆的，那次茶壶老师带着自己去房副镇长家时巧遇钟校长，不是一个很好的证明吗？怪只怪自己太过年轻，太不更事，居然当时一点儿预感也没有。

　　可是，黄鸿桦心里明白，此次钟校长履新秦亭中学，对自己绝对是一桩利好。自己在青山中学这一年，工作勤勤恳恳，所带班级无论是中考人均总分还是语文单科成绩都属年级前列，教育教学能力得到了钟校长的肯定。再说自己这两年无意中成了茶壶老师的忘年之交，而钟校长又是茶壶老师的学生，有了这层关系，只要自己工作继续努力，并有意跟钟校长走近，就不怕得不到他的重用！而钟校长此次从青山这样的初中校到秦亭这所完中任校长，很显然属于提拔，可见其无论在文教局还是秦亭镇政府，都得到了认可。从暑假前钟校长询问自己跟吴双人科长的关系判断，黄鸿桦觉得他跟吴科长的关系应该也不一般。至于秦亭镇政府分管文教卫生工作的老同学房俊辉副镇长显然就是他现成的靠山了。

基于这样的认知，黄鸿桦对自己的前途充满了信心。

按照惯例，九月一日学生报到前一天上午，是新学年全校教职员工大会。会上，三吴县文教局人事科管成林科长亲临会场，宣布了文教局关于秦亭中学主要领导的调整决定。管科长宣布完毕，新校长钟义权做履新发言，老校长厉校长发表离职感言。然后，钟义权以秦亭中学校长兼党支部书记的身份，对新学年全校的教育教学工作、党团队工作做出部署。最后，钟校长还对校长室其他三位副校长工作分工做了说明。果如茶壶老师所料，原教导主任陈必胜，这位厉校长的亲信，现在被提拔为副校长，而且分管的是初中部的教育教学工作，成了黄鸿桦此后的顶头上司。

静静坐在下面的黄鸿桦注意到，整个开学工作会议上，端坐于主席台上的厉校长始终面带微笑，但那份笑，挂在他那张长脸上，就如同缀在老熟玉米棒上那暗紫色的烂须丝，显得那么僵硬而难看。此刻，黄鸿桦的心头，不免掠过一层淡淡的悲悯之情。是啊，落幕总是惨淡的，但这却是无可奈何的自然规律。

当天下午，黄鸿桦先后参加了班主任工作会议、语文教研组会议、初一年级组会议。现在，他是初一（1）班班主任，初一（1）班和初一（2）班语文任课老师，初一语文备课组组长，初中部语文教研组组长。一个身份就意味着一份责任，这么多身份累积起来，他感觉自己接下来三年一轮回的教育教学任务绝对是满满当当，并会累得他上气不接下气的。说实话，对于一个班的班主任与两个班语文课的教学任务，他是早有思想准备的，但让他担任备课组组长与语文教研组组长，却完全出乎其意料。但细细一想，他也暗暗高兴，这说明钟校长信任自己！也是在培养自己！

傍晚，正准备下班时，黄鸿桦突然接到了钟义权校长打来的电话,要他去趟校长室。黄鸿桦不敢怠慢,放下电话,立马前往二楼校长室。

校长室还是那个黄鸿桦两年前来报到时见到的陈设,只是原先厉校长所坐的位置上换上了新主人钟义权,而黄鸿桦踏进门时的心情也发生了变化,不再战战兢兢,而是踌躇满志。

"钟校长!"站在门口,黄鸿桦爽朗地喊道。

"哟,小黄,快请进。"钟义权将惬意地斜靠在座位上的身子挪了挪,满脸笑容。

黄鸿桦大大方方走进门,就势坐在那张他熟悉的沙发上。

"喝点儿什么?茶还是咖啡?"钟义权指了指沙发前茶几上的一罐茶叶与一瓶咖啡,对黄鸿桦说,"自己动手。"

黄鸿桦知道,这是钟校长对自己亲近的表示,一般情况下,领导只有对自己熟悉与信任的部下才会这么随便。但黄鸿桦明白,自己毕竟是下属,又年纪轻,资历浅,领导对自己再好,也得守规矩。

"谢谢校长,我不喝。"黄鸿桦又习惯性地摆出一副规规矩矩的姿态,身体竖得笔直,两手轻轻搭在双膝上,面带微笑。

"怎么样?开学还适应吧?"钟义权依然坐在座位上,但身子微微前倾,看着黄鸿桦,态度显得十分亲热。

"蛮好的。"黄鸿桦知道这是领导要跟自己谈实质性事情前的铺垫,便随口回答道,"今天上午召集部分新生打扫布置了教室环境。另外,明天迎接新生正式报到。"

"小黄呀,今年你可是责任重大啊!"钟义权语重心长地对黄鸿桦说,"这届新生中,(1)班和(2)班是重点班,而你的(1)班尤其重要,房副镇长的女儿房艳,还有我们秦亭其他一些相关企事业单位的头头脑脑的子女以及我们家的钟成,都放在你班里呢!"

黄鸿桦一听这话,心里不禁暗暗惊讶。什么,这么多秦亭镇重要人物的子女都在自己班！我没有听错吧？看来，钟校长的确是重用自己啊！再联想到还让他担任了初一语文备课组组长、初中部语文教研组组长这两个职务，黄鸿榉此刻内心充满了对钟义权的感激之情。不过，经历了最近两年的摸爬滚打，现在的黄鸿榉也已练就了喜怒不形于色的涵养，他看着钟义权，真诚地说："谢谢钟校长的信任和栽培！只是我怕自己到时班级带得不理想，会辜负了您和其他校领导的期望。"

钟义权一听眼前这位小黄老师的表态，深感满意。心想，看来，自己没有看错人哪！你看他回答得多么得体：既表达了对自己重用他的感激之情，又恰到好处地摆出了谦虚态度。这小伙子是个可造之才呢！于是，他便鼓励黄鸿榉道："小黄，你尽管放心带班就是了，我相信你的能力。至于其他任课老师，都是精兵强将，他们也会帮衬支持你的。"

"好的，钟校长请放心，这三年里，我一定竭尽所能，把班级带好，把语文教好！"黄鸿榉直了直身子，郑重表态道。

"嗯，好好干，小黄！我相信你会成为一名优秀教师的！"末了，钟义权又是一番鼓励，随即站起身子。

黄鸿榉立马从沙发上也站起身来，与钟校长告别，退出校长室，径直回家去了。

晚饭桌上，黄鸿榉一边殷勤地给妻子叶玲珑夹菜，一边跟她说着学校的事。叶玲珑如今已有七个月身孕了，她一手轻轻抚摸着日渐圆鼓鼓的肚子，始终静静地面带微笑地听着丈夫的话。记忆中，自从与黄鸿榉认识并结婚到现在，她还是第一次发现黄鸿榉如此兴奋地跟自己絮叨单位的事。所以，黄鸿榉说得头头是道，她也听得津津有味。等黄鸿榉讲完了，她才跟丈夫说："我们供销社上个月开始在各门店与柜台进行承包经营试点了。我们商场的一个柜台这个月也试点承包了。"

"那你的五金柜台呢？啥时开始要你承包？"叶玲珑如今是

五金柜台柜长,直觉告知黄鸿桦,这是件攸关妻子今后工作的大事,便关切地问。

"没有硬性规定,我们暂时还是吃大锅饭。"叶玲珑把自己的想法告诉丈夫道,"我想等年底把孩子生下来后,再考虑承包的事。反正如果上面要我们承包,优先考虑人选是我这个柜长。"

"嗯,到时真要承包了,应该生意不会错。目前我班上有好几个学生家长是乡镇企业的厂长,到时跟他们打个招呼,肯定会来做成生意的。今后呀,我们的日子一定会红红火火的,我们的孩子也一定会过上幸福生活的!"

听罢丈夫的话,叶玲珑眼睛一亮,心想:真是心有灵犀啊!自己的想法才说了一半,丈夫就把下一半想要说的话替她说出来了。她便美滋滋地摸着肚子里的孩子,轻声说:"宝贝,听见爸爸的话了吗?现在呀,你先在妈妈肚子里健健康康地待着,等到出生了,爸爸妈妈一定给你最好的生活。"

黄鸿桦听了,显然也被深深感动了,便情不自禁地伸手反复摩挲着妻子圆圆的肚子。

现在,黄鸿桦的生活很忙碌,也很充实。每天一早起床,他先生煤炉,将早饭在炉子上煮着。趁着煮早饭的工夫,他又匆忙赶到菜场,将中饭晚饭所需的肉和蔬菜买好,顺便还带回妻子叶玲珑喜欢吃的小笼包、大饼、油条之类的早点。与妻子一起用过早饭,他便急忙赶到学校,安排学生早读;早读结束便是备课、上课、批阅作业之类的日常事务。午饭是妻子回家做的,他可以享用现成的;但为了照顾怀孕的妻子,他也时常会趁着空课的当儿,溜回家替小叶先做好。下午,一般是处理些班主任日常事务,或者参加学校各种各样的会议与活动。好在放学时间比较早,他通常于下午四点半左右,就能先于妻子到家干家务、做晚饭。

开学第三周的周一,下午第四节课,是一周一次的教师大会时段，全校所有班级都安排自习课，每个年级只留一位老师巡视以维持纪律。会上，分管初中部教学工作的陈必胜副校长，代表校长室布置了本周对初中部所有四十五岁以下中青年教师听课的任务，还点了被听课的十二位相关教师的名字，并按学科分别报了有关负责听课的领导与资深老教师的姓名。最后，陈必胜还特地强调，此次听课事先不打招呼，随时随堂进行。初中语文涉及听课对象共三人，听课负责人为陈必胜，因为他也是语文老师，今年正教初二。黄鸿桦听了，心里多少有点儿发怵。到秦亭中学两年来，自己与陈必胜接触仅两次，一次是两年前刚到秦亭中学报到时在校园的邂逅问询，这陈必胜对自己的态度是冷冰冰爱理不理的；另一次是一年前刚从堰头片中调回秦亭时，在教导处打听关于课务安排的事，陈必胜对自己更是一本正经，仿佛欠他多还他少似的。直觉告诉黄鸿桦，这位陈副校长不是天生个性孤傲就是对自己有成见，而且很有可能是后者。尽管此时的黄鸿桦连自己也不明白，为什么会对陈必胜有这种感觉，但他还是告诫自己，以后与这位陈副校长相处，还是要小心为妙。

　　人与人之间的相处就是这么奇怪：有些人第一次相见就有一种天生的亲近感，仿佛早就认识似的；而有些人一照面却会莫名其妙地彼此都感觉不舒服，这就是所谓的逆面冲吧？

　　为了防止陈必胜的突然袭击，黄鸿桦当天晚上就特地选了第二单元的一篇课文备好课，并于第二天早读时段让两个班的学生都做了预习。如果陈副校长来听课，他就拿出这篇早已准备好的课文来应对；如果不来，他就先上其他课文，而留下这篇课文时刻"恭候"着。周二没有来，周三没有来，周四也没有来！周五，黄鸿桦的两个班分别是上午第一节与第四节课。那天早上是英语早读，可黄鸿桦还是早早赶到学校，坐在自己班级后面的空位上，一边陪着学生读英语，一边理着接下来第一节语文课的上课思路，并等待着陈副校长的"光临"。因为黄鸿桦事先了解过，今天陈必胜上午第四节也有语文课,此次听课,这一节是他最后的机会了!但大大出乎黄鸿桦意料的是,陈必胜居然没来听课!他这葫芦里卖的是什么药呢?难道是故意对自己放空炮?黄鸿桦十分纳闷。

但黄鸿桦也懒得去揣摩,不来就不来吧,反正自己是精心准备的,来不来听是他姓陈的事,与自己无关。

第四节课,黄鸿桦信步走进初一(2)班教室,站在讲台前,习惯性地扫视了一遍课堂,却惊讶地发现,陈必胜竟然坐在教室后面最后一排的空位上!而且,他手捧语文书,假装专心地看着,故意避开了自己的目光。但黄鸿桦也相当镇定,照例的上课仪式过后,他便将那篇事先准备好的课文有条不紊地开讲。读、讲、练、问、答、议,每个课堂应有的教学环节都一个不落。整堂课上下来,黄鸿桦自己觉得应该没啥明显的缺陷或不足。至于一定要找什么问题,自然也是难免的,那就看陈副校长怎么看待了。

中午回家的路上,黄鸿桦心里琢磨道:陈必胜挑选本周的最后一堂语文课来听课,绝对是有意为之。他特意将自己的课调开后来听课,目的就是要打黄鸿桦一个措手不及。而另外一位本应与他一起来听课的资深教师,这节应该也在上课,没空来听课。这样一来,到时对于自己这堂课的评价,完全可以由他陈必胜一个人说了算。看来,这姓陈的城府很深,心机很多啊!

第三周周一一到校,全体初中部老师都接到通知,说是本周二三吴县文教局与教研室领导将莅临秦亭中学,进行一次为期三天的教育教学质量大调研。全校从上到下一时进入了紧张的迎检状态。中午,校长室召开全体中层以上领导会议;下午第二节课,又是年级组与教研组组长会议;到下午第四节的全校教师大会上,钟义权校长则对全体教职员工进行了具体的任务布置。此次局领导的调研,就教学层面而言,主要是听课、检查备课与作业批改、查阅各学科教学计划制订与执行情况等等。而对于听课这个重要环节，学校根据上周各学科对中青年教师的课堂教学质量评估，拟向局领导推荐八位教师的课，并当场宣读了名字，要这些老师提前做好充分准备。黄鸿桦坐在下面仔细听着，发现自己竟然不在其列。这让黄鸿桦极为失落！他知道，作为一名一线青年教师，这绝对是在本校与上级领导面前展示自己业务能力的绝佳机会，可是因为陈必胜的作梗，自己却错失了！

晚上躺在床上，黄鸿桦辗转反侧。他仔仔细细地将上周五自己所上的那节课的情形在脑海里回放了一遍，还是觉得虽称不上完美无缺，但绝对属于一堂优质课。于是，他便更加觉得这陈必胜是在故意压制自己，心里颇感委屈，但又无可奈何。

第二天一早，黄鸿桦照例早早赶到学校，将班级卫生与环境布置仔细自查了一遍，确认没啥问题了，又将自己的备课本、学生作业本、教研组长工作记录本等等的材料自查了一通，然后整整齐齐地放在案头，等着届时的检查。到了上午第二节课，黄鸿桦接到教导处通知，说是县文教局与教研室领导马上到校，要全体年级组长与教研组长到学校小会议室集中，迎接领导到来。黄鸿桦不敢怠慢，立马赶往小会议室。刚坐定，只见钟校长与其他校领导满面春风地领着局领导出现在了会议室门口。黄鸿桦定睛一看，带队的原来是吴双人！

"吴校……吴科……"黄鸿桦很是激动，赶忙迎上去，却有点儿语无伦次。

"是吴局长。"一旁的钟义权提醒道。

"吴局长好！"黄鸿桦很快镇定下来，走到吴双人跟前，毕恭毕敬地站着，一时有点儿手足无措。

"小黄呀！好久不见。"吴双人热情地伸出手。

黄鸿桦急忙伸出双手，与吴双人紧紧握住。这情形，就像两个久未谋面的老朋友终于重逢一般。一旁的钟义权校长见了，不由得对黄鸿桦意味深长地看了一眼。站在吴局长身后的陈必胜,更是面露惊讶之色,对黄鸿桦瞥了一眼。

钟义权就领着吴双人一行走到会议室主席台前落座。而此时,黄鸿桦发现跟在吴局长身后的人群中,还有县语文教研员施雅韵。黄鸿桦急忙上前打招呼:"施老师!"

施雅韵看到三年多不见的小同乡,显然也很惊讶与激动,高兴的心情溢于言表:"小黄老师,你啥时调秦亭来的呀?"

"两年了。"黄鸿桦见到施雅韵,像是亲人般的亲切,"这样可以离家近一点儿。"说着,便把施雅韵等几个教研员引至座位上。看看主席台那边给领导倒茶水的两个刚入职的小姑娘一时还顾不到这边,黄鸿桦又去一旁的茶水台旁亲自给施雅韵他们沏茶。因为记得三年前在文教局招待所学习时,施老师喝的是茉莉花茶,而此刻摆放着的好几种茶叶中刚好有,黄鸿桦特地给她泡了一杯,端到她面前,轻声说:"施老师,您爱喝的茉莉花茶。"

如此贴心,让施雅韵顿时感觉心里暖暖的。她侧过微微映红的脸,也轻声对黄鸿桦道:"小黄,谢谢你。你也坐吧。"

黄鸿桦便微笑着离开,在对面靠后的座位上坐下,等待着见面会的开始。而黄鸿桦的这一切,都被坐在主席台钟校长身边,一起陪同吴双人局长的陈必胜看在眼里。从他时不时瞟来的一道道目光中,黄鸿桦明显感受到了他此刻内心泛起的阵阵醋意。

见大家都坐齐整了,钟义权校长便宣布见面会正式开始。他首先代表秦亭中学党支部、校长室,对吴双人局长等领导与专家莅临本校表示热烈欢迎,然后便向各位教研组长简要分配了接下来从上午第三节课到下午最后一节课,陪同相关学科教研员深入班级听课的任务。紧接着,陈必胜将学校所推荐的当天上午与下午相关被听课老师的课表,分发到各位教研员面前。

当天的语文课都在上午,所以,黄鸿桦陪同施雅韵教研员听课结束后,便直奔小会议室,一起享用食堂送来的工作餐。两人边吃边聊。当施雅韵问及他的课务时,黄鸿桦如实做了汇报。

其实,施雅韵今天既是跟随吴双人来完成调研任务的,也是在为下学期即将开班的县青年语文骨干教师培训班物色人选,所以,她对于学校此次居然没把黄鸿桦列入推荐听课名单感到纳闷。也许因为小黄是教研组组长,有陪同自己听课的任务在身吧?她想。但是,她是真心想把黄鸿桦推荐进这个培训班,可因为从未听过他的课,心里没有底。于是,她便问黄鸿桦道:"小黄,你明天上午有课吧?"

"有的,是第二第三节。"机灵的黄鸿桦立马意识到施老师是想听自己的课,便继续说道,"施老师,要不你就第三节来听吧,是我在另外一个班的课。"

"好的。"施雅韵喜欢的就是黄鸿桦的这股机灵劲,一点就通。

而黄鸿桦之所以请施雅韵听隔壁班的课,一方面是可以避免匆忙备课,将上周在自己班讲的那篇课文重新讲一遍;另一方面也是想借机印证下自己的这堂课到底质量如何。如果如自己所感觉的那样好,那说明陈必胜的确是在故意打压他。

当天傍晚,学校安排吴双人局长一行下榻于秦亭的御亭酒店。晚上的接风宴就在酒店内举行。席间,黄鸿桦给老领导吴双人局长敬酒。他端起一杯白酒走到吴双人跟前:"吴局长,我敬您。谢谢您一直以来对我的关心!"说罢,一杯干了个底朝天。

吴双人站起身,笑眯眯地对黄鸿桦说道:"嗯,小黄,好好干,一定会大有作为的。"说完,也抿了一小口酒。然后,他又对身边的钟义权说:"钟校长,以后呀,可以多给他压压担子。"

黄鸿桦见状,立马又走到钟校长跟前:"钟校长,我敬您。您随意,我干了。"说着,又是一杯酒下肚。

钟义权却什么话都没说,只是满脸笑容,重重地拍了拍黄鸿桦的肩膀。

而陈必胜默默地坐在一旁，看着眼前的场景，心里说不清是什么味道。

席间，黄鸿桦从教研员施雅韵口中得知，自己的老领导吴双人也是本学年开始，才正式从基教科长位置上被提拔为分管基教等工作的副局长的。新官上任三把火，他的第一把火，就是要对全县各完中初中部与所有初中校进行一次教育教学质量与管理大调研，以了解实情，为之后的改革做准备。

第二天，教育局的领导、专家除了继续听课，主要是看学校各部门的台账资料，并分别召开教师、学生座谈会，对学校的教育教学工作号脉、评估。施雅韵听了黄鸿桦的课，虽然没说什么，但从其表情可知，非常满意。

第三天，也就是周四上午，县调研组就此次为期两天的教育教学督导工作进行反馈。秦亭中学所有中层以上领导、年级组长与教研组长出席。会上，施雅韵在反馈语文组听课情况时，对各位老师的教学均给予认可，尤其对黄鸿桦的课堂教学予以了充分肯定，称赞他基本功扎实，把握教材能力强，教学过程既有条不紊又生动活泼。一堆表扬的话，加上在场同事们的羡慕或嫉妒的目光，都把黄鸿桦弄得脸红红的有点儿不好意思了。

第二十一章

寒假前夕，黄鸿桦接到教研室通知，将于下学期初，参加由三吴县文教局与泽州大学联合举办的初中语文青年骨干教师培训班研修。

寒假期间，黄鸿桦与叶玲珑的宝贝女儿出生，他与妻子斟酌再三，给她取名为黄图画。根据黄鸿桦自己的说法，取这个名字有多重意思：一是与侄子图程同为黄家的"图"字辈；二是寓意"美丽"；三是每个新生的孩子都是一张白纸，他们夫妇俩期望女儿长大后能以努力奋斗，去绘就自己美好的人生图画。

转眼已是一九八八年的端午节了。遵照父母的意思，黄鸿桦、黄鸿榆都特地回了家，因为父亲要召集大家开家庭会议，商量关于妹妹鸿佳的升学事宜。

黄鸿桦如今有了自己的小家庭，除了寒暑假，平时极少回家。黄鸿榆今年带着他的首届高中毕业班，重任在身，学校工作很忙很烦；再加上在年前召开的共青团仁和市委的新一届代表大会上，他被推举兼任团市委副书记，行政工作更忙了。所以，现在他也不常回家。但是父母一声令下，他们兄弟俩哪怕再忙，也必须回家。

妹妹鸿佳马上初三毕业了，从上学期期末统考，到本学期一模考试，各科总分在班级数一数二，在年级也是名列前茅。班主任老师和所有任课老师都认为她中考考个重点高中或者中专学校是绝对没有问题的。而当下仁和市的中考录取程序：第一批次是中专校，第二批次是重点高中，第三批次是普通高中，第四批次是高职类学校。目前鸿佳所要选择的是：到底是读中专还是读重点高中？如果读中专，到底读中师还是读卫校？父母曾多次问鸿佳自己，可她毕竟年龄小，一直回答说"不知道"，或者是"都可以"。其实，父母尤其是父亲黄全根对此也犹豫不决。于是，他们准备征求三位哥哥的意见。

"我觉得应该读重点高中，如果读中师或卫校，学历太低了。"鸿榆脱口而出。

"我也认为应该读高中，将来成为我们家第三位大学生。"鸿桦也是不假思索。

看老大鸿樟沉着头没说话，父亲黄全根便问道："鸿樟，你的想法呢？"

"我没啥想法，都可以。"鸿樟抬起头说。

父亲对自己大儿子最大的不满就是认为他凡事没主见，一到关键时刻拿不定主意。但想到他的老实、本分，对这个大家庭的任劳任怨，又舍不得说他。

"可是你们想过没有？再读三年高中，一是能否考上个理想的大学还是个未知数，二是还需要一笔不大不小的开销。"最后，父亲黄全根说出了自己的担心。

"费用不是问题，我和鸿樟会帮家里分担的。"鸿桦表态道。

"是的，鸿桦、鸿榆都负担过来了，鸿佳那点儿不算什么。"鸿樟也附和道。

父亲黄全根等着鸿榆的表态，可等了好久，鸿榆没说话。

"现如今不比以前，鸿樟、鸿桦你们都成家了，到时你们兄弟俩愿意帮妹妹，可是家里的不同意，弄得你们夫妻间闹矛盾，不好！"母亲张腊梅插话道，"你们爹爹担心的是这个。"

"不会的！"鸿樟、鸿桦几乎异口同声。

"再说，我和你们爹爹都老了，鸿榆还没正式结婚过日子呢；如果再供你们妹妹三年，有点儿吃力了。"母亲张腊梅继续解释道。

黄鸿桦听了母亲的这番话，心里酸酸的。是啊，父母为他们兄妹几个操劳了一辈子，如今都有点儿力不从心了，可是弟弟鸿榆还没成家，妹妹还在求学。看来自己以后得尽可能地多多照顾这个家啊！

而黄鸿榆现在考虑的却是：今年下半年自己就要正式成婚了，看来这个家不可能给自己更多了，所以，结婚前要尽量说服小华婚事从简。另外，以后自己一定要有出息，再也不能过父母那样的生活了！

黄鸿樟的想法最简单。反正自己也就是个靠天吃饭的农民，没有更多的能力帮父母了，以后家里大大小小的事，多出力就是了。

于是，父亲黄全根正式拍板，鸿佳初中毕业就考仁和中等师范学校，毕业后回家乡当个小学老师。反正国家政策好，和两个读师范大学的儿子一样，学杂费全免，每月还有伙食补贴呢，没啥不好的。

大事敲定了，难得聚在一起的一家人就开始东拉西扯起来。父亲黄全根和大儿子鸿樟谈农事，母亲张腊梅听鸿佳说些学校里老师与同学的八卦。鸿榉和鸿榆难得碰头，两人又都是老师，先交流些泽州与仁和两地社会发展水平与教育方面的差异，说着说着，就扯到了鸿榆与华芷莹家的事情上来了。鸿榆告诉二哥鸿榉，自己的岳父华达江中央党校培训结束后还是回到了仁和市，现在是仁和市委代理书记，不出意外的话，应该很快就会转正，成为仁和市的一把手。他还告诉鸿榉，自己虽然当上了团市委副书记，不过，现在自己仍然是一名中学老师，人事关系与主要工作仍然在市一中，所谓的团市委副书记，目前还只是个名头，估计要完整地送走本届毕业生后，到今年下半年，组织关系才会有所变动。

黄鸿榉听后，感觉自己的这位弟弟最终会离开教师队伍而步入仕途。这让他很兴奋，今后黄家要是出了个当领导的，那绝对是件光宗耀祖的事！再说，以后家里有了这个靠山，办任何事不就方便多了吗？只可惜现如今自己在泽州工作，远水解不了近渴，怕也沾不到什么光。而现在妹妹报考中师，中考成绩达标后，还有面试这一关。于是，他对鸿榆说："到时鸿佳中师面试的事，应该没啥问题吧？"

"一般不会有问题的。"黄鸿榆很有把握地说。

"这事要靠你多关心了，我在泽州，够不到的。"黄鸿榉叮嘱道。

其实，妹妹黄鸿佳一边跟母亲张腊梅说着话，一边还在偷听两个哥哥的说话呢！此刻，当她听到二哥小哥在讨论她报考师范的事情时，脸上满是得意与幸福的神情。

　　第二天，鸿榉与鸿榆都离开老家，返回到各自的生活中去了。鸿佳也早早上学去了。鸿樟因为岳母患病住院，近来与媳妇周英以及儿子图程常住那边。这样，家里空荡荡的只剩下他们的父母了。午饭时，父亲黄全根慢慢咀嚼着碗中的饭菜，幽幽地对母亲说："我们的这个老三呀，出息是有出息，只怕到时家里也借不到他啥光的。"

　　"老头子呀，我们也别指望靠他们什么，只要他们在外面过得好好的，别让我们担心就行了。"母亲张腊梅接话道。

　　像往常一样，这天下班后，黄鸿榆便径直去华家吃晚饭。

　　这些天，华书记忙得几乎每天都要深夜零点后才回家。岳母宋慧为解寂寞，关照黄鸿榆天天去她家报到伴热闹。之前，黄鸿榆听同事说，城里人儿子媳妇或女儿女婿到父母家吃饭，一般都是要贴补饭钱的。于是，趁着晚饭后去城中公园散步的机会，他便跟华芷莹说，自己准备交她家饭钱。不料，华芷莹听了差点儿笑弯了腰："你怎么想得出来的！"

　　"可是，我们同事都说你们城里人……"

　　"城里人都小气是吧？"

　　"不是，这个……"黄鸿榆脸都涨红了，他有点儿后悔提这个话茬了。

　　"好了，黄老师！我代我妈明确回答你：在我们家，绝没有交饭钱一说。"华芷莹难得见黄鸿榆这副笨嘴的样子，很是开心。

　　"好吧，不提这事了。"黄鸿榆转移了话题，"对了，你准备啥时跟我到我们乡下去考察下，顺便吹吹野风？"

　　华芷莹立马反应过来，玩笑道："怎么，你爸妈想见见我这个天仙般的儿媳呀？"

　　"嗯，乡下老农民，想向乡亲们显摆下自己的城里儿媳，而且还是市委书记的千金！"黄鸿榆干脆顺着她的话杆子往上爬。

"到秋天吧，凉快点儿！"华芷莹打住了相互调侃，正式回答道。因为她知道，以黄鸿榆的反应能力，再玩笑下去，她自己只有认输的份。

"还有，我们的结婚家具你觉得买现成的呢，还是按我们乡下的规矩请木匠打制？"

"买现成的吧，我和我妈都看好式样了。"华芷莹一谈到这个话题，立马兴奋起来，"小高有个亲戚是开家具公司的，是他向我和我妈推荐的。但我妈说，最终要我们两个喜欢才好。"

"我相信你和你妈的眼光。"黄鸿榆道。说真的，其实他对家具样式之类的没啥要求，只要过得去就行，他也不想在这方面花什么心思。

"要不我们这个周末去看看，定下来？"一想到黄鸿榆和她爸爸一样，从不计较生活中的小事，华芷莹就特别开心；尽管她也知道，结婚买家具之类的其实不算小事了。这才是干事业的男人的模样！她在心里又给自己的丈夫加了分。

"可是现在婚房还没定呢！要不先缓缓？"

"嗨，我都忘了跟你说了。"华芷莹冲他笑笑，"昨天教育局工会主席跟我说了，我们的婚房由教育局负责解决，两室一厅，八十五平方米，就在本次刚竣工的教师新村内。怎么样？惊讶了吧？"

"以你的名义给的？"黄鸿榆的确有点儿惊讶。

华芷莹明白他的意思，便解释道："正因为不是以我的名义给的，工会主席才找我谈话呀！他说，本来这次教师新村的房子分配给市一中有五套，其中一套分配到你头上。"

"哦。"黄鸿榆似乎舒了口气。

"所以说，黄老师，我还是沾了我夫君的光！"华芷莹调侃道。

黄鸿榆知道她又在调侃自己了，侧过脸看看她，突然搂住她，居然在公园的步道上，在大庭广众之下，狂热地吻起了她。

这个晚上，黄鸿榆与华芷莹不停地在公园里兜圈子。

华芷莹还告诉他，婚房将于暑假前交付，所以，这个暑假他们两个应该要考虑装修的事宜了。不过，小高说，只要他们确定好装修风格与具体用材要求，他那开家具公司的亲戚可以联系可靠的家装公司承包的。

"你看新房装修要不要包出去？"最后，华芷莹问。

黄鸿榆考虑到七月初高考结束后，自己有可能直接去团市委报到了，今年这个暑假恐怕是无福消受了，便同意了华芷莹的意见，让家装公司承包。但是考虑到费用，他便又说："也不知道到时他们会不会狮子大开口，漫天要价。"

"有小高在，应该不会的。"

"但是我们也不接受他们刻意便宜啊，否则有'后遗症'的。"黄鸿榆补充道，"按规矩，这装修、买家具，费用全部由我家负责啊！"

"这个你放心，有我妈在掌控全局呢！"华芷莹知道又是他那男子汉的自尊心在作祟，便不咸不淡地应付了句。

其实，考虑到黄鸿榆与他的家庭实际情况，她爸妈早就商定好了：一切与婚事有关的开销全部按照仁和当地风俗，该男方负责的全部由黄鸿榆家负责；至于装修、家具之类的，可赊账的先让黄鸿榆赊账。但是结婚时，华家将给女儿一笔不菲的陪嫁资金，用于到时还账。这样，既不跌婚事档次，又顾及了黄鸿榆的自尊。

他们回家的时候，已近午夜。走出这座开放式公园大门，回望灯火阑珊中，那蓊郁的树林深处，有一团团乳白色的轻雾漾起。

黄鸿榆把华芷莹护送到机关家属大院门口，正想转身返校，却被她一把轻轻拽住。当晚,黄鸿榆第二次留宿华家。

第二天中午,黄鸿榆突然收到言海东的来信。说他现在也担任学校团委书记,准备今年高考结束后来仁和向黄鸿榆"取经"。黄鸿榆当即写了封简短回信表示欢迎,说届时恭候老同学"光临"。

进入六月,高考迎考复习已进入白热化阶段。可黄鸿榆班上的两位同学却因为恋爱偷尝禁果而受到学校的纪律处分。男生名叫应德高,父母都是仁和理工学院的老师,就住在一中附近,学习成绩优秀。女生叫凌一娇,父亲早逝,母亲是郊区的中学老师,却一直单身。她学习成绩也很优秀,斯文内向,平时寄宿学校,一般到周末才回家。六月的第一个周末的傍晚,寄宿的同学都回家了。一位宿管女老师照例前去女生宿舍所在的二楼检查门窗安全,发现凌一娇宿舍的窗虚掩着,正准备关上,却听到里面靠北墙的一张床铺下铺的蚊帐里有声响。诧异之余,宿管老师敲门,门被反锁了。后来,经再三喊叫,凌一娇只得从蚊帐里钻出来,先把窗子关上,然后才打开宿舍门。宿管老师走进去,却看见应德高尴尬地站在门角落。宿管老师立马明白了是怎么回事,当即找来了他们的班主任黄鸿榆,把他们交到他手上,并报告了学校德育处与校长室。应德高与凌一娇两人从高二开始恋爱,黄鸿榆早就知道。但让他没想到的是,他们居然会干出如此出格之事!再说,都临近高考了,出了这样的事,对他们本人,对双方家庭,对自己班级乃至整个学校,都是不小的冲击。为此,校长室责成德育处予以严肃处理,而德育处则要求班主任拿出一个初步的处理意见。

"班级发生了这样的事,我这个当班主任的有不可推卸的责任。"坐在德育处办公室,黄鸿榆首先进行了自我检讨,"所以,我觉得予以严肃处理是必须的。"

"黄老师,那么你觉得给予什么等级的处分呢?"德育处主任表情有点儿严肃，但对黄鸿榆却面带微笑，"我们想先听听你的意见。"

"这样吧，你们给我两天时间，等我分别找到两个学生及其家长，了解清楚具体情况后，再向德育处汇报，您看可以吗？"

"好吧。那麻烦你慎重考虑下。"德育处主任依然微笑着，样子很是客气。因为经验告诉他，这样的事搁在哪个班主任身上都是个麻烦，更何况黄鸿榆还是首次带毕业生呢！再说，平时彼此相处都不错，而且人家现在都快高升了，以后低头不见抬头见的，还是体谅、尊重点儿对方为好。

"好的。"黄鸿榆便起身离开德育处，回到自己办公室。

当天放学后，黄鸿榆先找来了应德高与凌一娇。

今天，黄鸿榆特地让自己与两个学生坐成了一个弧形：他在中间，而应德高与凌一娇分列于他左右两边。应德高打从坐定以后，很是手足无措，他脸涨得通红，双脚并拢，两手不安地摩挲着靠背座椅的扶手，以掩饰内心的恐慌。他不知道眼前这个三年来对他和同学们如知心大哥般的班主任老师会如何处置自己与女友。而凌一娇从走进办公室的那一刻起，就一直低着头，此刻，她紧缩着身子坐在老师面前，头沉得更低了，以至于一头乌黑发亮的长发全都披散下来，几乎盖住了整个脸庞。她是既羞愧难当又极度恐惧，恨不得一头钻进地底下，以逃避眼前的一切。

"你们都不用紧张害怕。"黄鸿榆看到他们这样，首先安慰道，"事情既然发生了，就正确面对，并设法将大事化小小事化了。"

应德高与凌一娇听到这话，都不约而同地抬眼看了他们的班主任一眼。他们都怀疑自己的耳朵了：难道今天黄老师不是找他们算账，并将他们劈头盖脸地痛骂一顿的？

"现在，你们先回答我一个问题。"黄鸿榆看看应德高，又看看凌一娇，以柔和的语气问道，"你们是真心相爱吗？"

在应德高与凌一娇的意念中，发生了这样的事，作为班主任，黄老师首先考虑的肯定是如何消除他们这事给班级与学校带来的恶劣影响。至于他们是否真心相爱，那是无关紧要的了。那么，黄老师为啥要问他们这事呢？他们一时不明就里，便相互对望了一眼。

"你先回答！"黄鸿榆看着应德高，并且提醒道，"不用有啥顾虑的，如实回答就行了。"

"是的！"应德高看着自己的老师，语气很肯定。说完，又望了一眼坐在对面的凌一娇。

"那就好！"得到这样的回答，黄鸿榆似乎很高兴。然后，他又转过脸看着凌一娇，问道："你呢？"

凌一娇微微抬起头看了下黄鸿榆，发现自己的班主任与平时一样，一副和蔼可亲的模样，便轻轻点了点头。之后，便又低下了头，一副等待"审判"的楚楚可怜样。

"好了，现在，你们俩都抬起头来看着我，听我说。"黄鸿榆直了直本来斜靠着的身子，十分认真地对眼前的两个学生说，"今天，我以班主任的身份找你们谈话，不是想要处分你们，而是了解情况，然后想要给你们提供帮助。"

两位犯错的学生此时此刻一齐抬起头，以信任的目光感激地看着自己的班主任，一如平时在课堂上。

"接下来，请你们把那天所发生事情的前因后果告知我。"黄鸿榆对他们说，"一定要实事求是，不要有任何隐瞒。"

一听这话，凌一娇本来开始放松的面容立马唰的一下泛出了害羞的红晕，又沉下了头。应德高也一脸尴尬地看着自己的老师。

"应德高，你来说吧？"黄鸿榆见状，提醒道。

应德高看了眼凌一娇，像是要征求对方的意见，可对方早就羞愧得连头也不敢抬了。良久，应德高终于把当天的情形一五一十地告知了自己的班主任老师。原来,当天中午,他们两人在食堂午餐时,应德高得知凌一娇本周要回家,就体贴地问,要不要帮她把行李拎到公交车站。凌一娇说是有一大包冬、春季的衣物要带回家,有点儿重,就答应他放学后等其他同学都走得差不多的时候,去她宿舍帮忙拎着送自己到距离学校大门口半里地之外的12路公交站去。放学后,应德高在教室里做了一节课时间的假期作业,估计寄宿的同学都回家了,才放心大胆地来到凌一娇宿舍。轻轻推开虚掩着的宿舍门,发现凌一娇静静地坐在下铺自己的床沿上,身子斜侧着面对北窗,正在专心地看着一本语文书,居然没有发觉他进来。于是,他轻轻将门反锁上,悄悄地走到她身边,双手蒙住她的眼睛,并让自己的身体紧贴着她的后背。奇怪的是,这一刹那,她意识到是他来了,居然没有反抗,而是让书本轻轻滑落到地上,很享受似的任凭他抚摸她的秀发、脸庞乃至胸前。他似乎受到了鼓励,竟然一个反手将她转过身来,把她紧紧搂住,狂吻了起来。后来,他更大胆了,干脆把他摁倒在床上……而就在这时,外面传来了敲门声。

"就这些?没有任何隐瞒?"听完了应德高的"交代",黄鸿榆追问道。

"没有,黄老师,请你相信我!"应德高明白黄老师所谓的"隐瞒"指的是什么,以几乎发誓的口气说。

"是吗?凌一娇!"

凌一娇终于抬起头,以真诚的目光看着黄鸿榆,点点头说:"是的。"

"好,我相信你们!"黄鸿榆经过确认之后,也松了口气。心想:谢天谢地,总算没造成什么后果!

"但是,不管怎么说,你们这样做已经违反了《中学生日常行为规范》。"黄鸿榆迅速调整了下自己的情绪,随即又以严肃的口气对他们说,"所以,学校给予纪律处分是免不了的。"

应德高以乞求的眼神望着他的老师,似乎是在询问:黄老师,会是什么等级的处分呢?会影响我们高考吗?凌一娇也抬起头,望着自己的班主任,一副可怜巴巴的样子。

　　"当然,我会努力向学校争取给予你们最低等级的处分,而且争取不进入个人档案,不影响你们高考录取。"黄鸿榆深深理解他们此时此刻的心情,便又宽慰他们道。

　　应德高与凌一娇听罢,终于将一颗悬着的心重新放了下来。"谢谢黄老师!"他们几乎是异口同声地向自己的老师道了谢。

　　"今天放学后,你们各自写一份书面检查,明天上午交给我。"最后,黄鸿榆关照道,"先把事情的前因后果写清楚,然后对照《中学生日常行为规范》分析自己的错误所在,最后做出保证,并恳请学校原谅。注意,态度要端正,语言要诚恳。"

　　"知道了,黄老师!"应德高诚恳地朝黄鸿榆点着头,眼神中满是感激。

　　"嗯!"凌一娇也诚恳地点了点头。

　　黄鸿榆站起身,对应德高说:"你跟我到外面来,我有话单独跟你说。"说罢,便领着应德高走到办公室门外。

　　"今天回家后,你让你爸爸、妈妈明天上午一起抽空到学校来一趟,我有话跟你家长说。"看到应德高脸上挂着担忧的神情,他又补充说道,"你放心,不是跟你家长告状的,而是跟他们商量解决问题的办法的。"

　　等到应德高离开后,黄鸿榆回到办公室,很和蔼地对凌一娇说:"这样的事情,受伤害最大的往往是女生。不过,你放心,我和学校一定会尽可能地把此事控制在最小的范围内。"

　　看着眼前这个平时斯斯文文而又异常内向的女生居然发生这样的事,黄鸿榆心里其实一直在琢磨原因。可思来想去,就是没能找到答案。

　　"但是,作为一个女生,以后一定要注意控制自己的感情,学会保护自己,否则会吃大亏的。"黄鸿榆的态度与语气,俨然一位兄长。

"黄老师,我以后再也不会犯这种错误了。"凌一娇抬起头,两行眼泪挂在脸上。

"嗯,好了。"黄鸿榆掏出一块干净的手帕,递给了她,"别伤心了,这事我会处理好的。今晚写好检查后,你尽快把精力重新转移到迎考复习上来。我希望你以优异的高考成绩来证明自己!"

凌一娇站起身,给自己的老师恭恭敬敬地深深鞠了一躬,然后,离开了办公室。

第二十二章

六月底,中考成绩揭晓。妹妹黄鸿佳以班级第三、年级第九的优异成绩,顺利进入仁和师范学校的统招分数线。一星期后,鸿佳顺利通过面试,被仁和师范学校正式录取。

七月七号至九号,一年一度的全国高考正式拉开帷幕。这三天,身为班主任兼数学任课老师的黄鸿榆,都是每天早上七点前赶到校门口"恭候"自己的学生,下午直到最后一位学生离校后他才返回办公室。七月二十二号以后,高考成绩发布,紧接着,从本科到大专的各级各类学校的录取分数线相继公布。黄鸿榆班级的高考人均总分名列仁和市一中第三名;其中,应德高与凌一娇双双考取了黄鸿榆与华芷莹的母校,即去年刚由东江师范学院升格而成的东江师范大学。

高考一结束,言海东如约而至。当他抵达仁和一中的时候,已是傍晚。黄鸿榆打电话给华芷莹,两人准备设宴招待这位老同学。

趁着等待华芷莹的当儿，黄鸿榆陪言海东在校园里逛了一圈。七月，盛夏傍晚的阳光依然热辣，烤在身上暖烘烘的如同炉火。两位老同学从校园里一条条的林荫道，转到一栋栋教学楼、办公楼与实验楼的走廊上，还没走半圈，就已经大汗淋漓了。于是，他们便在校园东首花园的一棵百年老松树下坐下来。

望着头顶一碧如洗的天空，与纯洁如雪的朵朵白云，言海东有点儿恍惚。天是一样的天，可天底下的那片地，实在是截然不同的两个世界啊！

"鸿榆，你们这中学才叫中学啊！"言海东侧过脸，对黄鸿榆感慨道。

"怎么，才到这儿几小时，就已经妄自菲薄啦？"黄鸿榆把一瓶汽水塞到老同学手里，半开玩笑说，"你那中学呀，我完全可以想象：前后两栋教学楼，中间夹着一个花园；西面就是一片大操场；东面呢，就是食堂与宿舍区之类的。那格局，与我老家的母校皇坟中学差不多。"

言海东苦笑着摇摇头："你呀，活在富贵乡，根本无法想象我们江北农村的办学条件。我们学校啊，就一栋二层教学楼，其余都是低矮的瓦房。操场就是一片坑坑洼洼、杂草丛生的旱地。食堂是一个大棚子，一到冬天呼呼啦啦的全是凛冽的风。宿舍吗，说出来不怕你笑话，是由原先生产队的仓库改建而成的，用塑料板隔成一小间一小间的。"

黄鸿榆沉默了。小时候，他从父母以及其他成年人的谈吐中，对江南江北的地区差别就有了初步认知；读大学同室四年，与言海东的接触中，他是切身感受到了这种差异；前两年言海东来信，让他知晓了两地的差异依然存在。现在听了老同学的这番话，他就纳闷了：改革开放已经十年了，为什么这种贫富差距不但没缩小，反而加大了呢！莫非，贫穷是一棵树，会生根的？

"经济发展了，生活富裕了，才有可能重视教育。"言海东似乎猜到了老同学的感受，继续说，"今天坐火车一路过来的时候，看到我们江北大片大片的田野中，依然都是低矮的瓦房，有的甚至还是茅草房；而一过江，却全是一村村崭新的楼房。这种反差太大太明显了！"

"那你们下河乡中学的这种教育设施在临海县、在整个江北地区属于普遍现象吗？"黄鸿榆忍不住追问。

"整个江北地区我不清楚，但在我们临海县可是普遍情况。"言海东幽幽地说，"而且，这两年流生现象十分严重。有好多学生读着读着，突然就莫名其妙地不到校了。一家访，才知道都跟着亲戚或同村人到你们这边打工来了。"

"哦。"黄鸿榆一时无语，他真不知道说什么才好。

"嗨，好了，不说那些不开心的事了！"言海东仿佛突然意识到了什么，打住话题，伸手拍了拍黄鸿榆的肩膀，苦笑道，"如果有机会呀，我也想到你们这边来当老师！"

也许是生活的磨砺吧，自己的这位老同学明显已经消磨掉了三年前刚工作时的那股豪情壮志了！此刻，黄鸿榆也说不清自己是什么感受，只觉得有一股淡淡的哀伤充溢于心头。

"你们怎么在这儿呀？"突然，华芷莹出现在他们面前。一袭晕染着碎海棠花瓣的白色连衫裙，娉娉婷婷的。

"小华，你越来越漂亮啦！"言海东站起身，黝黑的脸上漾出灿烂的笑意。

"你也一点儿都没变。"华芷莹伸出手，轻轻握了下言海东的手，"欢迎你到仁和来！"

"我们去饭店吧。"黄鸿榆在一旁催促道，说完，一手搭着言海东的肩膀，走在前面，华芷莹紧跟于后。

不到十分钟，他们三个便来到了一中斜对面的那家饭店。这是华芷莹预定的，连包厢都是黄鸿榆熟悉的那个。华芷莹是个恋旧且偏向于惯性思维的人，一路走来，黄鸿榆越来越明显地感觉到。

言海东居中，黄鸿榆与华芷莹分坐两边。黄鸿榆知道江北人天生能喝白酒，就点了一瓶仁和白干，另外给小华要了两罐椰子汁。老同学聚会，他们就这样边吃边回忆往事，随意散漫地说着些琐碎的话题。说着说着，话题便转移到他们母校此次的升格事宜上来了。

"听我爸说，此次东江师范学院升格为师范大学，项老师先是随之升职为副校长，不到半年又升为校长，正厅级。火箭速度啊！"华芷莹告诉他们俩。

"好事呀，说明咱们的项老师年富力强、前途无量啊！"言海东高兴地说。

"嗯，咱们项老师是个学者型的管理者，也有魄力。"黄鸿榆附和道，"我们母校有他掌舵，绝对会越办越好的！"

"来，为我们伟大、光荣的母校干杯！"华芷莹显然也很兴奋，高高举起杯子。

"干！"三人齐声高喊起来。

当晚，言海东住在华芷莹为他事先安排好的文教招待所。黄鸿榆和华芷莹先把他送至招待所，然后才一起返回华家。

"今天辛苦你了，又是订餐又是安排住宿的。"步行回家的路上，黄鸿榆说。

"为黄副书记办事，不是应该的吗？"华芷莹俏皮一笑，调侃道。

"也不知为什么，我的调令还没下来。"黄鸿榆没心思开玩笑，幽幽地说道。

"估计很快就会下来了。"华芷莹宽慰道。

"别急。"华芷莹一脸轻松，"板上钉钉的事！我呀，倒是希望慢点儿下来呢，这样，你不就可以安安心心歇个暑假，多陪陪我了吗？"

　　黄鸿榆就不再提那话题。他知道，越是这种时候，越要有耐心，有定力。以后步入仕途，这可是一种修养。就说今天跟言海东见面，他本来想告诉他自己的工作调动情况，可考虑到调令尚未正式下来，也就作罢了，他不想给人以不稳重甚至轻薄的印象。

　　"跟你说个事。"两人手挽手，默默走过大约半条街，华芷莹突然开口说。

　　"啥事？"

　　"今天下午局组织处找我谈话了。"

　　"要给你升官？"

　　"哪有？"华芷莹迟疑了一会儿，说，"局里准备把我下放到学校去锻炼。"

　　"好事呀！"黄鸿榉有点儿兴奋，"放到下面学校，至少是个副校级；过个一两年，返回到局里，那就是个科级干部了。"

　　"可问题是，放下去总不能脱脱空空地就干个副校级吧？我必须得上我的英语专业课了呀！而事实上，毕业到现在，我的专业知识几乎全都还给老师了。"华芷莹不无担心地说。

　　"这倒也是。"黄鸿榆把她拉到贴身，搂得紧紧的，柔声说，"不过不要紧，就高中那点儿英语，你去应付，绰绰有余！"

　　"你就知道哄我！"华芷莹娇嗔道。

　　"不是哄你，我的大小姐！"黄鸿榆抬起头，"我发现每到我迷茫或纠结时，你总是头脑清醒，思维敏捷，可一到自己遇见难事，反倒糊涂了。"

　　"那不正常吗？"华芷莹这会儿靠到他肩头，"当局者迷，旁观者清呀！"

　　"所以呀，我不是哄你，而是跟你说真话呢！"黄鸿榆得意地笑道。

"又被你绕进去了。"华芷莹在他胸口轻轻拧了一把,嗔怪道。

"有没有说下放到哪所学校?"黄鸿榆很正经地问道。

"具体没说,但我估计应该是重点中学吧?"

"嗯,一般不会差的。"

"要不要征求下我爸的意见?"

"我觉得不用了。"

"为啥?"

"你想呀,一般情况下,对你的任何安排,局里早晚都会通过相关渠道让你爸知道的。"黄鸿榆跟她分析道,"再说,当你去征求意见时,即使你爸事先不知道,也不便对局里的安排提出什么异议的。所以说,还是别问的好。这样,反而会让你爸觉得你独立成熟呢!"

听这么一分析,华芷莹觉得很有道理。此刻,她在心里又一次默默地赞赏着黄鸿榆,并再次为自己的正确选择而自得了一番。当然,她的这番心理活动,是不会让黄鸿榆知道的。但依黄鸿榆的敏锐,自然不会感应不到的。

"看来,我们两个已跟学校结下了不解之缘了!"黄鸿榆突然又感慨起来,"我刚要离开,你就准备进入了。"

"谁让我们读的是师范呢!"华芷莹也感慨起来。

"不过我倒觉得幸亏自己读了师范。"黄鸿榆又坏笑起来。

"是呀,否则你怎么可能认识本大小姐呢!"华芷莹知道他又要调侃自己了,干脆替他把话说了。

黄鸿榆就不再说话了,只是把她搂得紧紧的。两人一路相拥着,回华家去了。

城市的灯火稀落了,一弯月亮恬静地斜倚在西面隐约的山顶上;星星们都眨着晶亮的眼睛,好奇地注视着夜幕下空旷的街道与街道上缱绻移动着的一对身影。

第二天中午送走言海东，黄鸿榆即收到了由正在暑期值班的洪钟校长转给他的调令，要求他于八月十日正式赴任团市委副书记之职。回到办公室，他立马一个电话拨给华芷莹告知了这一好消息，并约定等小华下班后去一家位于市中心的咖啡馆庆祝。然后，他便走出办公室，准备返回宿舍去整理东西，以便两周后搬出。

走到半路，只见门卫向他迎面走来，一边走，一边喊："黄老师，有人找你！"一看他身后，正跟着一男一女两个四十五六岁的中年人。仔细一辨认，那个男的正是一个月前被他叫到学校的应德高的父亲，仁和理工学院的教授；那女的自然是应德高的母亲了。

"应教授好！"黄鸿榆跟对方打过招呼，同时也向他爱人点头示意。

"哎呀，黄老师啊，真心感谢你呀！"应教授上前紧紧握住黄鸿榆的手，"听说你最近在学校，我和德高母亲今天特地过来致谢的。"

"哪里的话，没影响孩子高考就好！"黄鸿榆笑嘻嘻地说，"你们应德高高考发挥了应有水平。以后呀，我们师生又多了层关系：学长与学弟的关系。"

"是呀，是呀，黄老师！"应德高母亲也说，"我们德高这孩子，能遇见你这样的好老师，真是他的福气呢！"

"我们都是老师，这些都是应该做的。"黄鸿榆故意转移了话题，"要不，上我办公室坐会儿吧？"

"不不，黄老师，今天特地过来呢，是想请你下周三晚上一起吃个便饭，算是庆祝我们德高如愿考上大学，不知你是否方便。"应教授说。

黄鸿榆略一沉思，回答道："好的，我一定过去道喜！"

见黄老师答应，应教授夫妇大为高兴，立马将一张请帖送到黄鸿榆手上："谢谢黄老师，那我们就不打扰你了，到时恭候你的光临！"说罢，道过别，离开了。

晚上，黄鸿榆来到位于市中心新建的商业广场一家时尚咖啡馆，走上二楼，推开一间包厢的门。他发现华芷莹正坐在临窗的软座上，欣赏着外面的城市夜景。见黄鸿榆坐到对面，华芷莹便把一份菜单移到他跟前，一脸调皮地说："我已经点好餐了，就请黄副书记过目审阅了。"

"夫人辛苦了。"黄鸿榆也幽默起来，"在下悉听夫人安排！"顺手将菜单移回到华芷莹面前。

"服务生！"华芷莹朝门口喊道。

一位漂亮的女孩应声而至。

华芷莹把菜单交到她手上："麻烦尽量快点儿！"

"好的。"女孩轻浅一笑，正欲转身离开，却发现了坐在华芷莹对面的黄鸿榆，不禁惊讶万分，"黄老师？！"

"怎么是你？"黄鸿榆显然也很吃惊，"你怎么会在这儿的？"

还没等那女孩回答，黄鸿榆赶忙给华芷莹介绍道："这是我刚毕业的学生，凌一娇。今年和班上另一位同学一起考取了东江师范大学。"然后又对那女孩介绍说："这是我的妻子，华芷莹。"

"华老师好！"凌一娇有些腼腆，微微弯了下腰致意道。

"教育局工作的，其实，她是你的学姐，而我呢，是你的学哥。"黄鸿榆半开玩笑地说。

凌一娇甜甜一笑："那黄老师、华老师，我先去取你们点的餐了。"

"好的，去吧。"华芷莹点点头。

凌一娇离开后，华芷莹问黄鸿榆："就是那个谈恋爱的女生吧？"

"嗯，就是她。很内向很善良的一个女孩。"黄鸿榆说，"只是我至今都纳闷，班上那么多女生，为啥偏是她会早恋。"

"缺乏父爱呗。"华芷莹不假思索地说,"你不是说她父亲早年就去世了吗。"

黄鸿榆一想,也是,自己百思不得其解的疑惑被小华一点就破了。毕竟,此类事情,女性最能理解女性。

"其实呀,他们是在错误的时段,错误的地点,做了正确的事情。"黄鸿榆冲华芷莹笑笑,说道。

"看来你是赞成他们恋爱的了?"华芷莹表情有点儿诡异。

"谈不上赞成。"黄鸿榆若有所思,"但是我觉得他们两个挺般配的。"

正说着,凌一娇端着一盘餐进来了。她小心翼翼地把托盘中的饭菜、点心、水果一一放到他们俩面前,正要转身离开,却听到黄鸿榆招呼道:"小凌,如果方便的话,一起坐一会儿吧?"

凌一娇迟疑了一下,就在华芷莹边上坐下。

"我很好奇,你家住在郊区,怎么赶那么多路来市区打工呀?"其实,黄鸿榆还想问:是不是家里经济出了什么问题呀?但是,他没有说出口。

"是我妈觉得我上高中太空闲太轻松了,说是要我体验一下生活的艰辛,所以……"

黄鸿榆立马明白,是她妈妈在惩罚她。"可是,学校这事我没有跟你妈妈说呀!是你自己说的吗?"黄鸿榆问。

"是他爸妈告诉我妈的。"凌一娇不好意思地说。

看来,尽管自己竭力谨慎处置此事,事后学校也只是给了他们一个口头警告处分,但双方家长倒是将水花搅得挺大的。

"那么你来这儿打工,他知道吗?"黄鸿榆不好直接打听她与应德高现在的关系,只能旁敲侧击。

"知道的。"凌一娇脸一红。

"那就好。"黄鸿榆意味深长地说,"其实呀,现在你们马上就是大学生了,自己的事情应该自己做主了。"

"嗯，知道的。谢谢黄老师！"凌一娇知道黄老师是在鼓励自己，不要轻易放弃这段真爱。

"好了，你也说了，小凌也快是大学生了，不需要你多关照的！"一旁的华芷莹提醒道，"再说，人家现在还在工作呢！"

凌一娇立即站起身，对他们说："黄老师，华老师，那我就工作去了。你们慢用啊！"说罢，转身离开了包间。

凌一娇离开后，华芷莹似笑非笑地盯着黄鸿榆的脸足足看了一分钟，仿佛他的脸上有什么风景似的。

"怎么啦？"黄鸿榆心里有点儿发慌了。

"看来，我们的黄老师是想让自己的两位得意门生，进入东江师大后生承师业，重复自己的故事啊！"

黄鸿榆把一份炒面推到华芷莹面前："我这不是关心他们吗？"

"好好，关心。"华芷莹调侃道，"幸亏你调离一中了，否则，再三年一轮下来，保不准班上人人都谈恋爱了呢！"

"不懂了吧？"黄鸿榆笑嘻嘻的，"这叫君子成人之美！"

"去你的成人之美！"华芷莹隔着餐桌轻轻点了点他脑门，笑骂道，"吃吧，都凉了。"

用完餐，他们俩坐在包间继续喝咖啡，尽情地享受着二人世界的美妙时光。窗外，城市灯火璀璨，高楼林立，街道上、广场上人流熙来攘往。华芷莹依稀记得，五年前，这儿还是一片低矮杂乱的居民区，刮风天尘土飞扬，下雨天泥水四溅，一副灰头土脸的模样。可现在，居然成了仁和市最繁华热闹、最具现代化气息的地方。这些年，城市的变化真是日新月异啊！黄鸿榆也说，他们皇坟乡的变化也很大，每村每巷，昔日的旧瓦房都翻建成了崭新的楼房；去年开始，政府正在进行村村通公路建设，相信不多久，平整的柏油路将会通到老家的家门口了。

改革开放十年来，人们的生活发生了翻天覆地的变化。可随着国门的洞开,各种各样的思潮也如潮水般纷纷涌入。一时间,讲究吃穿享受、崇尚思想自由、追求个性解放……似乎就是时尚的象征、现代的标志;而前辈所追求固守的理想信念、道德规范以及他们的世界观、人生观和价值观,倒仿佛成了守旧落后的代名词了。庆幸的是,黄鸿榆与华芷莹都在教育系统,至少主流意识尚未偏颇。可是,当下的青年人,尤其是学生们,身处如此汹涌、纷繁而又让人眼花缭乱的时代浪潮中,却难免会彷徨迷茫。

黄鸿榆与华芷莹这对年轻的情侣,一边品着咖啡,一边漫无边际地闲聊着,居然有点儿忧国忧民起来了。

应德高的升学宴是在仁和理工学院教师食堂的雅集居举办的。傍晚,黄鸿榆赶到时,发现里面就二十来人的一大桌,估计出席的也就是应家的一些至亲好友,黄鸿榆觉得自己是个特例。

应教授夫妇看见儿子老师驾到,十分热情地迎上前来:"黄老师,欢迎欢迎,里边请!"说着,把他引至儿子应德高身边的座位。

黄鸿榆在应教授夫妇介绍下,与在座的人一一打过招呼,就安安静静地坐在学生身边,与应德高说些话。席间,他不时地起身接受应家亲朋的敬酒,又分时段给在座各位礼节性地回敬过一遍。其余的时间,主要是与自己的学生小声攀谈着。

"你爸妈对你的学业有什么规划吗?"

"我爸想让我本科毕业后考研,以后做大学老师。"

"嗯,蛮好的。你们这代人,应该读研。"黄鸿榆说。然后,又问:"她呢?她有什么打算吗?"

应德高看看老师:"她妈要她毕业后就回仁和当老师。"

听到应德高这样回答,黄鸿榆便再次确认自己这两个学生是真心相爱,而绝不是他所担心的一时冲动,或游戏感情。尤其是应德高的态度,在他看来尤为重要。因为在感情问题上,女孩真心付出的多,而当下的男孩,特别是像应德高那样出生于相对优越家庭的男孩，则不一定了。

"她是个心地善良的女孩。现在你们又将成为大学同学，有足够的时间去增进相互的了解。"黄鸿榆认真地说，"老师祝福你们！"

"黄老师，我会好好珍惜的！"应德高深知老师的心意，真诚地表态道。

黄鸿榆便不再提这个话题，只是举起杯子，跟自己的学生相互干了一杯。

出席过学生应德高的升学宴后，黄鸿榆特地回了趟乡下老家。下午三点多，走到村口，看见妹妹鸿佳带着侄子图程正在一棵老榉树下乘凉吃西瓜。图程老远看见他，立马奔到他跟前，"二叔二叔"亲热地喊。黄鸿榆一把抱起他，在他小脸蛋上亲了一口，然后摸摸他圆圆的小脑袋，问："想二叔吗？"

"想！"图程奶声奶气地回答道。

这时，妹妹鸿佳也迎了上来："小哥，嫂子没回来呀！"

"到天凉点儿吧，这么大热的天，她受不了的。"黄鸿榆一脸亲切地看着妹妹，"怎么样？开学的物品准备得差不多了吧？"

"都是爹爹、姆妈在弄。"

说着话，他们已经来到了家门口。

"姆妈！"黄鸿榆看见母亲张腊梅，亲热地喊道。

母亲正坐在堂屋的地上编篾席，看见小儿子，立即停下手中的活，站起身来："回来啦？"

洗过一把脸，黄鸿榆陪母亲与父亲在堂屋的通风口坐定。母亲张腊梅盯着小儿子的脸看了大半天，说："瘦了，脸色也不好看。"

"没事，我身体好得很。"也许是为了宽慰母亲，黄鸿榆故作轻松地答道，然后问，"爹爹呢？"

"在稻田里拔草。"妹妹鸿佳替母亲回答说。

"这么热的天，不能晚点儿去呀？"黄鸿榆有点儿担心地说。

当晚，黄鸿榆跟父母说了自己工作变动的事，还有自己办婚事准备工作，以及关于妹妹鸿佳去仁和师范学校读书的事。最后，还跟父母商量说，准备等天凉快了，带小华到乡下来认认家门。另外，他还给母亲三十元钱，说是给妹妹买生活物品用的，再给了大哥鸿樟十元钱，是给侄子图程上一年级买书包的。

第二天午饭后，黄鸿榆返回了城里。

第二十三章

一九八八年新学年伊始，黄鸿桦被提拔为秦亭中学教导处副主任，负责初中部教学工作。

对于这样的任命，黄鸿桦喜忧参半。喜的是钟义权校长对自己的重用，开始培养自己，使自己走上了管理岗位；忧的是现任分管初中教学工作的副校长陈必胜如今成了自己的顶头上司，有这么一位对自己心存芥蒂的人在上面压着，恐怕以后的工作就不会那么顺当了。

开学后的第一个周末，黄鸿桦让妻子叶玲珑特地休息一天在家带女儿图画，自己却赶到乡下。鸿佳周一就要正式去仁和师范报到了，他让叶玲珑事先买了一件漂亮的连衫裙、一双运动鞋送给妹妹。另外还包了三十元红包，瞒着父母，悄悄塞给妹妹。

"你二嫂说的，女孩子爱打扮，所以让你作为零花钱用。"午饭前，黄鸿桦拣个没人的机会，还特地关照妹妹说，"千万别让爹爹、姆妈晓得，否则被没收了你只能自认倒霉啊！"

妹妹鸿佳别提有多高兴了。自小到大，除了父母，就数二哥对她最宠爱了，所以，她跟二哥也最亲。可让她没想到的是，如今二嫂对自己也那么关心！一想到这，鸿佳的心里像喝了蜜糖一样甜滋滋的。

"谢谢二哥！"鸿佳的说话声都嗲里嗲气了。

黄鸿桦摸摸妹妹的头，心里同样满是喜爱。说实话，三年前带着她去秦亭中学读初一时，他可没想过今天妹妹也会像自己和弟弟一样，能书包翻身，考取中师端上铁饭碗。作为地地道道的农家子弟，像他们三兄妹那样能靠读书走出农门，清一色地全都成为教师，教书育人，在清水村，乃至整个皇坟乡，恐怕是绝无仅有的！这怎能不让他倍感喜悦与自豪呢？

"二哥，你知道吗？"鸿佳突然对黄鸿桦说，"今年教师节，我们皇坟乡要表彰一批优秀老师，秦老师将被授予特殊贡献奖。今天早上赶集，我在乡政府门口经过时，看见大红榜上写着呢！"

"真的？"黄鸿桦十分欣喜，"我本来今天下午就准备去看他呢！"

"当然真的。"鸿佳肯定地说，"像秦老师这样的好老师，就该受表彰！"

午饭后，黄鸿桦拎上特意准备的礼物，来到自己的母校、位于皇坟山脚下的水月初中。走进敞开的校门，整个校园冷冷清清的，操场、校舍依稀是当年读书时的模样。黄鸿桦在里面兜了一大圈，终于推开校园里那扇记忆中办公室的门。午后的阳光下，只见一位头发斑白的老人戴着老花镜，正伏案于南窗前，似乎是在批阅着一叠作文本。窗前，修竹摇影，一只喜鹊静静地站立于窗台，抬头望着深蓝色的天空，似乎在遐想着什么。

"秦老师！"黄鸿桦站在门口，响亮地喊了一声。

老人抬起头，摘下老花镜，眯起双眼，看向门口，愣了好一会儿。

"我是黄鸿桦呀！"

"哦。"秦老师站起身，显然很惊喜，"你怎么会来的呀？"

黄鸿桦急忙迎上前去，放下手中东西，紧紧握住秦老师的双手："好久没有见到您了，来看看您呀！"

看到多年未见的得意门生，秦老师自然激动万分。师生俩就在办公室坐定。黄鸿桦环视四周，除了办公桌、书架等已经更新外，其他陈设一如当年。还有就是自己眼前的秦老师，再也不是记忆中意气风发的模样了，而是变得面容苍老，动作迟缓了。

"秦老师，您这些年身体还好吧？"黄鸿桦有点儿心酸，关切地问。

"还好吧。"秦老师看着自己的学生，似乎有许多话想说，但一时又无从说起，最后只是淡淡一笑，回答道。

"刚才看了一圈校园，感觉还是当年的样子，没啥变化。"

"这学校明年要撤并到镇上了。"秦老师解释道，"现在，只有我和其他四位老师在教这最后一届初三毕业班了。我呢，教完本届，也正好退休了。"

"那您退休后和师母一起回泽州市生活了吧？"

"是的，孩子回家乡工作了；再说，老父还健在，我也想回去多陪陪他老人家。"秦老师有点儿伤感地感叹道，"一辈子漂泊在外，晚年也该回家了。"

秦老师也询问了些黄鸿桦的工作、生活情况，他都向老师一一做了汇报。听罢，秦老师不无感慨地说："鸿桦啊，你们这代人是幸运的，赶上了改革开放的好时代，安居乐业，生活、工作都有盼头，不像我们那一代。现如今，好不容易安定了，却突然发现自己已经年老了。"

黄鸿桦一时无言以对。

告别秦老师，回家的路上，黄鸿桦不禁想道：即便是在那动荡的岁月里，秦老师依然兢兢业业地教书育人，培养出一批又一批像自己这样的学生。现在，自己有幸遇上了如此美好的时代，就更应该踏实工作，潜心教育事业，闯出一片天地来。

回到家，刚好看见大哥鸿樟扛着一把铁铲从地里干活回来。

"你今天啥时回秦亭？"鸿樟吸着鸿桦递给他的一支红塔山香烟问。

黄鸿桦自己是不抽烟的，但每次回家，他都带烟，因为大哥鸿樟抽。再说，万一遇见村上的长辈或小时候的伙伴，递上支烟，自然会让人感觉亲切些。

"等会儿要帮爹爹带八只蒸笼送秦亭电厂去，所以马上就要走的。"黄鸿桦回答道，"后天鸿佳去仁和师范报到，还是你去送学吧？"

"你和鸿榆都忙，只有我去送了。"鸿樟说。

"嗯，你辛苦点儿吧！"鸿桦说道。

说到送学，黄鸿桦心里又是洋溢着一股深深的感激之情。自己当年去太湖师范报到，弟弟鸿榆去东江师范报到，都是大哥提着大包小包去送学的。现在，轮到妹妹鸿佳了，又是大哥去送。作为长兄，他为父母分担着家庭负担，并把三个弟弟妹妹都亲自送进了大学，而自己却过着像父亲那样劳苦的农民生活。这份恩情，怕是他们兄妹三个一辈子都还不完的。

去秦亭电厂食堂送完蒸笼，回到自己家里，已是傍晚时分了。妻子叶玲珑趁女儿图画熟睡之际，已把晚饭都做好了，正坐在沙发上一边织毛衣，一边等着黄鸿桦。

黄鸿桦从冰箱里取出两罐饮料，跟叶玲珑一人一罐，边吃边喝。妻子告诉他，她算了下，她今年五月开始承包的五金交电柜台，去掉所有开销，到现在纯利润已有近一千块了。所以，她在考虑要拓展销售渠道，建议黄鸿桦多留个心眼，跟他们学校的钟校长说一说，争取把学校每年暑期校舍维修所需五金的那块生意给揽下来。

黄鸿桦之前只是动用了班上学生家长的关系，给妻子拉来了不少生意；至于学校那一块，却从未考虑过，现在经妻子那么一提，觉得的确可以试试。

"还有，我们供销社正在自筹资金建造住宅楼，我准备明天去报名。"叶玲珑看了眼熟睡中的女儿，"再过两年，等图画长大了，我们就能住上崭新的套间了。"

"不知道我们自己要出多少钱。"黄鸿桦幽幽地说。

"听说是七千五。"叶玲珑喝了口饮料。

"啥时完工交付呢？"

"明年夏天吧。"

"可我们哪来那么多钱哪？"

黄鸿桦现在每月工资才九十多块钱，如果不是叶玲珑承包柜台，她的工资也才八十来块，这样的家庭收入，只能够过日子而已，哪来什么钱买房子呀？现在，虽说妻子承包了柜台，也只是勉强有点儿节余罢了。

"所以说现在要努力做生意赚钱呀！"叶玲珑却信心满满地看着丈夫，"到时如果再有缺口，就想办法问亲戚朋友借点儿。"

"也只能这样了。"黄鸿桦喝完最后一口饮料，去盛了两碗饭放到桌子上。

周一上班，黄鸿桦一上午忙于备课、上课、批作业，还有就是班主任的一些常规工作。现在，因为要负责初中部教学管理工作，另外一个班的课务他已经卸下了。到了下午，看看暂时也没啥事情，跟同事打过招呼，他便径直去了校医叶医生那儿。

轻轻推门走进医务室，发现叶医生正猫着腰，坐在办公桌屏风后的一张长条桌前择菜呢！校医是校园里极其清闲的岗位，一学年里，除了中、高考和运动会，还有就是新生体检时配合镇卫生院做好登记统计工作，要忙上一阵子，其他时间基本上是空闲的。所以，叶医生当年才要千方百计疏通关系从镇卫生院调到中学来。

"叶医生，在忙哪？"黄鸿桦招呼道。

叶校医抬起头，一脸灿烂："哟，是小黄主任呀！快请坐！"说着，拉出边上的椅子。

　　叶校医是个机灵人，机灵到连眼睛都会说话的那种。现如今，眼看着黄鸿桦已不再是前两年刚来时的毛头小伙子，已成了中层领导，而且看势头还会继续往上走的，所以，她对黄鸿桦的态度既亲切又带点儿尊重。

　　黄鸿桦便坐定，笑嘻嘻地说："没啥事，路过，拐过来看看你。"

　　"谢谢！"叶校医看着他，"小叶与女儿都蛮好吧？"

　　"都好的。"黄鸿桦说，"她经常说起你的，还要我请你啥时有空去家里坐坐呢！"

　　"听说小叶也承包柜台了？生意怎么样？"

　　"生意还行，马马虎虎吧。"

　　"现在没关系，生意难做的。"叶医生带着点儿意味深长的笑。

　　"是的。"黄鸿桦知道叶医生的言外之意是妻子现在全靠自己班上那些学生家长的关系在做生意，于是便顺势说道，"我们小叶还在打学校的主意呢。"

　　"这个很难。"叶校医笑笑，"我们学校总务处龚主任那儿都是有固定关系户的。再说，龚主任是厉校长的人。"

　　叶校医的意思黄鸿桦明白：你黄鸿桦尽管现在是钟校长的人，但人家总务处依然被前任校长的人把控着，别指望去插手。

　　"看来，我们秦亭中学的关系网挺复杂的。"黄鸿桦试探性地转移了话题。

　　叶医生是聪明人，立马明白这位黄副主任是向自己讨教学校的那盘根错节的人际关系来了。便告诉他说："是呀，我们学校的教职员工基本都是本地人，你只要一查，就会发现很多人之间都是有关联的。"叶校医继续说，"而且，时间久了你会发现，即使是校内,你只要一查,就会发现,某某老师与某某领导是亲戚,哪怕是转了几个弯的。"

听罢叶校医的介绍,黄鸿桦觉得秦亭中学就是一方池塘,虽小,却深不见底。

不过,黄鸿桦却觉得,自己只是个外来人,在秦亭中学没有什么牵牵拉拉的关系,反而也是桩好事,至少不会牵扯进任何团团伙伙的小圈子。以后自己只管认真教书,认真做好领导布置的事情就是了。

"十一"假期后,黄鸿桦先后收到两封来信,一封是金文英的,说是她已中师毕业,今年被分配到自己家乡丰泽湖边的一所村小当老师。还说她一直想念黄老师,感激黄老师;如果不是当年黄老师的关心,就不可能有她的今天。另一封是苏晴川的,她告知黄鸿桦,自己还是听从父亲的安排结婚了,并调往泽州市第一人民医院工作。她说她把自己的初恋与真爱留在了泾渭镇。还说她从表哥吴双人处得知黄鸿桦也已成家,遥祝他幸福美满。

读着来信,黄鸿桦恍若隔世,不禁感慨万千。他知道,时光已毫不留情地带走了他的那段青葱岁月,再也无可挽回了。

进入初二,班上很多学生仿佛吃了发酵粉似的,个头一下子都蹿高了。有几个女生甚至已经长成了高挑的大姑娘,房俊辉副镇长的女儿房艳就是。女孩一进入青春期,心思就多了,学习自然就松懈了。本学期期中考试,房艳的成绩就从上学年末的年级第十六名,一下子掉到了年级一百零八名。黄鸿桦一了解,原来她本学期跟班上一位名叫梁惟一的男生走得很近。梁惟一是秦亭电厂职工子弟,父亲是电厂党委委员、发电部主任,母亲是电厂职工医院的医生,属于知识分子家庭。也许是因为父母工作忙,疏于管教,这孩子在班上经常不守纪律,学习敷衍了事,而热衷于追赶社会上许多奇奇怪怪的新潮流,从穿着打扮到举止谈吐,跟社会青年并无二致,在班级属于另类。之前,黄鸿桦从耐心劝导到严厉批评，再到频繁联系家长，办法用尽，却收效甚微。现在，他居然跟房艳搞起地下恋爱来，致使房艳学习退步如此之大，这让黄鸿桦着实头痛。

考虑再三，黄鸿桦觉得还是应该从房艳那头去解决问题。因为梁惟一虽说现在在秦亭中学这样的乡镇中学就读，但他每年寒暑假都回上海的爷爷奶奶家，对外面的花花世界"见多识广"，他跟房艳搞暧昧，十有八九是玩玩而已。而房艳的生活圈子极窄，只限于乡镇范围，她对梁惟一的迷恋，源于对外面光怪陆离世界的好奇。如果能让她明白这一点，事情也许就好办了。而这，需要家长的全力配合。于是，黄鸿桦决定在进行期中考试质量分析之前，去房艳家正式家访一次。

尽管黄鸿桦与房副镇长之前有过交往，可自接班以来，除了有两次与钟校长一起出席房副镇长的宴请，黄鸿桦从没有单独去拜访过他。因为黄鸿桦觉得，人家副镇长平时日理万机，不便多去打扰；再说你现在教了人家孩子，就时常去接触，有巴结的嫌疑，难免会让人看低自己。

下发期中成绩条的当天，晚饭后，黄鸿桦走进镇政府家属大院，上楼敲开了房副镇长家的门。

出来开门的是学生房艳。房艳见到黄鸿桦，浅浅一笑，随即很有礼貌地轻声叫道："黄老师！"

"吃过了吗？"黄鸿桦对学生一脸和善。

"嗯，吃过了。"房艳转过脸对里面叫道，"爸爸，黄老师来了！"

"哦。"房副镇长从客厅沙发里应声站起，"黄老师呀？稀客，快请进！"

"房镇长好！"黄鸿桦进门换过学生递过的拖鞋，大大方方地走到沙发跟前，招呼道。然后，就势在房副镇长对面坐下。

"黄老师，喝点儿茶。"房艳妈妈送过了一杯绿茶，回头又对女儿说,"艳儿,过来陪老师坐坐!"

房艳正要讪讪地向这边走来,黄鸿桦却对她说:"房艳,你赶紧去书房做作业吧,我跟你爸妈说点儿事。"说着,还同自己学生意味深长地交换了个眼神。因为今天放学前他跟她说过今天要去她家家访的事,并向她保证说,绝不向她爸妈告状,而只是想了解些她在家的学习情况,请她放心。

看到自己学生走进书房做作业去了,黄鸿桦方才开口道:"房镇长,孩子的期中成绩单看到了吧?"

"黄老师,艳儿给我看了,她爸还不知道呢。"一旁的房艳妈妈看看丈夫,接话道,"这次考得很不好。"

"是呀,退步很大,一下掉了九十多个名次。"黄鸿桦看看他们夫妻俩,说,"我正是为此事来的。"

"辛苦黄老师了!"房副镇长面呈讶异色,"怎么会呢?是不是有什么事情?"

"这几天我了解了下情况,本学期开学后,孩子跟班上一位男生走得挺近的。"黄鸿桦尽量婉转地说。

"是不是电厂那个叫梁惟一的男生?"凭直觉,房艳妈妈立马警觉起来。

房艳妈妈的怀疑是有原因的。从寒假开始,她就发现女儿经常把自己关在房间,并关照母亲,进去要事先敲门。一开始,她还认为女儿是为了专心看书作业,怕别人打扰,也就依顺了。有一天早上,她从菜场买菜回来,买了女儿爱吃的锅贴,兴冲冲地直奔孩子房间,想让女儿品尝。没想到一推开门,发现女儿十分紧张地将一本粉红色日记本合上,十分利索地塞进抽屉里,脸上露出几分尴尬,仿佛做了什么见不得人的事似的。她当时故意装作没看见,依然热情地让女儿到外面吃早饭。那天晚上,趁女儿熟睡之际,她便悄悄取出女儿日记本偷看了起来。厚厚的一本日记本,女儿居然已经记满了大半本。日记是从初一开始的,前面记录的都是日常生活、学习中的点滴感受。可从去年中秋过后，记录的都是班上同学之间的事情了，而其中一个名叫梁惟一的男生的名字居然高频出现于日记中，几乎每篇日记都会提及。再细看内容，并没有什么女儿与这男孩的具体事情，但凭一个母亲的直觉，她感觉女儿至少是心仪这男孩了。可是，如此微妙年龄的女孩，如此微妙的同学关系，她又不好跟女儿点破，否则效果可能是适得其反。

现在，既然黄老师是经过了解而来家访的，说明情况可能比她想象的要严重多了。她顿时陷入了焦虑之中。

"是的，这是个在班上极富个性的男生，但家庭背景还不错的，父母都是知识分子。"当着家长的面，黄鸿桦不能贬低学生，尽管他对梁惟一这孩子极为不满。

"不要去责怪别人家。"房副镇长开口了，"要从自己身上找原因。"说着，很严肃地看了眼身边的爱人。

黄鸿桦觉得已经把情况告知家长了，今天家访的目的也就基本达到了，接下来就是商量解决问题的办法了。

"房镇长，阿姨，我觉得这个事情只能耐心做工作，不能责怪孩子。"黄鸿桦知道房副镇长不会有问题，但担心她爱人操之过急，"孩子现在已进入青春期，对异性有点儿朦朦胧胧的想法纯属正常；再加上又是逆反期，如果一味责怪，效果很可能会适得其反。所以，只能假以时日，好好劝导。"

房副镇长认真听着黄鸿桦的分析，呷了一口茶，刚才的忧虑之色似乎散去大半，两眼放光，说："嗯，黄老师，那就麻烦你在校多多关照她；我们在家里也会找她好好谈谈心，同时加强管教的。"

"至于成绩，你们目前不必过分担心，孩子明白了，把精力重新放回到学习上了，自然就会上去的，毕竟，她的基础还是很扎实的。"黄鸿桦似乎沉浸在自己的思绪中，继续说。

"好的好的，真的万分感谢黄老师，还特意来家访。"房艳妈妈接连道谢。

"那我就告退了，不影响你们休息了。"黄鸿桦站起身来，侧过脸特意对书房里的学生说，"房艳，你安心做作业，黄老师相信你的。"他把"相信"两字说得特别重。

房艳应声从书房走出，与父母一起把自己老师送到楼下。

期中考试质量分析过后，黄鸿桦趁对班级学生逐个谈话的机会，分别跟房艳与梁惟一进行了一次深谈。

对房艳是动之以情晓之以理，告知她：人生是一次漫长的旅行，现在，她的旅途才开始，千万不要因眼前的风景而停住了脚步，影响了自己的前行；因为更好的风景还在前面，等她上了大学，读了研究生，一定会有更好的风景呈现在她眼前。

对于梁惟一，则从男子汉应有的担当谈起。黄鸿桦对他说：作为一个男子汉，应该以事业为重，千万不能游戏人生，更不能为情所困为情所累。而作为一个从知识分子家庭成长起来的男孩，更应该有一股顶天立地的正气，好好学习，让自己成才，为父母、为家庭争光。

最后，黄鸿桦给了他们一个共同的学习目标：半个月后的各科单元测试，成绩要有明显回升。

自然，循循善诱的说服教育之后，是具体的管教措施：以后他们两人除了正常的同学交往，校内校外不得单独交往，并接受班长监督；否则，将以违反《中学生日常行为规范》论处，并记入档案。

期末考试成绩揭晓，房艳与梁惟一都回归班级和年级正常名次位置。而他们的关系，据黄鸿桦了解并证实，也完全恢复为正常的同学关系。黄鸿桦心头的石头终于落地。

春节，弟弟鸿榆办婚宴。黄家按乡下风俗操办喜酒宴请亲友，而返回仁和市后，鸿榆与小华又在饭店摆了三桌，主要是宴请华家的至亲好友。

到了六月，妻子小叶单位的自筹资金住宅房开始分配。黄鸿桦从大哥鸿樟处借到了两千块，又从岳父老叶处拿到了一千六百块，加上自己省吃俭用的积蓄，总算凑齐了七千五百块钱，拿到了一套七十八平方米的两室一厅的新房。暂时也没有实力装修，简单地将厨房与卫生设备安装后，就正式搬家入住了。

第二十四章

三学年一晃而过。

黄鸿桦终于圆满地把自己在秦亭中学的首届学生送走了。说圆满，主要是自己班级中考成绩无论是平均分、及格率，还是优秀率都是年级第一；并且，自己所教语文的成绩也很出色。全班有三分之一的学生考入三吴县三所重点中学，另外三分之二分别被中专校与普通高中录取。其中，已经升迁至邻乡青山乡乡长的房俊辉的女儿房艳，和钟义权校长的儿子钟成，都顺利录取到了三吴县中。梁惟一因户籍关系迁回原籍，转学去了上海就读。

学校人事也有了大变动。随着一位专职副书记的退休，陈必胜改任副书记，分管全校党、团、妇群工作。黄鸿桦被提拔为副校长，接任陈必胜分管初中部教学工作。总务处龚主任被镇政府借调去了秦亭镇职教中心筹建处，负责基建；副主任米志坚代理总务主任。

这样的人事变动看似波澜不惊，合情合理，其实却是钟义权校长的精心布局。如此一来，这两个学校行政管理的核心岗位全都换成了他自己的人马，而陈必胜、龚主任这两位前任厉校长的得力干将被排除在外。

出乎黄鸿桦意料的是，新学期开学，他除了担任一个班的语文教学，居然还兼任该班班主任。对于这样的安排，他十分纳闷：副校长还当班主任？这种事放在任何一所学校都不可能发生呀！可现在偏偏落在自己头上了。而且，如果不是一把手校长的授意，别人根本不可能这么安排。那么，钟校长这是为什么呢？是他这三年来从一名普通教师一跃而成为副校长，升迁太快了，所以特意给他压重担，堵别人的嘴巴，同时也趁机考验下他？或者是上一届学生他带得太好了，需要他继续带下去？思来想去，黄鸿桦都不明白。但既然学校这么安排了，自己就接受，并尽量把每一项工作都做好。于是，为了工作方便，除了校长室之外，他还要求在年级组安排一张自己的办公桌。

新学年，秦亭镇终于撤并掉了散落于太湖边的最后一所片中——堰头初中。茶壶老师申老师与其他几位老师都归入秦亭中学。申老师因为临近退休，加上又是钟校长的恩师，被照顾安排在学校图书馆工作，提前进入了养老状态。

近来，外面的世界变得喧嚣纷繁起来。

星期天早上八点来钟，黄鸿桦拎着篮子去菜场买菜。一下楼，走在大街上，发现平时宽阔空旷的街道变得格外喧闹拥挤。衣服鞋帽摊、各类首饰摊、刀具制品摊、文具摊、各式果脯摊等等，在街道两边一字摆开，绵延数百米。人流络绎不绝，叫卖声此起彼伏，其间还夹杂着人们的熙攘声、自行车的响铃声与摩托车的突突声。

好不容易挤进菜场买好满满一篮子菜，刚走到菜场出口处，却听到背后传来了一声响亮的叫喊："黄老师！"

一回头，看见一个小男孩背着一大袋色彩鲜艳的儿童玩具，笑嘻嘻地站在他面前。原来是班上的学生卢泰临。

"你这是干什么？"

"卖玩具呀！我这是从泽州北门的小商品批发市场批来的。"

卢泰临有点儿腼腆，用手挠着脑门，然后又放下袋子，挑出两个芭比娃娃，塞到黄鸿桦手上，"这两个挺好玩的，送给您女儿吧。"

还没等黄鸿桦反应过来，他就背起袋子，一溜烟地跑开了。

黄鸿桦看着手中的两个芭比娃娃，笑着摇摇头，嘀咕一声："这小子！"

周一一早到校，黄鸿桦在校长室放好包，就直奔教室维持班级纪律。早读是七点三十分开始的，到了二十五分，全班同学都陆续到齐了，唯独卢泰临的座位还空着。黄鸿桦倚靠在教室前门的门框上，整个身子一半在内一半在外，心里惦记着卢泰临是否会迟到，因为今天第一节课是自己向校内语文组老师开设公开课，凡是第一节空课的老师，都会来听课。而听课老师一般七点三十分后都会陆续来教室了，如果有学生迟到，那不明摆着让其他老师知道自己这个副校长治班不严吗？到二十九分，在黄鸿桦的焦急等待中，卢泰临终于一路奔跑着冲进教室，在座位上落座之后，才发现自己的班主任黄老师居然站在门口呢！

黄鸿桦也没心思多管他，看到课代表站到讲台前领读后，他便急忙赶到年级组办公室去取语文书与备课本。一路上，已经劈面遇见几个前来听课的老师了。

上完课回到办公室，听见年级组的老师们都在议论关于三吴县拖拉机厂转制的新闻。三吴县拖拉机厂是一家位于秦亭镇大运河边的大型国营企业，黄鸿桦班上就有卢泰临等好几位学生家长是这家企业的职工。所谓转制，就是企业由厂长或副厂长之类的企业高管承包，其性质由国营企业变为民营企业；同时，承包人有权重新聘用职工。换言之，将有一批职工不再被企业聘用而成为下岗工人。听老师们议论，随着这次三吴县拖拉机厂转制，他们的一些亲戚与朋友就下岗了。之前，黄鸿桦也只是在报纸、电视等媒体上看到全国各地关于国营企业转制与职工下岗的新闻，现在却实实在在地发生在身边了。下岗，也就意味着失去生活来源，这将使多少家庭一下子陷入困顿呀！

现在，黄鸿桦终于明白：其实，前两年妻子小叶所在的供销社开始实行承包制，就是企业转制，只不过小叶作为柜长可以优先拥有承包权，并且原柜组员工都继续留任岗位，因而没有出现下岗工人罢了。

再往深处想，黄鸿桦觉得十多年前自己乡下老家所实行的联产承包责任制，不也是一种转制吗？但在那时，农民家家户户都承包到了责任田，从此都为自己种地了，个个欢天喜地！

这么一想，黄鸿桦也就了悟了：从过去的农村联产承包责任制，到现在的企业转制，都是为了解放生产力，都是改革开放的必然。在这样的改革面前，社会的震荡与阵痛，也就在所难免了。

回到校长办公室，黄鸿桦发现办公桌上一张关于增补学校党支部委员的选票，候选人有两位——黄鸿桦、米志坚，二选一。黄鸿桦毫不客气，在自己名字前的圆圈内打了个钩，然后折叠好，交到隔壁的支部组织委员、校办主任老沈那儿。

下午还有个初中部教研组组长、备课组组长会议，主要听取各教研组老师对学校教学管理的建议，同时布置学校关于教研组学科建设的相关要求。会议是黄鸿桦布置教导处召开的，主要由教导主任负责，他代表校领导出席并做发言。现在，他得起草一份发言稿。这是黄鸿桦担任教研组组长、教导主任，一直到现在的习惯，每次发言，他都认真准备稿件，绝不即兴发言。这在一般人看来，也许是一个管理者没有水平的表现，但黄鸿桦恰恰认为，这是认真负责的表现，同时也是对会议本身与所有与会者的尊重。

今天的会议很是热闹。在提建议环节，数学李老师与物理文老师这两位资深教研组组长特别尖锐。

"我感觉现在我们初中部的教学管理有点儿乱。一是一些班级的自习课被部分老师随意占用，学生的自主学习时间被无端剥夺；二是眼保健操时段，总有部分学生还在校园里奔来奔去。希望校领导加强管理。"数学李老师说。

"是呀，这种现象之前可是没有的。是得引起校领导的高度重视了。"物理文老师立马附和。

说实话，这两种情况的确存在，但要说"之前可是没有的"，显然与事实不符。但既然今天是听取大家建议的，那就必须虚心接受。于是，黄鸿桦当即表态："谢谢两位老师！这的确是学习管理上的疏忽，我会如实汇报给钟校长，并在校长办公会议上加以讨论，并尽快拿出改正措施。"

在场的老师们全都窃窃私语起来。

回到办公室已经很晚，黄鸿桦坐在办公桌前，突然想到妻子叶玲珑昨晚关照自己的事。看看其他几位校长都不在，他掏出包里的几张名片，给三个班上当乡镇企业老板的学生家长，逐个拨了电话，希望他们对妻子的五金交电柜台多多关照。但他心里明白，现在企业都承包了，老板们都得精打细算，即使来做成点儿生意，也不会像以前那样利润丰厚了。

新年过后，卢泰临突然不到校了。黄鸿桦向其他班他的同村同学了解，说是他春节后跟随父母去了泽州市，好像是去城里小商品市场帮父母看店去了。黄鸿桦很是无奈，同时又为这孩子的中途辍学深感惋惜。现在这年代，连个初中都没毕业，跟文盲有啥两样？但是，他又无可奈何。再到教导处一了解，发现全校各年级几乎都有这样的流生！

钟校长近来身体老是打岔，说是三天两头会莫名其妙地腹痛。去了几趟乡卫生院，配点儿药吃，稍微缓解了些。那天早晨上班，黄鸿桦刚坐定，就听到办公室电话响起。接起电话，原来是钟校长的声音："鸿桦吗？我昨晚腹泻，在卫生院挂水，今天不上班了。"

"哦,好的,钟校长。您不要紧吧?"黄鸿桦关切地问。

"没事,挂点儿水消消炎就好了。"钟校长说,但声音明显有些疲惫,"如果局里有什么电话,重要的,你及时转告我。"

"好的,好的。您安心养病。"黄鸿桦挂了电话。

当晚,黄鸿桦与妻子小叶带着女儿,拎了一份精心准备的礼物,前往钟义权校长家探望。钟夫人招待他们在客厅坐定,钟校长便从卧室缓缓走出,坐到他们对面。钟校长的脸明显消瘦发黄,眼窝也塌陷了许多,看上去精神状态极差。黄鸿桦亲切地询问病情,得知他本周将要每天去医院挂水,怕是不能正常上班了。接着黄鸿桦便把当天县文教局打来的一个电话、下发的两份文件的情况做了汇报。随后黄鸿桦又跟他谈了学校其他的一些琐事。坐在一旁的小叶则边哄女儿,边与钟夫人有一句没一句地拉着家常。

本来,黄鸿桦与妻子小叶商量好,趁今天这个机会,想跟钟校长谈谈关于总务处采购的事,因为眼看着暑期就要到来了,全校将进行一次例行的校舍与设施检修,照例会有跟五金交电之类相关的需求。如果能做成这笔生意,对小叶来说,应该是一笔不小的进项。可看到眼前的钟校长一副病恹恹的样子,感觉有点儿不合时宜,只得作罢。

看看时间将近半小时,黄鸿桦夫妻俩便知趣地起身告别离开。

那天,轮到黄鸿桦行政值班。整整一个中午,他戴着红袖章,站在校门口迎送师生离校返校。间隙,他信步踱到学校公示栏前随便浏览,却惊讶地发现,这次学校党支部委员增选,入选的居然是总务处代主任米志坚,而他却落榜了!这种有违常规的操作,明摆着,就是陈必胜在算计自己!让他在秦亭中学党支部没有发言权,成为校领导中的跛脚鸭。此刻,黄鸿桦不免有点儿沮丧：尽管自从当上这个副校长以来，他都刻意保持低调，并一心想要和陈必胜搞好关系，可人家就是不领情哪！

他不禁又联想起上次教研组组长、备课组组长会议上两位老师锋芒毕露的"建议"。因为事后经他了解，这两位组长都是陈必胜的同学，其中物理文老师的儿子还认了陈必胜做干爹，他们俩现在是同学加干亲。

那么，钟校长知道此事吗？黄鸿桦又想，这陈必胜本来对钟校长提拔自己，而把他排除在校级行政管理层之外怀恨在心，现在，一定是趁着钟校长病假一周的机会，故意自作主张地提前公示了此次增选支委的结果，以报一箭之仇。等下周钟校长上班，再做做表面文章，给钟校长来个"补奏"，估计钟校长即使心中再有不满，也奈何不了他。再说，虽然钟校长对自己有知遇之恩，但为了校级班子的"团结"，也未必会对他陈必胜怎样。

想明白了这些，黄鸿桦倒也释然了，不再去纠结这堵心的破事。

整个下午，除了病假的钟校长，校长室三位副校级领导都端端正正地坐在办公桌前各忙各的事。站在办公室门口望进去，黄鸿桦与陈必胜在一排，黄鸿桦在前，陈必胜在后。另一排前面坐着分管高中教学工作的朱副校长，后面是钟校长。说起来，这朱副校长比钟校长的资历还老，年纪也比钟校长大几岁。他是前任厉校长的老人，也是秦亭人，虽然能力一般，但人缘极好，为人处世不温不火、四平八稳，似乎跟谁都好，又跟谁都不亲，一副人畜无害的样子。

师生们都陆续放学后，值班的黄鸿桦在校园巡视。眼看着天也将黑了，整个校园已在暮色苍茫中变成模模糊糊的一片了，黄鸿桦返回行政楼下，准备上楼去办公室取包下班。这时，却发现总务处的灯还亮着，处于好奇，他便走了过去。推开门，看见米志坚正跟一位老板模样的陌生人面对面抽着烟说着话，而整个屋子也被一股浓烈呛人的烟雾笼罩着。

"哟，黄校长！"米志坚看见门口的黄鸿桦，满脸堆笑地站起身，"你怎么还不下班哪？"

"今天我值班。"黄鸿桦也报以热情的笑容。

"来来来，进来坐会儿吧？"米志坚招呼道。

黄鸿桦也不客气，进了门。

那位老板模样的陌生人见状，便站起身来，跟黄鸿桦笑着点点头，随即又转过脸对米志坚说："米主任，那就这样吧。天不早了，我也回去了。"说着，离开了。

凭直觉，黄鸿桦感觉刚才那人是来跟米志坚谈什么生意的。至于哪一方面的，他也猜不到。因为总务处涉及的都是跟学校诸如基建、设施设备维修、教师福利等方方面面的事务，面广量大。

"今年暑期学校所有教室要加装吊扇，教师办公室要更换日光灯，还有物、化、生几个实验室的改造，正在跟几个老板见面谈谈，到时让学校挑选下合适的。"米志坚解释道。

很大的生意呀！黄鸿桦心想。所谓的到时让学校"挑选"合适的，不就是你米主任拿出两到三个人选来，供钟校长定夺吗？而且，钟校长是外行，但凡你米主任着力推荐的，钟校长就一定会认为是"合适"的了。

"米主任，我们家小叶是做五金交电生意的，你看能不能也供你'挑选'下呀？"黄鸿桦立马说道，看似半真半假，却是单刀直入。

"黄校长，这个得由学校定。"米志坚略微露出歉意，"我只是做个初步筛选。"

"明白，明白！"黄鸿桦微笑着轻轻拍下米志坚的肩膀。

两天后，黄鸿桦带着妻子叶玲珑特地到米志坚家拜访了一次，终于让米志坚答应把他们也列入了"挑选"的范围。临别时,叶玲珑特意对米志坚说:"米主任,那这事就拜托你啦!反正到时该怎样就怎样。"

第二天上午上完课,估摸着此刻钟校长正在医院挂水,黄鸿桦也特意去了趟医院探望,借着说学校事情的机会,把自己妻子有意想揽暑期学校这笔生意的意思,婉转告知了钟校长。因为他自信,只要米主任那边列入"挑选"范围,凭自己与钟校长的关系,还是挺有希望的。

一年一度的中考开考了。因为身体原因,钟义权校长这位秦亭中学考点的主考,今年只是挂个名,考点具体事务以及与三吴县文教局、考试院的相关对接工作都由黄鸿桦这位副主考负责。

县文教局派驻到秦亭中学考点的巡视员是人事科长管成林。考虑到三天中考期间,管科长从泽州市区的家赶到秦亭,路途遥远,太过劳累,征得管科长同意,并请示过钟校长后,黄鸿桦在秦亭酒店为他专门开了个房间。怕人家寂寞,每天晚饭后,黄鸿桦还代表学校和钟校长,前往酒店看望管科长,陪他说说话。

这上级教育主管部门每年中考派往各中学所在考点的巡视员,一般都是副科长以上的领导。他们名义上只是个中考巡视员,可事实上可以通过这次考试,全面了解与考察各校管理水平的优劣高下。这直接影响着局领导对各校主管领导的印象与评价,甚至还会影响到他们的升迁。所以,各校领导都会抓住这个机会,小心谨慎地接待好这些巡视员们。而管科长又是文教局要害部门的领导,黄鸿桦当然是殷勤有加了。自然,黄鸿桦这样做,更主要的是为钟校长考虑。而钟校长对黄鸿桦的精心安排大为满意,感觉自己没有培养错人。

三天中考结束,钟校长通过关系,从秦亭镇政府借来了一辆黑色桑塔纳小轿车,还特地派人赶到隔壁的青山乡,弄来了两大筐上好的乌梅,带着黄鸿桦等一干校级领导,在校门口热情地为管科长送行,并派人将他送回了泽州市区。

暑期，叶玲珑如愿揽下了秦亭中学的这笔生意，很是开心。看看自己家的套房因没有装修，太过寒酸，她跟黄鸿桦商量要进行装修，同时还想给家里也装上固定电话。黄鸿桦有点儿犹豫，怕太过招摇。可叶玲珑却说："都是自力更生辛辛苦苦赚来的钱，有什么好担心的？"

于是，折腾了将近一个暑假，黄鸿桦叶玲珑夫妇终于把自己的家装修得舒舒服服。

钟校长因确诊直肠癌，暑期，在泽州市第一人民医院动了手术。手术很成功，加上属于病情中期，总算暂无性命之忧。但经历了这场大病，健康状况毕竟大不如从前了。他找到了已经调回到秦亭镇任党委书记的房俊辉商量，想辞去校长职务，换个单位颐养天年。后来，房书记跟文教局领导协商，终于决定让他辞去校长职务，留任学校党支部书记；同时，为了减轻其工作量，学校仍然保留专职副书记一职。而秦亭中学校长一职，暂时由老资格的朱副校长代理。

一晃一年过去了，秦亭中学上上下下都以为新学年将有新校长调来。没想到开学典礼上，坐在主席台上主持会议的依然是朱副校长！

四月底，三吴县教师职称评审工作正式启动。秦亭中学是一所老学校，前些年积压着许多应该上中、高级职称却未能上的老师，而上级每年分配下来的名额又十分有限，一般中级职称不超过五个，高级职称不超过三个。所以，每年这个时候，想要参评的老师都削尖了脑袋去校办打探消息，明里暗里找校领导表达诉求。自然，为了调动老师们尤其是年轻老师们教书育人的积极性，上面每年都预留部分破格晋升名额；但这是属于全县竞争的范畴，如果不是教学业绩突出并符合相关要求的，想都别想。

黄鸿桦对照了一下破格晋升高级教师条件，感觉自己还是蛮有希望的。于是，他决定正式申报。谨慎起见，他私下特地到县体负责申报工作的校办主任老沈那儿了解情况。

"小黄校长,今年我们学校想要破格晋升高级的,加上你有两位。"老沈解释道。校办主任老沈五十来岁,所以他跟叶校医一样,平时都称黄鸿桦为"小黄校长"。

"另一位是哪位老师?"黄鸿桦问。

"物理教研组长文老师。"老沈说,"他今年刚好三十八岁,过了今年,就超龄了,再没机会走破格晋升通道了。"

听老沈的口气,学校似乎很偏向于要优先考虑这位文老师了!黄鸿桦想。他是陈必胜的同学加干亲,背后陈必胜一定没少使力托举他。而且,按常理,如果有两位以上的人申报,到时学校一定会将文老师排在第一位的。当申报材料递交到上面,评审组也一定会尊重下面单位的意见,优选考虑这排序在第一的申报者的。

两周后,学校职称领导小组对老师们所申报的职称晋升材料进行评审,这是每年的常规流程。领导小组成员有:书记钟义权,但因病缺席;代理校长朱副校长,黄鸿桦、陈必胜,还有一位分管高中教学的副校长,外加校办主任老沈。所有正常申报的九个中级职称与七个高级职称都依次排序停当,大家都没啥意见。让大家犯难的是破格晋升高级职称这块。本来只有物理教研组长文老师申报,可现在在座的黄鸿桦也要申报,排序就成了问题。于是,主持会议的朱副校长要求大家拿出个解决问题的办法来,他说:"我觉得黄校长材料过硬,照例应该排第一。可是,文老师呢,今年是破格晋升的最后机会了,必须予以照顾。作为负责人,我希望他们都上,因为这既是我们学校的光荣,也减轻了今后学校评审的压力。"

朱副校长一开头,大家也便开始各抒己见了。

"文老师是教学骨干,又是多年的教研组组长,历年中考成绩都名列前茅。把这样的一线老师推上去,有利于调动老师们教育教学的积极性。"陈必胜一脸严肃地说。

刚才朱副校长的话虽说是模棱两可，但还不失为公允。现在陈必胜却是态度鲜明了。而且，他居然是当着黄鸿桦的面说出这番话的，这无异于挑衅呀！

大家你看看我，我看看你，一时，会场气氛十分尴尬。

此时的黄鸿桦十分气愤，他很想当即反驳道：文老师是教学骨干，难道我就不是？再说，把他推上去了就能调动教师们的积极性，那么，把我推上去难道就挫伤了老师们的积极性了？可是，他没有。因为他觉得，今天自己没必要跟文老师去争个谁排第一的高低，到时只要学校把自己材料送上去了，自己还是有操作余地的。

于是，黄鸿桦表态道："大家不必再讨论此事了，我表个态，文老师排第一，我排第二。我呢，只是想给自己一个机会，不是要跟下面的老师们去争什么高低。"

此话一出，大家都很震惊：没想到这小黄校长竟然如此有气度！

而陈必胜更是惊讶得眼珠子都快掉出来了：这小子今天是怎么了？是服输了呢，还是以退为进，在憋另外什么歪招？他偷窥了一眼黄鸿桦，满腹狐疑。

等到校办沈老师将评审材料正式送至县文教局后，黄鸿桦抽了个空专门赶到局里。他首先在教研室找到了语文教研员施雅韵。因为职称评审，尽管形式上是由县职称评审办公室负责的，但在具体操作时，各学科组长就是各科教研员，他们对所有参评老师能否晋升有着绝对的表决权。

听完黄鸿桦的介绍，施雅韵对他说："小黄校长，只要材料送上来了，我们就一定会严格按照要求操作，我相信你的材料是过硬的。"

听了这样的话，黄鸿桦算是彻底放了心。

从教研室出来，他去了趟人事科，发现管科长不在。又去了吴双人副局长办公室，也不在。无奈，他只得悻悻离开办公大楼，准备返回秦亭。

"是黄鸿榉吗？"走到文教局大门口，忽然听到有人在叫他。

回头一看，有个熟悉的身影正朝他走来。仔细一辨认，原来是久违的林子丹。

"咦，林子丹！"黄鸿榉很惊喜，"怎么这么巧呀？"

两人握过手，林子丹便引黄鸿榉来到文教局隔壁的县校办工业公司，在他的办公室坐定。

原来，林子丹现在已是校办工业公司的销售科长了。两人寒暄、叙谈了一番之后，林科长特意陪黄鸿榉用了晚餐，还送了一份礼物，并派司机专程把他送回了秦亭。

第二十五章

黄鸿榆与华芷莹结婚已经五年多了，可是一直没有孩子。这让双方老人都很着急，尤其是黄家。父亲黄全根几次催促黄鸿榆，可他永远只回父亲一句话：

"爹爹、姆妈，不急的，我和小华现在都很忙！"

一开始，父亲黄全根是相信的，因为在他的认知里，儿子现在是市里头负责青年工作的领导，工作的确忙；儿媳呢，当了个中学的副校长，也忙。可时间久了，就发现不对劲：不会是他们当中哪一个不能生养吧？

于是，每次见到小儿子，父亲黄全根总忘不了要唠叨了："鸿榆啊，你和小华要不要去看看医生呀？"

黄鸿榆却总是把话题扯开，或者干脆保持沉默。因为他理解父母的心思，但更舍不得妻子小华去吃那些乱七八糟的药受罪。

一九九六年，黄鸿榆被提拔为共青团仁和市委书记。在团委历练了那么多年，如今的黄鸿榆已变得成熟而干练。其间，他完成了党校研究生学业，成为一名标准的知识化、年轻化的干部。

那天下班后，黄鸿榆立即赶回华家。近来，岳母宋慧身体时常不适，经检查患了慢性肾炎，医生关照不能劳累。所以，华家雇用了一个住家保姆，全天候料理家务，兼带照顾岳母。但是华书记和华芷莹还是不放心，所以黄鸿榆每天下班后只要没有应酬之类的其他事，总是及时回到岳母身边。因为用小华的话说，母亲整天在家待着，闷都闷死了，所盼望的就是他们能早点儿回家相伴。

跨进家门，听到客厅里传来了妻子小华的声音。

"你今天怎么这么早就下班了？"黄鸿榆放下包，换了鞋，亲热地对宋慧叫了声"妈妈"，便笑着问。

平时，华芷莹所在的仁和市高新技术开发区实验中学，一般都要五点半放学，她回到家通常要六点半左右，比黄鸿榆足足晚一小时。

"今天去教育局参加了个会议，一结束就直接回家了。"华芷莹解释说。

"哦，看来还是局里好。"

"你猜我遇见谁了？"

"谁？"

"仁和理工的应教授，你得意门生的父亲。"

"他怎么去教育局了？"

"还不是为他那宝贝儿子！"华芷莹说，"他跟我说，想把应德高调回市区中学。"

黄鸿榆略一沉思："目前恐怕有点儿难度的。估计要再等上两三年，这事人们都淡忘了，才能看机会。"

应德高在东江师范大学读大一时,因违反了校规,考研不成,毕业分配也受影响,最后虽然回到了仁和市,可是去了离城区最远的一所郊区初中任教了。

"对了,凌一娇呢,在你们学校怎么样?"黄鸿榆突然想起了她,"好久没听你说起她了。"

"她挺好的呀。现在是我们学校的培养对象呢!"

凌一娇毕业后顺利回到了家乡,被分配到开发区最好的中学,仁和实验中学,成了华芷莹的手下。

"也不知道他们两个现在怎么样。"黄鸿榆轻声嘀咕道。

"哟,不愧是亲学生啊!"华芷莹调侃道,"还在关心他们两的关系哪?看来,等到他们有朝一日终成眷属时,非得请你这个大媒人吃十八个蹄髈不可。"

"好了,别拌嘴了,快来吃饭吧!"岳母宋慧见状,从沙发上站起来,"耿阿姨弄好的饭菜都快凉了。"

于是,大家便围坐于餐桌前,用起了晚餐。晚饭吃到一半,只听到大门声响,原来,华书记居然回家来了。

"爸,今天怎么老早就回家来啦?"华芷莹立马站起来,迎了上去,调皮地说道,顺手接过父亲手中的公文包。

"爸,您回来了?"黄鸿榆也急忙站起身来,一起迎了上去。

"耿阿姨,快去盛饭!"宋慧一边吩咐,一边让丈夫在自己身边坐下。

一家人用过晚餐,便都靠在沙发里拉家常。

黄鸿榆给岳父泡了杯红茶,放到华达江面前:"爸爸,这是丁蜀的特级红茶,我给您弄了点儿。您尝尝。"

从去年以来,华达江的胃一直有点儿不舒服。医生告知他是胃寒,建议少喝绿茶。但他从年轻时当老师就养成了喝茶习惯,要他不喝,还真像生活中缺少了点儿什么似的,不习惯。所以,他就改喝红茶了,暖胃。

"又下乡去了？"华达江看了眼女婿，拿起茶杯呷了一口，"嗯，好茶。"

　　"是的，前阵子去丁蜀县调研了。"黄鸿榆如实相告。

　　"嗯。"华达江若有所思，"年轻人长期在上面窝机关不好，要下潜到基层去多多锻炼。"

　　一旁的华芷莹与宋慧似乎听出了华达江的话外音，母女俩便你看看我，我看看你，全都会心地笑了。

　　"好的，爸爸。有机会我一定听从组织安排，到基层去磨炼自己。"黄鸿榆自然也明白岳父的意思，立马表态道，态度十分诚恳。

　　"爸爸，那我呢？我一辈子在实验中学当老师呀？"见父亲已把一杯红茶喝掉大半，华芷莹起身给他续上水端到他手上，以撒娇的口气说道。

　　华达江抬起头，以慈祥的目光看着女儿，说："你呀，就安心在教育系统吧，当个教书育人的好老师，没啥不好。"

　　"达江，莹莹在那边确实离家太远了。"宋慧开口了，"再说，你那么忙，鸿榆以后更是路远迢迢的，这家里总需要个人照顾呀！"

　　华达江沉默了片刻，才对女儿淡淡地说了句："你自己可以去找教育局解决嘛！"

　　黄鸿榆对妻子意味深长地看了一眼。华芷莹自然是心领神会，对丈夫甜甜地抿嘴一笑。

　　第二年春天，黄鸿榆被正式调任丁蜀县任副县长，分管文教卫生工作。华芷莹也于当年下半年被调回到仁和市教育局组织处任处长，离开仁和实验中学前，她顺利促成了学校提拔凌一娇为德育处副主任的美事。

　　八月中旬的那个周末，黄鸿榆携妻子华芷莹特地回了趟皇坟乡清水村老家。之所以选这么个大热天回乡下，主要是考虑到妹妹鸿佳正好在家歇暑假；再加上二哥鸿桦也歇暑假，可以带上嫂子叶玲珑与侄女儿图画一起回到老家，还有大哥鸿樟大嫂周英他们，一大家子聚聚。

黄鸿榆现如今是副县长，自然有专职司机送他们夫妇俩。当他们的小轿车出现在村口时，顿时引起了四里八乡的轰动。附近村子的乡亲们，无论是认识的不认识的，熟悉的不熟悉的，全都赶来看热闹。大家羡慕与嫉妒交织，私底下议论道：这黄家的祖坟真是冒青烟了！竟然出了这么大的一个领导！嗨，真是人比人气死人呀，你说他们黄家祖宗究竟积了哪门子德，居然前些年一连出了三个高才生，如今又出了这么个大领导！

母亲张腊梅从屋里搬来了凳子，满脸笑容地邀请乡亲们坐下，并把黄鸿榆带回的高级水果糖、坚果、散装糕点之类的零食一一分发给大家。乡亲们也七嘴八舌地和母亲说上许多恭喜、祝福的话，然后便陆续回家去了。

全家人便又像过年一般，热热闹闹地围坐在堂屋的八仙桌前，拉起了家常。回来的消息是前两天就告知家里的，所以今天一大早父亲黄全根和大哥鸿樟就去镇上采购了许多食材。这会儿，母亲张腊梅、鸿佳、大嫂周英他们三个就在灶间忙碌着。叶玲珑在堂屋坐了一会儿，看看鸿佳从灶间出出进进地忙个不停，便也一头钻进里面，帮忙去了。华芷莹看图程、图画在边上吵闹，心想自己一个人坐在他们父子堆里也有点儿多余，便带着两个孩子去门前的青砖场地上坐着，陪他们玩耍。

其实，此次黄鸿榆听从父母安排，特地回清水村，主要是商量关于妹妹鸿佳找对象的事。五年前，鸿佳从仁和师范学校毕业，临近分配时，二哥鸿桦就要求黄鸿榆设法疏通关系，将妹妹留在仁和市区，以便以后妹妹方方面面都能得到哥哥、嫂嫂的照应。可是，父母却不同意，尤其是母亲。母亲张腊梅说："如今，你们小兄弟俩都不在我们身边，如果鸿佳再离我们远，一旦以后我和你爹爹有个头疼脑热，甚至躺在床上了，那我们怎么办呀？"

"有大哥和嫂子呀！"黄鸿桦脱口而出。

"你大哥一个大男人，能照顾个啥呀？"母亲张腊梅有点儿不高兴了，"你嫂子毕竟不是我们亲自生养的，有女儿亲吗？"

黄鸿桦这才恍然大悟，他看了眼妹妹鸿佳，便不再出声。

妹妹鸿佳似乎明白二哥的意思，就对父母表态说："那我就回皇坟来吧。以后可以一直跟爹爹、姆妈在一起！"

鸿桦、鸿榆两个哥哥都知道，自己的妹妹是个淳朴善良的姑娘，从小到大都没有什么野心，但却比他们两个哥哥更在乎亲情。只是眼下明明有机会可以让她留城里，又不得不放弃，做哥哥的实在替她可惜。

于是，鸿佳毕业便分配回到了老家的皇坟乡中心小学。

现在，妹妹鸿佳已经出落成一个楚楚动人的大姑娘了，上门提亲的不断。可不知为什么，鸿佳一概拒绝，有好几次，甚至对父母说自己很反感。这可让父母犯了愁，都说女大不中留，要是过了年龄，想嫁都嫁不出去了呀！做父母的能不急吗？

于是，母亲张腊梅把此事告知了黄鸿榆，说是不是鸿佳对当初留在乡下后悔了，想找个城里的对象去城里生活？如果是，那她和父亲也不反对，毕竟孩子的前途要紧。

于是，华芷莹就把自家小姑子的婚事放在了心上，终于在仁和实验中学物色上了一个同样在乡下长大的小伙子，准备介绍给鸿佳。可不知为什么，鸿佳连照片都不肯看一眼。

后来，在母亲张腊梅的再三"苦逼"下，鸿佳终于道出了实情。原来，鸿佳在读师范时就喜欢上了班上的一个名叫方正圆的男生，但当时并没有挑明，也就是彼此喜欢罢了。方正圆是江平县人，江平县位于仁和市的东北面，濒临长江，虽说如今也归仁和市管辖，但离皇坟乡毕竟路途遥远。

鸿佳说，因为江平县当年教育相对落后，师范毕业后，学历只是中师的方正圆被分配到了他的老家北舍乡中学当老师。但他自知学历不够，这五年间便一边教书一边读函授，从大专到本科，现在已经准备报考在职研究生了。与此同时，他们两人的感情也不断升温，从在学校时的彼此好感，到后来的正式恋爱，再到现在的情深意笃。

那些读函授的日子里，方正圆几乎每次都会利用去仁和市教师进修学校面授的机会，特地抽空赶到皇坟乡镇上与鸿佳见面，有时则是鸿佳去仁和市区。受方正圆的影响，鸿佳也报考了大专函授班，经过两年的学习，如今即将毕业了。

起初，方正圆要鸿佳调往江平，但鸿佳考虑再三，觉得自己不愿离开父母，最终回绝了。可方正圆也不愿意离开自己的老家，说他家就他和姐姐两个，如今姐姐出嫁到了邻村，家里就父母和他了，要他过来，父母肯定不同意，再说他自己也没那打算。两人就因为此事而冷淡了一段时间。到了去年过完寒假，方正圆突然对鸿佳说，他已经做通了父母的工作，以后可以让姐姐照料父母，自己可以离开江平到仁和来。但是，他觉得这县与县之间的调动，实在太难了。

这让鸿佳大为感动：方正圆居然愿意离开老家来到自己身边！看来自己没有看错人，方正圆对自己是真心的！

现在鸿佳已经是非方正圆不嫁了！

了解了详情，父母便只得要求最有本事帮忙的小儿子鸿榆与小儿媳小华来解决这个难题了。

但黄鸿榆知道，虽说自己如今是丁蜀县分管教育的副县长，而妹妹这事牵扯到的是江平县与仁和县之间的关系，他鞭长莫及呀！当然，一定要办也是可以的，可必须下一番功夫去找关系，费一些周折去吃人情。

午饭后，黄鸿榆与华芷莹拉着二哥鸿樑与二嫂叶玲珑，一起跟妹妹鸿佳说话，想听听她的具体打算。鸿佳有点儿举棋不定：

如果现在结婚呢，怕到时方正圆调不过来，因为毕竟是县与县之间的调动，难度很大；不结婚呢，想要让方正圆调过来又没有充足的理由。这时，华芷莹当即斩钉截铁地说："鸿佳，没什么好犹豫的，假如你们觉得成熟了，就先去领结婚证，结婚仪式倒是可以晚点儿考虑。至于调动的事，肯定可以想办法的。"

其实，这正是黄鸿榆所要说的话，他没想到他还没来得及表态，妻子竟然不假思索地帮自己说出来了。而这也正是黄鸿榆欣赏妻子的地方，关键时刻，她总能毫不犹豫地拿主意，帮自己分忧。

黄鸿桦与叶玲珑也附和道："鸿佳，你小嫂说得对，先领证，其他的事你用不着考虑。"说着，夫妻俩都微笑着看看弟弟与弟媳。

返程的时候，黄鸿榆让司机老张把他们夫妻俩直接送回仁和市区的华家，然后关照老张第二天一早，到位于教师新村的自己的家去接他前往丁蜀县上班。自从到丁蜀县上任后，黄鸿榆工作日一般都住机关分给他的套房里，周末才回仁和，先去华家与岳父岳母团聚，然后回自己家住宿。

当天晚饭后，在回自己家的路上，华芷莹对黄鸿榆说："鸿佳的事你出面不太好，还是我来想办法吧。"

"你哪来门路呀？"黄鸿榆很感激妻子的好意，也深知她这样做是为了保护自己，免得到时有些别有用心的人借此诋毁自己。但是，他也实在想不出妻子有什么门路，更怕因此而给妻子带来负担。

"你别管了，我会想办法的。"华芷莹笑笑。

其实，华芷莹之所以这么说，内心还是有几分底气的。三年前，仁和市教育局基教处的一位与自己关系不错的副处长，被调往江平县教育局任常务副局长。虽说这属于平级调动，但从市局原本并无实权的岗位调往下面县局手握重权的副局长岗位，实在不啻提拔啊！到时自己只要跟他打个招呼，放人应该没啥问题的。在教育局待了那么多年，华芷莹深知，这教师的调动，说到底，主要矛盾还在调离方，如果他们答应放人，接收方一般是不成问题的。更何况，于公，无论是江平还是仁和，现在都属市教育局管辖；于私，自己身后还有一个市委书记的老爸。所以，这点儿面子，下面还是会给的。

"你不会去找咱爸吧？"黄鸿榆有点儿担心。

"哪会呀？"华芷莹依然一脸淡定地笑，"让爸出面，不是影响更不好吗？我傻呀？"

黄鸿榆便不再作声，心想，反正暂时还不急。

下卷

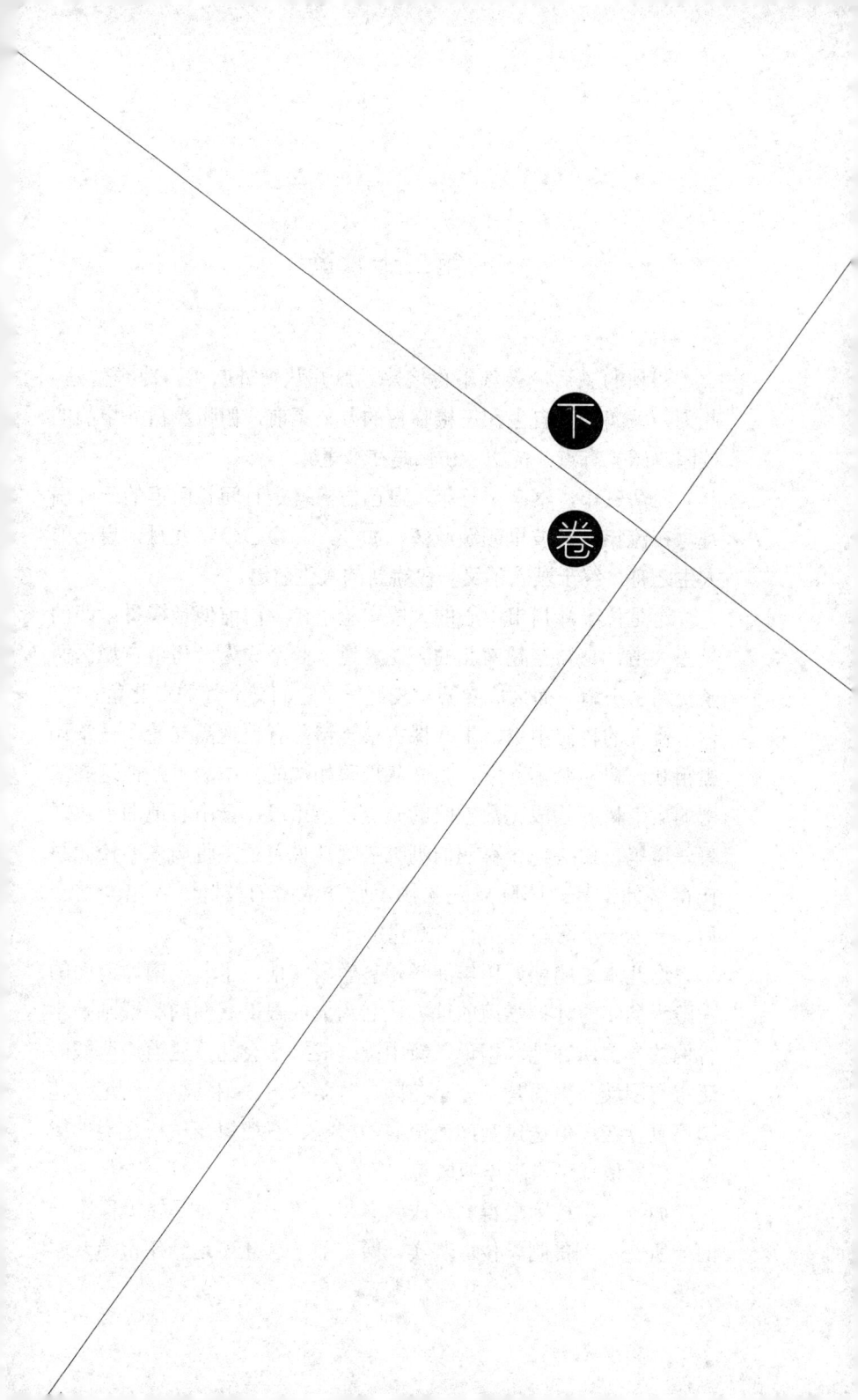

第二十六章

初秋的午后，天气不再燠热。风儿从窗外吹来，凉爽舒适。此刻，黄鸿桦独自坐在三楼临窗的办公桌前，俯瞰着窗外宁静的校园，感觉有点儿恍惚，仿佛是在梦里。

泾渭三年，秦亭十五年，自己仿佛就是时间长河里的一叶扁舟，在流年的烟波里颠簸漂荡。如今，二〇〇〇年九月，自己的人生之舟，终于驶入了又一段崭新的人生航道。

这是位于泽州市中心的大成实验学校。门前便是横贯东西的吴王大道，它与穿越南北的卧龙大道一起，成为泽州市古城区两条交通主干道。而大成实验学校便位于它们交会处的东北角。

楼下的校园中央，十八棵古银杏错落有致地矗立着，枝干黝黑粗壮，树冠蓊郁苍翠。阳光从澄碧如洗的空中洒下，被这些浓密的扇形树叶筛成无数耀眼的光点，金币般在金山石地面上跳跃着。斑鸠、白头翁、喜鹊们叽叽喳喳地说着话，将周末的校园衬托得格外宁静。阵阵风儿吹拂，掀开浓密的枝叶，露出一前一后、一大一小两座古建的飞檐翘角。

这儿本是明朝万历年间泽州县学所在地，坐北朝南。前面的大殿为当年秀才们学习的地方，名为大成殿，后面的小殿则是学官们的办公所在地。据说，新中国刚成立那会儿，这前后两殿间还筑有围墙，里面是一方小花园。时至今日，围墙早已倾圮，花园不复存在；但透过其间散植着的椴树、石榴树、柏树之类的树木，仍然依稀可辨当年的风貌。

如今，学校因殿得名，成为泽州市第一所，也是古城区唯一的一所九年一贯制学校。其实，两年前，这儿还是泽州市第八中学，归泽州市教育局直接管辖；而一墙之隔的东面则是隶属于泽州市大儒区教育文体局管辖的文德实验小学。后来，经分管副市长提议，市教育局与大儒区政府协商，终于将两校合并，正式组建成为大成实验学校，作为泽州市范围内的一所教育教学体制改革的试点学校。但在黄鸿桦看来，这样的改革试点实在有点儿尴尬：如今大成实验学校行政上归大儒区教育文体局领导，但初中部的教育教学业务区教育文体局实在无力领导，而仍然属于市教育局代管，其教职员工编制也还属于市教育局。这就好比相邻的两个男女再婚重组家庭，虽然并床合灶一起过日子了，但彼此都与旧妇前夫有着割舍不断的联系。

当然，学校的这些事目前对黄鸿桦而言并不重要。重要的是黄鸿桦竟然从偏远的乡镇中学，一下子调到了泽州市中心当老师了！而且还把妻子女儿也一起带了过来！如此巨大的变化，别说别人会诧异，就是他自己也不敢信，以致都快一个来月了，他还感觉像是在梦游似的。

三个月前的六月中旬，一天傍晚，黄鸿桦坐在办公桌前准备下班，随手翻阅着当天的《泽州日报》，忽然看到一则招聘启事。细读，方知是泽州市教育局、人事局联合为大成实验学校公开招聘教师，招聘范围为泽州一市六县。读完，黄鸿桦若有所思，顺手将报纸塞进包里，下班回家。

晚饭后，黄鸿桦看看女儿图画，笑嘻嘻地对妻子叶玲珑说："给你看样东西。"

"什么东西？"叶玲珑有点儿惊讶。

"喏！"黄鸿桦掏出报纸，将招聘启事摊到她面前。

叶玲珑疑惑地看了眼他，然后将目光移向面前的报纸。读六年级的女儿图画也很好奇，钻到妈妈胸前，凑到跟前读了起来："大成实验学校招聘启事：大成实验学校为一九九八年九月组建的泽州市区第一所九年一贯制学校，为推进教育教学体制改革，切实提高教学质量,兹向泽州一市六县公开招聘优秀初中教师若干名……"

"你想去应聘?"看完,叶玲珑抬起头问黄鸿桦。

"嗯,有点儿心动。"黄鸿桦看着妻子说,"图画马上升初一了,想给她换个成长环境。再说,我们学校这两年来的教学质量直线下降,让她去读这样的中学,我实在有点儿担心。"

叶玲珑看着丈夫,一副沉思状。

"只是一旦招聘成功,我和图画都过去了,你怎么办?还有你的店。"黄鸿桦摆出了自己的担心。

"女儿的前途最重要,其他困难都可以想办法克服的。"不料,叶玲珑语气十分坚决,"还有,我看你再在这个学校窝下去,人都快废掉了。有道是,树挪死,人挪活,你呀,是该动动了!"

知我者,妻子也!黄鸿桦不禁在心里默默感叹道。还有,叶玲珑在关键时候总是那么识大体,有魄力,有时候真是连黄鸿桦也自叹不如呢!

"那好,过两天我就过去试试。"黄鸿桦像是得到了什么鼓励,高兴地看着妻子,又伸手摸摸女儿图画的脑袋。然后,起身洗碗去了。

正如妻子小叶所言,黄鸿桦再在秦亭中学待下去,真的都快待废了。因此,他早就萌生离开此地的念头了。朱副校长主持了两学年学校工作后,终于正式扶正,成了学校的当家人。但就在这两年里,学校纪律松弛,中、高考成绩每况愈下,学生各类违规违纪事故频发。而下面的许多老师一方面恣意"享受"着这种懈怠与自由散漫,一方面却不停地发牢骚,说怪话,一副愤世嫉俗、天下皆醉我独醒的意态。黄鸿桦一开始在行政会议上,尤其是校级办公会议上说担忧,提意见,出主意;可久而久之,发现鲜有人附和,更没有人采纳,于是他也泄了气,就这么跟大家一团和气地共处着。更何况,自从朱副校长扶正后,陈必胜又一下子积极了起来。有许多次，黄鸿桦下课回到办公室，发现他居然跟现在的朱校长正窃窃私语着，仿佛正在商量什么重要的军机大事，可看到黄鸿桦进门，便立马打住了。起先，黄鸿桦很是纳闷，又极气愤：什么重要的事呀，要这么背着他如此频繁地商量谋划？可这样的次数多了，黄鸿桦也就淡然了：毕竟人家是二十多年的同事了，又都是学校管理层的老资格；而自己也就是由于钟校长的器重才上来的，如今钟校长不管事了，疏远甚至排斥自己也是情理之中的事。

  想当初在钟校长的提拔下，自己从教研组长到教导处副主任，再到副校长，一路走来，自信满满，一心想在秦亭中学有所作为。如此，既不辜负钟校长的知遇之恩与吴双人局长的殷切期望，又遂了当年立志献身教育事业的宏愿。可如今，随着钟校长的病退，一切都化为泡影。既然自己人微言轻，不受待见，那么，从今往后就专注于业务吧。毕竟，作为一个教育工作者，你可以什么都不是，但必须是一位称职甚至优秀的专业教师。这才是立身之本啊！他忽而又想起了教研员施雅韵跟自己说过的一句话：一个教师，业务过硬，你选学校；业务不行，学校选你。看来，以后有机会的话，自己真得考虑挪挪窝了！黄鸿桦对自己说。

  现在，一个足以改变自己、女儿人生走向，又对整个家庭生活有着深远影响的机会就放在面前，黄鸿桦岂能放走？再说，自己现在正值年富力强的人生黄金期，此时不去拼搏一番，更待何时呀！

  拿定主意，黄鸿桦便精心准备了一份个人履历，准备抽空前往泽州市大成实验学校投递。

  三天后的一个下午，黄鸿桦安排好学校事务，坐上农村中巴车赶到了大成实验学校。到校门口说明来意，保安便先拨通了校长室的电话，然后，那名保安又带着黄鸿桦穿过校园，来到位于校园东北角的行政楼下。

"校长室在三楼,你自己上去吧。"保安很客气地对黄鸿桦说。然后扭头就离开了。走了几步,仿佛想起什么来了,回头补了一句:"我们校长姓陆。"

两分钟后,黄鸿桦敲开了校长室大门:"您好,陆校长!我是来自三吴县秦亭中学的黄鸿桦,语文老师,前来应聘的。"

"哦,欢迎欢迎!"

站在面前的是一位四十几岁模样的壮实男子,一脸热情的笑意。他五短身材,穿一件淡粉色竖条子短袖衬衫,黑色西裤,黑色皮鞋,系一条咖啡色领带,胸口还别有一枚校徽。一看就是齐整的校服。

陆校长把黄鸿桦让进门,指着里面的一圈深棕色沙发说:"请坐!"

黄鸿桦在一旁的三人沙发上坐下。陆校长用纸杯给他倒上一杯绿茶,送到他面前的黑色玻璃茶几上,然后,自己也在黄鸿桦右手朝南的单人沙发上坐定。

黄鸿桦谢过,礼节性地拿起茶杯,轻轻抿了一小口。然后,从挎包里取出装在透明塑料袋里的个人简历,打开,站起身,弯腰送到陆校长面前:"陆校长,这是我的简历,麻烦您审阅下!"

"好的。"陆校长微笑着接过,仔细地翻阅了起来。看完,抬起头看着黄鸿桦说:"嗯,黄老师很优秀,真心希望你能加入大成实验学校这个大家庭来!"

"我想给自己一个机会。"黄鸿桦谦虚地说道。

"看材料,黄老师在秦亭中学发展得很好呀。"不料,陆校长突然问了一句,但笑容依然亲切和蔼。

"为了孩子吧。我想给孩子换个更好的成长环境。"黄鸿桦几乎不假思索地回答道。这是黄鸿桦的真心话,因为他觉得,作为父母,为孩子着想是天经地义的,也是无可厚非的,所以,无须说什么虚伪的假话去遮遮掩掩。

"嗯,理解。"陆校长满意地点点头,"这样,黄老师,你回去后等通知,最迟本月底,我们会安排你前来上一堂课的。"

"好的,谢谢陆校长。"黄鸿桦站起身,跟对方道过别,知趣地退出了校长室。

走到楼下的校务公示栏前,黄鸿桦发现陆校长大名陆中华,是大成实验学校的党委书记兼校长。

一周后,黄鸿桦接到大成实验学校校办打来的电话,通知他第二天前去上课。第二天一早,黄鸿桦按要求于上午九点前抵达了大成实验学校。当天的课黄鸿桦上得很是得心应手,得到了那些坐在下面做考官的泽州市区的中学名师们的一致好评。上课结束,黄鸿桦被陆中华校长请到办公室。稍事寒暄后,陆校长对黄鸿桦说:"黄老师,你的课上得很好。等我们本星期将所有应聘老师考核结束,集体上报市教育局与人事局批准后,再发正式录取通知书。"

虽然黄鸿桦之前对自己的上课能力从无怀疑过,觉得只要是公开公平的竞争,自己定能胜出。但当听到陆校长的这番话时,还是异常高兴的。这也就意味着,自己从此将从一位乡村教师,正式变身为一名城市教师了!更为重要的是,女儿画图从此也将跟随自己进城读书了!自己和小叶辛辛苦苦经营了十来年的小家庭,从此也将正式从乡镇搬迁到城里来!这可是多少乡村教师梦寐以求而不得的好事啊!这些年,自己从泾渭中学到秦亭中学,曾经目睹过不知多少家在城市而工作在乡镇的老师,他们一辈子都在想方设法为调进城市而努力,可到头来真正能如愿以偿的往往寥寥无几,绝大部分人只能在原单位熬到退休。如今,自己竟然如此轻而易举地成功招聘进城了,这将会让多少人羡慕和嫉妒啊!

"谢谢陆校长的信任,以后我会在大成实验好好工作的!"黄鸿桦当即表态道。随后，他抬腕看看手表，又说："陆校长，如果没有其他事，那我就告辞了，下午还有一节课呢！"

"好的。"陆校长还是像上次一样，一副和蔼可亲的模样，把黄鸿桦送到了门口，站定，一直目送黄鸿桦走到楼梯口下楼。

返身回到办公桌前坐定，陆中华校长双手捧着紫砂茶杯，不由得琢磨起黄鸿桦来。说实话，自从上次看了简历，他就已经从心里认可黄鸿桦了。他年纪轻轻就已晋升为高级教师，如果不是破格晋升，根本不可能。这可见其业务能力之强！再说，从教研组长到教导处副主任，再到副校长，作为业务管理人员，他也是脚踏实地一步一个脚印地干出来的。而今天的一堂课，又充分展现了其课堂教学能力，让自己这个科班出身的语文老师也深感不易啊！看来，今天自己不仅招聘到了一个优秀的语文老师，更是觅到了一位难得的学校业务管理人才啊！

黄鸿桦匆忙返回秦亭，见办公室没人，就拨了个电话，把应聘成功的好消息告知了妻子叶玲珑。上完下午的课，处理完当天作业，黄鸿桦就埋头备课。这阵子，自己忙于应聘的事，教学上明显松懈了。这让他内心深感歉疚，觉得有点儿对不起班上学生了，这两年来，自己在教学管理上一直处于应付状态；而事实上，他有许多地方似乎也插不上手，就顺水推舟，做完表面文章了事。但是，他始终告诫自己，一定要做好力所能及的事，把班上的语文教好，万不可因为自己而耽误了学生。

下班回家，一脚踏进家门，黄鸿桦惊讶地发现，妻子叶玲珑已经做好一桌饭菜，还放了一瓶葡萄酒和一瓶可乐，笑盈盈地正和女儿图画一起坐在桌前等着自己呢！

"爸爸回来咯！开饭！"女儿蹦跳着叫喊起来。

黄鸿桦包没来得及放下，就把女儿抱了起来，在她小脸蛋上亲了口："回家作业做好了？"

"早就做好了！"图画一脸自豪地说，"妈妈说了，接下来我就要去城里读书了，得认真学习，别让爸爸操心。"

"嗯，图画长大了，真乖！"黄鸿榉捋了捋女儿的刘海，把她放下。然后，放下包，洗过手，一脸喜气地走到妻子跟前："辛苦了！"说完，他情不自禁地抱起叶玲珑，在客厅里绕着饭桌小跑了起来。

叶玲珑被丈夫这个突如其来的举动惊呆了，一边小声说着"你干什么呀，孩子都在呢"，一边笑着用一只手轻轻捶着黄鸿榉的胸口。

见此情形，女儿图画也喜不自胜地奔过来抱住爸妈的双腿，全家人一起叫闹着庆祝起来。

当晚，黄鸿榉首先打电话把这一好消息告诉了乡下父母和哥哥鸿樟、嫂子周英以及妹妹鸿佳与妹夫方正圆。

父亲、母亲自然很为他们的老二而高兴自豪，说："鸿榉可是完全靠自己的真本事才博得了如此一个好前程！"

妹妹鸿佳高兴之余，却有些许失落，心里嘀咕道：两个哥哥都进城了，只有自己如今还待在乡镇上。看来，得好好找找两位哥哥、嫂子，尤其是小哥、小嫂，让他们设法把自己也调进城里去。

而当黄鸿榆得到二哥的这一好消息时，心情最为复杂。一方面，他从内心深处为鸿榉而高兴，也深深佩服自家这位兄长的能耐：从远离老家的泾渭调到离家最近的秦亭，如今又和自己一样进了城。这可全凭其自身的努力啊！而且，鸿榉始终坚守着自己的初心，从事着这份教书育人的事业。而反观自己，大学毕业后分配到仁和，并进入市区，靠的是妻子华芷莹；工作后一路走到现在，同样靠的是华家的扶持。再说自己当年的理想是当一名救死扶伤的医生，可现如今，却走上了仕途，完全是南辕北辙啊！自然，他也不会因此而妄自菲薄，也完全没有必要这样。毕竟，自己年纪轻轻，已贵为一县之副县长了，有多少人眼红还来不及呢！

八月中旬，为了不耽误学校下学年的工作，征得大成实验学校陆中华校长同意后，黄鸿桦找了个朱校长暑期行政值班的机会，特地赶到秦亭中学，准备把自己应聘的事正式告知学校。

"朱校长，我下学期要去泽州市区大成实验学校工作了。"黄鸿桦坐在办公室沙发上，对朱校长说。

朱校长听到这一消息，简直不相信自己的耳朵，两眼瞪得大大的，露出满脸惊讶之色，但很快就又恢复了常态，微笑道："小黄校长，就我个人而言，对你表示祝贺，因为能进城发展，对你对孩子对家庭都是一桩大喜事。但作为校长，我又不舍得你走，毕竟，你的离开是我们学校的一大损失啊！"

黄鸿桦明白，朱校长这话说得既有情有义，又得体合理。你可以认为他是发自内心的真情流露，也可以看作是冠冕堂皇的敷衍。怎么理解，全凭自己怎么定位与他的关系了。而此刻的黄鸿桦，一时还真说不清自己与这位朱校长的关系属于哪种。要说亲密融洽呢，谈不上；要说心存芥蒂吧，似乎也不至于。自己与他也就是不冷不热、客客气气、冷冷清清的那种。其实，这也是由朱校长的性格决定的。在黄鸿桦的印象中，他跟谁都不远不近，始终保持着一段距离，好像随时提防有人会伤害他似的。这倒与他不温不火的处事方式也是极其契合的。也正因为如此，秦亭中学在他手上才变成了现在这个样子：无论是管理还是考试成绩，都在全县同类中学中不好不坏，中不溜，像极了一个患上某种慢性病的亚健康者。不过，因为是长辈，黄鸿桦对他还是尊重有加的。于是，便对他说："谢谢朱校长的理解！这些年，学校给了我很多锻炼的机会，使我得以迅速成长。对此，我也是充满感恩之心的。"

黄鸿桦这话，完全发自肺腑。这些年，从厉校长时代被下放到堰头片中与被借调到青山中学，到钟校长时代的被一路提拔，再到朱校长时代的被冷落，这些起起伏伏的经历，在他看来，都是"锻炼"。而正是这样的"锻炼"，让他尝遍了酸甜苦辣涩的滋味，给了他成长的滋养。自然，个中况味，眼前的朱校长怕是无法理解的。

"那好，预祝你在新单位顺风顺水！"朱校长的口气变得少有的亲切和蔼，"你抽空将这边的工作交接下。"

"我会尽快的。谢谢朱校长！"黄鸿桦也不多敷衍，拿起预先收拾好一些私人物品，起身离开了办公室。

晚饭后，黄鸿桦还特意去拜访了钟校长。在黄鸿桦的心目中，如今的钟义权校长就如同自己当年在泾渭中学的吴双人校长一样，是足以让他用一生去感恩的人。他们分别是自己人生起步阶段与成熟阶段所遇见的贵人！

"小黄呀，真要恭喜你哪！"钟义权斜靠在沙发里，听完黄鸿桦话，高兴地说，"你还年轻，到了新单位也要争取好好发展。"

黄鸿桦打心底感谢眼前这位良师益友对自己的知遇之恩，只可惜苍天不眷顾于他，否则，自己真会一辈子都愿意跟着他，去好好干一番教书育人的事业。

"我会记住您的嘱咐的，钟校长！您也要好好保重身体，严格按照医嘱，定期体检。以后回秦亭，我一定会来看您的。"不知为什么，黄鸿桦显然有点儿激动，他甚至发现自己今天说话的声音也有点儿颤抖了。

"好好好！"钟校长显然也有点儿激动，连连点头，"如果到了那边忙，就来电话好了。"

之后，黄鸿桦又特意邀请茶壶老师申继耕到镇上的小饭馆小酌。一老一少两位忘年之交边吃边聊，有一搭没一搭地说着些琐碎的话题。喝着喝着，迷迷糊糊之间，黄鸿桦的眼前恍惚出现了这样一幅画面：年轻的自己迷失于一片崇山峻岭之间，四顾迷茫；此刻，一位老者手拄拐杖，悠悠走到他跟前，给他指点迷津。

处理好在秦亭的一切事宜,黄鸿桦一家三口便正式搬到了泽州市区,开始了他们的崭新生活。

考虑到黄鸿桦的实际困难,大成实验学校分配给了他一套七十二平方米的套房,作为临时过渡房。口头达成的协议是,两年之内自行解决住房问题,然后将该套房腾出,还给学校。

这个"十一"长假,黄鸿桦与叶玲珑夫妇俩就在学校周边地区四处看房,准备挑选合适的买一套。

今天是"十一"长假的倒数第二天休息日,黄鸿桦到校值班,女儿图画独自在家做作业,妻子叶玲珑则又去外面寻觅心仪的房源了。黄鸿桦今年教初三(3)班语文,并担任班主任。这是陆校长给他压的重担,也是对他的考验。他知道,如果本届学生带好了,他在大成实验学校也就站稳了脚跟;一旦没带好,那以后恐怕要通过好几年的努力,才能让自己在此有立足之地。所以,一个多月来,他从不敢懈怠。今天值班,他整整一上午都在备课、批阅作业,并确定了节后谈话的学差生名单。直到午饭后,才有闲情逸致坐在办公桌前发呆、遐想。

突然,桌上的手机响起,是妻子叶玲珑的电话:"你现在能出来吗?我在护城河边的一个新小区看中了一套,你过来看看吧?"

"远吗?"黄鸿桦很是心动。他相信妻子的眼光,她看中的,一般错不了。

"你骑车过来六七分钟吧。"电话那头的叶玲珑口气很兴奋,"马上过来吧,你学校出门沿吴王大道往东,下畴蓼桥左拐,再顺着越来路往北,看见马路右手的石牌坊就到了。我在路口等你。"

"好,我马上出发。"黄鸿桦随即下楼出了校门。

第二十七章

叶玲珑看中的是位于护城河边菉葭新村的一套九十平方米两室半居房屋，门牌号为8幢302室。叶玲珑是做生意的，特别喜欢讨吉利的数字。在她看来，这"8""3""0""2"的数字，可以解读为"发""财""灵""儿"；再说紧挨着护城河，环境优美，离丈夫工作与女儿就读的大成实验学校又近，离三年后女儿想要考的重点中学泽州高级中学也不远。

听完一脸兴奋的妻子的介绍，黄鸿桦的情绪也陡然高涨了起来，他习惯性地伸手搂着她的腰，仔细巡视了房屋结构：两间朝南卧室；半间狭长的书房坐北，书房两边分别是厨房间与卫生间；它们与卧室的中间则是宽敞的客厅。这样的布局紧凑合理，几乎没有浪费的空间。唯一美中不足的是卫生间与厨房间都相对局促狭小。黄鸿桦问价格，叶玲珑说，算上楼下的自行车库，总价为十五万七千元。黄鸿桦高涨的情绪顿时低落了下来，刚才微波荡漾的笑脸也瞬间沉寂了。叶玲珑看出了他的心思，便安慰说："不用担心，我刚才咨询过售楼小姐了，我们可以贷款十万，加上手头的四万积蓄，再设法去你家和我家借上两万，就解决了。"

黄鸿桦没想到妻子已经什么都考虑到了，沉寂的脸又舒展开来。因为他知道，自己到时去父母和哥哥鸿樟那儿去挪上两万，应该是没啥问题的，毕竟买房是大事，家里肯定会支持的。但贷款那么多，他还是有点儿担心的，生怕自己没有偿还能力。于是，便问道："贷款月供多少？"

"十五年期，连本带利每月还贷八百元。"叶玲珑完全明白丈夫的担心，笑着解释道，"放心，你现在每月的小工资就有八百多，刚好还贷。以后我的工资用来开销，你的大工资依然可以积攒着，一点儿都不影响我们的生活！"

听妻子这么一说，黄鸿桦疑虑顿消。他又恢复了一派春风和煦的面貌，一手搭在妻子的肩膀上："我们这是空手套白狼呀！"

叶玲珑对他莞尔一笑。随即又一本正经地说道："不过，这房子我们只能买了先放着，还没法住。"

"为什么？"黄鸿桦一时又有点儿懵了。

"没有装修费呀！"叶玲珑故意拉长了声调，调皮地看了眼丈夫。随后又似笑非笑地说："不过不要紧，我们这两年反正住在你们学校的套间里。等把你的大工资攒够了，再装修也不迟。"

"这怎么行呢？"

黄鸿桦有点儿急了，心想，哪有买了新房不装修的道理？再说，老是占据着学校的过渡房怎么好意思呀！自己可不是那种拿学校照顾当福利消费的人。

"那怎么办呀？"叶玲珑依然一副似笑非笑的神情。

"我晚上打个电话给鸿榆，让他帮帮忙。"黄鸿桦认真地说，"应该没问题的。"

"你别操心了。"叶玲珑见丈夫如此情状，便不忍心再"激"他，"我呀，刚才已经打电话给我爸了，他答应帮我们解决。"

黄鸿桦这才恍然大悟：原来妻子是在"玩"自己！于是他搂过叶玲珑的脖子，在她额头强吻了一下，凑到她耳根低声说："晚上跟你算账。"

唰的一下，叶玲珑的脸瞬间红到耳根，然后娇嗔道："去你的！"

当下，他们夫妇俩就下楼去付了一万元定金。

相较于秦亭，黄鸿桦觉得现在的生活紧张而忙碌。每天早晨六点不到，他就和妻子叶玲珑一起起床了，忙停当早饭与洗衣拖地之类的日常家务，七点钟准时叫女儿图画起来吃早饭。七点一刻，自己与女儿一起出发去学校；叶玲珑则将家里收拾整理一番，急忙赶到东环路边的电厂班车站点，搭乘秦亭发电厂的厂车回秦亭镇，去她的五金交电店上班。中午黄鸿桦与女儿都在学校用餐，叶玲珑也在秦亭自己的家里将就着弄点儿吃的。

午后，叶玲珑趁店里生意清淡的空当，赶到马路斜对面的菜市场去，买回一大包晚上要吃的荤菜素菜。等到傍晚五点多钟，叶玲珑坐着厂车回到城里的家时，黄鸿桦与图画父女俩还没放学回家呢！六点一刻左右，黄鸿桦与女儿终于回到家，看到叶玲珑正静静地坐在冒着饭菜热气的桌前等着他们呢！

晚饭过后，全家一起外出散步。秋日的护城河畔草木葱郁，凉风习习，路灯璀璨。临水步道贴着河沿迤逦而行，一旁的绿化带滤去了不远处马路上车来人往的喧嚣声。步道上，目之所及，全是三三两两散步的人们。河对岸，隐隐约约矗立着的是古城墙的身影。这样的景象，图画此前是从来没有经历过的，她一兴奋，便一手挽着爸，一手扶着妈，一家三口在步道上横行了起来。

那个周三的早晨，黄鸿桦一到学校，没有进办公室，而是直奔教学楼三楼的教室。七点半，教室广播里准时响起了早读铃声，课代表拿着语文书走到讲台前，开始组织全班早读。黄鸿桦站在教室门口，环视教室，发现唯独刘晓的座位还空着。等了五分钟，还是没有到，他便拿出手机拨通了刘晓家长的电话。电话那头传来了嘟嘟嘟的声音，可就是无人接听。黄鸿桦便搁了电话，心想：可能家长在送学校的路上，等等再说吧。

十五分钟早读结束，刘晓依然没有到校。黄鸿桦就有点儿担心了，因为那女生上周在放学回家的路上，伙同校外几个社会青年欺负楼下初一（1）班的一位小男生，被对方家长告状到学校，学校德育处找到黄鸿桦，建议对刘晓给予记过处分。昨天放学前，黄鸿桦找她谈话，对她进行了严厉的批评教育。而当黄鸿桦将学校拟给她纪律处分的意见告知她时，刘晓不但毫无认错的意思,反而虎着脸,将书包向肩头一甩,气鼓鼓地摔门而出。当时,黄鸿桦也被她的这一举动给震蒙了:打从自己教书到现在,近二十年了,如此蛮横到不可理喻的学生还是第一次碰到,更何况还是个女生呢!下班回到家,黄鸿桦有点儿不放心,便拨通了刘晓母亲的电话,将事情的原委告知了家长。不料她母亲听了,始终只是嗯嗯啊啊地敷衍他,没有半句责怪女儿的意思。黄鸿桦见电话沟通无果,准备第二天上班后再找刘晓谈话,并请家长到校,与德育处一起处理此事。可今天,她居然又迟到了,这分明是在向自己示威嘛!

这又让黄鸿桦想起了开学第二周发生的事。那天是周一,学校照例举行一周一次的升旗仪式。上午第一节一下课,黄鸿桦急忙从办公室赶到操场,站到班级前面,听体育委员给自己报告出勤人数。马上就要升国旗奏国歌了,可体育委员告知他,班上的刘晓依然没到位。黄鸿桦询问班上其他女生,有人告诉他,一下课,刘晓因为怕晒太阳,就直接躲进女厕所去了。据说,躲厕所去的路上,她还很得意地跟同学说:有本事,让老黄进女厕所来找我吧!黄鸿桦差点儿当场被气疯。他立马去办公室找了位给本班任课的女老师,把刘晓从女厕所拖到了自己办公桌前。一脸严肃地坐在桌前的黄鸿桦先是对刘晓狠狠地瞪了一眼,然后微微抬起头对帮忙的那位女老师勉强挤出了一个笑容,以示谢意。没想到那女老师居然也气愤得连脸都变形了,一边用手指着刘晓,一边气鼓鼓地告诉黄鸿桦:"她……她……她居然还在女厕所抽烟!"

一听这话,黄鸿桦霍地一下从座位上弹了起来,怒目圆睁,对着眼前的刘晓吼道:"你……你太放肆了!简直就是女……"

他很想说她"简直就是个女流氓",可话到嘴边还是收回去了。他强压住心头的怒火,最后只是用手指在刘晓脑门上重重地戳了一下。

刘晓大概也被眼前两个老师,尤其是班主任黄鸿桦骇人场面给吓蒙了,脸色煞白,耷拉着脑袋乖乖站在他们面前,双脚似乎也有点儿微微颤抖。

为了平复内心的情绪,黄鸿桦从办公室到走廊,又从走廊回到办公室,如此地走了几个来回,然后终于重新坐回到办公桌前,定定地盯着眼前的刘晓看了好久,一句话也说不出来。如此出格的女生,太出乎他意料了!十来分钟后,因为自己要上课去,他便只能给了刘晓一支笔一张纸,让她到隔壁专用的学生作业订正室写检查去。事后,黄鸿桦从刘晓初一初二时的班主任那儿了解到,刘晓当初是以地段生的身份进入大成实验学校就读的,因为她爷爷、奶奶就住在学校对面的老小区里。至于她父亲,据说在她很小时就去外地做生意了,至今都没有回泽州来。所以,她目前唯一的监护人便是其母亲了。她之所以变成现在这个样子,完全是家庭造成的。也因为这个,黄鸿桦当时只是对其批评教育,并没有给予哪怕是象征性的班级处分。

大概是上次的犯错没给她处分,所以她不但不吸取教训,反而变本加厉,干脆旷课了!黄鸿桦这样想着,便再次拨通了刘晓母亲的电话。这会儿,对方终于接电话了。

"喂,黄老师。"电话那头传来了疲惫的声音,似乎还没睡醒。

"刘晓妈妈,打扰了。你女儿怎么没到校呀?"

"不可能呀,她一早就背着书包上学去了。"对方回答道,但语气似乎很平静。

"她昨晚回家有没有跟你说什么?"黄鸿桦有点儿担心,试探道。

"说了。"对方顿了顿,"她说学校要处分她。"

"嗯,她伙同校外不良青年欺负同学,按校规校纪,该处分。我正想通知你们家长来校商量这事呢!"话都挑明了,黄鸿桦顺便把事情告知了对方。

"你们都要处分了，还商量什么呀？"不料，对方竟提高了分贝，在电话那头吼了起来，"我告诉你们，孩子今天没到校，一定是受了惊吓，离家出走了。假如今晚我还没见她到家，跟你们没完！"

说完，对方便啪的一下搁了电话，电话里只传来了嘟嘟嘟的忙音。

黄鸿桦无奈地摇摇头，坐回到办公桌前。心想，都快第二节课了，刘晓还没来，估计今天是不会到校了。一想到这儿，他立马起身走出办公室，决定把情况汇报给德育处，并商讨解决办法。

在德育处坐了半小时，也没商讨出个具体解决之道来。德育主任只是对黄鸿桦说，此事不能操之过急，尤其不可再去刺激家长，所以处分的事情后续再说，当务之急是稳住家长与刘晓的情绪。黄鸿桦明白，自己只有等。但愿傍晚刘晓能回到家，然后再去家访一次，动之以情晓之以理，劝说其第二天到校上课。

当天晚饭过后，黄鸿桦也没心思去散步了，再一次拨通了刘晓母亲的电话。这会儿，对方倒是很客气："黄老师，我们刘晓至今还没回家呀。我都快急死了！"

"那我现在马上去你家吧？"

"哦，不要，不要！"对方立马拒绝。

黄鸿桦顿了顿，又建议道："刘晓妈妈，要不这样吧：你马上出门，我也马上出门，我们在校门口会合，一起去找找吧？"

"好的。"对方搁了电话。

黄鸿桦不敢怠慢，立即下楼骑上自行车，向学校赶去。到达学校大门口，等了好一会儿，才看见一辆摩托车向自己呼啸而来，停住，刘晓母亲摘下头盔，对自己招呼道："黄老师，自行车太慢了，你坐我后面吧，我们一起去找。"

黄鸿榉迟疑片刻，便锁好自行车，跨上了刘晓母亲摩托车的后座。随即，摩托车又突突突发动，朝南门商圈疾驰而去。

　　不到一刻钟，摩托车便稳稳地停在了南门商圈步行街道旁。幽暗的天幕下，整条步行街霓虹灯闪烁，大街上人潮涌动，声浪喧嚣。刘晓母亲领着黄鸿榉熟练地穿过人流，拐进了旁边一条僻静的小巷。只见小巷两旁，一家家酒吧、咖啡吧错落有致地排列着，里面溢出的音乐声似有若无，似秋日里淡淡缭绕于这座城市的桂花香味，让人微醺。浸润于这环境中，即便自己这样的成年人也难免不能自持，更何况是孩子呀！莫非刘晓母亲之前来这样的场所找过她女儿？这可太离谱、太颠覆他这个老师的"三观"了呀！带着这样的疑惑，黄鸿榉跟着刘晓母亲从这家酒吧转到那家咖啡吧，一连找了好几家，可就是没找到刘晓。跟刘晓母亲商量之后，黄鸿榉决定分头寻找。

　　黄鸿榉来到了这条巷子里最后一家酒吧的门口。相较于前几家，这家酒吧要小很多，它局促于西端的巷尾，两扇黑漆木门虚掩着。门框上挂着一块白底青字招牌：醉醒。门楣上洒下的橘黄色的弱光，将里面溢出的似有若无的音乐声氤氲得朦朦胧胧的。

　　黄鸿榉轻轻推开门进去。屋内顾客并不多，全是清一色的年轻人。站在门厅口，黄鸿榉的目光从吧台那边开始搜索，向厅堂的每张长条形酒桌前扫描了一遍，并没有发现目标。正准备转身离开，余光却瞥见了离自己最近的门角落里有个熟悉的身影。此刻，她侧身对着自己，正和两个竖着满头黄发的社会青年频频举杯。其中一位黄发青年还将自己抽着的万宝路香烟塞到她嘴里，而她深深吸了一口，并熟练而潇洒地吐出一道白色的烟圈。那烟圈在他们三人面前袅袅飘漾、上升，终于在他们头顶散去。这不是贾梦么？！

　　目睹着这一幕，黄鸿榉惊骇得差点儿叫出声来。一时间，他有一种冲动，想立刻上前把她拖出酒吧，狠狠教训一顿。一个初中女生，居然出入酒吧，跟这些不三不四的社会青年厮混在一起，这还了得！不过，当他想到自己今晚被家长带着来到此地是为寻找失踪的刘晓时，便立刻清醒地意识到，此类情况也许在当下的城市中学生中已不是个别现象了。而且，现在自己另有任务在身，不能再节外生枝。再说，今晚还有刘晓母亲在场，为了明天方便处理刘晓的违规事件，他现在也不便出面去阻止贾梦了。

于是，黄鸿桦走到门外，拨通了贾梦家长的电话："贾梦家长吗？我是班主任黄鸿桦。你家贾梦现在正在南门商圈一家名叫'醉醒'的酒吧喝酒，你们知道吗？"

"啊？"电话那头传来的是一位中年男子的声音，是贾梦父亲。

"千真万确！你马上过来领回去吧。"

黄鸿桦说完，便又返回酒吧，重新确认了一下。然后，返回到刚才跟刘晓母亲约好的地点。

"黄老师，要不我们再去火车站附近找找吧。"回到步行街边，刘晓母亲对黄鸿桦说，她语气平静，仿佛找的不是她女儿，而是别人家的孩子。

"好的，赶紧过去吧。"黄鸿桦也没多想，答应道。他现在一门心思只想找到人，尽管心里觉得今天好像哪儿有点儿不对劲，但也容不得他细想。

晚上八点多钟的火车站灯火通明，但行人却不多。空旷的广场上，偶尔流淌着刚从靠站的列车上倒下来的一两股人流，但旋即四散消逝，再也找不到痕迹。刘晓母亲带着黄鸿桦在车站出口处等了两拨出站的人群，见没她女儿，便穿过广场来到西边的小饭馆小商铺转了一圈，可依然没找着。看看时间已过九点，刘晓母亲就对黄鸿桦说："黄老师，你觉得我们家孩子会去哪儿呢？唉，真是急死人了！"

她嘴上虽这么说，可脸上表情却很平静，看不出什么焦虑感。

"会不会去她要好的同学家了?"黄鸿桦提醒道。

"这倒是有可能的。"刘晓母亲马上接过话茬,"要不这样,黄老师你回家给班上相关同学家打打电话,我呢也给她以前熟识的同学家打。好吗?"

"好。"黄鸿桦不假思索地答道。因为他觉得,如此大海捞针式的寻找,实在希望渺茫,意义不大。

到家已过十点。女儿图画已经入睡了,只有妻子叶玲珑还等着他。

"找着了吗?"叶玲珑关切地问,顺手倒了杯水放到他面前。

"没有。"黄鸿桦有点儿疲惫,坐在客厅沙发里。然后,把今天寻找过程中的种种疑点给妻子说了一遍。

叶玲珑听完,思忖片刻,说:"我觉得那家长在玩你和学校。她女儿压根儿没有失踪,而是被她藏在家里了。"

"为什么?"黄鸿桦本就觉得今天哪儿有点儿不对劲,可因为又忙又急,也理不出头绪来。现在经妻子这么一提醒,也就警醒起来了。

"她家长拒绝你去家访,明显心中有鬼。"叶玲珑分析道,"今天一晚上的寻找过程中,家长那么淡定,一点儿都不着急,也不想着报警,不是更说明问题了吗?"

黄鸿桦终于恍然大悟。原来刘晓母亲为了让她女儿逃避学校的处罚,是在给自己演戏呢!更让他懊恼的是,自己这个班主任老师居然让她们给结结实实地玩了一把!是可忍孰不可忍!一时间,黄鸿桦被气得提杯喝水的手都有点儿发抖了。

喝过几口水,平复了一下情绪,黄鸿桦终于有了对策。他拿出手机,再次拨通了刘晓母亲的电话:"喂,刘晓应该还没回来吧?"

"是的。黄老师你看怎么办呢?"

"这样吧,我们也别找了。我马上报警,请警察帮忙吧。另外,我再向校领导汇报下,让学校出面跟电视台联系下,以滚动字幕的方式发个寻人启事。"

"哦,不不不!黄老师,暂时不要。"电话那头,家长的声音急切而坚决,"我再发动下亲戚朋友,让他们一起帮忙再寻找下。"

"那好吧。要不你再试试。如果今晚十一点前再找不到,那我再报警和发寻人启事。"黄鸿桦淡淡地说完,搁了电话。他坐在沙发上,脸上漾出一圈淡淡的得意的笑容。心想,你不是要玩我吗?这会我倒要看看到底谁玩得过谁!

一旁的妻子叶玲珑看着他那副模样,不禁暗自发笑。

十分钟过后,刘晓母亲打来了电话:"黄老师,我们刘晓找到了,躲在她大姑家呢!她大姑告诉我说,她害怕处分,所以没到校。"

"那就好。"黄鸿桦冷冷地说。心想:都到这份上了,还在想着规避处分呀?做梦吧!于是,又补了一句:"让她明天到校,否则后果自负!"

第二天下午的班会课上,为严肃校规校纪,以儆效尤,并教育其本人,德育处主任进班宣布了给予刘晓警告处分的决定。德育主任离开后,黄鸿桦结合升入初三以来班级的纪律、学习情况,对全班学生进行了一次全力以赴、备战中考的思想教育。放学后,又特地将刘晓、贾梦叫进办公室。

经历了此次风波,背了个处分,刘晓已没有了前天的嚣张气焰。此刻,她低沉着脑袋,拉着张苦瓜脸瑟瑟缩缩地站在黄鸿桦面前。

"刘晓,你此次先是伙同校外不良青年欺负同学,又以玩失踪的方式戏弄威胁学校,企图逃避处罚,还旷课。数罪并罚,学校给予你警告处分还是轻的。"

黄鸿桦今天必须先给她个下马威，因为他知道，今晚回家，刘晓一定会将自己的话原原本本地转给她母亲的。他这话，其实是故意讲给她母亲听的，让她家长知道，这个处分是她女儿必须得的，而且还是轻的。如此，才能让家长明白如何正确对待自己孩子的错误，避免以后再跟他这个班主任来"作妖"。过了一会儿，等他冷眼瞥见刘晓掉下了眼泪，似乎有点儿悔过的意思了，他才又安慰道："当然，你也不要有太多的思想负担。只要你从此以后痛改前非，把心思转移到学习上来，保证此后不再犯违规违纪的事，初三毕业时，我会向学校申请撤销对你的处分的。"

最后，看到刘晓诚恳地点着头，黄鸿桦便放她回家去了。

一旁的贾梦全程观摩了黄鸿桦跟刘晓的谈话。

自从自己接班以来，黄鸿桦还是第一次如此近距离地面对贾梦。这是个长得极其漂亮的女生，五官端正，皮肤白皙，身材匀称，一头乌黑秀气的头发。以他这一个多月来的了解，其智商也不错，学习成绩在班级中等偏上。说实话，如果不是昨晚自己意外发现她在酒吧，他还以为这是个优秀的学生呢！

带着满腹不解，今天上午黄鸿桦特地去前任班主任处了解情况。前任班主任告诉他，贾梦的家庭也不完整。她父母本都是泽州市棉纺厂职工，老实巴交的，前些年因为企业转制，双双下岗，家庭生活一下子陷入了困顿。两年前，贾梦小学毕业，她摆消夜摊点的母亲因劳累过度，突发脑出血去世。如此接踵而至的苦难终于彻底打败了她父亲，从此以后，贾梦父亲变得精神恍惚。正常时，他还能勉强照料女儿的生活，而一旦发病，就会在家里大喊大叫地摔东西骂人。这些年，失去了母爱的贾梦，便是跟着如此一位精神病父亲生活着。昨晚黄鸿桦给她父亲打电话时，幸亏她父亲正处于正常状态。

黄鸿桦得知了内情，深感难过。一个孩子，生长在这样一个恶劣的家庭环境中，怎么可能健康成长呢？于是，黄鸿桦打定主意,不对学校声张昨晚自己看到的一幕。他想尽自己所能,帮助教育贾梦,把她从悬崖边拉回来。再说,刘晓的事情已经闹得满校风雨了,如果班上再来个刘晓第二,他这个班主任脸上也无光呀!

所以,今天黄鸿桦一反常态,让贾梦旁观,颇有点杀鸡吓猴的意思,目的还是希望贾梦惊醒,以挽救这个失足学生。

"昨晚你爸爸几点把你带回家的呀?"黄鸿桦直截了当地问。

"黄老师,我以后再也不敢了。"贾梦垂下眼皮,幽幽地认了错,语气中带着哀求,"希望您给我个机会,不要处分我。"

黄鸿桦定定地看了她大约一分钟,严肃地说:"处分先给你记着,但我要看到你的行动!"

贾梦抬头感激地看了眼黄鸿桦,很诚恳地点点头。

"本周末,你给我写一份详细的检查,要实事求是,不得有任何隐瞒,尤其是要把你跟在酒吧里一起喝酒的那两个社会青年的交往过程,详细地告知我。到时我会去核实的。"

"知道了。"贾梦声音很低,但很清晰。

"这也是考验你对自己错误的态度问题。"黄鸿桦的语气稍微缓和了点儿,"好了,今天时间也不早了,你可以先回家去了。"

贾梦如获大赦,给黄鸿桦鞠了个躬,返身退出了办公室。

第二十八章

眨眼间,快要期中考试了。这是黄鸿桦到大成实验学校接班以来即将面临的第一次大考。初三(3)班是年级纪律最乱、成绩最差的班级,这在整个初中部,是上至校长下至普通老师都认可的事实。作为班主任,黄鸿桦也深感自己责任重大;但他并不奢望能在短时间内改变目前这一落后面貌，因为这是不现实的。他的治班思路很明确：先整顿班纪班风，把一些"不良分子"弄出来，将班级学习成绩搞上去。但这两者又是相辅相成的，他真心希望在这短短的两个月内，随着班纪班风的逐渐好转，班级人均总分有所提高，哪怕是提高一两分也好。在这决战中考的关键学年，全班师生太需要这种哪怕是一点点的进步来提振学习信心了！

对于刘晓，黄鸿桦是准备放弃了，因为身处如此家庭环境，又有如此不讲道理的母亲潜移默化地影响着，她已然长成了一棵歪脖子树！在这不到一学年的时间里，只要对她严加管束，不让她带坏其他同学、损害班级风气，就算"阿弥陀佛"了。但贾梦不一样，他觉得这孩子可怜，她的失足，完全是不幸的家庭造成的。而上次看了贾梦的检查，他更坚定了自己的想法。所以，他想竭己所能地去挽救她。前两天，他特地联系了贾梦的外公、外婆，想劝说他们出面全面照料贾梦的学习与生活，给她以家庭温暖，使她能回归正常。

今天所有的课程都结束了，整个学校除了进班看自习课的老师，其他的都已下班，办公室空荡荡的，只有黄鸿桦独自坐在办公室，一边浏览着当天的《泽州晚报》，一边等待着贾梦外公、外婆的到来。

其实，此刻的黄鸿桦根本看不进报，只是习惯性地随意翻阅着。他的脑海里，全是关于班级学生的事。突然，他想起昨天晚上女儿图画告诉他的一件事。昨晚的饭桌上，女儿一边吃着饭，一边对他说："爸爸，你们班的刘晓你以后干脆别管她了吧。"

"怎么了？"黄鸿桦很是惊讶。

"今天下午第一节课后，她在女厕所对着我骂脏话。"女儿面带委屈与忧虑，"我回敬了她一句，她居然威胁我说'你当心点儿'。"

一听此话，妻子叶玲珑也无不担忧地说："这个学生就是个女流氓，你呀，以后真别管她了。万一我们图画因此受到伤害，就太不值得了！"

"嗯，我知道了。"黄鸿桦看着妻儿安慰道，"放心吧，她不敢的。"说完，心里便盘算着如何处理此事。

今天一早到班级，看到座位上的刘晓，黄鸿桦便想到要找她谈话。可因为英语早读时间快到了，只得作罢。现在，他突然想起此事，便起身去教室把刘晓叫到跟前。

"你老毛病又犯了？"黄鸿桦盯着刘晓的脸，脸色铁青，语气冰冷，问道。

"没有呀！"刘晓似乎毫无畏惧，似笑非笑地回答黄鸿桦道，"是什么事呀？"

"你大概坏事干得太多了，记不起来了，是吧？"黄鸿桦心里十分恼火，但还是强压住怒火。

刘晓依然一副无所谓的样子，似笑非笑地看着黄鸿桦。

"昨天下午第一节课后，你在女厕所对一位初一女生说了什么话？"黄鸿桦睁大眼睛瞪了她一眼，提醒道。

这时，刘晓方才收起她那副漫不经心的样子，怯怯地瞟了眼黄鸿桦，随即低下了头，一声不吭。

黄鸿桦知道她已经病入膏肓，也不想再跟她纠缠此事，他今天找她的目的，本就是为了警告她。于是，他又说："今天我在这儿正式警告你，如果那个被你辱骂的初一女生，以后哪怕有一点点受到伤害的地方，你就是第一嫌疑人！我会第一时间把你送进派出所！"

大概是被黄鸿桦声色俱厉的训斥震慑到了，面前的刘晓立马脸色煞白，站在那儿，不敢正视黄鸿桦一眼。

黄鸿桦见状，知道已经收到预期效果了。但为了彻底灭掉她的嚣张气焰，又提高分贝，呵斥道："听见了没有！"

"听见了。"为了尽早摆脱这种地狱般的处境,刘晓偷偷抬眼看了眼黄鸿桦,回答道。

看看时间也不早了,再说等会儿还有贾梦家长要来,黄鸿桦便站起身,来回踱了几步,对刘晓说:"你走吧!"

话音刚落,刘晓便一溜烟逃出了办公室。

望着刘晓消失在办公室门口的身影,黄鸿桦无奈地摇了摇头。

他刚端起杯子喝了几口茶,办公室电话响起来了。起身过去拎起电话,一听是门卫保安的声音,便说:"是家长吧?让他们进来!"

不到五分钟,一对伛偻着身板的六十几岁的老夫妻蹒跚着走进了办公室。

"二老是贾梦的外公、外婆吧?"黄鸿桦赶紧迎上前去。在确认了对方身份之后,他又热情地拖过两张凳子,让两位老人坐下,然后用纸杯倒了两杯水送到他们手上。

待两位老人喝过几口水,刚才上楼后急促的喘息稍稍平复,黄鸿桦就将要求他们照料贾梦日常生活与学习的设想告知了对方。

听完班主任老师的话,贾梦外公面露尴尬与无奈之色,而外婆不禁老泪纵横,哽咽着说道:"黄老师啊,我们也舍不得梦梦这孩子呀,可是,这毕竟是他们贾家的事呀,她爷爷、奶奶不发话,我们不好管啊!"

其实,在此之前,黄鸿桦已经找过贾梦的爷爷、奶奶,具体了解了她家的情况。今天约她外公外婆来,是早就计划好的。而且,为了彻底斩断那些社会小混混对贾梦的侵扰,上周二傍晚,趁着上次在酒吧里见到的那两个小流氓在校门口不远处又骚扰贾梦的机会,他让学校保安把他们堵住,然后报警,把他们带进派出所狠狠教训了一顿。

今天，见两位老人担心的是这个，他解释道："二位老人家，关于这事，我已经联系过贾梦爷爷、奶奶了，他们两位老人一个是糖尿病，一个腿脚不灵便，平日里走路都困难，因此，他们都表示没能力照顾孩子。再说，我也征求过贾梦的意见，她愿意跟你们过。看来，这孩子还是跟你们亲。"

听完黄鸿桦的话，贾梦外婆抹了把眼泪，停止了哭泣，外公的脸上也露出了一丝宽慰的神色。两位老人一方面为老师对自家外孙女尽心尽责的关心所感动，一方面也实在舍不得孩子，便爽快地答应了。

为了彻底让两位老人放心，黄鸿桦又对他们补充道："另外呢，我已经向学校基金会申请，准备全免孩子的学杂费、午饭伙食费以及周末补课费。你们二老只要关心好孩子的生活就行了。好在这孩子学习也蛮自觉刻苦的，我相信，只要给她一个正常的学习环境，她一定会有出息的！"

两位老人听罢，颤颤巍巍地站起身来，紧紧握住黄鸿桦的手，连声说："黄老师呀，真是太谢谢你了，我们家孩子能遇见你这样的好老师，真是她的福气啊！"

"老人家，不用客气。只要孩子好好的，我们就都放心了！"黄鸿桦也说。

说话间，黄鸿桦发现班长站在了门口，知道是来叫自己进班放学的，便对两位老人说："你们先等等，我去班级把贾梦叫来，你们今天就一起回去吧。"说罢，径直去了教室。

不一会儿，黄鸿桦便把贾梦领进了办公室。然后，他收拾好东西，带着女儿图画，和贾梦及其外公、外婆一起下了楼，在校门口分别回家。

期中考试成绩揭晓了。此次考试，初三（3）班人均总分虽然在年级六个班级中还是倒数第一，但与倒数第二名班级的分差已缩小到了两分，足足进步了三分。面对这样的进步，黄鸿桦长长舒了口气,心想:这两个月来的功夫总算没有白费!

下午没课,作业也全都批改完了,想想暂时也没啥其他事情要做,黄鸿桦踱步下楼,来到校园里随便走走看看。时值深秋,校园里的十八棵银杏树已由盛夏时的翠绿换成金黄。阵阵透着微寒的西风吹来,头顶上便瑟瑟地飘下一片片扇形的叶子,静静地落在前后左右的地面上。再抬头望望天空,深邃辽远,一碧如洗。黄鸿桦深深吸了口气,感觉整个身心都是透亮的。循着台阶,他踏上了大成殿前的大平台。大平台甚是宽大,足有三十多平方米,金山条石铺地,汉白玉栏杆围护,阶沿两旁还蹲坐着一对石狮。东北端还植有一棵朴树,从树干下部分成五枝。这是一种落叶乔木,木质坚硬,生长期长,在乡下随处可见,是黄鸿桦再熟悉不过的寻常树木了;可他之前所见到都是高大粗壮的独枝,像这样南国榕树样分枝的,却从未见过。在黄鸿桦的记忆中,朴树是结籽树木,一到春末夏初,整棵树的枝头上,密密麻麻结满绿豆样大小的籽粒;儿时,他经常和村上的小伙伴们一起,把它们捋下,装进细竹管,当作子弹相互对射。五枝,多籽,这树特意种植于县学前,一定别有寓意的。再凑近一看树枝上挂着的说明标牌,原来寓意"五子登科"!黄鸿桦会心一笑,心想:看来,我们的教育从古至今,都是一以贯之的极具功利性的啊!那么,当下各校相互竞争攀比,采取一切手段追求升学率的行为,也就可以理解了。因为这既满足了家长们的需求,又最大限度地实现了学校的自我价值。

"黄老师也在这儿哪!"

突然,身后传来了一个声音。黄鸿桦回头一看,原来是陆中华校长!

"哦,陆校长好。"看着一脸和蔼的陆校长,黄鸿桦急忙打招呼,微笑着解释道,"今天难得有空,随便转转。"

"嗯,这阶段老师们都很辛苦了。"陆校长抬起头,若有所思地说。

　　黄鸿桦没说话，因为觉得也不好说什么。他也当过校级领导，这话你既可以理解为是校长发自肺腑的关心，也可能只是对下属的一种敷衍，表明领导是体恤下属的。调到大成实验学校两个多月来，除了工作日每天早上与站在校门口迎接学生到校的陆校长打个照面，平日里他跟陆校长的正式接触并不多。这一方面是因为自己工作实在忙，另一方面也是他觉得自己初来乍到，应该把心思放在工作上，至于领导那头，不宜过多接触，以免给人造成急于钻营的不良印象。反正这学校才组建第三年，各部门的管理岗位都缺人，他相信只要自己好好干，领导如若有意用自己，终究会得到提拔的。这就是黄鸿桦到新单位后给自己制定的以退为进的方略。所以，现在他听了陆中华校长的话，也只是冲着对方笑笑，算是回应。

　　"黄老师如果下午没课，就去我办公室坐坐吧？"此时，陆校长又向他发出了邀请。

　　"好的，下午没课。"回答着，黄鸿桦举手抖去了落在肩膀上的一片银杏树叶，便跟着陆校长上了后面行政楼三楼的校长室。

　　"坐吧。"一进校长室，陆中华笑眯眯地指着一圈宽大的沙发说。

　　黄鸿桦也不客气，落落大方地在深棕色三人沙发客座位坐定。陆校长随即端来一纸杯绿茶，黄鸿桦口中道着"谢谢"，站起身接过茶杯，然后又坐下。此时办公桌上的电话铃声响起，陆校长示意他稍等，便去接听电话。

　　六月份，黄鸿桦曾两次光顾这儿，可是当时的注意力全在应聘上，也没心情打量陆校长的这间办公室。此刻，他坐在宽大的沙发上，环视四周，发现陆校长的这间办公室布置很是大气。一张荸荠色办公桌坐西朝东，靠背椅后置有一排书架，里面藏有许多大部头的中外教育名著，书架正中的一个大方格内，安放着一块巨大的灵璧石。办公桌对面，也就是黄鸿桦此刻坐着的沙发后面的东墙上，悬挂着一块白底黑字的书法匾额：诚仁智成。看落款，是现在泽州本地一位十分著名的书法大家写的。

"黄老师，这半学期来，（3）班的班容班纪持续向好，成绩也有进步。辛苦你了！"

陆校长的话语拉回了黄鸿桦的注意力。只见陆校长搁下电话，捧起办公桌上的紫砂茶杯，也坐到了黄鸿桦右手的单人沙发上。

"嗯，到目前为止，班级纪律算是基本没啥问题了，以前几乎每天都有任课老师跟我抱怨上课纪律问题，现在已经基本没有了。"黄鸿桦沉思片刻，看着陆校长说，"接下来要把重点放在抓学习成绩上了。"

"好！"陆校长赞许地点点头，"相信这个学差班在你的努力下，到明年中考一定会赶上年级其他班级的。"

黄鸿桦知道，陆校长这话既是对自己的信任，更是对自己的鼓励或者说要求。看来，接下来的这一学年里，自己真得卧薪尝胆，以班为家了！他暗暗对自己说。于是，他郑重地表态道："谢谢校长信任，我会继续努力的！"

"另外，张主任明年就将退休了，所以，我想让你从下周开始去教导处帮忙，分担掉部分工作。"陆校长看着黄鸿桦的脸，以商量的口气说道。

一听这话，黄鸿桦心里大喜，心想：看来，学校是要起用自己了，自己可得好好珍惜这个机会啊！不过，他脸上还是十分镇定，不动神色地表态说："我听从校长的安排，一定不辜负您的期望！"

"好！"陆校长显然十分满意，"只是你要更加辛苦了。"说着，站起身，在黄鸿桦的肩头轻轻拍了下。

"没事，应该的！"黄鸿桦也从沙发上站起来，冲对方笑笑。

走到办公室门口，黄鸿桦正要告别，陆校长却又在他肩头拍了下，笑着淡淡地说："以后对后进生尽量耐心点儿。"

黄鸿桦心里咯噔一下，心想：莫非有家长跟校长告自己状了？但面上却不动声色，微笑着回答道："谢谢校长提醒，我会注意的。"

说完，黄鸿桦迈着沉稳的步伐，下楼回办公室去了。

因为天气转凉，加上回家作业也多了，晚饭后，女儿图画进房间做作业去了。黄鸿桦与叶玲珑夫妻俩坐在客厅的沙发上有一搭没一搭地说着些零碎的话。他们先商讨了些关于新房装修的事，讲着讲着，话题便转移到各自工作上来了。

叶玲珑对黄鸿桦说："这半年来，我店里的生意是越来越难做了，就说今天，总共才做了四笔生意，营业额三千多块钱，扣除门面开销，利润微乎其微。"说着，眉宇间掠过一层阴影。

黄鸿桦看着妻子明显消瘦的脸，内心隐隐作痛。这两个多月来，妻子每天从秦亭到市区，又从市区到秦亭，来来回回地奔波，除了操持着家里的生活、新房的装修，还要担心店里的生意，她实在是太劳累了。长此以往，也不是个办法。有机会的话，还是应该来市区工作为好，可是，目前也没啥门路。于是，他便说："如果店里没啥效益，干脆考虑把门面转让吧？反正现在我这边收入还可以，还贷没啥压力了。再说，我们学校的老师周末都在做家教，我也在考虑是否要做。"

"到年底再看吧。生意好呢就继续做，不好就转让。好不好？"叶玲珑看着丈夫，若有所思地说，"至于家教，你初来乍到，会不会有风险呀？"

"没事的，大家都在做，法不责众嘛！我低调点儿就行。"黄鸿桦肯定地说。

接着，黄鸿桦又带着点儿兴奋，告知了妻子今天陆校长找他谈话的事。

"看来，被你扔了的玩具，又要捡回来继续玩了。"叶玲珑半开玩笑地说，"不过，也蛮好，在单位有了一官半职，也就硬气了点儿，不会有人敢欺负你了，尤其是像我们这样的外来户。"

从此以后，黄鸿桦便进入了超负荷工作状态：两个毕业班语文课，一个班主任，还有教导处的一堆常规管理事务。他的办公地点也有两处：一处在教导处，一处在初三办公室。为了便于开展工作，他把自己每天的课务都调到了上午，这样，下午就可以相对专心地处理教导处的事务了。但是，每天上午他只能集中精力上课、批阅作业，根本没时间备课的；于是，他就将备课带回到家里。每天晚上，女儿图画做作业，他陪在一旁备第二天的课，倒也一举两得。父女俩时常一起学习工作到深夜。

教导处的张主任本是两校合并时八中留下来的老人，一位时年五十四岁的女老师。也许是因为年龄吧，她这两年多来对教导处的日常工作基本处于应付状态，因此除了维持，根本谈不上什么管理。这一点，黄鸿桦两个多月来深有体会。有时候听到办公室老师埋怨，他虽内心十分赞同，但从不附和。也许正是缘于此吧，陆中华校长才会在这学期中途将他充实进来。

刚进教导处的第一周，黄鸿桦基本处于熟悉环境的观望状态。一般都是张主任要他做什么，他就做什么，譬如老师们的因公或因私的临时调课，教研组老师的外出听课活动安排，各科单元考试的布置与协调，每周一次的各教研组与备课组教学研讨活动布置，等等。其实，这些常规工作，黄鸿桦都是十分熟悉的，但各校情况不同，所以他也不敢贸然做主，通常都要得到张主任的同意后才去操作；毕竟，自己现在只是帮忙，名不正言不顺的。一周以后，她发现张主任对自己所做工作从不挑剔，居然十分放心；而且，日常相处也是十分地热情诚恳。于是，各项工作做起来也就放心大胆了，渐渐地，教导处的日常工作他便全面深度地参与了。

那天傍晚，坐在教导处，想想当天的事务全都处理完毕，就等着再过半小时下班了，黄鸿桦顺手拿起了办公桌上会计室下午送来的当月工资条。逐条往下看，他发现在"其他"一栏内，居然被扣去了五十元。一时十分疑惑，就不假思索地起身去财务室询问。学校会计是位四十来岁的中年女子，她从座位上侧身朝向黄鸿桦，微笑着解释道："黄老师，陆校长要我跟你说，这扣款是因为你十月份遭班上家长投诉到教育局，按照上面相关规定，学校必须有所体现。"

"哦。"听罢，尽管黄鸿桦十分惊讶愤懑，但表面上却不动声色，只是礼节性地敷衍了下。

"陆校长说，你那班级学生情况特殊，所以也只是意思意思。还特地关照，除了告知你，不允许在老师中声张。"会计又补充道。

"有数了，谢谢你！"黄鸿桦便退出了财务室。

回到办公室，终于明白了前一周陆校长找他谈话后离开时，在门口对自己那句"对后进生尽量耐心点儿"的叮嘱的弦外之音。

一想到刘晓及其母亲，黄鸿桦不禁有点儿心烦意乱。如此刁蛮到不可理喻的学生和家长，从教近二十年来，他还是第一次遇到。在黄鸿桦的朴素意念中，老师应该是个受人尊敬，尤其是受学生家长尊敬的职业。老师对学生无论是表扬也好，批评也罢，家长都应该理解、支持并配合，因为这都是为他们孩子好呀！自己从学生到老师，一路走来，虽然角色转换了，可所见所闻所切身体验到的，似乎从来都是如此的。可自己才进城教书，居然遭到了学生家长的投诉，而且是无理投诉，这让他情何以堪啊！改革开放二十多年来，社会发生了翻天覆地的变化，人们的生活富裕了，可人际关系却变复杂了，这师生关系竟然也变得如此寡淡无情了？也许之前在乡下，受根深蒂固传统思想与风俗的影响，人际关系也相对单纯朴实，所以依然保持着一份尊师重教的风气。如今在城里，高频的生活节奏，沉重的工作压力，以及纷繁复杂的人际关系，使人变得紧张、烦躁、猜忌，于是乎，师生关系也难免变得不再那么纯粹美好了。想到这儿，黄鸿桦感觉自己仿佛置身于云遮雾障的海边，一片迷茫。

"爸爸！"女儿图画背着沉重的书包，突然出现在自己面前。黄鸿桦回过神来，方才想起自己应该去放班了。

"饿了吧？"他一脸慈爱地看着女儿，从抽屉里取出一包闲趣饼干，又去饮水机上倒了杯温水递给女儿，"先垫垫饥吧，我一会儿就回来。"说罢，三步并作两步，赶往教室去了。

第二十九章

二〇〇〇年盛夏，黄鸿榆忙得不亦乐乎。

说起来，这也是他自找的。打从调任丁蜀县副县长以来，他一直分管文教卫生工作。去年七月，他被提拔进入县委常委，成为正处级干部。紧接着，随着政府班子中一位原常务副县长被提拔去异地升任县长，他又被任命为丁蜀县人民政府常务副县长。在县政府常务分工会议上，他照例应该全盘接收前任的分管工作，而文教卫生工作已与他完全没有关系了，可他却主动要求继续分管教育。

对此，班子成员表面上都若无其事，内心却直犯嘀咕：教育局就是一帮知识分子聚集之地，杂事难事烦心事一大堆，除了伸手向政府要钱，一时半会又出不了什么政绩，更不会贡献GDP，有啥好管的？这黄副县长分管了两三年，莫非是上瘾了，居然还要继续管下去?！而只有黄鸿榆心里清楚，他之所以对教育"情

319

有独钟",其实是要在全县教育系统下一盘大棋。

通过前两年的摸底,黄鸿榆对丁蜀县的教育有了比较全面深入的了解。丁蜀县是个农林大县,除了一个日长夜大的县城,和四个分散于各个片区的历史古镇,绝大部分地区都是乡村;其中,丘陵山地又占了全县几乎三分之一面积。得益于近五年来的大交通建设,目前全县除了极少数偏僻的山村,已基本实现了村村通公路的目标。这让黄鸿榆萌发了撤销星散于全县犄角旮旯的村小,而集中力量办好各乡镇中心小学,以切实提高基础教育质量的想法,此其一。其二,要在县城和四个历史古镇中,遴选若干所中学,加大投入,将它们办成县重点高中,与原丁蜀高级中学一起,通过三年努力,彻底改变历年来本县高考质量明显落后于仁和市其他兄弟县、区的面貌。其三,在距县城丁蜀镇西南方二十公里处的南山乡,创办一所职业技术学院,这既可以有效分流部分初中毕业生,又能为全县各工艺美术企业培养人才。想建这么一所职业技术学院,黄鸿榆的现实考虑是,要拯救日益式微的丁蜀县传统工艺产业制陶业。

历史上,丁蜀县是我国著名的陶都。丁蜀山区出产一种极其珍贵的矿产资源紫砂,因此,当地的制陶业特别发达,所产的紫砂茶壶、茶杯闻名于世,与山区所产红茶并称"丁蜀二宝"。改革开放以来,人们的生活富裕了,也有更多的闲暇与情趣品茗享受了。可紫砂制陶业却因工艺繁复、经济效益差而日渐衰落,一些散落于民间的制陶工艺美术大师,随着岁月的流逝,也在落寞嗟叹中日渐老去、故去。每每想到这些,黄鸿榆的心中总有一种莫名的惆怅与伤感;继而,又有一种强烈的责任感野草般在心头潜滋暗长:一定要设法抢救、保护、传承好这个行业,让紫砂制陶在丁蜀再现辉煌!

其实,在黄鸿榆心里,这盘棋早在他任分管副县长时就已布局好了,只是当时他觉得自己初来乍到,无论是资历还是地位,在县政府班子成员中又都处于那种人微言轻的弱势，只得暂时搁置一旁。现在，自己已是常务副县长，位高权重，可调配利用的资源也多了，所以他才决定继续分管这块工作，将理想变成现实。有道是，为政一任，造福一方。届时，这些事一旦做成了，不但给自己积攒了政绩，也为丁蜀教育做出了一份贡献。

二〇〇〇年暑期，黄鸿榆开始启动了村小撤并工程。周一早晨八点四十五分，黄鸿榆像往常一样到达县政府自己的办公室。自从升任县政府名副其实的第二把手后，他的办公室搬到了政府大楼三楼中间靠西的那间。比起原来，办公室明显宽敞了，里间还设有专门的休息室；办公桌是花梨木老板桌，沙发也是当下很时尚的中式风格，浅咖啡色，显得高档大气。

他在办公桌前坐定，呷了口桌上秘书小于早已为他泡好的明前丁蜀红茶，顺手在案头的文件夹里抽出一份材料，翻阅了起来。

"黄县长！"秘书小于走进了办公室，"刚才教育局李局长来电话，要我请示您，这村小撤并方案是否有需要完善的地方。"

小于名叫于雪峰，丁蜀本地人，今年二十八岁，在丁蜀县中当了两年语文老师后，因为文笔好，为人又活络，被县秘书办相中，推荐给黄鸿榆当了秘书。

黄鸿榆放下手头的材料，抬头说道："哦。你通知他，让他今天下午两点半来我这儿。"说罢，低下头继续看刚才的材料。

看了会儿，忽然似乎又想起来什么，吩咐于秘书道："上午九点四十分，你陪我去一趟南山。"

于雪峰明白，黄县长是要去丁蜀新城，勘察位于南山脚下的那片拟建的职业技术学院的地皮。他立马返回自己办公室，拨通了教育局李智杰局长的电话。然后，又通知了司机老张。

九点三十五分，黄鸿榆带着于秘书准时来到电梯口，一下楼，见司机老张开着一辆黑色桑塔纳，已经等在楼下了。小于给黄鸿榆打开后座车门，等自己领导在车内坐定，方才小跑着绕到车子前门，钻进了副驾驶位。老张一脚油门，车子便徐徐驶出县政府大门，消失在县城大街的车流里。

半小时后，车子停在了南山脚下。这是位于丁蜀新城区西北部的一处山坳，坐北朝南，足有一百来亩，背后那座绵延数公里的山便是南山。地以山名，此地所在的区域也被称为南山乡。二十世纪七八十年代的乡镇工业兴盛时期，这儿本是一家化工厂，出产的优质化肥远销全国各地，自然也成了全县数一数二的纳税大户。后来，随着企业转制与市场经济的兴起，这家化工厂终于倒闭。

此刻，站在杂草丛生的荒地前，黄鸿榆满脑子盘算着如何对这片土地进行无害化改造。二三十年下来，此地的土壤、地下水都已严重污染。也正因为如此，这些年那些有意前来投资建厂的企业家们纷纷望而却步，这块荒地才被闲置到现在。如今，黄鸿榆想要在此办学校，如果不加处理，将会带来极大的安全隐患。打从上个月县委常务会议正式敲定将这块地皮划拨给教育局后，黄鸿榆就特地让县环保局负责，请来了相关专业机构对土壤、地下水等的污染程度进行了检测评估，并拿出了无害化处理的方案以及所需资金数额。处理资金需要一百四十多万元，这个黄鸿榆觉得可以解决，到时正式向县财政申请建设费用时可以追加；如果不行，也可以通过拉赞助的方式予以解决。问题是无害化处理时间竟然需要两年多！这可让黄鸿榆犹豫起来了：两年时间的变数可就大了。一来，虽说这地已经划作教育用地了，可两年后到底能不能按原计划建职业技术学院可是个问号了。自己创办职业技术学院的初衷是培养丁蜀当地的工艺美术人才，以传承、弘扬紫砂制陶之类的传统工艺；时机成熟的时候，还可以申报非物质文化遗产。如果时间拖得久了，一旦土地挪作他用，岂不是竹篮打水一场空？再说，两年后自己还在不在常务副县长这个位置上，也是个未知数呀！

想到这里，黄鸿榆颇有点儿懊恼。但事已至此，他也只能先做好眼前之事。

临近中午，盛夏的日头都照得他睁不开眼，上身的T恤也已汗涔涔的了。眼前，南山后面群山叠翠，一派苍茫，山头的天空蓝得深邃，偶尔有几片白云飘过，悠悠荡荡的。一时间，黄鸿榆的心情不禁惬意了许多。

"你回去后给环保局龚局长打个电话，催促他抓紧时间，务必于本月开始对这块地进行无害化处理，不要拖！"离开时，黄鸿榆对身边的于雪峰吩咐道。

"好的，黄县长。"小于应声道。

等到他们步行至身后马路边一棵老柳树下的时候，司机老张已经在那边静静等候着了。两人在空调车内坐定，顿觉凉风习习，舒爽无比。

车子刚开动，黄鸿榆发现裤袋里的手机剧烈震动起来。一看，是妻子华芷莹的。

"鸿榆，向你报告个好消息。"电话那头，妻子小华的声音很灿烂，"刚才医院检查结果出来了，我怀孕了！"

"真的呀？"黄鸿榆一听，很是兴奋，有点儿忘情地提高了分贝，但他又马上意识到了什么，轻声说，"太好了，真为你高兴。"

此话一出，他又感觉暗自好笑，仿佛这是妻子一个人的事似的。于是又改口道："你好好休息，回家再说。"

副驾驶座位上的秘书小于听到了，一时也猜不出自己领导是为何事而高兴，又不好打听。便假装没听见，头也不回地继续安然坐着。但他心里断定，黄县长一定是家里有喜事，否则，一向沉稳的他，是不可能像刚才那样失态的。

午饭后，黄鸿榆像往常一样午休，可一想到刚才妻子小华电话里说的话，却兴奋得怎么也睡不着。结婚十多年来，妻子一直未有身孕，这成了他们夫妻乃至黄家与华家两大家子共同的心事。夫妇俩不停地寻医问药，从省城到上海，再到北京，能想的办法都想了，能吃的药都吃了，一直都无济于事。上周五，因为感觉生理周期有点儿反常，妻子便去医院做了妇科检查，现在报告出来，居然说是怀孕了！黄鸿榆简直不敢相信自己的耳朵。这消息不啻一支兴奋剂，让他全身每个细胞都亢奋了起来。老天有眼，一直担心无后的自己，现在终于有后了！无论是男是女，只要孩子一出生，自己的生活可谓圆满了！

此时，电话响起。黄鸿榆一看号码，有点儿陌生，迟疑了会儿，还是按了接听键："哪位？"

"黄老师，我是您当年一中的学生应德高呀！"电话那头的声音很是亲切。

"哦。德高呀，好久没你消息了，很好吧？"黄鸿榆知道是当年的学生，有点儿突然，也有点儿兴奋。

"很好的。我现在跟一娇都在高新区实验中学，多亏了当年师母的帮忙啊！"应德高语气里满溢着感激之情。

黄鸿榆这才想起，之前妻子小华曾经告诉过自己，应德高与凌一娇结婚后，她就帮忙把应德高从先前那所偏僻的乡村中学，调到实验中学，让他们夫妻团聚了。记得当时小华还跟自己开玩笑说：老师怂恿学生恋爱，师母促成学生姻缘，也算是功德一桩。

"嗯，蛮好，蛮好！真心祝贺你们团圆幸福。"黄鸿榆连声说。

"黄老师，上月初，我们生了个女儿。本周六中午十一点，在仁和理工学院招待所办满月酒，想请您和师母一起参加。"电话那头的应德高邀请道。

"好好好，谢谢！到时我们一定参加。"黄鸿榆爽快地答应道。

下午两点半,秘书于雪峰前来通报:"黄县长,李智杰局长来了。"

"好。请他进来。"

黄鸿榆在办公桌前坐定的当儿,李智杰手里拎着个小袋子,已经走进了办公室。

"李局长请坐!"黄鸿榆微笑着示意李智杰在自己对面的椅子上坐下。

于秘书随即端来了一杯茶。看见自己刚才给黄鸿榆泡好的茶已经被喝了半杯,随即又去续满了一杯,然后,才轻轻关上门,退了出去。

"李局长,教育局所提交的这个村小撤并方案已经在县委常务会议上通过了。"黄鸿榆开门见山,"另外,关于建设三所重点中学的建议,县委也原则上同意了。"

"那真是太好了!"李智杰显然有些激动,"这两项举措一旦落地,我县的教育教学水平必定会上一个崭新的台阶。"

李智杰对自己的这位顶头上司赞赏而佩服,认为他虽年轻却极有水平,更有事业心,是那种办实事的好领导。而黄鸿榆从分管副县长到常务副县长,这些年对这位年纪足足大自己十岁的教育局局长一直很信任,也很尊重。在黄鸿榆的印象中,他是属于那种忠诚而勤勉的部门领导。所以,在去年的换届选举中,黄鸿榆力挺让他连任教育局局长。

"关于村小撤并的实施文件,县政府近期即将下发到教育局和各乡镇。"黄鸿榆布置道,"你回去后,一是要全面统计好目前各村小的在校学生与教师数量。学生数量要重点关注外来务工人员子女的流动情况。关于教师数量,要按公办、民办、代课分类统计清楚。这项工作务必在暑期完成,然后上报。二是要全方位考察被列入重点中学候选名单学校的教学设施、师资力量、管理水平、办学业绩等情况,争取在半年内拿出一份详细的对各校的评估报告,以备审核、遴选。"

李智杰局长一边听,一边在笔记本上将要点记下。抬起头,见黄鸿榆已经将正事交代完毕了,便合上笔记本,笑嘻嘻地看着黄鸿榆手中的紫砂茶杯,说:"黄县长,前些日子,我给你觅来了一把上好的新制手工紫砂茶壶,既可泡茶,又可把玩。"

说着,把刚才放在身边的袋子提到黄鸿榆面前,打开包装盒,取出一把砖红色茶壶,递到黄鸿榆手上。

黄鸿榆素爱喝茶,尤其是喜欢用紫砂茶杯泡茶,感觉不跑味。一听是紫砂茶壶,也来了兴致。他接过茶壶,捧在手心里反复摩挲着,手感极其细腻滑爽,又看看壶底,镌刻着一枚印章——南山野老,隶书。揭开壶盖,盖子背面竟然还有两行诗——"一壶乾坤家国事,两溪山岚千古情",行书。再感觉下壶把,弧形竹节状,捏着挺舒适。不禁赞叹道:"嗯,好茶壶!好茶壶啊!"

李智杰见黄鸿榆如此喜欢,心想,自己第一次给领导送礼物,看来是投其所好,送对了!便立马说道:"黄县长要是喜欢,我以后再给你觅一套上好的紫砂茶具来。"

黄鸿榆好像明白了什么,连忙摆手道:"谢谢老李!这把茶壶我的确很喜欢,但下不为例。"

李智杰听黄鸿榆称自己为"老李",顿觉心里暖暖的,连忙答应道:"好好好,下不为例。"顿了顿,见黄鸿榆似乎没其他话要跟自己说了,便站起身:"黄县长,那你忙,我就回去了?"

"好。"黄鸿榆也从座位上站起身,把李智杰送到门口。隔壁的于秘书一直全神贯注地关注着自己领导与李局长的谈话,此刻听到他们的告别声,急忙从座位上弹了起来,赶到他们面前,替黄鸿榆把李局长送到电梯口,等看到电梯门缓缓合上了,方才返回。

而此刻的黄鸿榆静坐在办公桌前，心思还在这把壶上。南山野老，莫非这位紫砂壶艺人是位老者？看这手艺，着实精湛哪！以后有机会可得去拜访他一下，挖一挖，说不定还是位非遗的文化传承人呢！

想想今天的工作日程，下午应该没啥事情了，黄鸿榆便准备等会儿早点儿回家，与妻子小华一起庆祝下刚才电话里所说的喜事。于是，他收拾好手包，斜靠在座椅上，捧着茶杯惬意地喝着茶，任思绪漫天飞舞。

"黄县长，财政局丁局长来电说想向你汇报工作。你看……"于秘书突然走到他跟前说。

黄鸿榆直起身子，抬腕看看表，刚三点半，略一沉思，说："让他过来吧，不过你告诉他，我只给他半小时。"

"好的。"于秘书轻轻退了出去。

黄鸿榆现在分管的是财政、税务、教育、文化工作。但现任财政局局长、国税与地税局局长都是县委晏书记推荐的。而只有教育局、文化局的一把手人选，才是自己推荐的。所以说，他心里清楚，自己这次晋升常务副县长，只不过是职级上了个台阶，实权并没有变大。不过，对此他也并不以为意，人家骆县长都不计较，自己有什么好不满的呢？现在，丁局长所谓的汇报工作，也就是例行公事，估计又是想要邀请自己出席什么会议讲话之类的。

十分钟后，小于秘书领着丁局长来到黄鸿榆办公室。等他们两人在办公室沙发上坐定，于秘书给丁局长泡上茶，又给黄鸿榆杯子也添满水，便退出去，回到自己秘书室接待丁局长带来的财政局办公室主任小洪。

一般情况下，下面各部委办局一把手领导前来汇报工作都不带办公室主任的，丁局长也是；可这次丁局长打破常规，居然带来了小洪主任。这让于秘书颇为纳闷。当矮胖肥硕、弥勒佛一般的丁局长带着瘦长的小洪出现在办公室时,于秘书分明看到小洪手中还拎着个考究的礼物袋。此刻,等到于秘书把丁局长领到黄鸿榆那边回来时,发现小洪主任已经十分大方地坐在他办公桌前面靠墙的单人沙发上,正摆弄着一部崭新的摩托罗拉手机。见到于秘书,洪主任笑嘻嘻地站起来,顺手把礼物袋打开,对于秘书说:"于大哥,这是上周我们丁局长从欧洲考察回来时给黄县长和你带的一点儿小礼物。"洪主任一边说着,一边掏出礼物袋里的三件精美礼品:一块瑞士金表和两条皮带。他把金表和一条皮带放到一块儿,顺手拿起另一条皮带塞到于雪峰手中,说:"这是你的,这两样是给黄县长的。"

小于立马警惕起来,看着洪主任说:"这个……我们黄县长知道吗?"

"放心,这是领导们之间的事,我们当下属的,只管照办就是了。"洪主任不置可否,若无其事地递过一支中华烟,给小于点上,自己也点上一支,坐回到沙发上,一脸舒适地吞云吐雾起来。

这洪主任比于雪峰小两岁,因为工作关系,两人时常照面,有时还一起吃饭,所以很熟很亲热。而代领导收礼物这种事,于雪峰还是第一次,所以心里不免有些忐忑。可转念想到丁局长这会儿就在自己领导的办公室呢,估计应该也会亲自跟领导说的,所以也就不再说什么了。

等到抽完两支烟,就看见丁局长像圆球似的滚到了门前的走廊上了。洪主任霍地站起身,奔到自己领导身边,接过手包,朝于雪峰挥挥手,然后小心翼翼地尾随着去往电梯口。

于秘书见他们下楼去了,马上拿上礼物来到黄鸿榆跟前。

"黄县长,这是刚才洪主任让我转交给你的礼物。"小于把一块金表、两条皮带捧到黄鸿榆面前,"还说丁局长已经跟你说了。"

"知道了。"黄鸿榆扫了眼桌上的这些礼物,淡淡地说,"老样子,先登记造册,把它们记上。金表呢,你明天上班后去还给小洪主任,皮带你我各一条,就收下吧。"

"明白了。"于秘书答道。

除了工作关系,黄鸿榆之前与丁局长交往并不多。但这位比他足足大十岁的丁局长似乎一直有意要拉拢他,也许是因为看中了他身后岳父那座靠山吧?黄鸿榆刚到丁蜀第一年的八月,财政局举办为期一周的青年干部培训班,临近结束时,这位丁局长特地来到他办公室,郑重而热情地邀请黄鸿榆在结业典礼上,代表县领导给学员们讲话。黄鸿榆此时虽不是分管领导,但碍于情面,也就答应了。

下午的毕业典礼,财政局丁局长与另外两位副局长,还有办公室主任等主要领导悉数到场。典礼一结束,由两位副局长在财政招待所设晚宴招待所有学员,而丁局长则带着办公室主任,专门邀请黄鸿榆这位副县长,前往位于丁蜀山区的南山别院用餐。

南山别院隐蔽于崇山峻岭之中。夏日的傍晚,阵阵山风吹来,林木萧萧,禽鸟啁啾,溪涧淙淙。穿过一道道迂曲的回廊,伫立于荷花池旁的亭子里,黄鸿榆倍感惬意。晚餐十分精致,有些菜品都是黄鸿榆没有吃过的。丁局长打开一瓶白酒,频频举杯,邀请黄鸿榆畅饮,态度甚是殷勤。黄鸿榆平时极少喝酒,这些年从团市委书记到丁蜀县副县长,工作多年,虽说酒量有所长进,但半斤白酒也是极限了。今天酒过三巡,二两多白酒下肚,脑袋已开始有点儿发晕了。

晚餐结束,丁局长请黄鸿榆去后面的两层楼里享受按摩,放松放松。迟疑片刻,黄鸿榆没有答应。

事后反思,黄鸿榆觉得很是可怕:那是丁局长在试探自己的底细呢!今天的一块瑞士金表,少则几万,多则数十万,一旦收取,那不是赤裸裸地受贿吗?但同为职场中人,他还得给对方留

点儿面子,所以,就把小礼物皮带收下了。

第三十章

黑色桑塔纳一出仁和城,便上了笔直的泰伯大道。瞬间,道路宽敞了,视野也开阔了。

司机老张将车子只开到六十迈,除了发动机轻微的声响,平稳而没有噪音。后座的黄鸿榆习惯性地伸手摸了摸身边妻子华芷莹日渐隆起的肚子,冲她笑了笑。华芷莹双手轻捧着自己圆圆的肚子,一脸温柔地靠在丈夫的肩头。

窗外,早春的田野一派新绿,成片的麦田与油菜地一览无余。一栋栋二层或三层的小楼,高低远近、错落有致地簇拥成零星的村落,渐渐向身后退去。一会儿,窗外出现了一片碧波荡漾的水面,水面上盘旋着一群群水鸟,扇动着或灰或白的翅膀,洒下一串串清脆响亮的嘎嘎声。新春,又将孕育出天地间一派崭新的生命与勃勃生机!

过了这片白水荡,老家清水村就快到了。

今天是周六。黄鸿榆、华芷莹夫妇一早从城里的家出发,是专门为喝外甥的双满月酒,才回乡下老家来的。

妹夫方正圆是与妹妹鸿佳领了结婚证后,于前年暑期正式调到皇坟乡中学的。第二年春节,他们举办了婚礼,去年年底生下了儿子方仁平。如今,他们就安家在皇坟乡镇上,一到周末,便回到清水村跟父母在一起。方正圆离老家远,工作又忙,没有什么特殊的事,一般都要到寒暑假才回江平。方正圆因为是研究生学历,加上工作认真踏实,调回到皇坟乡中学一年后,就被提拔为学校教导处主任,去年暑假过后,又被提拔为分管教学科研与教师发展工作的副校长。

　　本来，父亲黄全根跟母亲张腊梅是建议女儿女婿在家里给孩子办双满月酒宴的，但除了大儿子鸿樟，下面兄妹三个却一致反对，说是要去镇上饭店办。他俩便只得作罢。一来因为这本是方家的事，如果自己坚持，有多管闲事的嫌疑；二来觉得如今儿女们都成家立业了，自己也老了，就应该知趣点儿。理是这个理，但这个"退位的老猴王"心里却总有点儿不甘。他在心里嘀咕道：口袋里空瘪瘪的，花起钱来倒都大手大脚的！最后，还是黄鸿榆提了个折中方案：不在家里办，也不去镇上饭店办，而是去离清水村两里多地的皇坟山脚下的生态园办，因为那里的老板跟黄鸿榆是高中同学，酒水钱可以打最低折扣。

　　生态园的老板就是早年在省城贩卖凉帽的黄鸿榆的高中同学钱大勇。这些年钱大勇在皇坟乡乡里经营一家酒店，赚了不少钱。后来，他看看镇上开饭店的人多了，生意日渐清淡，便另辟蹊径，抓住当下那些事业有成的大老板崇尚乡村风光、渴望投入大自然怀抱以潜心静气的心理，在皇坟山脚下开了这个生态园，融餐饮、住宿、休闲娱乐于一体。一时间吸引了众多从仁和、泽州甚至上海来的游客，生意火爆，日进斗金。腰包鼓了，他便想到了当年那些高中同学，一来想要向老同学们炫耀下自己的实力，一洗当年高考落榜之耻；二来也想联络联络感情，有意结识那些像自己一样事业有成的老同学，为自己今后的事业发展做个铺垫。于是，去年秋天，钱大勇以赏秋之名，在自家的这个生态园办了次同学聚会，黄鸿榆自然也在邀请之列。

　　正是因为那次同学会，才让黄鸿榆想起要把自家外甥的满月酒宴放在钱大勇的这个生态园来办。上周末，当黄鸿榆为此事打电话给钱大勇时，他满口答应，并当场承诺酒水钱绝对优惠。跟这么个有身份、有地位的老同学重新搭上关系，他是求之不得啊！

黄鸿榆夫妇的车子终于在清水村东头村口的那片青砖空地上停下。一下车,看见自己安排过来的中巴车已经稳稳当当地停在场地上了。他走过去打了个招呼,顺手递给开车师傅一包软壳中华烟。

妹妹鸿佳耳朵灵,听到汽车声,急忙带着侄子图程、侄女图画赶来迎接。图程、图画亲热地叫了"三叔、三婶",图程从后备厢拎出包裹,和三叔黄鸿榆松松爽爽地走在前面;鸿佳与图画一人一边挽起三嫂华芷莹的胳膊,有说有笑地跟在后面。

"鸿佳,小宝贝呢?"华芷莹望着鸿佳白皙又微微发胖的脸,问道。同时又在心里想:这女人哪,真是可怜,一养孩子,整个体形都松散了。自己这样晚产,倒也好,至少好身材多保持了几年,也算是因祸得福吧!她这样安慰自己道。

"睡着了。"鸿佳伸手摸摸华芷莹的大肚子,"嫂子,预产期是什么时候呀?"

鸿佳是个粗线条的人,自然不会体会到自家嫂子此刻的小心思。自从有了孩子,她一门心思都在孩子的哺育上,暂时还没太多的精力去关注自己身材的事。

"五月底六月初吧。"华芷莹一脸幸福地答道,随即又不无担忧地说,"我是高龄产妇,真不知产后能否尽快恢复。"

鸿佳理解嫂子的感受,便劝慰道:"嫂子你天生身材好,肯定会很快恢复的。再说,现在医疗条件又那么好。"

说着话,三个人已经来到家门口。母亲张腊梅、大嫂周英、二嫂叶玲珑急忙迎了出来,众星捧月般把华芷莹迎进屋里。

一进门,华芷莹见黄鸿榆跟父亲黄全根,还有黄鸿樟、黄鸿桦兄弟俩,以及妹夫方正圆几个围坐在客堂的八仙桌前抽烟、喝茶、嗑瓜子,说着闲话,一副其乐融融的样子。华芷莹走到跟前,亲热地叫了声"爹爹"。父亲黄全根瞄了眼三儿媳鼓起的肚子,满心欢喜地答应着。华芷莹又和众人打过招呼,便被母亲张腊梅领进西面收拾得干干净净的房间，大熊猫似的保护了起来。

这时，东面房间里传来了婴儿清脆响亮的啼哭声。鸿佳赶紧过去抱起孩子，先给客堂的三个哥哥看过，又抱进西面房间，来到三位嫂子跟前，说："来，让舅妈们好好看看我家囡囡。"

大嫂周英这些日子一直在帮忙照顾孩子，也没啥新鲜感了。二嫂叶玲珑也是刚才才赶回老家来的，还没见过孩子，便一脸新奇欣喜地抱过孩子，口中"喏喏喏"地逗着孩子，又是摸又是亲。一番抚弄过后，把孩子传到华芷莹手里。

华芷莹即将要当母亲，面对着眼前这个刚刚出世的小生命，又惊又喜。细细端详过一番之后，抬起头说："鸿佳，这孩子虎头虎脑的，真可爱！都说儿子像母亲，一点儿都不假，长得太像你了！"

"是吗？"鸿佳听到这样的赞美，心里甜滋滋的，脸上露出了一个母亲特有的幸福笑容，"刚出生时，姆妈也是这样说的。"

"孩子起了什么名字呀？"华芷莹问鸿佳。

"方仁平。"鸿佳道，"把仁和、江平两地都连起来了。"

"嗯，'仁平'，寓意好。"华芷莹赞赏道。

这时，华芷莹仿佛想起了什么，侧身对图画说："图画，麻烦去你叔叔那儿把我的包拿来。"

图画一溜烟地奔到客堂，不到半分钟就把手包塞到三婶手中。华芷莹拉开包，拿出一个精致的礼盒，打开，取出一副金手镯，一边小心地给孩子戴上，一边说："来来来，宝贝，戴上这副金手镯，我们就平平安安，长命百岁！"

鸿佳连声道谢。一旁的叶玲珑也带来了给孩子的礼物，本来以为要酒宴上才送的，现在看到弟妹这样，也取出一枚金锁，一边说着吉利话，一边挂到孩子的脖子上。鸿佳又是一连串的道谢。大嫂周英见此情形，也不甘落后，急忙赶去前面自己的家里，把一副银脚镯套到孩子脚踝上。

因为是在附近的生态园办酒宴，亲戚朋友们到时都直接过去，所以家里除了自家兄妹几个，并无其他人。等到大哥鸿樟和妹夫方正圆把要带去酒店的烟酒、礼盒之类的东西全都准备齐全，看看时间已到十点半，全家便出门向生态园而去。来到村东头的青砖场地上，黄鸿榆安排妻子华芷莹、妹妹鸿佳与孩子，还有侄女图画坐自己那辆车，自己则带着侄子图程和大家一起钻进了预先停在旁边的中巴车里。

十五分钟后，当黄鸿榆一大家子的两辆车在生态园门口刚停稳，老板钱大勇满脸堆笑，三步并作两步来到小汽车前。看到出来的人中没有黄鸿榆，正在诧异，却听到身后传来了黄鸿榆的声音："钱老板，生意兴隆啊！今天可是要来麻烦你了！"

钱大勇极其机灵地转过身，一把紧紧握住黄鸿榆的手，热情爽朗地说："哪里哪里，老同学赏光，蓬荜生辉啊！我高兴还来不及呢！"

一边说着，一边招呼服务员将黄鸿榆全家迎进宽敞的大厅里。钱大勇妻子是个胖乎乎的中年妇女，一副福笃笃的老板娘模样，见华芷莹挺着个大肚子，断定就是老公那县长同学的妻子，便上前十分殷勤地邀请她去后面早已收拾得整洁干净的客房休息。华芷莹一早起来到现在，的确也感觉有点儿累了，也不客气，就带着鸿佳和孩子，还有图画她们，跟着老板娘朝里面走去。

看看黄家这边的亲戚们还没到齐，从江平县那边过来的接方家亲戚的大巴车也没到达，黄鸿榆便跟钱大勇打招呼等会儿再开席。钱大勇鉴貌辨色，安排黄鸿榆父母和方正圆父母四位老人也先去后面的小客厅的沙发里休息，自己就坐在大厅的一张桌子前，先是拿出今天的菜单，让黄鸿榆过目。黄鸿榆对此并不在行，所以这菜单是他事先让钱大勇配制的，标准是按皇坟乡当地的满月酒标准，档次稍微往上抛高一点儿。看过菜单，黄鸿榆表示满意。钱大勇便与他海阔天空地聊起了家常。

照例,今天的主人是方正圆父母,可他们知道这边儿子的三舅子三舅嫂一直在全力帮着大忙,他们自己人生地不熟的,就干脆事先向儿子全权委托了。所以,黄鸿榆自然也就当仁不让地成了今天操办满月酒宴的主人。

半个多小时后,所有亲戚基本到齐,酒宴正式开始。方正圆、鸿佳和各自父母,还有其他两个长辈坐一桌,鸿樟、鸿榉、鸿榆三个小家庭坐一桌,其他的亲戚们也按事先排定的桌号就座。整个大厅里,一共开了十二桌,满满当当的。

方正圆、黄鸿佳夫妇首先给黄家三兄弟一桌敬了酒,特别是对三位嫂子说了一大堆感谢的话。这正是方正圆的聪明之处,因为他知道,自己的这三位舅嫂都是在家庭做主的人。再说,自己和鸿佳一路走来,全仰仗着他们的多方照应。特别是三舅子三舅嫂,他们对自己的照应是实实在在的,如果没有他们,自己跟鸿佳根本不可能终成眷属,更不可能调到仁和后迅速站稳脚跟,并当上这个副校长。而二舅子二舅嫂,从感情上是跟鸿佳最亲的。鸿佳从小就黏这位二哥,上初中又跟着他;而二哥也特别喜欢她,这是鸿佳一直跟自己念叨的。至于大舅子与大舅嫂,虽然都是普普通通的农民,但是生活上却一直代替父母照顾着鸿佳。三年仁和师范求学期间,每逢开学与放假,大包小包接送鸿佳的都是大哥鸿樟。现在有了孩子,鸿佳住在娘家,大嫂也是忙前忙后地与岳母张腊梅一起精心照料着她,这着实让自己省了不少心。所以,方正圆与鸿佳夫妇对哥哥嫂子们充满着感恩之心。

接着,方正圆带着鸿佳又给自己姐姐、姐夫去敬酒。自从他调到仁和后,照顾父母的责任便全都落在姐姐、姐夫头上了。姐姐是个普通的农村妇女,一直在家务农;姐夫在江平的一家大型水泥厂做销售经理,一年大部分时间在外面跑生意,是家里的顶梁柱。为了照顾年迈的父母,姐夫外出跑生意期间,姐姐便干脆搬到娘家与父母住在一起。这份恩情，方正圆是万万不敢忘记的，所以，面对着姐姐、姐夫，方正圆是既歉疚，又感激。对此，鸿佳也深深理解。

当方正圆与鸿佳将其他亲朋好友全都敬了个遍，酒宴也就接近尾声了。

下午，亲戚朋友们陆续到生态园各处游玩散心。这里低矮的小山、波光粼粼的小溪，本是乡间的寻常之景，可如今被规划成由蜿蜒溪涧穿梭、松林竹林萧萧、花花草草点缀的生态园林，却别有一番韵味，让这些土生土长的乡下人也不禁流连忘返。黄鸿榆站在门口，望着这些熟悉与不熟悉的亲戚朋友，不禁想：其实欣赏自然美景，不只是城里人的专利。过去，乡下人为温饱而奔波，当然无暇亦无心去顾及什么风花雪月；现如今，人们生活富裕了，自然也有更多的闲情逸致去欣赏这份身边的美景了。

酒宴结束后，黄鸿桦却没有心思逛风景，而是带着妻子叶玲珑与女儿图画径直去了皇坟山南麓的少年时期的母校。二十多年了，时光的烟尘早已把记忆中的母校熏染得面目全非，没有了当年的一点儿痕迹。原先的一排教室如今翻建成了崭新的办公楼，那栋熟悉的老师们办公的二层小楼也变成了一幢十分洋气的三层楼，平整的水泥地被一圈围墙拦起，成了停车场，场地上停着几辆警车。门卫告诉黄鸿桦，如今，这里是皇坟乡交警中队所在地。见此情景，黄鸿桦只是呆呆地伫立于大门口，心中说不清是什么滋味。

"爸爸，这就是你当年读书的地方？"女儿图画疑惑地发问。

"没有了！"黄鸿桦轻轻叹了口气，侧脸看看妻子，悻悻地对女儿说，"我们回去吧。"

返回的路上，女儿图画蹦跳着走在前面，黄鸿桦与叶玲珑并肩走在后面。他一声不吭，脑海里却清晰地浮现出一幕幕儿时在这皇坟山脚下读书的景象，而秦老师的形象，此刻又格外地鲜亮起来。

等到亲戚朋友们陆续离去,黄鸿榆从后面的客房叫出休息的妻子华芷莹,也准备离开。这时,老板钱大勇却叫住了他:"老同学,要不再坐会儿吧,今天就和嫂子在这儿吃了晚饭再走?"黄鸿榆比钱大勇大两个月,所以,钱大勇称呼华芷莹为嫂子。

黄鸿榆感觉钱大勇似乎跟自己有什么话要说,顿了顿,道:"晚饭就不吃了,坐一会儿倒是可以的。毕竟我们好久没见面了嘛!"说罢,便吩咐司机老张开车跟着家里人乘坐的中巴车,先送妻子华芷莹回清水村,然后,自己跟着钱大勇来到了后面的一个雅间。

这雅间大理石铺地,办公桌、沙发、橱柜都是当下市面上最为流行的名牌与款式。落地长窗外,是一个精致的中式小花园,假山、池沼、亭台一应俱全。钱大勇请黄鸿榆在松软的沙发上坐定,服务员便端来了上好的新茶与一大盘拼盘水果。

黄鸿榆环顾四周,心想:这钱大勇这些年赚了不少钱哪!唉,看来,这年头,想发财,就得经商哪!但表面上却不动声色。他抿了一小口茶,抬起头对眼前的老同学微微一笑,赞赏道:"嗯,好茶!"

钱大勇听闻,立马站起身,从橱柜里取出两个包装十分考究的搪瓷罐:"来,鸿榆,这两罐你拿去,帮我品一品,是否比你那丁蜀的红茶要好喝。"

黄鸿榆拿起一罐,仔细端详了一番,说:"好,这个我喜欢的,那我跟你就不客气了。"

两个人便舒舒服服地靠在沙发里,又东拉西扯地闲聊了一番。聊着聊着,钱大勇便将话题转移到正题上来了。

"鸿榆,你现在仕途那么顺,以后前途无量啊!"钱大勇一脸真诚,"我们这帮高中同学都很看好你的。"

钱大勇这些年在商场上摸爬滚打,练就了一副人情练达的本领,言行举止很是适时得体,所以生意也是越做越大。

"嗨!"黄鸿榆摆摆手,脸上露出一丝苦笑,"你我都一样,看似光表鲜亮,实则甘苦自知。累人哪!"

"你呀,在丁蜀升任县长甚至县委书记是迟早的事。"钱大勇扔过一支极品云烟,自己也点上一支,吱吱地吸了一口,吐出一圈袅袅白烟,"到时,我如果去那边发展,你可得照应我啊!"

黄鸿榆平时是不抽烟的,更没有烟瘾,即使偶尔抽两支,也是逢场作戏。可今天他跟老同学在一起,身心特别放松,就也接过云烟点上,窝在沙发里吞云吐雾起来。打从到丁蜀任职以来,黄鸿榆就给自己立了条规矩:不跟商人发生任何利益关系。不过,今天钱大勇是老同学,又是贫贱之交,在不违反原则的前提下,自然是愿意帮忙的,毕竟多个朋友多条路嘛!

"你想到丁蜀做什么大生意呀?"黄鸿榆心想,都说商人心野,这家伙放着好好的餐饮生意不做,莫非还想涉足其他什么领域?

"我还能做什么大生意呀,就是老本行,餐饮呗!"钱大勇见黄鸿榆有了呼应,立马说出了自己的真实想法,"我想去丁蜀的校园承包食堂,你看是否可行?"

"这个我劝你别涉足为好。"黄鸿榆态度明确而真诚,"你是不知道,现在各地校园食品安全事故频发,麻烦不断,社会反响很大。一旦有事,承包商吃不了兜着走。这个钱,不好赚!"

当然,黄鸿榆还有一句话没说,那就是:如果我帮你介绍进了校园,受牵连的还有我。到时,绝对有损我的声誉。

"哦。"钱大勇盯着黄鸿榆,颇为失望。

"不过,你倒可以去丁蜀开一家高档点儿的酒店,提供餐饮、住宿、娱乐一条龙服务。"见钱大勇满脸失望,黄鸿榆给他出了个点子,"到时,我帮你宣传一下,生意肯定不成问题。而且,也基本不存在赊账问题,资金周转快。"

被黄鸿榆这么一点拨，钱大勇茅塞顿开：对呀，这倒是个好主意，我怎么没想到呢？不过，他脸上却不动声色，只是对黄鸿榆说："嗯，老同学，你这个点子倒也不错，容我好好考虑考虑啊！"

黄鸿榆也不搭话，只是报之以微笑。然后，继续埋头品尝着杯中的新茶。过了一会儿，估摸着钱大勇想要跟自己说的话都说完了，黄鸿榆便起身告辞。

当钱大勇把黄鸿榆送到大门口的时候，见司机老张已将他的车停在场地上了。黄鸿榆上了车，与钱大勇挥手告别。

回到清水村，一脚踏进家门，黄鸿榆看见父亲与两个哥哥和妹夫都围坐在八仙桌前正说着话。父亲黄全根看见他，对他招招手说："鸿榆，正在讨论图程今年高考的事呢，你也来出出主意吧？"

黄鸿榆在黄鸿桦身边坐定，却没有回答父亲的话，问了一句："小华呢？"

"跟姆妈、鸿佳她们在房里休息呢！"黄鸿桦答道。

黄鸿榆便不再吱声，专心听大哥鸿樟介绍关于侄子图程高三学习成绩的事。

"上学期寒假前夕，图程班主任专门把我叫到学校，告诉我说，按图程现在的学习成绩，不出意外，今年的高考分数应该在二本与三本之间。所以，班主任要我们家长事先考虑一下报志愿的事，免得到时举棋不定。"鸿樟看着鸿桦与鸿榆说。

"如果考得取二本呢，我觉得可以报考师范。"黄鸿桦接话道，"现在有许多二本大学都有师范专业。而且，图程的性格也适合以后当个老师。"

黄鸿桦本想让鸿榆先说的，但考虑到他早已脱离了教育一线，对学校教育的具体情况未必真正了解，所以就率先说出了自己的想法。

"可要是考不取二本呢？读三本就没啥好专业了呀！"黄鸿樟为了儿子的事，从图程升高三开始就多方打听高考的事了。他摆出了自己的担心。

黄鸿榆没开口。这些年的从政历练，让他养成了少说多听、不轻易发表自己观点的习惯。其实，他心里清楚，侄子图程如果考上本科，读师范的确不错；一旦落到三本，毕业后安排个工作自己还是能解决的。

这时，父亲黄全根开口了："鸿榆，你的意见呢？"

"我觉得鸿樟的建议很好。到二本线呢，就报考师范；不到呢，也有办法的！"黄鸿榆慢条斯理地说。

听黄鸿榆那么说，大家便都放了心。

"好，那就按照鸿榆的意思办。"最后，父亲黄全根看着大儿子鸿樟，下了结论，"你呀，还得多多督促图程用功点儿，我看他读书，远远没有你们兄弟几个当年那么用功。"

当天全家早早吃过晚饭，黄鸿佳和孩子继续留在乡下，方正圆回镇上陪从老家江平来到父母。而黄鸿榆与黄鸿樟各自回到了城里的家。

第三十一章

转眼已是五月，春已老，夏渐至。

今天是周五。早上七点四十分，司机老张带着秘书于雪峰，来到了县政府大楼前的小广场上。于雪峰上楼敲开了黄鸿榆办公室的门，发现自己的领导正坐在沙发上，一边翻阅着一本杂志，一边在等着他了。为了今天的事，黄鸿榆昨晚没有像往常一样赶回仁和家里，而是住在了县委县政府小招待所二楼自己的临时宿舍里。

下了楼，进了车。坐在副驾驶位上的于雪峰轻声问道："黄县长，去哪里？"

"去教育局。"

黄鸿榆淡淡地答道。然后便不再说话，而是侧过脸，漫不经心地望着窗外县城清晨的街景。

于雪峰有点儿纳闷：领导这一大早地赶到教育局，这是要去干什么呀？莫非是突击视察教育局？可纳闷归纳闷，他也不便多问，心想：等到了再说吧。

穿过一条长长的陶邑大道，转过两个弯，再拐进一条狭窄的街道。八点十五分，他们便来到了教育局楼前的广场上。

"黄县长，到了。"车子刚停稳，于雪峰回头提醒道。

"你通知李局长，要他坐我车一起去一趟下面的两所学校看看。"

于雪峰下了车，站在车旁打电话。两分钟后，他收起电话，回到车内，跟黄鸿榆汇报说："黄县长，李局长说他十分钟后到。他要我们先去二楼小会议室休息下，您看……"

"不必了，就在车里等吧。"黄鸿榆说着，透过车窗，仔细打量着外面的情形。

窗外是一栋三层楼，楼体外墙是二十世纪八十年代末那种典型的马赛克饰面，如今因年久失修而略显斑驳了。楼前就是一片空地，一东一西砌着两个圆形花坛，里面倒也草木蓊郁。这儿本是县城的一所初中，后来，这所初中移地扩建，如今成了丁蜀县赫赫有名的实验初中。当时的县政府考虑到原县委县政府大院过于局促，便将一些职能部门外迁。于是，县教育局便搬迁到了这里。后来，崭新气派的县委县政府大楼建成，有些当时外迁的职能部门，诸如财政局、工商局、地税国税局等纷纷盖起了新楼，改善了办公条件，可只有教育局、文化局等一些弱势部门却依然滞留在原地，一副穷酸寒碜的模样。前两年，李局长也曾提起过要原地翻建教育局大楼的事，可因为黄鸿榆没表态，此后便再也没有提了。现在，黄鸿榆看着窗外陆续有工作人员进入这栋大楼，心里却萌生了要改善教育局办公条件的想法。

一会儿，李局长喘着气赶到了黄鸿榆车旁："黄县长，不好意思，让你久等了。"

黄鸿榆见状，隔着车窗，略带歉意地说："老李，抱歉啊，事先没有和你打招呼。请上车吧，我们一起去下面两所学校转转。"

接到于秘书电话时，李智杰刚好出门。这黄县长居然一早上班前就找自己，而且还是亲自登门，他就预感到一定是要带着自己去下面搞突击检查。现在一听黄县长的话，果不其然！他便走到车子的另一侧，拉开门，坐了进去。

"黄县长，现在去哪里？"于雪峰回头问黄鸿榆。

黄鸿榆沉吟了片刻，说："先去新区实验中学吧。"

坐在黄鸿榆身边的李智杰局长一听，心想：不好，黄县长这是要去突击检查新区实验中学的管理啊！可是自己此刻又无法通风报信。也不知他们前阵子出事后有没有吸取教训；如果还是老样子，那邱平这家伙恐怕就悬了。唉，现在自己也管不了了，就看这家伙的运气了！

邱平是新区实验中学的现任校长，五十不到，年龄跟李智杰局长相仿，他跟李智杰是中师时的同班同学。本来他只是高平坝乡中学的一位普通教师，后来随着李智杰从校长到副局长再到正局长的步步高升，他也从高平坝中学教导主任到副校长再到一把手校长，跟着一路升迁。随着丁蜀县高新技术开发区的成立，高平坝中学遂升格为丁蜀县新区实验中学。去年，听说丁蜀县教育局有意重点打造三所高级中学为四星级重点中学，邱平竭力运作，并在老同学局长李智杰的关照下，终于顺利入选。可是，就在上学期末，学校高二年级两个班级有几位住宿男生，为了一位女生争风吃醋，竟然于晚自习结束后，在校园角落里打架斗殴，并致使其中一位男生身受重伤而送医院。此事惊动了整个丁蜀县，当地警方也介入了调查，一时间闹得沸沸扬扬。后来，在县政府的要求下，教育局严肃处理了此事，当事两个班的班主任全都由高级教师降级为一级教师，分管德育的副校长被免职，校长邱平也受记过处分。教育局还责成该校党支部、校长室，采取切实有效措施，大力整顿校纪校风，在一学期内使学校教育教学管理取得明显成效。

现在，一学期将满，黄鸿榆便以这种突然袭击的方式，想去实地考察一下该校的整改成效。

九点二十分，黄鸿榆一行抵达实验中学门口。黄鸿榆、李智杰、于雪峰下了车，站在大门口，看着一栋栋崭新的教学楼、办公楼、实验楼等建筑，倍感欣喜。

李智杰拨通了邱平的电话："邱平，我在校门口。"

李智杰明白，今天他是配角，甚至就是领导手下的一名办事员。所以，他说话尽量简洁明了。

"哦，李局，我不在学校呢。"电话那头的邱平讪讪说道，"要不我让办公室小胡来接你先到小会议室休息下吧？"

"休息个屁！"李智杰压低了声音骂道，"你赶快回学校，黄县长在呢！"

李智杰知道，这家伙一定又去他那宝贝儿子所开的食品公司了。因为他养了个不争气的儿子，那小子前些年从牢里出来，没有工作，便在老子的多方周旋下，开了家食品公司，凭着老子邱平的关系，承包了几家中小学食堂的生意。

李智杰搁了电话，走到黄鸿榆跟前："黄县长，邱校长说一会儿就来。要不我们先去校园看看吧？"

黄鸿榆听罢，脸色沉了下来，但嘴上却说："好吧。"

就在这时,校办主任小胡从校门里迎了出来。她之前并不认识黄鸿榆与秘书于雪峰,但因为有了刚才邱平的交代,当看到李智杰身边那个身穿藏青色夹克衫、气宇轩昂的中年人时,凭直觉知道就是黄鸿榆了。她风摆荷叶般径直走到黄鸿榆跟前,笑盈盈地招呼道:"您好,黄县长!"

然后,又侧过脸对李智杰说:"李局长好!"

最后,她才走到跟自己年龄相仿的于雪峰面前,客客气气地招呼道:"于秘书好!"

踏进校门的时候,刚好课间操铃声响起。小胡正要把他们几个往办公楼三楼小会议室引,黄鸿榆却吩咐李智杰道:"我们去操场。"

小胡便只能陪着他们几个往操场走。等到他们来到领操台旁,广播操正好开始。硕大的场地上,一千五百多个学生集队排列,场面蔚为壮观,颇有一番"沙场秋点兵"的气势。黄鸿榆看着这样既熟悉又陌生的场面,仿佛一下子回到了十几年前自己刚到仁和市一中工作的时光。有几个站在班级排头的班主任老师认得李智杰,便不时地朝这边望着,还小声地窃窃私语。而李智杰此时表面上一脸严肃地扫视着全场,眼角的余光却一直在瞄着黄县长,观察着他脸上神色的变化。

当做到第二节广播操时,黄鸿榆却发现从自己身边飞奔过几个学生,几乎同时,另外一边也有几个学生正急急忙忙地赶往操场,一边奔跑一边还说笑着。这些学生就像一枚枚瓦砾落入湖面,立马溅起一朵朵浪花,喧响荡漾,而后又化作一圈圈涟漪扩散开去,引发了一波波此起彼伏的波浪。对此,在场的所有老师却都一副熟视无睹习以为常的神态。

正当黄鸿榆准备转身离开时,实验中学两位副校长也火急火燎地赶到了面前:"黄县长,李局长,实在抱歉,我们都不知道你们来。操场太吵了,还是去会议室坐吧?我们邱校长马上就到。"

"不了。"黄鸿榆面无表情,像是对这两位副校长,又像是对李智杰说道,"我们去校园转转吧。"语毕,便径自向校园中间的一幢教学楼走去。

李智杰朝两位副校长使了个眼色。这两位副校长心领神会,便匆匆离开了。而校办胡主任则继续陪着他们。

黄鸿榆走进了教学楼底楼的高一(1)班教室。教室前门的把手像是一块断骨,耷拉着;北窗的角落里,一地水渍,几柄湿漉漉脏兮兮的拖把横七竖八地倒在地上。再看看整个教室地面,零零落落地落着纸屑、饮料瓶之类的垃圾。他急忙退出来,正要上楼,却看见几个老师和保洁工阿姨一起,正在突击清扫楼道。于是,他又折回到楼下,去往教学楼后面的小花园。

此时,李智杰的手机在口袋里震动了下,掏出一看,是邱平发来的短消息:"李局,我到学校了,你看是过来陪你们,还是……"李智杰立马回复:"在办公室等着。"因为李智杰知道,这会儿让他下来见黄县长,绝对没好果子吃。

"黄县长,要不我们还是去会议室吧?"身后的李智杰突然走到黄鸿榆跟前,小心翼翼地说,"邱平已经到学校了。"

"让他在办公室等着。"黄鸿榆冷冷地扔了一句,继续朝前面的小花园走去。

李智杰看看于雪峰,又看看小胡,便继续与他们一起默默地跟在后面。

这是一方去年下半年才打造完工的园子,黄鸿榆当时还特批了一笔五十万的追加经费。园子位于办公楼前,教学楼后,东临师生宿舍区,西连操场。园内池塘、假山、曲桥、亭榭,一应俱全。绿树成荫,花草灿然,一派江南园林的风味。置身于如此赏心悦目的环境中,黄鸿榆刚才糟糕的心情稍微好转了些。黄鸿榆走上曲桥,准备绕过前面的假山,到山石背后的那座亭子去看看。却见几个男女学生从假山后面蹿出,飞快地朝园子东面的宿舍区逃遁而去。黄鸿榆的眉头不禁一皱。

这一切,身后的李智杰也看得清清楚楚。他回头对后面的小胡低声嘀咕了几句,小胡立即转身向那几个学生逃遁的宿舍区赶去。

到了办公楼下面的走廊上,黄鸿榆发现校长邱平与刚才两位副校长已毕恭毕敬地站在面前。邱平满脸堆笑,走上一步来到黄鸿榆跟前:"黄县长好!我是新区实验中学校长邱平,刚才没能到校门口迎接您,请您批评!"

黄鸿榆见到这个矮胖而头顶半秃顶邱平,心里就来气。可他脸上却十分平静:"哦,邱校长很忙啊!"

一听这话,邱平的胖脸瞬间一阵潮红,额上也冒出了细微的汗珠,一脸尴尬地站着,有点儿不知所措。

"邱校长,你办公事,也得先到学校,安排好工作再出去吧?"一旁的李智杰打圆场道。

邱平心领神会,立即表态道:"黄县长,李局长,是我错了,没把学校工作做好!我一定深刻检讨,认真改正!"语气颇为诚恳。

李智杰用眼角的余光瞄了眼黄鸿榆,见他依然不动声色。便轻声对他说:"黄县长,你看要不要去楼上会议室,听一下他们的学校工作汇报?"

黄鸿榆知道李智杰这是在有意维护邱平,希望再给他个改过的机会。但今天的突击检查,已让黄鸿榆下定了要下猛药彻底整改这所中学的决心了;否则,这打造四星级重点高中的目标,就会让这些人给搅黄了。于是,他冷冷地说:"不必了。"

说罢,转身离开了。扔下邱平和两个副校长,呆若木鸡地站在原地。

一行人回到车上坐定。司机老张发动了车子。于雪峰抬腕看看表,刚好十点钟。他回头问黄鸿榆:"黄县长,现在去哪所学校?"

"西牌楼乡中心小学。"黄鸿榆淡淡地说。

坐在黄鸿榆身旁的李智杰听了,心头又是一紧。他在心里默念道:但愿龚美芳那边别再出什么乱子了!今天实验中学已是让他在黄县长那里脸面尽失,如果龚美芳的中心小学再出什么差池,那自己这个局长恐怕也就当到头了!此刻,他很想发个短信给龚美芳,让她早做准备;可一旦通风报信了,不就坏了这黄县长的规矩了吗?不过,凭自己平时对龚美芳的了解,她那边应该不会有啥问题吧?他又这样安慰自己道。

"老李啊。"冷不丁地,黄鸿榆侧过脸,语气平和,略带几分亲切,对李智杰说,"新区实验中学得换血了。"

李智杰的思绪被拉了回来。他立马答应道:"黄县长,我也这么想。这个邱平,太没责任心了!"

李智杰明白,邱平是肯定保不住了。此刻,他必须跟自己的顶头上司保持高度一致,唯有如此,黄县长才会依然信任自己,让自己再干完这一届,到时平安退位。

"要选派一位年富力强、有事业心、兢兢业业的同志去管理这所学校。"黄鸿榆若有所思地说,"还有,另外两所候选重点高中,教育局也必须根据实际情况加强管理。一所学校,一把手很重要啊!"

"我知道了,黄县长!回去后,我一定遵照您的指示,跟局领导班子成员认真研究,选派有能力、有干劲的同志去管理这三所学校,力争成功将它们建设成办学业绩优异的四星级重点高中。"

"嗯。"黄鸿榆便不再多说。

顿了顿,李智杰又小心地问:"黄县长,您看,您是否有合适的人选推荐哪?"

黄鸿榆明白他的意思，回答道："我没有。选派干部是你们教育局的事，我不参与。我只看结果！"说最后一句话时，他明显加重了语气。

"好的，我明白。谢谢黄县长的信任！"李智杰终于如释重负地长长舒了口气。

一会儿，黄鸿榆口袋里的手机响起。一看，是钱大勇的。迟疑了下，他按了接听键："大勇，有啥事吗？"

电话那头的钱大勇道："老同学，我已经在你们丁蜀开了家酒店，南山大酒店，五星级的，就在开发区。"

"好，祝贺你。"黄鸿榆平静地说。

对方感觉到黄鸿榆似乎有点儿不方便，也很知趣："我就是告诉你下，下次请你吃饭。那你先忙吧。"

"好，明白了。"黄鸿榆搁了电话。心想：这家伙，动作真快！

十点五十五分，黄鸿榆的车到达了西牌楼乡中心小学大门口。

李智杰第一个下了车，掏出手机，拨通了校长龚美芳的电话："龚校长吗？我是李智杰。现在我陪黄县长到你们学校视察，就在校门口，请你马上下来！"

"知道了，李局！我马上下来！"电话那头的龚美芳一听这消息，立马反应过来。她搁下电话，走到副校长办公室，简单交代了几句，便赶紧下楼前来迎接。

不到五分钟，黄鸿榆看见一位四十多岁的女子迎面向他们走来，想来这就是校长龚美芳了。只见她走到自己跟前，落落大方地招呼道："黄县长好！李局好！于秘书好！欢迎来我们西牌楼中心小学视察指导工作！"说罢，伸手示意大家进校门。

黄鸿榆悄悄打量了下她：中等身材，齐耳短发，略施粉黛，上身穿一件双绉碎花鹅黄色长袖衬衫，下身着牛仔裤，一双白色运动鞋，精瘦干练。

一行人进了校门，在路边的宣传栏前驻足。宣传栏里公示的是学校管理的相关信息，右边展示着校长、书记、副校长四人的标准照、分工职责等，左边则罗列着近年来学校所获得的各项荣誉称号。全校正上着上午最后一节课，整个校园里静静的。一路走去，树木葱郁，芳草如茵，有麻雀、灰喜鹊、白头翁之类的鸟儿的啁啾声，草地上还蹦跶着几只灰兔。校长龚美芳与黄鸿榆、李智杰他们一边并排走着，一边不时地介绍着校园的设施设备与各类功能区。

走到一栋教学楼前，黄鸿榆本想循着走廊，去教学楼巡视一番，但考虑到可能会影响师生上课，便停住了脚步。校长龚美芳见状，提议道："黄县长，要不我们先去学校会议室稍事休息吧，然后去镇上吃个便饭？"

黄鸿榆抬腕看看表，十一点二十五分。他侧过脸问："龚校长，学生午餐是几点？"

"十一点三十五分。"龚美芳答道。

"好，那我们去食堂看看吧。"黄鸿榆吩咐道，"今天午饭我们就在食堂吃。"

龚美芳一听，愣了下。她侧身看了眼李智杰局长，李局长对她微微点点头。于是，她马上应声道："好的，黄县长！"

说着，龚美芳一边引着黄鸿榆他们朝餐厅走去，一边给分管后勤的副校长打电话，低声叮嘱了几句。

西牌楼中心小学是丁蜀县首批村小撤并后扩大办学规模的小学。撤并之前，学生全部来自镇上及附近农村的几个村子，午饭全都回家吃。从去年下半年该乡村小撤并后开始，学校新建的餐厅开张，中午，几乎所有原村小的学生三百来人在校就餐。当时，为响应上级关于学校后勤服务社会化的号召，学校将餐厅外包给了社会上的一家餐饮公司。可没想到，就在新学期开学一个月后,学校餐厅居然发生了食品中毒事件!从后来的调查得知,给这家餐饮公司提供食材的,就是新区实验中学校长邱平那宝贝儿子所经营的食品公司。后来,学校果断跟这家餐饮公司解除了外包合同,改为学校后勤部门自主经营。今天黄鸿榆来到这里,就是为了实地查看该校学生午餐的整改情况。

黄鸿榆走进餐厅,见里面排列整齐的餐桌椅干净整洁,四周窗户通透明亮,铺设有防滑大理石的地面,也没有外面一般餐馆那样的油腻。餐厅东面的制作间,身穿白色工作服、佩戴口罩的工作人员,正在将一格格饭菜搬移至长条形桌面上。黄鸿榆缓步走过去,仔细查看了各式菜品,有红烧排骨、清蒸鱼块、雪菜肉丝、炒芹菜、海带丝、番茄炒蛋、冬瓜汤等等。

这时,下课铃声响起。不一会儿,便有一排排学生由老师带队,依次走进餐厅,各自取了餐,到指定的座位用餐。

不一会儿,一位分管后勤工作的副校长走到龚美芳身边,低声说了些什么。龚美芳便走到黄鸿榆跟前,小心说道:"黄县长,请到隔壁包间用餐吧?"

"不,就在这里用餐,学生吃什么,我们也吃什么。龚校长,你只要给我们几个安排个座位就行了。"黄鸿榆不假思索地回答道。

龚美芳看看李智杰。李局长随即吩咐道:"龚校长,就按黄县长说的办!"

龚美芳校长立马让身边的那位副校长安排黄鸿榆、李智杰、于雪峰他们在餐厅西北角的座位上坐定。等餐厅阿姨将四个快餐盘端到面前时,龚美芳就陪黄鸿榆他们一起用餐。于雪峰心细,打电话请司机老张一起过来用餐。老张却说,他已经在镇上的饭馆里吃着了。

正吃着,黄鸿榆抬头发现有丁蜀县电视台的摄影机对着自己。便问旁边的李智杰是怎么回事。李智杰告诉他,龚校长的爱人是丁蜀电视台副台长。估计是她叫来的,想借机宣传一下学校。黄鸿榆没说什么,继续一边吃饭,一边观察餐厅里学生们的就餐情形。

吃完,黄鸿榆与李智杰一起起身去察看旁边几个就餐学生的饭菜,并询问了孩子们诸如"饭菜是否可口""能否吃饱"之类的问题。电视台的摄影机便不失时机,对着他们一阵猛拍。

午餐过后,龚校长领着黄鸿榆一行前往学校办公楼会议室稍事休息。下午一点整,西牌楼中心小学在学校小会议室召开年级组长、教研组长以上学校管理层会议,龚美芳校长主持,黄鸿榆副县长、李智杰局长先后讲话。

黄鸿榆充分肯定了学校校容校貌整洁干净,管理一丝不苟;尤其对学校学生餐厅的饭菜质量、就餐环境予以了高度评价。他强调,一个学校在办学过程中出现问题并不可怕,关键是要通过认真整改,变坏事为好事,从而切实提升办学水准。这一点,西牌楼中心小学堪称典范。

随后,李智杰代表县教育局,对黄县长对教育工作的关心与指导表示了感谢。然后,他顺着黄鸿榆的话题,对西牌楼中心小学这一年来在教育教学工作方面所取得的成绩表示了赞赏,并勉励西牌楼中心小学要再接再厉、继续努力,再创佳绩。

两位领导讲完话,全场响起了热烈的掌声。

最后,龚美芳校长代表全校师生,对县委、县政府对西牌楼中心小学的关怀表示了诚挚感谢,并表了一大通决心。随后,宣布散会。

县电视台的摄影机对此次会议做了全程记录。

返程的时候,黄鸿榆一扫上午的不悦心情,跟李智杰讨论着关于如何持续推进撤并村小、建设四星级重点高中以及如何布局职业技术教育等工作。而李智杰的心情也从上午的忐忑不安中彻底安稳了下来。

"老李啊,你回去后正式打个报告上来,你们教育局的办公条件的确应该改善了!我的意见是原地翻扩建。"车子进入县城的时候,黄鸿榆突然对李智杰说。

李智杰闻言大喜:"谢谢黄县长对我们教育局的关心!我明天一定将报告送过去请您审阅!"

黄鸿榆明白,李智杰局长的感谢无疑是真诚的。

第三十二章

黄鸿榆刚回到自己的办公室,口袋里的手机响了起来。摸出一看,是岳母宋慧打来的。

"妈!"黄鸿榆叫道。

"鸿榆,你赶快回来吧!莹莹已经进产房了。"电话那头,宋慧的声音很是急切。

"好好,我马上赶回来。"黄鸿榆随即搁了电话。

他把秘书小于叫到跟前,简单交代了几句工作上的事务,然后又让小于通知司机老张在楼下等着自己,便收拾好东西,匆匆下了楼。

一小时后,黄鸿榆的车在仁和市妇幼保健医院母子中心楼下停稳。

黄鸿榆径直上了二楼,轻轻推开了001室家庭套房的门。这是黄鸿榆上周亲自来预订的独立产房。他走进房间,发现妻子华芷莹正静静地躺在病床上,床头的吊液瓶里,淡黄色的药液正一滴一滴地流入她手背的静脉里;她的旁边,躺着他们刚出生的儿子。岳母宋慧坐在床边,正一脸关切地注视着面前脸色苍白的女儿。保姆耿阿姨、岳父的司机小宋都默默坐在一旁的椅子里。

和大家点头示意打过招呼,黄鸿榆蹑手蹑脚地走到妻子床前,伸手摸摸她额头。华芷莹本来闭着的双眼微微睁开,露出一丝笑容,然后又闭上眼睛,静静地躺着。黄鸿榆知道,她很虚弱,随后便抱起包裹着的儿子,仔细端详了起来:这孩子一头浓发,皮肤红紫,正嗫嚅着小嘴巴,像是希望吮吸什么。他将儿子轻轻放下,绕到妻子床头的另一边,坐下,把手伸进被窝,握住了她的手。华芷莹继续闭着双眼,嘴角漾出一丝不易察觉的甜甜的笑意。

"妈,要不你先回去吧?今晚我来陪。"过了一会儿,黄鸿榆抬头对宋慧说。

宋慧看看女儿,对黄鸿榆说:"今晚我来陪,你们男人不懂的。等会儿你带耿阿姨一起回去,这里也没啥事需要她帮忙的。"

黄鸿榆明白她的意思,也不坚持,说:"那我现在去外面给你和小宋买晚饭来吧?"

宋慧指指一旁窗前桌子上的保温袋:"不用了,我和莹莹的晚饭耿阿姨早就准备好带过来了,小宋等会儿要去单位的,不必考虑了。"

"那孩子呢?"黄鸿榆看看妻子旁边的儿子,问。

"放心,护士会负责的,不会饿着孩子的。"宋慧看了眼女婿,心里嘀咕道:真是什么都不懂!

又过了好一会儿,看看吊瓶的药液快没有了,黄鸿榆按响了床头的信号按钮,不到半分钟,护士便进来换上了一瓶白色的营养液。望望窗外,天色渐渐暗下来了,黄鸿榆便凑到华芷莹耳边,低声说:"我先回去了,明天一早就来陪你。"

华芷莹睁开眼,柔情地看着自己的丈夫,对他点点头。

黄鸿榆轻轻拍了拍她胸口,便带着耿阿姨,回家去了。

回到华家,用过晚饭,黄鸿榆便给乡下父母家里的座机拨了个电话。电话那头传来的是父亲黄全根的声音:"喂,你找谁

呀?"

"爹爹,我是鸿榆啊!"黄鸿榆怕父亲耳背,提高了分贝说,"小华生了,是个男孩!"

"哦,太好了!"电话那头的父亲显然很高兴,"你好好照顾小华,过两天我和你姆妈过去看她。"

"爹爹,你们现在先别过来,这边有她妈妈照顾呢!等小华身体恢复了,我会带着小华和孩子去家里的。"

"哦,这样啊!那好吧,到时我跟你姆妈商量了再说吧。"听口气,父亲明显有点儿失落。

但此时,黄鸿榆也顾不上父亲的感受了。因为如果此时让父母上城里来探望,非但帮不上什么忙,反而会添乱。到时再跟他们解释吧!黄鸿榆心想。

搁下电话,黄鸿榆靠到沙发上,打开电视,看了会儿谍战剧。这时,桌上的电话响了起来,一看,是言海东的。

"海东,好久没联系了呀!"黄鸿榆热情地说。

"是呀,所以今天要电话你啊!"电话那头的言海东依然是上学时的那副样子,让黄鸿榆倍感亲切。于是,两人聊起了家常。他们聊各自工作,聊父母孩子,聊当地的经济发展,聊当年同班同学的现状。聊了一会儿,言海东才道出了来电的目的:"老同学,前两天我看到《东江日报》上刊登了你们仁和市高新技术开发区招聘教师的广告。这些天跟妻子反复商量过后,决定一起前去应聘。你看是否可行呀?"

"热烈欢迎啊!"顿了顿,黄鸿榆热情地说,"你们夫妻俩一个高中,一个小学,这边都需要呢!"

"那我今年暑期前去应聘,到时少不了麻烦你多多照应啊!"言海东半开玩笑似的说。

"嗨,我们之间还客气呀?我呢,在乡下,暂时帮不上你什么忙。不过,只要不违背原则,小华也一定会尽力的!放心吧。"

黄鸿榆依然热情地答道。

放下电话，黄鸿榆不禁感慨：盐碱地种不出好庄稼，经济落后地区自然不可能有发达的教育。想言海东刚毕业那会儿，也是踌躇满志，希望回到曾抚育他成长的母校教书育人，成就自己的一番事业；可残酷的现实还是无情地击碎了他的梦想，如今，他只得和其他人一样，选择离开了。这不能不说是一种悲哀啊！仅仅是一个东江省，江南江北的差距竟有如此之大。如若放眼全国，我们这沿海发达地区与中西部地区相比，那差距之大便可想而知了。但又一转念，自己再忧国忧民也于事无补，只要尽力做好当下的分内之事，也就问心无愧了。

这样想着，黄鸿榆便释然了。

岳父华达江又出差去北京了。黄鸿榆安排好司机老张在客房住下，因为忙了一天，感觉有儿点累了，便早早地歇息了。

第二天一早起来，走到厨房间，发现耿阿姨早已将早饭准备好了，而且，连岳母和妻子的早饭都已经装进保温袋了。见到黄鸿榆，耿阿姨手脚麻利地将早饭一一搬上餐桌。

黄鸿榆与张师傅、耿阿姨三人一起用过早餐，便驱车来到母子中心病房。

一进门，见妻子小华正坐在病床上，怀里抱着儿子，一脸幸福地细细端详着。孩子正熟睡，静静的，只是小嘴巴微翘，似乎还在咂巴着什么。黄鸿榆见小华脸色不再似昨天那么苍白，心里顿觉踏实了许多。他走到床边，伸手捋了捋妻子的头发，亲切地问："妈呢？"

"去盥洗室了。"华芷莹将孩子送到他手里。

黄鸿榆万般欢喜地看着孩子，用手指轻轻捏了下他高高的鼻子，笑着对妻子说："儿子长得真像你。"

"真的呀？"华芷莹嘴上表示怀疑，心里却甜滋滋的。

"当然真的。"黄鸿榆笑嘻嘻地看着妻子说，"儿子像母亲好，福气!"

"你也这么迷信呀?"华芷莹撇了撇嘴,笑道。

"这可不是迷信,是老话。"黄鸿榆又把目光移到孩子身上,"老话都是有道理的。你说对不对呀?儿子!"

两人正说着话,岳母宋慧回来了。见她手中拎着两个热水瓶,黄鸿榆赶紧把孩子给了妻子,走过去接。

与此同时,保姆耿阿姨也从座椅里站起来,把保温袋里的早饭取出,放到桌上。一个面饼,一杯温牛奶,一个白煮草鸡蛋,这都是宋慧惯常的早饭。而华芷莹今天还吃不下什么东西,所以只给她准备了一份泰国香米粥,外加一小袋入口即化的肉松。

"妈,早饭后我让司机老张送你回家休息。等会儿我要去上班,晚上我过来陪。今天白天就让耿阿姨在这儿吧?"

宋慧一边把早饭端到女儿手里,一边说:"还是我在这儿吧,这儿有小床,困了我会眯会儿的。你等会儿上班时先把耿阿姨送回家,让她回去准备我和莹莹的午饭。中午我会让小宋去接她过来的。"

"妈,我没事的。你还是回家休息吧,鸿榆是怕你累着。"华芷莹在一旁劝道。

"亏你想得出!我走了!"宋慧带着责备的语气对女儿说。

华芷莹对黄鸿榆眨了眨眼睛,吐了吐舌头,一脸无奈的样子。

黄鸿榆心领神会,便不再劝,只是说:"妈,那就辛苦你了。今晚我来陪,你回家去睡个安稳觉。"

上班到单位已经十点多。黄鸿榆见办公桌上已经端端正正地放着一份资料,一看,是李智杰送来的关于教育局办公大楼的改扩建方案。这个李智杰,倒是效率很高呀!黄鸿榆心想,莫非是早已经做好了?

"黄县长,今天一上班李局长就把这份方案送来了。"秘书于雪峰将泡好的茶端到黄鸿榆跟前，汇报说，"他刚才在我那边等了您半个多小时，好像还有什么事情要汇报。后来，我怕您忙，就让他先回去了。"

"你一会儿告诉他，让他下午两点来见我。"黄鸿榆呷了口茶，吩咐道。

"好！"于雪峰答应一声，便离开了。

黄鸿榆仔细读起了李智杰的这份改扩建方案。刚读到一半，秘书于雪峰又进来了："黄县长，刚才县委办来电话，晏书记要您马上去县委小会议室参加临时常委会。"

"知道了。"黄鸿榆抬起头答应着，随即站起身，顺手将读着的材料放到办公桌上，心里却想：这么紧急，莫非是出什么乱子了？还是有临时紧急任务需要完成？

黄鸿榆与于雪峰来到了县委办公大楼三楼。黄鸿榆径直进了常委会小会议室，于雪峰则去了位于楼梯口的县委办综合科，一边等着自己领导，一边与几位熟识的同事闲聊。

黄鸿榆走进会议室，见书记晏宏道、县长骆仲林已经坐在正、副主席位上，两人还低声说着什么。

晏宏道四十六岁，是先于黄鸿榆半年由省委直接空降到丁蜀任县委书记的。晏书记能力强，胆子大，这些年大搞招商引资，使丁蜀县的 GDP 由他来之前的仁和市倒数第一，一跃而升为正数第一，甚至在整个东江省也是名列前茅的。城市建设也大拆大建，丁蜀高新技术开发区便是在他的倡导与推动下建设的。一个不争的事实是，晏书记如今是丁蜀绝对的权威人物。

骆仲林五十五岁，是土生土长的丁蜀干部。他从村党支部书记到乡党委书记，再到副县长、县长，一步一个脚印踏踏实实地走来，有着丰富的基层工作经验，对丁蜀当地的情况也了如指掌。他出身底层农民，为人宽厚，生活朴素、节俭而自律，在丁蜀有着极好的口碑。骆县长大女儿中专毕业，如今还是丁蜀文化局南山文化站的一名普通工作人员。女婿经营着一家陶瓷公司，也只是做着普通小老板的生意。他小儿子师范大学毕业，被分配到丁蜀县中任物理老师，并没有得到什么特别照应。倒是李智杰看不过，关照县中校长将其提拔为教导主任。黄鸿榆来丁蜀时，骆仲林还是常务副县长。等到老县长退居二线去了人大，他才被扶正。随之，黄鸿榆接替了他常务副县长的位子。

黄鸿榆进门与书记、县长打过招呼，便照例在自己的位子上坐下。因为是临时召开的常委会，党务副书记、纪委书记、组织部部长、宣传部部长等丁蜀的最高领导层陆续进了会议室。等到七人全部到齐，晏宏道宣布会议开始。

"今天临时把大家召集过来，主要是有紧急事情需要通报。"晏宏道开门见山，"今天早上接到市委、市政府通知，项怀仁副省长将于明天下午来我县调研基础教育均衡发展工作。"

项老师来仁和了？一听这消息，黄鸿榆很是惊讶。怎么事先一点儿消息都没有呢？同时，他也有点儿纳闷。

只听见晏宏道继续说道："刚才我和骆县长商量了下，决定由县委、县政府出面接待，县政府骆县长、黄副县长以及教育局李智杰局长全程陪同考察调研。"

黄鸿榆与骆仲林相互交换了个眼神。其他的几个常委则面无表情，摆出一副恭听下文的神态。

"根据刚才市委办、市府办的安排，项副省长明天下午一点左右到达我们丁蜀，今天在座各位明天中午十二点半前抵达仁丁高速路出口处迎接。晚上六点半集体出席由县委、县政府在小招待所举办的晚宴。"晏宏道做了具体布置。

晏宏道的话仿佛一颗石子扔进湖面，会议室里掀起了一阵轻微的声浪。等这阵声浪渐渐平息了，晏宏道继续说道："项副省长明天的行程十分紧凑，晚上将要返回仁和。可能没有专门时间听取我县的教育工作汇报。但我们必须要做好充分的准备。这方面的事就辛苦黄副县长了。"

"好的。"黄鸿榆回答得十分简洁。

晏宏道布置完毕,严肃的脸上便漾出轻松的微笑,他看着黄鸿榆说道:"黄县长,你是项副省长的学生,而且关系一向亲密。我想有你在,项副省长的这次丁蜀之行一定会收获满满的。另外,项副省长在饮食方面有什么习惯、爱好,黄县长如果了解的话,请你给我们大家说说,我们也好让小招那边有所准备。我们一定要尽量想得周到些,让领导有宾至如归的感觉嘛!"

在座的常委们听到这话,不禁暗自诧异:平时只知道黄鸿榆是市委华书记的乘龙快婿,没想到他跟项副省长还有师生之谊啊!这项副省长虽然现在只是分管文教卫生的副省长,可因为水平高,能力强,如今在东江发展势头正猛,上面都在传,接下来他可是常务副省长的人选哪!如若这样,黄鸿榆一定前途无量啊!

黄鸿榆自然不知他们的这些小心思。他应答说:"项副省长是我们仁和人,虽久居省城,却念念不忘的是正宗的仁和菜。另外,他也是地道的老茶客,最爱喝咱们丁蜀的红茶。"

"好嘛,那我们就让小招大厨好好准备一桌原汁原味的仁和菜,来招待咱们的这位项副省长老乡!"县长骆仲林的脸上也露出了憨厚的笑意。

晏宏道见众常委们都没有其他事要说,随即宣布道:"好,散会!"

黄鸿榆走出小会议室时,叫住了走在自己前面的骆仲林:"骆县长,有时间吗?我想给您汇报下工作。"黄鸿榆对年长自己足足十八岁的骆仲林一向很尊敬。

骆仲林回过头,热情地说:"好的,小黄县长。我那儿今年的新红茶还等着你去品尝呢!"

和黄鸿榆一样,土生土长的骆仲林也是位地道的老茶客。而且,他的嘴巴比黄鸿榆还刁,非丁蜀茶不喝。这些年,他每年都会送些顶级丁蜀红茶给黄鸿榆喝,还时常委托黄鸿榆捎带一些给他的老上级华达江书记尝鲜呢!

那边原本待在县委办综合科的于雪峰闻声出门,见自己领导正跟骆县长有说有笑地向电梯口走去,立马弹簧似的弹了过来,抢先一步走到两位领导跟前摁开电梯门,与他们一起进了电梯。

黄鸿榆向骆仲林县长汇报了近期在教育工作方面推进的撤并村小、建设重点高中与筹建职业技术学院方面的事情,得到了骆县长的支持,便返回自己办公室。还没坐定,他便吩咐秘书于雪峰道:"你马上通知李智杰局长,要他先把其他工作放一下,今天务必准备好一份关于全县实施教育均衡发展的汇报材料,要简明扼要,有干货。明天一早送过来。另外,让他物色好一所中心小学、一所初中、一所高中,等待明天接受检查。还有,请他明天中午到我办公室来等我,跟我和骆县长一起,陪同项副省长在丁蜀考察。"

"好的。"于雪峰转身准备去打电话。

"哦,对了,让他今天下午别过来了。我下午就回仁和去。"看着于雪峰的背影,黄鸿榆又补充了句,"你让老张下午一点半在楼下等我。"

于雪峰走到门口,回头答应道:"明白,黄县长!"

午饭后,黄鸿榆休息片刻,就径直赶回到仁和市妇幼保健医院母子中心。

门虚掩着。黄鸿榆轻轻推门而入,里面关了灯,黑咕隆咚地。定了定神,方才看见妻子小华一手拢着儿子睡着了。岳母宋慧和衣靠在旁边的小床上,好像也睡着了。窗前的长条桌上,放着几个玻璃盒和保温瓶,里面还有些许剩菜剩饭剩粥。看样子,午饭已经吃过了。黄鸿榆便默不作声地坐在墙边的椅子里,掏出手机,随意翻看起来。

也不知过了多久,孩子"哇哇哇"地哭了起来。几乎就在同时,妻子小华与岳母宋慧都竖起了身子。

宋慧拉亮了灯,看见黄鸿榆,有点儿惊讶,问:"你啥时候到的呀?"

"半小时前吧。"黄鸿榆站起身,讪讪道,"妈,这两天辛苦你了!"

宋慧微微一笑,没说什么,走到女儿床边,动作麻利地泡上奶粉,摇匀了,一手抱过孩子,喂起奶来。孩子是今天早上开奶的。考虑到女儿是高龄产妇,宋慧决定只是让孩子喝了两次母乳,通通乳腺。接下来就在护士的指导下进行人工喂养了。

宋慧喂孩子的当儿,黄鸿榆站到她身边,笑眯眯地看着儿子吸奶的样子,一股满满的幸福感油然而生。吸了不到一半的奶,孩子就睡着了,宋慧轻轻捏他的小嘴巴,想让他把剩下的奶喝完,可孩子只是象征性地吸了两下,又不吸了。无奈,宋慧只得把孩子放回到床上。

黄鸿榆绕到床的另一边,坐下,看了会熟睡中的儿子,抬起头,对宋慧说:"妈,我让老张送你回家休息吧?下午我在这里呢!"

"是呀,妈,你太累了。累倒了我可怎么办呀?还是回家去吧!"华芷莹也附和道。

宋慧犹豫片刻,说:"那好吧,我先回家去,傍晚我送晚饭过来。鸿榆,你会给毛毛头喂奶吧?另外,你给我看好莹莹,别让她下床啊!"

"知道了。放心吧,妈。我会照顾好她们的。"黄鸿榆看着妻子,保证似的答道。

看见岳母出门,黄鸿榆给司机老张打了个电话,交代了几句。然后走到窗口,目送自己的车子载着岳母宋慧离开。

黄鸿榆返身坐到妻子身边,搂着她狂吻了起来。华芷莹被丈夫这一突如其来的疯狂举动所感染,顿觉脸颊潮红,紧贴着他,柔情万种。当黄鸿榆的手伸进她胸口时,她却轻声说道:"鸿榆,我这里胀痛,不要碰。"

黄鸿榆似乎一下子清醒了过来,缩回手,抚摸着妻子的脸,温情地说:"这些天你受苦了。"

"你知道就好!"突然,华芷莹笑着对丈夫说,"生了孩子的女人身材不再如从前了。等满月后,我可得好好塑身恢复。"

"好,我支持配合你。"黄鸿榆捏着她的手道,"不过,我相信,我黄鸿榆的老婆绝对是天生丽质!"

"去你的!"华芷莹娇嗔着轻轻打了下他胸口,"都当上副县长了,还那么不正经!"

"哦,对了,忘记跟你说了。"黄鸿榆突然坐直了身子,"项老师来仁和了,明天要到我们丁蜀考察。"

"真的呀?啥时候到的呀?"华芷莹也很兴奋。

"应该是昨晚吧。"于是,黄鸿榆把今天临时常委会的事简单说了一遍。

"要不我们现在给他打个电话吧?"华芷莹提议道,"你看我现在这个样子又不能去看他,就只能在电话里跟他说说话呗。"

黄鸿榆沉思片刻,道:"要不到晚上吧?他现在应该在开会或考察,忙的。"

"好的呀。"华芷莹幽幽地说,"也不知道林阿姨现在怎么样。听说林宜去美国后,阿姨的身体一直不大好,挺惦记她的。"

"不要担心,等你出了月子,今年暑假我们和爸妈一起去省城看看他们。"黄鸿榆劝慰道。

华芷莹微微叹了口气,点点头。

此时的黄鸿榆却敏锐地觉察到,自己的妻子今天似乎有点儿多愁善感了。心想:不会是产后抑郁症吧?看来得多陪陪她。出院后,要搀她去外面活动活动,散散心。另外,也要做做岳母的思想工作，不能老是让小华待在床上不下地。这样想着，黄鸿榆又不由自主地把妻子搂在了怀里，一股担忧与心疼在心头弥漫开来。

好一会儿，儿子又醒了，哭闹着。黄鸿榆按铃叫来了护士，让她给自己示范着冲了奶粉，抱着孩子喂了起来。等喝足了，和妻子一起咿咿呀呀逗了不到五分钟，孩子就又睡着了。

"给儿子起个名字吧？"护士离开后，华芷莹道。

"就叫黄华安，好吗？"黄鸿榆脱口而出。其实，儿子的名字他早就反复斟酌过了。

"你们黄家不是这一代都是'图'字辈吗？"华芷莹提醒说。

"那就叫黄华图安。希望我们一大家子都平平安安地。"黄鸿榆自信地说道。

"嗯，好名字，听你的！"华芷莹的脸上绽放出幸福的笑意。

"我们看会儿电视吧？"为了让妻子散心，黄鸿榆提议道。

"嗯，好。反正妈不在，就看一小会儿。"华芷莹说这话，依然有点儿心虚。因为母亲宋慧这两天给她制定了一整套规矩，其中之一就是不准看电视。

黄鸿榆打开电视，把音量调到最小，以免打扰了熟睡中的儿子。从中央台到省台再到仁和台，他反复换着频道，最后选择了重播的"仁和新闻联播"栏目。电视里正播放着这两天仁和市区、仁和县、江平县和丁蜀县的相关新闻。看着看着，居然出现了自己昨天突击视察西牌楼中心小学的画面。

"哟，黄县长，挺了不起嘛！又上电视啦？"妻子在一旁带着揶揄的口气道。

于是，黄鸿榆边看，边把昨天自己去下面两所学校视察的事跟小华说了一遍。

"那个小学女校长长得不错。"华芷莹看着电视里闪过的镜头，冲丈夫诡异一笑道。

"嗯，是不错。可是，跟我们家小华比起来，可就差得远了。"黄鸿榆的嘴角牵出一丝坏笑，一本正经地说道，顺手捋了捋妻子的头发。

华芷莹也不再说话，把头靠在丈夫胸前。

第二天下午，黄鸿榆与骆县长、李智杰一起陪同项怀仁副省长，先后考察了丁蜀城区的实验初中与西牌楼中心小学，一路顺利。在县委、县政府的小招待所休息室，趁着等待开宴的间隙，黄鸿榆择要向项副省长简要汇报了一通丁蜀县的教育工作情况。

晚宴结束，黄鸿榆与项怀仁一起返回仁和市区，并把自己老师直接送到了仁和酒店房间。根据事先约定，他在酒店房间一边陪着项怀仁聊天，一边等待着刚从京城返回的岳父华达江的到来。

半小时后，华达江走进了项怀仁房间。简单寒暄一番之后，两人在沙发上坐下。黄鸿榆给他们各泡了一杯自己带来的丁蜀新红茶，然后，静静地坐在一旁作陪。因为是两位老友的私人见面，黄鸿榆又是自己人，他们的说话便很随便。

"怀仁，省政府马上就要换届了，你的那个常务副省长没啥问题吧？"华达江关心地问。

论职务，项怀仁是副省长，华达江是仁和市委书记，华达江似乎比项怀仁低。但按当下惯例，仁和市委书记是省委常委，其实华达江的级别要比项怀仁高。所以，省委常委会讨论重要人事安排时，华达江是有一票的。

"省委萧书记是有这个意思的。但是没到最后也不好说呀！"项怀仁说得很谨慎，也很实在。

"嗯，只要萧书记支持你，应该没啥问题的。"华达江说。

"你呢？两年后是准备留在仁和呢，还是去省人大或政协？"项怀仁也很关心老朋友的去向。

华达江比项怀仁年长七岁，等这届市委书记届满，应该要退居二线了。

"最好留在仁和。人老了，就想享受天伦之乐了。"华达江的语气带着些许无奈，"我们都不年轻了，以后的事业，要靠他们了！"

说着这话，华达江的视线不经意间转到了黄鸿榆身上。

"是啊！"项怀仁应声道，"长江后浪推前浪，自然规律吗！鸿榆在下面好好干两年，应该考虑把他调回仁和来。"

"嗯，丁蜀那边情况比较复杂。不过也能锻炼人。"华达江幽幽地说道。

黄鸿榆在一旁听着，立马表态道："请爸爸和项叔叔放心，我会在丁蜀好好锻炼的！"

黄鸿榆此刻随妻子华芷莹称项怀仁为"叔叔"，很是亲热，一下子又拉近了自己与这位前老师、现任副省长、未来常务副省长的关系。连一旁的华达江也不禁在心里暗暗赞许道：嗯，自己的这位半子实在拎得清，再磨一磨，可堪大用！

第三十三章

泽州市二〇〇一年中考成绩揭晓。大成实验学校初三年级不负众望，学生人均中考成绩总分荣获泽州市区第一，四星级重点高中录取率高达百分之八十点零五，也是市区第一。而黄鸿桦所带的初三（3）班的学生人均总分，也从初二时的年级倒数第一，进步至年级中游水平，这不能不说是一个巨大的进步。

因为这是大成实验学校组建后的首届中考，大儒区委、区政府以及大儒区教育文体局领导都十分重视。两天后，大儒区委宣传部部长、区政府分管文体卫生的副区长，带着区教育文体局局

长、副局长一行人专程到校表彰致贺。陆中华校长安排全校所有校级领导、中层干部、初中部所有老师悉数到会议室参加表彰大会。表彰大会隆重而简洁，区委宣传部部长讲话，副区长宣读表彰祝贺信，教育文体局长颁发奖状与奖金，最后是陆校长代表学校做了一番感谢领导关心、以后再接再厉的表态。让所有初中部，尤其是初三老师精神振奋的是，上面居然颁发给学校二十万元的奖金！

黄鸿桦与其他初三老师一样，异常高兴。两天后，学校分配给所有毕业班老师人均五千元奖金。黄鸿桦是班主任，又是教导处副主任，他所得的奖金足足一万元。拿到这笔奖金回家，他和妻子叶玲珑、女儿图画一起特地下了趟馆子以示庆祝。叶玲珑是个特别会持家的女人，晚上躺在床上，她跟丈夫商量，这笔奖金加上黄鸿桦这一年来所赚的家教费，已有两万五千元，再加上两人这一年工资的积蓄，已有五万多块钱了。

"我们先去还掉一半的房贷吧？"她把头靠在黄鸿桦胸口，继续盘算道，"照这个趋势，明年再还一半，我们就没有债务了。"

"嗯。"黄鸿桦下意识地搂紧了妻子，"不过，你也不要算顺水账。如果下学期我回到初一，不再教毕业班了，就没有那么多收入了。"

"不会。"叶玲珑否定道，"你想，你现在又是中层了，收入只会多不会少。"

"你倒真乐观！"黄鸿桦亲了口她，"好吧，反正你在当家，只要安排好生活就行！还有啊，你可要准备点儿钱孝敬我父母和你爸。"

"嗯，我会安排好的，放心吧！"叶玲珑打了个呵欠，说，"睡吧，明天还要上班呢！"

第三天，黄鸿桦上班后依然十分忙碌。一是要安排初一、初二的期末考试，二是还有下学年新初一的招生工作。

大成实验学校初中部是六规小班制，三个年级共十八个班，每班四十到四十五名学生。所以，明年要招收初一新生至少二百四十名。除去一个班的地段生，其他五个班全是择校生。按照目前泽州市教育局给直属初中校的政策，每个择校生可以收取三千元的择校费。如此算来，本届新生至少可以收到六十万元的择校费，除去其中一半上缴区、市两级教育部门，学校也有三十万元的收入。这是黄鸿桦进城任教后的新发现，以往在泾渭中学与秦亭中学时可是从来没有的；更何况，现在还是他在负责招生呢！当然，学校收费是公开的秘密，但这笔收费的去向，根据校长室的特别关照，给老师们的解释是：全部上缴上级有关部门，统一调配，用以弥补政府教育投入之不足，改善办学条件。

　　都说本学年毕业班的教学质量，就是下学年学校的口粮。此话一点儿不假。因为本届毕业班学生中考成绩优秀，今年的新初一招生几乎爆棚，来自泽州市区报名登记的小学毕业生蜂拥而至。根据学校规定，黄鸿桦要求教导处的招生老师们一律按市区一线实验小学、二线实验小学、著名中心小学的顺序，分批次按学生成绩报告单的成绩依次录取。对于一、二线实验小学学生，全"优"并全"三好"的学生当场录取、缴费；全"优"而至少有六个"三好"的，登记后，等待第二天学校的电话通知；全"优"而无"三好"的，先登记，待学校组织统一考试后择优录取。对于著名中心小学学生，必须是全"优"全"三好"，且逐个面试过堂。至于其他的，除了特殊情况，一般不予考虑。当然，因为大成实验学校初中部今年中考一炮打响，声名鹊起，成了市区初中校中的香饽饽，陆校长实在顶不住压力，结果还是扩招了一个班。

　　等到学期正式结束，新初一招生工作也就顺利完成，干脆利落。

　　六月三十日上午，全校休业式结束，紧接着便是教师年终总结大会。午饭后,师生们全都离校,喧嚣的校园顿时安静了下来。下午,女儿图画与同学们相约逛街放松去了,黄鸿桦暂时不想回家,便给自己重新泡了杯碧螺春新茶,舒舒服服地窝在教导处办公室沙发里发呆。

这一学年来,黄鸿桦已经完全适应了城里优质学校的教育教学工作。这一适应的代价,是他全身心地投入,甚至透支性地付出;可以说,这一学年的辛苦,抵得上他在秦亭中学三学年的工作。这就是优质学校与普通学校的差别啊!他不禁感叹道。

其实,更让黄鸿桦感慨的是城乡学校的差别。以往在泾渭、秦亭这样的乡镇中学,每学年小升初生源一律来自本乡本土,各校小学毕业生照单全收,无所谓招生不招生的,家长唯一可以挑拣的是班级。三年初中毕业后,能考上重点高中的学生不到百分之十,因为全三吴县也就三所四星级重点高中,绝大部分学生只能上普通高中与职业高中或技校。放眼整个三吴县各乡镇初中校,基本如此,所以大家也没啥压力。平时所谓的竞争,其实就是各校应届毕业生中考人均总分的比拼;而事实上,各校相差也基本在五六分范围之内,也说不上真正意义上的竞争。没有压力就没有动力,如此,从领导到老师,轻松甚至懒散,渐渐地也就成了司空见惯的常态。

如今在城里可就不一样了。泽州市区人口密度大,初中学校众多。而四星级重点高中也就泽州中学、第一中学、第三中学、第十中学这四所;而且,在这四所重点高中中,泽州中学是省重点,第一中学是市重点中的重点。事实上,这四所重点高中又分为泾渭分明的三个等级。因此,从小升初开始,家长们便开始削尖脑袋,让自家孩子往优质初中校钻,希望经过三年的努力,顺利考上重点高中,最好是泽州中学或第一中学,进而跨入大学门槛。如此一来,像大成实验学校那样的四五个优质初中校自然是越办越好,恨不得每学年都扩班容纳更多的小学毕业生,而下面那些面广、量大的普通初中校，尤其是部分薄弱初中校，却不得不陷入生源不足的窘境。这样，泽州市区的初中校，无形中也分成优质学校、普通学校、薄弱学校三类。除了普通学校不好不坏、不死不活地耗着，优质学校与薄弱学校则分别进入了良性循环与恶性循环，好的更好，差的更差。

黄鸿桦很庆幸自己能进入大成实验这样的优质学校任教，既能出成绩，又可增加收入，可谓名利双收。可同时，又让他陷入了迷茫：这样的教育公平吗？正常吗？优胜劣汰，也许是竞争的必然；但这是教育，而且是义务教育，而不是搞经济啊！让我们的孩子从小升初开始便进入这种淘汰流程，这实在有违教育的初衷啊！

桌上的电话声响起。黄鸿桦拎起话筒："哪位？"

"是黄老师吧？"电话里传来了门卫保安的声音，"校门口来了一位女子，要找您，说是您学生。"

黄鸿桦有些纳闷，会是谁呢？但立马回答道："好，请稍等，我马上出来接一下。"

走到校门口，见保安室内坐着的女子站了起来："黄老师，还认得我吗？"

黄鸿桦仔细端详了足足半分钟，可还是没认出，便面带些许歉意，道："你是……"

"我是金文英呀！"对方脸上略显失落，"您想不起我来啦？"

"哦。"黄鸿桦这才在脑海中将当年那个淳朴的乡村女孩，与眼前这位三十来岁的女子对应起来，说道，"都快二十年了，变化太大了，哪里辨得出来呀！"

"黄老师，您倒一点儿都没变，还是那么年轻。"金文英显然很激动，脸上甚至都泛出了一层红晕。

"哪里呀！"黄鸿桦便热情邀请道，"去我办公室坐吧。"

金文英便跟着黄鸿桦穿过校园，上了办公楼，在黄鸿桦办公室沙发里坐下。

黄鸿桦沏了杯绿茶，放到自己学生面前的茶几上，笑问道："你怎么会找到我的呀？"

"上学期末，我先打电话到秦亭中学找您，可他们说您已经来泽州了。于是，我就一直想来市里找您，可因为平时学校太忙，双休日家里又忙，就只能一直拖着。"金文英呷了口茶，道，"知道你们中学今天是休业式，明天就放暑假了，所以特地赶来，找了一圈，终于找到了您。"

"怎么样，还在你老家那边的村小呀？"黄鸿桦询问道，同时，记忆中的丰泽湖景象便在脑海中浮现了出来。

"是的。不过明年就要撤并到镇上中心小学去了。"金文英刚才进校门时看到了古色古香的大成殿，与古银杏蓊郁的校园，很是惊讶，上楼后又见到"教导处"的门牌，不禁赞美道，"黄老师，这所学校真美啊！能在这样的环境下工作，实在是一种享受啊！"

黄鸿桦笑而不答。却问道："你爹爹、姆妈都好吧？"

"好着呢！"金文英道，"他们呀，常年在乡下种地、打鱼，反而身体健康。"

黄鸿桦联想到自己在乡下老家的父母，连连点头："那就好。父母身体健康，就是儿女们的福气。"

"我爹爹、姆妈倒是时常说起您。尤其是我姆妈，经常跟我唠叨，要我这辈子一定不能忘记您这个老师对我的好！"金文英眯起了双眼，思绪似乎回到了遥远的学生时代，对黄鸿桦说道。

"嗨，有什么记好不记好的呀。当老师，不就应该如此吗？"黄鸿桦嘴上说着这话，心里却不禁感慨万分：匆匆十八年光景，仿佛就在昨日。流年似水啊！

"黄老师，我之前听姜进说您好像有个女儿。现在应该上初中了吧？"金文英又说。

"嗯，下学期马上初二了。"黄鸿桦答道，"对了，姜进现在在干啥呀？"此刻，黄鸿桦的脑海里，关于少年姜进的镜头，便一幕幕地放映着。

"跟他爹爹一样，当了三年兵。我们结婚后，先是做珍珠生意，在外面满世界跑。有儿子后，就在泾渭跟朋友一起开了一家电梯厂。"金文英如实相告。

"姜进头脑活络，是做生意的料。"黄鸿桦带着赞叹的语气，"你们俩呀，青梅竹马，知根知底，挺好的。"说罢，黄鸿桦起身给她续了杯茶。

这么说了一会儿话，金文英看看墙上的电子挂钟已是四点半，心想市区北门车站开往泾渭的农村中巴车最晚是五点一刻，自己从这里坐公交赶往车站起码还得半小时。她便从包里取出一个精美的盒子，站起身说："黄老师，时候不早了。今天既然已经找到您了，以后我和姜进就可以一起来看您和师母了。麻烦您给我下电话号码，便于以后联系您。"

"哦，好的。"黄鸿桦拉开办公桌抽屉，取出一张名片，递给金文英。同时，让对方打了下自己的手机，把她的号码也存下了。

金文英接过名片，插进钱包内层。随即把那盒子放到黄鸿桦办公桌上："黄老师，这是我送给师母的一条珍珠项链，还是前些年姜进做珍珠生意时存下的。希望师母喜欢！"

黄鸿桦迟疑了片刻，道："好，那我就不客气了，先代你师母谢谢你！"

黄鸿桦把金文英一直送出了校门，走到吴王大道对面的公交站，看她上了6路公交车，挥手告别道："代我向姜进问好！"

目送6路公交车远去，黄鸿桦方才返身回到学校。

傍晚回到家，妻子叶玲珑已经在厨房间忙碌了。

"图画呢？"叶玲珑闻声走出厨房，见只有黄鸿桦一人，问道。

"下午跟同学逛街疯去了。"黄鸿桦见女儿还没回家,也很惊讶,"我以为她早回来了呢!"

"这个死丫头,越来越野了!"妻子埋怨道,随即又关心地问,"她考试怎么样呀?"

"蛮好的。除了英语八十五分,其他都在九十以上。"黄鸿桦一边换鞋,放包,答道。

"英语这么差,还'蛮好'呀?"叶玲珑显然不满意。

"英语不能怪她。她在秦亭中心小学时没学过英语,而泽州的孩子小学三年级就开始学英语了,基础不一样。她呀,能考这个分,已经很努力了!"黄鸿桦解释说。

"那你要想办法让图画暑假去补英语呀!"叶玲珑略显焦虑,"否则,以后会影响总分的。"

叶玲珑婚后这些年耳濡目染,对于教学,尤其是学生成绩的评价也很专业了。她深知,女儿以后要上像泽州中学这样的重点高中,每门功课九十分以上是必须的。

"嗯,老师呢,我已经找好了,就我们学校的。等图画回来后再征求下她意见吧。"黄鸿桦说。

叶玲珑知道,丈夫这所谓的"征求意见",其实就是做女儿的思想工作,劝她去补课,所以也就不再言语。

一会儿,女儿图画就回来了。一家人像往常一样,一边吃饭,一边交流着各种信息。

黄鸿桦把金文英来看望自己的事说了遍,并当即从包里掏出项链盒,放到妻子面前。叶玲珑很是高兴,并从女人的"专业"眼光在饭桌上将这条珍珠项链研究了一番,道:"嗯,看颗粒、成色,是好货!"

"那当然,这可是他们做珍珠生意时特地留存下的。"黄鸿桦说着,当即帮妻子戴上,端详一番,"嗯,好看的!"

"爸爸，我也要一条，太好看了！"一旁的女儿图画看着眼馋，说道。

"小孩子家家的，不允许戴首饰！现在专心读书才是正道，等你以后长大了，有的是好东西。"叶玲珑立马怼道。

图画一脸不满地撇了撇嘴，耷拉着脑袋继续自顾自吃饭。黄鸿桦有点儿不舍得，伸手摸了摸女儿脑袋。这不摸不要紧，一摸，图画被母亲训斥的满腹的委屈顿时化成了两行泪水流了下来。

晚饭后，图画照例回房间做暑假作业。黄鸿桦跟进去跟女儿"商量"了一通安排她暑期去补习英语的事。图画倒是很听话，爽快地答应了。

黄鸿桦回到客厅，坐到在沙发上织毛衣的妻子身边，有一句没一句地闲聊了起来。

他们是今年四月搬进新居的。跟原来学校提供的临时过渡房相比，新居明显宽敞明亮了许多。本来，和以往一样，每天晚饭后，全家都会去古城河边的步道散步，然后回家各忙各的。进入六月以来，天热了，蚊虫也多了，加之图画每天回家作业又多，所以不再去散步了。

"告诉你两个事。"叶玲珑手里不停地抖动着打毛衣的竹针，对丈夫说，"今天镇上都在传，说是房书记上周被'双规'了。"

房书记就是自己原来学生房艳的父亲，也是自己的恩人房俊辉。他在秦亭一路晋升，从秦亭镇副镇长到青山乡乡长，再回到秦亭任镇党委书记。他怎会突然间出事了呢？黄鸿桦一时难以接受。

"真的假的呀？"黄鸿桦不敢相信。

"无风不起浪，应该是真的吧。"叶玲珑道。

"哦。"黄鸿桦尽管心里不愿意相信，可直觉告诉他，这可能是真的。便又追问道："是因为什么呢？"

"听说是受贿。"叶玲珑理了理脚边的毛线团说,"但具体情况也不是很清楚。"

黄鸿桦便不再说话。过了好一会儿,又问道:"还有件事呢?"

"钟校长的肠癌复发了。"叶玲珑幽幽地说,"上周又住进了医院。"

一连两个噩耗传来,黄鸿桦的心情瞬间从峰顶跌至幽暗的谷底。他们两个可都曾是自己的恩人哪!刹那间,他忽然想起了茶壶老师申继根。心想:此刻,作为他们两人共同的恩师,申老师应该跟自己一样,不,比自己更难受吧?他很想立即打个电话给茶壶老师。可转念一想,这电话里三言两语地也说不清哪!于是,他决定这几天抽空去一趟秦亭了解下具体情况,顺便也去看看他老人家。

两天后,黄鸿桦带着女儿,跟妻子一起乘坐秦亭电厂班车,前往秦亭镇。

整整一年,再次踏上秦亭土地,他的心里感慨万千。街道还是熟悉的街道,甚至街道上行走的人似乎也是熟悉的人,可黄鸿桦的心境却早已不再是一年前的心境了。十五年秦亭岁月,流走了他的青春,铭记了他的迷茫、苦涩和汗水,也让他收获了勇毅与成熟,更让他体悟到人间的温暖,给了他继续前行的力量,就像学生时代与初出茅庐时三年的泾渭生活一样。

回到商场四楼之前的家,安顿好女儿做暑假作业,夫妻俩下了楼。叶玲珑上班,黄鸿桦则借了辆自行车,去超市买了几样礼品,便赶往太湖边茶壶老师家。

路过当年堰头片中的时候,黄鸿桦特意停下车。他走到当年的校门口,发现门口挂着两块白底木牌:堰头村党支部,红字;堰头村民委员会,黑字。都是端庄凝重的大号楷体字。房子还是那些房子,只是从屋顶到外墙,再到走廊,都进行了整修,显得十分整洁、考究,再无当年校舍的寒酸气。记忆中的泥地操场全都铺上了大理石,中间辟个气派的大花坛,四周植有香樟树、银杏树、桂花树之类的。场地中央停着辆黑色桑塔纳。原来的各间教室门的门楣上方一律挂着牌子,诸如书记室、村主任室、财务室、综合办、妇联办等等。

黄鸿桦冒着热辣辣的日头,浑身是汗。他一边看着,一边穿过场地来到走廊,正在四处张望,竟然发现茶壶老师身穿件黑色T恤,佝偻着背刚好从村主任办公室走出来。

"申老师!"黄鸿桦上前招呼道。

茶壶老师本来是习惯性地沉着头走路的,听闻声音,抬起头,看见黄鸿桦,愣了愣,黝黑的脸上立马绽放出一朵墨菊,道:"哟,是小黄呀!你怎么来啦?"

"来看看你呀!"黄鸿桦见茶壶老师除了皮肤更加黝黑、头发愈发花白之外,并无多大的改变,笑着答道。

茶壶老师快速走上几步来到黄鸿桦跟前,拍拍他肩膀,满心欢喜道:"走,家里去!"说罢,两人肩并肩走出了村委会。

"申老师,这么大热的天,你怎么在村委会呀?"推着自行车走在乡间小路上,黄鸿桦侧过脸问。

"嗨,村里要制作关于'三个代表'重要思想的宣传海报张贴到各村民小组,我那村主任学生请我过来帮忙。"茶壶老师道。

"你真是门生遍地啊!"黄鸿桦由衷感叹道。

"反正也闲着,帮就帮吧。"茶壶老师随口答道。

说话间,两人已来到太湖边的茶壶老师家。十多年没过来了,可他家依然是记忆中的老样子。黄鸿桦与茶壶老师老伴打过招呼,就坐在宽敞明亮的客堂,享受着凉爽的穿堂风,品尝着刚从地里摘来的红瓤白籽的新鲜西瓜,喝着茶,有一搭没一搭地聊天。

饭点时,茶壶老师老伴竟然变戏法似的端出了一桌农家菜,有红烧肉、清蒸白鱼、盐水虾、粉皮鲢鱼头汤,还有几盘时令蔬菜。因为天热,茶壶老师让村头的杂货店送来了一箱太湖啤酒,师徒两个便喝了起来。

"听说房书记被'双规'了?"各自喝了两瓶啤酒,黄鸿榉趁着酒意,直白地问道。

"嗯。"茶壶老师沉重地点点头,解释道,"有个老板因涉黑被抓,顺便交代其行贿罪,说是曾送过他十万块钱。就这样,他便因受贿罪被'双规'了。"

"会判刑吗?"黄鸿榉关切地问。

"肯定的。"茶壶老师放下酒杯,一脸懊恼,"不值呀!他怎么就那么糊涂呢?"

黄鸿榉知道他难过,也放下手中的杯子,拍了拍茶壶老师肩膀,以示安慰。

黄鸿榉昨晚就知道妻子的这两个消息应该是真的,可还是不死心,非要特地过来证实一下不可,弄得眼前的茶壶老师如此难过。此刻,他隐隐有点儿后悔了。

过了好一会儿,茶壶老师给黄鸿榉与自己倒满了酒,看着杯中冒泡的啤酒,举起来跟黄鸿榉碰了下,一饮而尽。然后,"笃"的一声重重放下酒杯,说:"真是祸不单行啊!你知道吗?义权又住院去了。"

"昨晚听我家小叶说了。"黄鸿榉如实回答,继而又问,"严重吗?"

"唉,已经扩散了。"茶壶老师长长地叹了口气,"凶多吉少啊!"

黄鸿榉便不再说话,陷入了良久的沉默。他只得与眼前的这位恩人一起,为那行将关进牢房与已经进入病房的两位领导兼朋友黯然伤神。

第三十四章

　　新学期开学前夕，黄鸿桦提前返校参加行政会议，刚到办公室，看见桌上放着的一张应届毕业生录取情况统计表。浏览了全校情况后，特意关注自己班级的，居然发现贾梦录取到了市第一中学。这让黄鸿桦深感欣慰，心想：自己的付出总算没有白费！只要这孩子这三年里在一中心无旁骛地学习，肯定能考个好大学。如此，她应该有个光明灿烂的前程。而刘晓，却找不到其录取的信息。黄鸿桦纳闷之余，很快便将其抛之脑后了。

　　上午九点半，是新学期第一次行政会议。会议的第一项议程是人事任免。会上，陆中华校长宣布，黄鸿桦被提拔为初中部副校长，分管初中部教育教学工作。对于这一任命，黄鸿桦事先毫无思想准备，他是既喜又忧。喜的是短短一年时间，自己居然又官复原职了！而且还是统管初中部的全面工作！这充分说明了陆校长对自己工作能力与成绩的肯定，他也因此在新单位彻底站稳了脚跟。忧的是，毕竟自己初来乍到，对初中部每位教师的教学业务水平还缺乏全面了解，尤其是这一学年里，除了初三，跟其他两个年级的教师接触交流不多，依然处于比较陌生的状态。但既然领导信任，自己就得尽快适应这份工作。他想。

　　中午，陆校长突然来到教导处，见黄鸿桦一个人在，就坐下来跟他闲聊起来。今年暑期，陆校长已被任命为大儒区教育文体局副局长，同时兼任大成实验学校校长。这是黄鸿桦前几天才知道的。依据黄鸿桦的经验，陆校长被提拔为副局长，有两种可能：一是区政府以这样的高配，来表示对大成实验的重视与肯定，毕竟，这是全区最好的一所学校。二是区政府有意重用提拔陆校长，今后陆校长极有可能继续得到提拔，成为大儒区教育文体局局长，因为他这四十五岁的年龄正当年哪！

"小黄，以后初中部的教育教学需要你多多费心了。"喝了口黄鸿桦给他泡的特级碧螺春，陆中华校长笑着对他说，"我呢，以后要局里、学校两头跑。"

黄鸿桦坐在陆校长对面沙发里的身子直了直，保证似的说道："放心吧，陆校长，我会尽心尽力的。"他没有叫对方陆局长，还是继续称"陆校长"，以示亲切。

"工作中有什么困难，尽管跟我说。"陆中华给黄鸿桦吃定心丸。

"知道了，陆校长，工作中的事，到时我会及时向你汇报的。"黄鸿桦也及时表忠心。

"怎么样？女儿成绩挺好吧？"陆中华换了个话题，以示对部下的关心。

"蛮好的，这学期还评上了'三好生'。"黄鸿桦回答道，"主要是我们学校的教学质量好。"

"嗯，孩子一定要好好培养。"陆中华说着站起身，"小黄，那你忙吧。"说罢，离去了。

陆中华校长的女儿成绩优异，去年被中科大设在泽州中学的少年预科班录取，明年即将直接升入中科大。所以，他对黄鸿桦是有感而发。自然，黄鸿桦知道，如此天赋异禀的孩子自家女儿是无法企及的；他只愿女儿能一步一个脚印，通过努力，两年后顺利考取泽州中学。

这天是周六，学校特意安排的初一新生报到日。上午各班已经陆续有许多家长领着孩子前来报到了。黄鸿桦现在是正儿八经的校领导了，只担任初一（5）班的语文教学任务。下午，报到的学生依然络绎不绝，黄鸿桦到新初一各班教室转了一圈，具体了解了一番报到情况。然后，他特地来到初一（5）班，想看看自己接下来三年将要教的学生。

大热的天，天花板上荡下的吊扇不急不慢地转着圈，扇下阵阵凉风。三十来岁的班主任小莫正端坐在讲台旁，一一登记着前来报到的班级学生，并不时地跟家长们攀谈着，态度热情诚恳。小莫老师年纪虽轻，却是刚带完一届毕业生下来的数学老师。上一届，黄鸿桦是班主任，她是任课老师；现在，角色反转，黄鸿桦成了她的语文任课老师。小莫看见黄鸿桦，急忙站起身："黄校长好！"

黄鸿桦比她大十来岁，算得上长辈，现在又是领导，小莫如此礼貌也在情理之中。黄鸿桦对她笑笑，摆摆手，示意她继续工作。

旁边围着的几个家长听说是校长，也抬起头看向黄鸿桦。其中一位与黄鸿桦年龄相仿的女子侧身看见黄鸿桦，竟然惊讶得嘴巴都合不拢："是你？"

黄鸿桦本来想离开了，看见对方，也惊讶得仿佛被谁施了定身术似的，站在原地一动都不动："怎么是你？"

这位女子正是苏晴川。他是带着初一新生的儿子前来报到的，而且正好分在黄鸿桦所教的初一（5）班！

两人一时都有点儿不知所措。过了大约半分钟，还是黄鸿桦先回过神来，道："你先给孩子办理报到手续，我去大殿那边转转。"

苏晴川立马明白黄鸿桦的意思。于是，她朝黄鸿桦微微点头，然后继续站在小莫老师身边，等待着办理报到手续。

十五分钟后，苏晴川带着儿子来到大成殿前的一棵银杏树下，招呼儿子见过黄鸿桦："诚诚，叫黄老师。以后，黄老师就教你们班语文。"

等孩子叫过"黄老师"，苏晴川便对黄鸿桦介绍道："我儿子，徐志诚，就在你们学校读的小学。"

黄鸿桦上下打量了一番孩子：瘦小而皮肤白净，剃着个小平头，头发乌黑，短而粗，根根直竖。穿一身淡蓝色的运动服，脚穿一双白色运动鞋。只是眉宇间透出一股怯怯的神情。也许是自己养了女儿缘故吧，黄鸿桦看着眼前的孩子，心生欢喜，不禁伸手摩挲了下他脑袋。

"诚诚，要不你去校园逛逛吧，看看有没有小学同学。"苏晴川对儿子道，"我在这儿跟你们黄老师说会儿话。"

目送少不更事的儿子松松爽爽地离开后，苏晴川望着眼前这个自己曾经那么熟悉，而今却陌生了的男人，心里有许多话想说，却又不知从何说起。最后，只是柔声问道："你什么时候来这学校的呀？"

"去年的现在应聘过来的，整整一年了。"此刻，黄鸿桦仔细看着自己的初恋，一头略微卷曲的长发懒散地挽在脑后，脸盘稍显瘦削，肤色却依然白皙。只是眼睛微肿，明显是睡眠欠佳的缘故。

"我几乎天天接送儿子上学、放学的，居然从来都没见过你。"苏晴川那荡漾着春水般柔情的双眼在黄鸿桦身上流淌了一遍，让黄鸿桦心田深埋已久的情感的种子瞬间萌动。

"我们平时跟小学部那边没啥接触的，有许多小学老师甚至都不认识。"黄鸿桦解释道，"再说，他们那边上学晚，放学早，所以是不大可能看到。"

"还好，现在总算见到了。而且，我家诚诚还是你亲自教。"苏晴川盯着黄鸿桦那跟十八年前几乎没有什么变化的脸庞，道，"这样我就放心了。"

"嗯，放心吧，我会特别关心孩子的。"黄鸿桦给了她一颗定心丸。

"那你孩子呢？"苏晴川小心翼翼地探问道。其实，此刻，她很想问黄鸿桦：这些年，你生活得还好吗？为什么音讯全无啊？难道你一切都忘了吗？

"就在我们学校上学，这学期升初二，刚好比你儿子大一级。"黄鸿桦刻意避开她的眼神,答道。

"我现在在市疾控中心检验科工作。"苏晴川自我介绍道,"就在城西,吴王大道与伍子胥路的交界处。"

"哦,好的,知道了。"黄鸿桦自己也诧异,面对自己曾经深爱的女人,怎么会回答得如此不咸不淡。

"我现在住荷韵花园。"苏晴川似乎并不介意黄鸿桦此时的态度,继续道,"也在城西,离单位不远。"

"嗯。挺好的,这样上班近。只是到这学校有点儿远,接送孩子不太方便。"黄鸿桦这会儿不知哪来的勇气,竟然看着她的眼睛,说,"要不,存一下你的号码吧?"

苏晴川便从包里掏出手机,把电话号码报给了黄鸿桦。黄鸿桦输入手机后,又回拨过去,让对方把自己的也留存好。

这时,孩子回来了,缠着妈妈要去一个什么地方。苏晴川跟黄鸿桦道过别,便一手搭在儿子肩膀上,转身离开了。黄鸿桦呆呆地站在原地,一动不动,直至他们母子俩的背影消失在校门外,方才返身向自己的办公室走去。

坐在办公室,黄鸿桦给自己重新泡了杯茶,静静地坐着。十八年前在泾渭中学时跟苏晴川的点点滴滴,便如同电影似的在脑海里一幕幕地放映,这让他既温馨甜蜜,又伤感惆怅。喝过一杯茶,他才慢慢从记忆中返回现实。想到现在的自己,他突然又清醒地意识到:往事如梦,一去不复返了。当年的黄鸿桦与苏晴川,早已成为各自的过去时,现在彼此都有家有室有孩子,不可能再有共同的时空了。既然如此,就应该把一切都继续潜藏于心底,永远别再去唤醒,连试图都不能。唯其如此,才能更好地面对未来的生活。

墙上的电子闹钟敲响了下午两点的钟声。看看窗外的太阳,热辣辣地闪着红光。黄鸿桦犹豫了一下,还是决定去医院探望老校长钟义权。

暑期从茶壶老师那儿回来后,黄鸿桦曾两次去看过钟校长,可均未谋面。第一次是周日的早上,他和妻子小叶一起去的。小叶说,大热天的,怕晒,早上去比较好。可当他们夫妇到达一院肿瘤病区时,病区大门紧闭,值班护士说,医生正在查房,而且当天有上海来的一批肿瘤专家给部分病人会诊,恐怕要等到中午十二点后才能允许探视。两人一商量,还是改天吧。

第二次是上周二黄鸿桦独自前往的。那天傍晚,当他赶到病房门口时,轻轻推门进去,发现钟校长的病床上空着。留在病房的钟夫人告诉他,因为当天上午做了生物免疫治疗手术,钟校长孱弱的身体吃不消,导致下午高烧昏迷,此刻正在ICU观察呢。黄鸿桦便和钟夫人一起在病房守着,一直到晚上十点多,传来消息说已经脱离危险了,方才心情沉重地回到家。

今天,黄鸿桦是非去不可了。因为后天就要开学了,一开学,自己一定会忙得四脚朝天,根本没工夫去探望的。再说,看钟校长的病情,每况愈下,如不趁早去探望,他怕以后会后悔的。黄鸿桦骑着自行车来到病区楼下,已是浑身冒汗。上好锁,上得三楼,感受着阵阵空调凉意,黄鸿桦方才心静些,整个人顿觉松爽起来。

午后的病房静悄悄的。黄鸿桦蹑手蹑脚地走进病房,看见老校长钟义权侧卧在病床上,脸朝墙壁。病床边坐着的钟夫人双眼微闭,打着瞌睡。感觉到有人进来,钟夫人方才睁开眼睛,轻轻站起身,请黄鸿桦坐下。黄鸿桦对他摆摆手,小心走到病床前,弯腰凑到钟校长跟前,发现他正睡着,还发出轻微的鼾声。黄鸿桦不想打扰他休息,便侧身坐在他脚边的床沿上,仔细看着他。

熟睡中的钟校长脸色像病房的墙壁一样煞白,头发干枯而杂乱,花白的胡子根根上翘着,显然已经好久没打理了。他那露出被外的右手背上,插着输液针,白色输液管内的淡黄色药水,正一滴滴滴入其静脉,试图遵循家属与医生的意愿,与其体内的病魔做持续的抗争。

　　望着眼前这位被病魔折磨得骨瘦如柴的中年人，自己的良师益友，黄鸿桦的心头泛起阵阵酸楚。黄鸿桦知道，钟校长的生命业已临近终点，即使有再多的不甘，其家人也无力将他从病魔手中夺回来了。

　　约莫半小时后，钟校长慢慢睁开了眼睛。看见黄鸿桦，他点点头，并没有说话。黄鸿桦明白，此时的他，已经没有力气说话了。黄鸿桦伸手抓住钟校长藏在被窝中的左手，那手软塌塌的，透着一点儿温热。此刻，黄鸿桦分明看见一行泪水从他的脸上滑落。黄鸿桦急忙接过钟夫人递过的纸巾，轻轻给他擦拭，然后，隔着白色的被子，在他胸口轻轻拍了几下，以示安慰。

　　又过了一会儿，钟校长伸出手，朝自己头顶指指。钟夫人心领神会，立即过来将他的头部慢慢往上抬起，然后在他腰部垫了个枕头，让他呈半躺半坐的姿势。

　　黄鸿桦从边上拉过一张方凳，坐到了钟校长床头边，轻声说："钟校长，不要心焦，积极配合医生治疗。"

　　钟校长看着黄鸿桦，点点头，嘴角勉强挤出一丝笑意。

　　"有什么要我办的事，尽管跟师母说，我在市区，方便的。"黄鸿桦又补充了一句。在秦亭时，黄鸿桦就称钟夫人为"师母"，现在也一直这样称呼。

　　其实，此时的黄鸿桦实在没有其他什么话可以跟钟校长说的，尤其是关于病情方面的，更得刻意回避。所以只好拣生活方面的话题给予安慰了。

　　钟校长又是对他点点头，只不过现在他脸上的笑意似乎比刚才多了几分。

　　就在这时，钟校长的小儿子钟成来到了病房。

　　"黄老师！你怎么来啦？"看见坐在自己父亲身边的黄鸿桦，钟成有几分惊讶。

"来看看你爸爸呀。"黄鸿桦见到自己当年的学生,很是亲切,"钟成,好久不见了。"

好多年没见,如今,站在自己面前的钟成人高马大,如果不是在这个特定的场合,黄鸿桦根本认不出他来了。钟成当年考取三吴县高级中学后,高考并不太理想,只是上了个三本高校。毕业后,还是房俊辉帮了忙,将他安排进入了三吴经济技术开发区管委会工作。据说,他在开发区倒是很顺利,如今已是管委会财政局副局长了。而黄鸿桦的另一位学生、房俊辉女儿房艳,则于泽州大学毕业后,进了三吴县委宣传部工作。

见钟成手里拎着大包小包,黄鸿桦便从床头走出,让他把一些生活用品一一塞进床头柜里。看看时间差不多了,也为了不过多打扰他们,黄鸿桦又凑到钟校长跟前,握着他的手说:"钟校长,你安心养病。我改天再来看你。"

说罢,顺手把一个一千元的红包塞到钟校长枕头边。钟校长张口想要说什么,黄鸿桦赶紧拍了拍他肩膀,示意他不要客气。于是,钟校长只是看着黄鸿桦微微点了下头。

黄鸿桦告别钟成及其母亲,从电梯下到底楼。电梯门打开的当儿,居然发现房艳站在门口,正待进电梯上楼!

"房艳!"

"黄老师!"

两人几乎同时惊叫道。

黄鸿桦跨出电梯,房艳也不急于上楼了。两人来到底楼病区的公共区域,拣条椅子坐下。房艳把手中拎着的礼品放在脚边。

"你也是来探望钟伯伯的?"房艳问道。钟义权比房俊辉大一岁,所以房艳以"伯伯"相称。

"是的,刚好下来,准备回去。"黄鸿桦道。

"我今天提前下班,也是过来探望的。"房艳看着自己当年的老师说,"您在市区什么学校呀?"

"大成实验,一所九年一贯制学校。"黄鸿桦解释道。

"我房子就买在市区,女儿今年已经五岁了。再过两年就去读你们学校吧?"房艳道。

"嗯。应该没啥问题的,到时你提前跟我说。"黄鸿桦答应道。

"黄老师,那就太好了!以后我不用像现在单位里那些同事一样,为孩子读市区的好学校烦心了。"房艳仿佛办妥了一桩很有成就感的大事,微笑着说。

可黄鸿桦却觉得目前孩子上学还不是什么十分要紧的事,房艳父亲才是她最该关心的事呀,可为什么偏偏看不出她有什么焦急的呢?也许是她不好意思主动提吧?于是,他便问道:"你爸爸现在怎么样了?"黄鸿桦的语气尽量委婉。

房艳的脸立刻阴沉了下来,眼神也变得迷茫起来:"还在看守所呢!也不知啥时候有个了结。"

"事情已经这样了,你也不要太难受了。多多关心你妈妈!"其实,黄鸿桦只是想了解下事情的进展,以便方便的时候去探望下。可是,他又怕房艳难受,只得这样安慰道。

"嗯。"房艳眼睛看着自己的脚,点点头。

于是,黄鸿桦跟自己的学生相互留存了电话号码,并目送其进电梯上楼后,方才离开医院回家。

晚饭时,黄鸿桦跟妻子叶玲珑说起当天探望钟义权与遇见房艳的事。两人感慨了一番,便谁也不说话,继续埋头吃饭。饭后,看看外面似乎没有想象中的那么热了,又想到过了第二天,女儿图画又得开学了,便一起去了趟附近的大卖场,准备采购些生活用品。

第二天是星期日,所有学生到校领取书簿、打扫卫生,为新学期正式开学做准备。早上八点,黄鸿桦与女儿图画一起来到学校。到办公室放好包,泡了杯茶喝上几口,便下得楼来,想去各年级看看情况,走到大殿门前,却被赶来的门卫保安叫住了:"黄校长,门口有人找你。"

"谁呀?"黄鸿桦颇为疑惑,"男的女的?"

"男的,四十来岁,听口音不是市区的,像是乡下的。"保安解释道。

"知道他找我为啥事吗?"黄鸿桦一边跟着保安走,一边问。他最怕有新初一家长来缠他要来学校读书,如果被缠上,准得搭上一两个小时。

"不知道,听口气跟你熟悉的。"保安微笑道。

"鸿桦!"黄鸿桦还没到校门口,就看见电动大门外站着的一个中年男子在喊他了。

黄鸿桦定睛一看,原来是林子丹!

黄鸿桦赶紧把他领进校门。两人握过手,寒暄了一番。因为炎热,黄鸿桦直接把这位多年不见的老友引入自己办公室。黄鸿桦现在是副校长,他跟分管小学部的两位副校长一起,共同拥有一间"副校长室",但为方便工作,他一般仍在教导处办公。

林子丹坐在沙发里,享受着屋内的清凉,喝着茶,刚才在校门口等待时的燥热一扫而空。

"你怎么来的呀?"黄鸿桦坐到他对面,递过一支中华烟,问道。

"打的。"林子丹说,"现在市内开车那么堵,就是受罪。"

"这是你们有车族的烦恼,跟我们这种踩两轮的没啥关系。"黄鸿桦笑着调侃道。

"嗨,鸿桦,别打趣我了。现在呀,教师待遇慢慢上去了,我倒感觉还是当老师好,不用像我这样每天忙碌得跟狗似的。"林子丹将靠在沙发上的身子挪了挪说。

"你现在在校办工业公司负责什么呀?"对于多年未联系的老

友,黄鸿桦很想知道其近况。

林子丹起身为自己续了杯茶,回到沙发上,掏出一包熊猫牌香烟,抽出一支给黄鸿桦点上,自己也点上一支,深深吸了口,舒服地吐出一圈白烟,说:"早就离开那儿了。现在呀,我自己开了个服装公司,专门生产、经销中小学生校服。"

此刻,黄鸿桦终于明白这位老友的来意了。可是,他觉得以自己目前的实力,恐怕帮不上老友什么忙。但嘴上却说:"自己做老板,好呀!生意还不错吧?"

"马马虎虎吧。"林子丹道,"知道你进市区了,特地过来看看,有机会的话帮我跟你们校长牵牵线。"

"这个当然!"黄鸿桦答应得很爽快,"有机会,我先跟我们校长通通气,摸摸底,然后跟你说。"

"太好了!先谢谢你,鸿桦。"说着,林子丹从包里取出一张名片递给黄鸿桦,并说,"你的呢?也给我一张吧。"

黄鸿桦从办公桌抽屉里也掏出一张自己的,给了对方。这是一张印有他副校长头衔的崭新名片。

林子丹看着黄鸿桦的名片,道:"鸿桦,你呀,趁还年轻好好努力,争取弄个校长当当,到时也好让我沾沾光。"

黄鸿桦朝他摆摆手:"我呀,不做这个梦。你是知道的,一把手可不是想当就能当的!"

"告诉你个消息。"林子丹看着黄鸿桦,一脸的高深莫测,"我们的老校长吴双人,暑期已经升任泽州市教育局副局长了,这棵高枝你完全可以去攀一攀呀!"

"真的呀?"黄鸿桦大为惊讶。

"当然。"林子丹喝了口茶,略一沉思,眼睛忽而一亮,道,"不如这样,你跟吴局长比较熟,什么时候你负责联系吴局长,我来做东,我们一起宴请下老领导。你看如何?"

"好呀。"黄鸿桦听闻,心里暗自佩服林子丹的脑筋活络,赞同道,"到时我一定邀请到吴局长,另外,如果有可能,把我们陆校长也请去。"

林子丹立马明白,黄鸿桦这是趁汤下面条。这样,既可以联络他与吴双人局长的感情,也可以让他在陆校长面前自抬身价。当然,林子丹也有自己的盘算:一回生,二回熟。只要搞好了与吴局长的关系,到时泽州市区直属中小学的校服生意,自己就有希望了。至于陆校长,有黄鸿桦在,就不愁拿不下这边的生意。

当天中午,黄鸿桦在学校对面的一家饭店里,请林子丹吃了顿饭。

第三十五章

波澜不惊而又忙忙碌碌的日子,总是在不知不觉间悄然流逝。

一晃又是一年过去了。黄鸿桦看着女儿图画的弱项科目英语,经过一年努力总算不再成为短板,很是欣慰。进入初二以来,两学期的期中考、期末考,因为英语科目的不断进步,女儿的学科总分一路从年级排名的前五十名到前三十名,再到前二十名、前十名,如此看来,只要升入初三后保持稳定,考取泽州中学应该没啥问题了。黄鸿桦对妻子叶玲珑说。

只是人无远虑,必有近忧,妻子在秦亭的五金店生意越来越不景气,眼看着连门面开销都要难以为继了。如今,这家苦心经营了多年的五金店无疑成了鸡肋:继续开着,将面临赔本的窘境;如果关了,妻子就会失业。一时间,夫妻俩甚是犯难。

"你呀,就考虑把店转让吧。"那天晚上,黄鸿桦对妻子说,"我现在班上有几个家长似乎都是市级机关与企业单位的头头脑脑,我来问一下,有没有能帮得上忙的,到时给你在泽州市区的什么企业找个岗位,最好是做财务之类的。"

妻子小叶想了想,说:"如果能这样当然好啦!这两年来,我几乎每天都早出晚归的,也累。如果到市区工作了,也有更多的时间照顾家里了。"

夫妻俩达成了一致意见。

进入初三,女儿图画学业负担骤然加重,每天早上七点十五分到校,晚上六点放学,回家作业都要做到深夜十一二点钟。

看女儿学习如此辛苦,黄鸿桦、叶玲珑夫妇俩心疼。那天晚上十点后,女儿依然在书房做作业,黄鸿桦与叶玲珑一起忙完了家务,便坐在客厅沙发里,说着些闲话。

"等会儿给图画弄点儿夜宵吃过后,你就早点儿去休息。"黄鸿桦对妻子说,"我来陪她。"

"不要,我来陪。你去早点儿睡吧,明天还要早起上班的。"叶玲珑不同意。

"听我的。学习上的事我比你熟悉,还是我来陪的好。你呢,早点儿休息,明天一早还要起来做早饭呢!"

叶玲珑便不再坚持。九点半,她去厨房间给女儿烧了碗粉丝汤,看女儿有滋有味地吃了,便独自去卧室休息了。

黄鸿桦则随女儿进了书房,静静地坐在旁边,拿起一本《爱的教育》看着,当起了"侍读官"。

看看书房墙上的时钟,已过十一点了。坐在一旁沙发里的黄鸿桦放下手中的书本,见女儿还在灯下奋笔疾书。他便揉了揉有些酸涩的眼睛,摆了个半靠半躺的姿势,微闭双眼,想稍微休息下。

"爸爸!"也不知过了多久,传来了女儿图画的叫声。

黄鸿桦猛的一下直起来身子:"怎么啦?"

"你困了,先去睡吧。"图画回头看着他道,"我等会儿就结束了。"

"我不困,陪着你。"黄鸿桦又拿起书。

"还不困,刚才都打呼噜了。"女儿说。

"哦,是吗?不要紧,你专心写作业吧,我们一起睡。"黄鸿桦坚持道。

于是,就着一窗灯火,伴随着空调机吱吱的声响,父女俩继续深夜苦读。

新学年第二个周一,黄鸿桦从班级上完课回到办公室,身后拖着个尾巴似的学生徐志诚。

徐志诚自从进入初二以后,上课精神涣散,老师讲课他似听非听,数学、英语作业错误率极高。因为班主任小莫知道黄鸿桦与其家长是朋友关系,所以本学期开学才一周,已经两次向他"告状"了。黄鸿桦平时上完课忙于行政事务,平时也顾不上找孩子谈话。今天上完课,觉得暂时没有什么要紧事处理,便把他找了过来,想先了解下情况。

"你上学期考试成绩年级排名前二十,还得了'三好生',你爸妈有没有奖励你呀?"

黄鸿桦招呼徐志诚在沙发上坐下后,也坐在他身边,拍拍孩子的肩膀,和蔼可亲地对他说。

徐志诚抬头看看自己的老师,本来紧张的神情放松下来,对黄鸿桦点点头。然后又低下了头,看着自己的脚。

"不过,有老师反映,你这学期开学后好像学习不在状态,上课不专心,作业错得挺多的。"黄鸿桦俯下身子,伸手摩挲着他的头,亲切地道,"是不是呀?"

徐志诚继续低着头,一声不吭。不一会儿,竟然啪嗒啪嗒地掉下眼泪。

黄鸿桦看着孩子如此,感觉必有隐情。于是,他把徐志诚拉到身边,问:"怎么啦?是不是家里发生什么事了?不要哭,跟黄老师说说。"

徐志诚抬眼看了下黄鸿桦，依然眼泪汪汪的，迟疑了一会儿，才说："我妈妈住院了。"

黄鸿桦听闻，一时十分惊讶，也很着急。心想：她这是怎么啦？也不知生的是什么病，要紧不要紧呀？但是，理智告诉他，此刻不应在孩子面前表现出自己的焦虑。他停了停，便安慰道："黄老师知道你是个好孩子，在为你妈妈担心。但是有你爸爸照顾妈妈呢，所以你不用着急的。好吗？"

一听这话，徐志诚的眼泪立马又簌簌地掉了下来，说："爸爸和我们不住在一起的。"

此时的黄鸿桦立刻就明白了！难怪去年自己在大殿前与苏晴川首次重逢时，她会把她的个人信息如此清晰地传递给自己，原来她是在暗示自己她已经离异了呀！唉，自己怎么反应就那么迟钝呢？居然一点儿都没往深处想！也难怪这一年来，除了正常的家校联系，她对自己再无半点儿亲近的言语与举动，她一定是埋怨自己的无动于衷与无情无义啊！他知道，她是个要强的女子，如果自己不去关心她，她绝不会来打扰自己的。

想到这儿，黄鸿桦懊恼不已。但他很快就调整好了自己的情绪，问徐志诚："你妈妈住哪家医院？什么病区？病房号是多少？"

"二院，三病区，326病床。"徐志诚答道。

"好了，我知道了。你安心上课去，没事的！"黄鸿桦安慰道，随即拍拍孩子肩膀，把他送到门口，让他上课去了。

黄鸿桦随手翻阅了下桌上的周工作安排表，发现上午并没有非做不可的事，便提起手包，准备立刻赶往医院去探望苏晴川。他知道，苏晴川亲生母亲早逝，后妈不可能真正关心她，父亲又是个大大咧咧的军人，他们也没住在市区。此刻，她最需要他的关心！

刚走到门口,桌上的电话响了。他转身一把抓过电话,不耐烦地问:"哪位?"

"黄校长吗?我是门卫,刚才有位妇女随小学部的几位老师一起闯进校园了,说是要找中学部校长谈谈。"电话那头的保安气急地说。

"那你们怎么会让她闯进来的呀?"黄鸿桦有点儿生气,提高了分贝。

"拦都拦不住。"保安解释道,"估计现在已经上楼了。"

"知道了!"黄鸿桦没好气地撂了电话。然后,重新拿起桌上的手包,准备出门。

"你是黄校长吧?"突然,门口出现了一位四十来岁的女子,一头短发染成微黄,风风火火的样子。

"是的。你是……"黄鸿桦想知晓其身份。

"我不是家长。"对方道,"黄校长,事情是这样的:今年暑假小升初时,我们花八千块钱,托了你们学校的一位老师走门路,想让我家孩子到你们学校上初中,结果却没有帮我们弄进来。今天我想找到你们讨个说法。"

黄鸿桦一听,大为惊讶。心想:竟有这等事?不过,他表面上却不急不慢地问:"你说的那老师叫什么名字?"

"冯智通。"女人道,"戴副眼镜,看上去斯斯文文的。没想到是个骗子!"说罢,面呈气愤之色。

"我们学校没有这个人。你一定上当受骗了!"黄鸿桦肯定地说。

不过,为谨慎起见,他还是折回办公桌前,取出一份全校教职员工花名册,逐个排查。因为尽管教师们他都熟悉,他怕的是这人是后勤部门临时外聘的员工。

那女人见状,也凑了过来。黄鸿桦排查了一遍,发现的确没有此人,便把花名册递到她手上,道:"是没有你说的这个人。

喏，你自己看吧！"

那女人仔仔细细地看了一通，发现确实没有。很是失望，同时更加愤怒了，哭骂道："这个杀千刀的骗子！就这样把我的辛苦钱给骗去了！"

黄鸿桦见状，不禁动了恻隐之心，说："我建议你还是去派出所报案吧。"

"报案有啥用呀？"那女人抹着眼泪，"我自行车在自家小区楼道里被偷了，都报案了，到现在屁大的回音都没有！"

说着，女人就离开了黄鸿桦办公室，边走边埋怨道："这是什么世道啊！"

看着女人离去的背影，黄鸿桦的心里也很不是滋味，他无奈地摇摇头。又想到要去看苏晴川，便赶紧下楼去了。

黄鸿桦先去商业大厦买了些肉松、蜂蜜之类的滋补品，又挑选了一些精品水果，然后径直向第二人民医院赶去。

十五分钟后，黄鸿桦来到二院三病区。出了电梯，看看墙上的标牌，是普通内科病区。此时，他方才觉得如此突然闯进病房似乎不太妥当，还是决定先打个电话给苏晴川。电话拨通，电话里传来了苏晴川那熟悉的声音："你怎么想起来电话了？"

"你还好吧？"黄鸿桦关切地问。

"嗯，蛮好的。"苏晴川道，"你不是在上班吗？怎么有空给我电话呀？"

"想来看看你！"黄鸿桦说。

"我好好的，有什么好看的呀？"电话那头的苏晴川听上去一副若无其事的样子。

"你呀，还想瞒我呀？"黄鸿桦道，"你儿子都告诉我了。"

电话那头陷入了片刻沉默之中。

"我已经在三病区楼梯口了，马上到。"黄鸿桦直截了当。

"哦。"电话那头又沉默了。

黄鸿榉也不再多想,撂了电话,径直向病房走去。

找到病房,推门进去。里面置有两张病床,苏晴川的那张靠南边的阳台。此刻,她正独自坐在病床上,旁边那张病床却空着,被褥铺盖得很是整洁,似乎是空床。

苏晴川身穿白底青条横纹病号服,头发依然懒散地拢在脑后。看见黄鸿榉进门,欠了欠身子。待黄鸿榉走到跟前,抬眼看着他,眼里满是哀怨。

黄鸿榉将手中的物品放在她床头的橱柜里,然后进卫生间洗了手,抹了把脸上、头发根的汗,坐到她床前。在确认病房里没有其他人后,怜惜地看着她,说:"你呀,发生了这么多事,就不该瞒着我。"

苏晴川的情感闸门瞬间被黄鸿榉的这句话给打开了。顿时,多年来郁积于内心深处的忧伤、思念与哀怨之水奔涌而出,化作两股热泪,哗哗流淌而下。黄鸿榉被这突如其来的情景惊呆了,一时竟不知所措。

苏晴川渐渐停止了哭泣。过了好一会儿,黄鸿榉徒手帮她拭掉眼泪,深情地注视着她,如同欣赏着一件心爱之物。

也不知过了多久,病房外的走廊里传来了脚步声。两人不约而同地清醒过来,正儿八经地面对面坐着。

并没有人进病房来。黄鸿榉从床头柜橱门里取出个红富士苹果,起身去卫生间洗了,又从抽屉里取出水果刀,削掉皮,递给苏晴川。他看着苏晴川小口吃着苹果,柔声问道:"你怎么就住院了呢?"

"上周二上班时,突然晕倒了。是单位同事打了120把我送医院来的。"苏晴川停下手中的苹果,告诉他。

"查出病因了吗?"黄鸿榉很是着急,追问道。

"各项检查都做了,没什么毛病。医生说是长期失眠导致了严重贫血。"苏晴川看着他,眼里溢满幽怨。

黄鸿榉便不再吱声。他知道，长期失眠，完全是苏晴川离异后的生活境况所致。她是个情感细腻而敏感的人，婚姻的不幸遭遇，离异后长期缺乏亲人的关爱，又使她倍感孤独落寞。而所有这些，她又无处诉说，只得郁积于心。渐渐地，她便忧思成疾，终至于倒下。

"这病房你一个人住，倒也清净。"看着对面空着的病床，黄鸿榉转移了话题。

"本来住着个小姑娘，昨天下午出院了。也不知今天下午是否还会有新的病人来。"苏晴川解释道，"再熬两天吧，医生说，我过两天可以出院的。"

"嗯，那就好。"黄鸿榉道，"时间差不多了，中午想吃啥？我出去买。"

"不用，我阿姨、姨夫他们在我家，一会儿他们会送过来的。"苏晴川告诉他，"你去上班吧，别影响工作。"

黄鸿榉掏出手机看看时间，道："好吧，那我先上班去了。你等会儿问问护士台，确认下出院日期，到时我来安排车子送你回家。"

看着苏晴川朝他点点头，黄鸿榉便起身离开了病房。

午饭后，黄鸿榉翻阅这些天上级教育主管部门下发到学校的文件，看到一份当年度泽州市教育局所确认的赴西部地区"银发支教"名单。泽州市区及下辖六县共十一人，而自己恩师秦老师的大名赫然在列。一开始，他有点儿怀疑自己的眼睛：一来，秦老师是从仁和退休回老家泽州市区的，照例不大可能以泽州市名义前去支教；二来，算下年龄，秦老师已年近七旬了，身体条件允许吗？事关自己老师，他想证实一下。

黄鸿榉首先想到了吴双人副局长。在林子丹提议下，去年秋天他与林子丹曾一起宴请过新任泽州市教育局副局长吴双人，陪同赴宴的还有同为从三吴县过来的施雅韵。此时的施雅韵，受吴双人提携,已从三吴县教研室副主任升任泽州市教科院副院长,兼初中语文教研员。自然,按照他与林子丹的事先约定,同时出席的还有大成实验学校陆中华校长。

黄鸿桦刚在手机里翻到吴局长的号码,转念一想为个人私事惊动局长,似乎有点儿不妥。于是,他便转而拨通了施雅韵的号码。电话里,施雅韵答应帮他确认秦老师的身份,并查找其联系方式。

下午,处理完所有手头事务,照例巡视过初中部教学楼,顺便把一包饼干给了女儿。进入初三,学生们每天要六点后放学,孩子正在长身体阶段,黄鸿桦怕女儿肚子饿,所以每天都给她吃的。回到办公室,心里惦记着苏晴川晚饭吃什么,还有就是到底什么时候出院,他要联系车子。于是,他又拨通了她的电话。

电话那头,苏晴川告知他,晚饭是中午她阿姨送午饭时一起带过来的;出院时间也已确定,周三上午办理出院手续。黄鸿桦担心苏晴川晚饭如此将就没有营养,便对她说晚饭他等会儿送过去,顺便再去看看她。苏晴川在电话里以"嗯嗯"声答应了他。

黄鸿桦去教师食堂,关照师傅特意为他烧了几个菜——鲫鱼汤、蘑菇炖小鸡、小青菜与红烧豆腐,赶在下班前,急匆匆赶往医院。

进了病房,看见苏晴川正靠在床头看书。旁边的病床上已来了位五十来岁的新病号,静静地坐在床上,一脸慈眉善目的模样,但似乎并没有陪伴的家人。黄鸿桦对她点头微笑,算是打过招呼。然后,走到苏晴川跟前,抽出一块活动木板,搭在她面前,把带来的饭菜一一摆放好,对苏晴川道:"来,早点儿吃晚饭吧!"

苏晴川也不吱声,只是默默地、慢慢地吃了起来。黄鸿桦则坐在一旁的凳子上,看着她有滋有味地吃着。吃饭的当儿,苏晴川还不时地冲黄鸿桦看看,微笑,一副满足、幸福的样子。

"你家先生真好！烧了这么多可口的饭菜给你吃啊！"临床的那位阿姨不禁对苏晴川赞叹道。

苏晴川的脸颊上泛起两朵红晕，抬头冲她笑笑。黄鸿榉也不置可否，只是对她微笑。听那阿姨的口音与说话方式，黄鸿榉知道她是泽州本地人，因为只有上了一定年纪的泽州女人，才称呼别人丈夫为"先生"。

等苏晴川吃好，黄鸿榉帮她收拾完毕，陪她在医院病区的走廊里来来回回地走了几圈，消消食。看看时间差不多了，黄鸿榉方才把她送回病房。又过了一会儿，黄鸿榉起身准备返校。苏晴川将他送到门外走廊上，说："这几天你帮我多关心下诚诚，也不知他近期学习怎么样。"

"知道了。你放心吧，孩子挺好的。"黄鸿榉安慰道。

他不想跟她说实话，以免给她带来负担。至于徐志诚的学习情况，他反正已经跟班主任小莫沟通过了，相信只要多多关心、督促，应该不会有啥问题的。

苏晴川冲他莞尔一笑，道："你快回学校吧，路上小心！"

"好。那我走了。"

说完，黄鸿榉便朝电梯口走去。刚走了几步，仿佛想起了什么，又回转身，走到她跟前，补充道："明天早饭我会带过来的。"

苏晴川点点头，目送黄鸿榉的身影消失在走廊尽头。

下了楼，电话响起。一看，是施雅韵打来的。施雅韵告诉他，参加"银发支教"的就是他的那个秦老师，并把秦老师现在的联系方式告知了他。

回到学校，刚好在校门口看见学校公车驾驶员老杨师傅，看样子他正准备下班呢。黄鸿榉本来想第二天找他的，现在刚好遇见，便叫住了他。

"杨师傅。"黄鸿榉走上一步来到他跟前。

"哟，黄校长呀！"杨师傅热情地答应他道。

黄鸿桦掏出一包打开的中华烟递到他面前，让他自己取。等杨师傅抽出一支，黄鸿桦自己也取了一支，帮他和自己都点上。待杨师傅吱吱地吸了一口，吐出一道白圈，黄鸿桦才说道："杨师傅，周三上午我想请你帮我个私人的忙。"

"你说，黄校长。"杨师傅一脸和善。

"我家有个亲戚周三上午出院，因为身体比较虚弱，我想用下你的车，麻烦你周三和我一起去接她回家。你看方便吗？"黄鸿桦道。

杨师傅迟疑了片刻，道："好的，周三上午我不出车。"

"谢谢你！"黄鸿桦道过谢，又敲钉钻脚，"那周三上午九点，我就在这校门口等你。"

"好嘞。"杨师傅爽快地答应道。

第二天早早到校后，黄鸿桦把早饭送到了医院。因为赶着要上课，也没多逗留，便返回了学校。上完课，陆校长召集开行政会，直到中午饭点才结束。下午部署初中部部分学生参加市教科院组织的中考科目调研考试，又忙到临近下班。如此高强度的工作，累得他到傍晚歇下来时动都不想动。

将近下班时，懒散地斜靠在办公室沙发上的黄鸿桦，想着一天都没联系苏晴川了，便拨了个电话过去。

"你今天很忙吧？"电话那头传来了苏晴川的声音。

"是的，有点儿忙，到现在才空下来。"黄鸿桦道，"今天我不过去了，明天上午我没课，过去接你出院。"

"哦。"苏晴川顿了顿，听口气似乎有点儿失望，但随即便说，"好的，明天我等你。"

周三上午九点一刻，黄鸿桦坐着学校杨师傅的"东风风行"中巴车抵达二院停车场。他让杨师傅待在车上，自己径直来到病房。苏晴川不在。邻床阿姨告诉他，苏晴川等自己没来，急了，亲自办出院手续去了。他仔细查看了下床头橱柜、卫生间，发现所有物品都已经归置收拾好了。在病床上坐等了一会儿，见苏晴川还没回来，他便下楼去出院办理处找她。

来到出院办理窗口前，没见到苏晴川。黄鸿桦估摸她已经办完了。于是他又急忙返回病房，刚到病区护士台处，见苏晴川正站在门口等自己呢！

"对不起啊，是不是来晚了？"黄鸿桦抱歉道。

"没有。知道你忙的。"苏晴川冲他甜甜一笑。

黄鸿桦径直走进病房，双手提起两个包裹，与苏晴川一起告别邻床的阿姨，下楼向停车场走去。

三十五分钟后，车子抵达城西荷韵花园苏晴川家。黄鸿桦提着包裹把苏晴川送到家门口，道："晴川，我就不进去了，中午还有事呢，再说杨师傅下午还要出车。"

苏晴川面露失望之色，但当即点头表示同意。因为她不想耽误他上班。

其实，黄鸿桦这是借口。如此突然闯进她的家，他没有思想准备；再说，此时此刻，他也不知该如何面对她的阿姨、姨夫。

第三十六章

二〇〇三年春，黄鸿榆升任仁和市副市长，分管文化、教育与卫生工作。其岳父华达江因为年龄原因，正式卸任仁和市委书记，退居二线，改任仁和市人大常委会主任。恩师项怀仁已顺利当选东江省常务副省长。

也许，在别人，尤其是行政部门的人看来，一个分管文教卫生的副市长是市领导级别中分量最轻的，但黄鸿榆却很知足。这十几年的从政生涯中，教育无疑是他最为驾轻就熟的领域，也是他所钟爱的事业。在丁蜀县，他如愿以偿地完成了村小撤并、建设一批重点高中与创办职业技术学院三大任务，也算是造福一方百姓之举。尽管他知道这在丁蜀教育史上也许只是微不足道的小事。但教育非小事，因为它关乎千家万户，关乎百姓的切身利益，也关乎国运昌盛与民族复兴之大计。

就在去年初秋，黄鸿榆正式离任丁蜀县常务副县长之前半年，南山职业技术学院正式竣工，并开始首届招生。黄鸿榆以县委、县政府领导身份出席开学典礼。望着大礼堂主席台下陶艺、茶艺、竹艺、园艺与乡村旅游等五个专业的一千多号学生，黄鸿榆难掩兴奋与激动的心情。当天的讲话稿是他亲自撰写的，他从乡村产业振兴、地方特色经济发展，到教育担当与文化传承，侃侃而谈，慷慨激昂，不仅感染了教育局、文化局、乡镇工业局等一众干部，更让特邀参加开学典礼并即将成为学院常年或不定期聘请的当地相关行业的行家里手们备受鼓舞。开学典礼结束后，黄鸿榆还指示相关部门给这些行业的专家们申报相应的职业技术职称，以便让他们名正言顺地担当起学院的教育教学任务。南山职业技术学院是仁和市首所以培养工艺美术人才、传承传统文化为己任的县级职业技术学院，其办学宗旨与情怀，一时成为仁和市乃至东江省教育与文化界的美谈，更是受到了省政府项怀仁常务副省长的高度肯定与赞赏。

现在，黄鸿榆回到仁和，最高兴的莫过于妻子华芷莹了。眨眼间，儿子黄华图安已经三岁了，看着孩子一天天长大，华芷莹满心欢喜，她希望丈夫黄鸿榆不再如在丁蜀时那么忙碌，以便有更多的时间陪伴自己与儿子。毕竟，一家人能时常相守在一起，这日子才有味道。

这个周末，言海东夫妇要请他们全家吃饭。

言海东夫妇是前年九月从江北临海县下河乡正式应聘来到仁

和高新技术开发区的,如今,言海东在高新区实验中学,其妻子则在高新区第一实验小学。去年年初他们贷款在高新区买了一套商品房,当年年底搬进了新家。如此,夫妇俩带着女儿正式成为新仁和人。

在言海东夫妇应聘事宜上,黄鸿榆不便出面,华芷莹帮了些忙。为了表示感谢,言海东多次表示想宴请黄鸿榆夫妻,但因为黄鸿榆实在忙,一直拖延到现在。

言海东夫妇是在市区仁和大酒店宴请黄鸿榆、华芷莹夫妻的。为了老同学间能尽情欢聚,事先约定,彼此都不带孩子。周日中午十一点半,当黄鸿榆、华芷莹出现在三楼"如意厅"包间时,早就恭候在里面的言海东夫妇一齐起身迎了上去。

"鸿……"言海东笑容可掬地大步走到黄鸿榆跟前,刚想喊"鸿榆",却立马改口道,"黄市长!"

黄鸿榆不禁愣了一下,旋即热情地打招呼道:"海东,好久不见了!"说着,伸手搂了下言海东的肩膀。

旁边的华芷莹见状,立即说:"言海东,你怎么那么见外呀?还是原来的样子,叫'鸿榆'!"

"是呀,不许见外。"黄鸿榆接过话茬,道,"你这家伙!"顺手在言海东胸前捶了一拳。

"好好好,听华处长的!"言海东黝黑的脸上满是笑意,"哦,不,听小华的,还是叫'鸿榆'!"

随后,言海东伸手朝向自己的妻子,对黄鸿榆、华芷莹道:"这位是内人向秀。"

黄鸿榆、华芷莹几乎异口同声地招呼道:"向老师好!"

也许是初次见面的缘故吧,言海东妻子向秀通红着脸,款款伸手,分别跟华芷莹与黄鸿榆轻轻握过手,道:"以前只是听我家海东经常说起你们,今天总算见到你们了。"

彼此见过。言海东招呼黄鸿榆、华芷莹道:"鸿榆、小华,那我们入席吧!"说着,请黄鸿榆坐主席,自己在旁边作陪;又让华芷莹坐副席,妻子向秀紧挨着在边上坐定。

华芷莹见向秀拘束,便趁着服务员倒茶水、上冷盘的当儿,笑着对言海东说:"海东,你刚才称我们向老师什么来着?"

言海东正跟黄鸿榆点着烟,随口答道:"内人呀!"

"你这可有点儿歧视我们女同志的嫌疑啊!"华芷莹假意正色道,"什么叫'内人'呀?那你是'外人'哪?"

此话一出,弄得黄鸿榆扑哧一下笑出声来。

言海东却不以为然,道:"嗨,我们老家都这么说,男主外女主内嘛!"

"那是在古代。现在女性也工作,也养家活口,还干家务活,'内''外'都主。"华芷莹一手勾住向秀的脖子,一副亲密模样,说,"所以说,现代社会我们女人比你们男人辛苦多了。"

"是是是,华处长批评得对。在下以后一定改正!"言海东调侃道。

"以后不许你叫我们向老师'内人',应该称'夫人'。"华芷莹给向秀续了白瓷杯里的茶,继续打趣道,"向老师,你说是吧?"

向秀也被逗得笑了起来,而脸却涨得更红了。

黄鸿榆则在一旁笑道:"海东,这回你知道我是生活在水深火热之中了吧?你看,整个一个女权主义者!"

这一逗,直把言海东乐得前仰后合。

气氛被调动起来了,两家人其乐融融地边吃边聊家常。黄鸿榆平时赴宴,大都为了工作,或陪同领导或被下属陪同,需时刻保持清醒,所以喝酒极少。今天跟老同学在一起,气氛融洽,浑身轻松,所以有敬必喝,喝而必尽。酒多了,话也就多了。他和言海东一起回忆遥远的大学生活,共同分享刚工作接触社会生活的酸甜苦辣。想想当年的风华少年,如今已是人到中年,又感慨流年似水，人生易老。而华芷莹则亲热地跟向秀悄悄说着女人间的那点儿闺房私密，倒也十分投缘。

今天言海东更是既感慨又感激。他又给黄鸿榆斟了杯酒，站起身，真诚地说："鸿榆，我很幸运有你这么一位老同学。如果没有你和小华，恐怕我和内人，不，夫人，一辈子就窝在乡下了。真心谢谢你！"说罢，一仰脖子，又将一杯高度白酒倒进喉咙里。

黄鸿榆已是微醺，不过脑子还很清醒，连忙摆手道："嗨，海东，你我之间，可不能见外啊！"

说罢，黄鸿榆正想端起面前酒杯，却被眼疾手快的华芷莹一把按住，对言海东道："海东，鸿榆他今天不能再喝了。你也差不多了。你们两个多吃点儿菜，再好好聊聊。"

于是，华芷莹与向秀一起，分别给自己丈夫又是夹菜又是舀汤。

这边两个老同学都涨红着酒脸，你看看我，我看看你，呵呵傻笑起来，天真得像两个孩子。

当天酒宴结束，已是下午两点半钟。华芷莹考虑到言海东夫妇住在高新区，便特地叫上黄鸿榆的司机，把他们送回了家，自己则开着私家车回家。

言海东平时寡言少语，可一喝酒，话就多得如饭泡粥。回家路上碍于老同学司机在场，他只是跟妻子向秀一路说着些仁和与老家临海相比简直是一个天上一个地下之类的闲话。进了家门，斜靠在沙发里，捧着妻子给他泡的醒酒茶，可就忍不住酒后吐真言了，道："秀秀，以后再聚会，你可要活络点儿，多给我那老同学与小华敬敬酒。"

"哎哟，知道了。看你兴奋的。"向秀白了他一眼。

"你呀，不懂。我们初来乍到，小华又是教育局处长，她提醒我们一句话，就能让我们顺风顺水。"言海东滔滔不绝。

"你就做你的春秋大梦吧!"向秀道。不过,她也觉得丈夫这话说得在理。

"更何况,我那老同学还是分管教育的副市长。没准过两年你我在单位还能混个一官半职呢!"言海东越说越得意,"还有,我们姑娘现在读初二,我算过了,再过八年大学毕业,鸿榆和我才五十岁。就算他不升,依然是个副市长,到时托他给我们姑娘介绍个工作还不是小菜一碟呀!"

"你看你,尽想美事!"向秀给他续了杯茶,"以后的事以后再说,你先想想晚饭吃什么吧。"

言海东便歪着头,舒舒服服地继续靠在沙发上,闷声喝他的茶。

再说黄鸿榆在家一觉酒醒,将近傍晚。妻子带着牙牙学语的儿子去附近公园了。他便起来泡上一杯丁蜀红茶,独自坐在客厅沙发里发呆。他回想起中午酒席上言海东对自己所发的那番感慨,不禁想:如果权力能让自己去帮助像言海东那样的需要帮助的人们,他倒真该好好珍惜手中的权力了,并且,还真心希望这种权力越大越好呢!更何况,他自认为自己是那种正直有良知的领导,他手中的权力,一定会惠施百姓,造福一方。现在,自己已然成为一位名副其实的市领导了,一定要用好手中的权力,如此,方能上不辜负领导,下对得起民众。

这年暑假,黄家兄妹商定于周末一起回了趟清水村老家,为的是趁暑期大家都比较有空,一起回家陪陪父母说说话。

前两年,为了方便儿孙们回乡下,黄全根、张腊梅老夫妻俩特意装修了一番老屋,客堂间、厨房间铺了地砖,几个房间都铺了地板装了空调,卫生间也和城里人一样安装了全套卫生设备。这样,儿孙们一年四季随便什么时候回乡下都可以。

那天,因为先坐火车后转农村公交,再坐从皇坟乡镇上到清水村的三轮电动车,一路折腾,黄鸿桦、叶玲珑带着女儿图画直到中午十一点多钟才赶到家。一进客堂间，大哥鸿樟、弟弟鸿榆和妹妹鸿佳他们都在等着他们开饭了。从外面近四十摄氏度的高温天一下子走进空调间，女儿图画一边擦着额头的汗水，一边打开冰箱寻找冰镇饮料。阿婆张腊梅怕孙女儿伤胃，竭力劝阻，赶紧从井里捞出一个早就泡着的青皮大西瓜，切开，端到图画面前："乖囡囡，吃西瓜吧，西瓜好吃！"

正当图画津津有味吃着时，图安与仁平都围了过来，伸手各自抢了一牙西瓜，一边啃着一边跑开，惹得大家都笑了起来。鸿佳在一边笑骂道："这两个小强盗！"

午饭照例是一桌丰盛的农家菜，清一色的绿色食品。图程考取了太湖师范学院物理系，正在家里歇暑假。知道两个叔叔都要回来，忙着帮阿爹、阿婆和姑妈张罗饭菜酒水。边上的一箱十二瓶啤酒就是他刚从村里的日杂店搬回来的。

"我们家里现在全是老师了。"父亲黄全根喝了杯啤酒，看着眼前的子孙们，高兴地说。

"嗯，蛮好的。等我们家图画泽州高中毕业了，也上师范大学，争取考个名牌大学，将来读硕士、博士，以后做学问，当大学老师。"叶玲珑摸摸女儿的脑袋，应和道。

"对，我们家仁平，还有图安，将来也读师范，当老师。这样，我们家就是名副其实的教师之家了！"鸿佳半开玩笑道。

鸿佳这几年专心业务，今年刚评上仁和市"名教师"，她的理想是向"特级教师"进军。学校曾想提拔她做领导，可是她拒绝了，她说她喜欢教书，喜欢每天跟孩子们在一起。所以，她说这话也是有感而发，真心希望下一代还当老师。

鸿樟、鸿桦、鸿榆，还有方正圆，几个人快半年没见面了，他们边喝啤酒边海阔天空地闲聊，话题当然离不开教育。尽管鸿樟不懂教育，可是因为儿子图程将来也是老师，便也十分热情地跟弟弟、妹夫们聊得很是热络。图程、图画逗着两个小孩子寻开心。母亲张腊梅与女儿、儿媳几个说着些家长里短的琐事，倒也十分投缘。

新学期开学前夕，大成实验学校陆中华校长升任大儒区教育文体局局长。经过陆中华这几年的栽培，黄鸿桦便顺理成章地被提拔为大成实验学校校长，兼党支部副书记，主要负责初中部教育教学工作。而另外一位小学部副校长则被提拔为党支部书记，兼副校长，主要分管小学部工作。

暑期，姜进、金文英夫妇特地到泽州看望黄鸿桦，告知他一个不幸消息：他当年在泾渭中学的师傅姚老师患了阿尔茨海默病，如今除了老伴，谁都不认识了。对此，黄鸿桦不禁感慨万分：自己过往生命中的几个恩人，秦老师远赴贵州大山深处支教去了，钟义权病故了，房俊辉进了班房，如今姚老师又患病了，他们仿佛都一下子远离了自己！这让他颇有一种物是人非、恍若隔世之感。但生活还将继续，更何况自己如今已经挑起了大成实验学校这副担子，责任重大，不敢稍有懈怠。

新学年开学的全校教师大会上，大儒区教育文体局陆中华局长带着局组织科科长，亲临现场，向全校教职员工正式宣布了大成实验学校主要领导的人事任命。接着，新任校长黄鸿桦发表了首次履职讲话，对组织与领导的培养、信任表示了由衷感谢，并表达了不负使命、尽心尽力履行职责的决心。

教师大会一结束，黄鸿桦像往年一样，立即投入到了紧张忙碌的工作之中。首先是召开初中部教导处、德育处、总务处等中层部门负责人会议，结合教育局新要求，部署开学常规工作。紧接着，参加由学校主管部门召开的教研组组长、备课组组长会议，还有年级组长与班主任会议，以示对部门工作的重视。另外就是分别找总务主任、办公室主任、会计谈话，以尽快了解并熟悉之前他所陌生的这几块工作。当然，还要接待本校教师谈心、家长投诉，设宴招待校外各共建单位负责人，参加区、市两级教育局会议，布置落实相关工作，等等。等到第二周一年一度的教师节庆祝活动结束，黄鸿桦方才得以暂时喘口气。

那天难得准时下班回家，看见妻子叶玲珑也已在家做晚饭了，而女儿图画则在书房里做作业。就在八月中旬，叶玲珑在秦亭镇上的五金店已经正式盘出去了，失业在家半个来月后，前两天正式去了泽州市自来水厂上班，当会计。

"哟，黄校长，今天怎么这么早下班哪！"看见进门的丈夫，叶玲珑调侃道。

"嗨，难得早点儿回家，陪老婆孩子嘛。"黄鸿桦感觉很累，没心思开玩笑，"说不定哪，明天下班前就会又有什么临时蹿出来的事情要求处理的，所以得好好珍惜'今天'的空闲。"

叶玲珑便不再开玩笑，接过丈夫的手包。不一会儿，喊出做作业的女儿，一家人其乐融融地享受起丰盛的晚餐。

第二天上午，接泽州市教育局通知，市直属学校、代管学校校长，将于九月二十日前往太湖旅游度假区，参加为期三天的"全面实施新课程标准教改推进会"培训。大成实验学校初中部为市教育局代管，黄鸿桦自然在培训之列。

傍晚，一天工作结束，估摸着也没啥别的事需要处理了，黄鸿桦独自坐在办公室，悠闲地翻阅当天的报纸。桌上手机振动，一看号码是苏晴川的。自从去年苏晴川住院黄鸿桦照料她以后，他跟苏晴川的交往与关系就密切起来了。两人有时会见面，一起吃饭、聊天。黄鸿桦也终于彻底了解了苏晴川这些年的遭遇。苏晴川自从听从父亲安排，从泾渭调到泽州第一人民医院以后，就跟父亲战友的儿子徐福强结了婚。徐福强是一院后勤处的副处长，主管后勤工作，整天在外吃喝交际，时常彻夜不归。他们两人本来就没有什么感情，婚后，徐福强那不顾家不顾妻子与孩子的行为，让苏晴川极为不满。苏晴川先是忍，后是吵，再后来便是与他分床而睡，陷入冷战状态。冷战了近三年，两人终于离异。离异后，苏晴川考入泽州市疾控中心检验科，并带着儿子离开了原来的家，先租住在城西单位附近。后来自己贷款买房，搬入荷韵家园的新家。

离异后的苏晴川头些年感觉前所未有的轻松。可随着时间流逝，渐渐地，一种难以名状的孤独感如春草般在她心田萌芽、蔓延，乃至疯长。此时此刻，少女时代在泾渭与黄鸿榉相识、相爱、相处点点滴滴的美好回忆，更像一场场春雨在她的心宇飘洒，催生得她心田芳草萋萋，烟岚迷离，难耐而又无奈。于是，从午夜梦回的忧伤，发展到彻夜难眠的煎熬，她本来丰腴的身体日渐消瘦，原本饱满的精神终于萎靡。直至两年前意外遇见了她朝思暮想的黄鸿榉，她才重新看到了生活的曙光。

今年暑假前夕的一天，两人在泽州西郊的生态园吃完午饭返回城里，黄鸿榉把苏晴川送到荷韵家园门口。苏晴川请他去家里坐坐。黄鸿榉犹豫片刻，便跟着上了楼。苏晴川的家有一百零六平方米，两室两厅两卫，简洁干净。黄鸿榉洗过脸，便静静坐在客厅柔软的沙发里，一边享受着空调的凉气，一边喝茶。一会儿，苏晴川换上一身鹅黄色的连衣裙出现在黄鸿榉面前。她款款坐到黄鸿榉身边，一头乌黑微卷的秀发披散着，一阵阵淡淡的茉莉花香味，丝丝缕缕地从黄鸿榉的鼻腔渗入五脏六腑。

那次以后，黄鸿榉再也没有联系过苏晴川。而苏晴川居然也没有联系他，这让黄鸿榉颇为纳闷。也许是因为她脸皮薄吧，也许是因为她矜持的个性吧，也许是因为她和自己一样感觉吧。黄鸿榉用种种臆想理由给自己解释道。

现在，失踪了一个暑假的苏晴川居然来电了。她在电话里告诉他，此刻自己就在校园里，现在就来找他。黄鸿榉放下电话，整理了一下凌乱的办公桌与沙发，泡了杯顶级碧螺春绿茶放在茶几上,就走到门口等待苏晴川到来。

在门口迎进了苏晴川,黄鸿桦把茶递给她,请她在沙发里坐定。

"今天怎么会来接儿子的呀?"黄鸿桦看着苏晴川的脸问。

苏晴川也看着黄鸿桦,温情脉脉的眼光里,似乎夹杂着些许淡淡的责备,说:"我后天要外出培训一周,有点儿不放心诚诚,想拜托你这些天多多关心他。"

"哦,知道了。你去哪里培训呀?"黄鸿桦心里盘算道,后天是十八号,自己二十号也要外出培训呢。

"太湖旅游度假区。"苏晴川道。

"这么巧呀?我二十号也在那儿参加培训呀,为期三天。"黄鸿桦解释说,"不过,你不用担心儿子的,我会让他们班主任小莫老师多多关照的,放心吧!"

苏晴川心头掠过一阵欣喜,说,"我们是在云湖大酒店。"

"我在缥缈大酒店。"黄鸿桦道,"应该相距不远。"

"嗯。"苏晴川呷了口茶,清香扑鼻,一口入喉,感觉舌尖上甜滋滋的,跟黄鸿桦道,"本来想在我外出这些天,让诚诚去他爷爷奶奶家住的,可这孩子死活不肯,我只得把我阿姨接来照顾他生活了。"

"你阿姨跟你很亲,就像你母亲了。"黄鸿桦想起了她去年住院那会儿的事,不禁感慨道。

"是待我像女儿一样的,跟诚诚也亲。"苏晴川轻轻叹了口气,眼睛里漾起一层烟雾似的迷茫,"这些年,幸亏有她和姨父照顾我。"

黄鸿桦便不再说话。他起身给她续了杯茶,看着她喝。

烟波浩渺的三万六千顷太湖有七十二峰,缥缈山是其中最大的一座岛屿,改革开放以前,这是太湖中的一座孤岛,隶属于三吴县,岛上居民要出岛相当麻烦,几乎过着与世隔绝的生活。

二十世纪九十年代中期，三吴县举全县之力，修建了一座通往岛上的太湖大桥，并将缥缈全岛划设为太湖旅游度假区，开设了多家高级酒店。从此，缥缈岛成了泽州市乃至整个长三角地区休闲旅游热门地，党政机关、企事业单位但凡有会议、培训之类的，全都会安排在那儿。

二十日上午报到。下午，先后有市教育局副局长吴双人做培训动员，市教科院副院长施雅韵做培训期间学习、食宿等方面的具体安排与提醒。第二天是一整天的培训学习，主讲人是省教育厅新课程标准实施领导小组组长、省教科院院长。看起来，这是从中央到地方的自上而下的改革，其基本内容是：实行教材的"一纲多本"，即围绕教学大纲，各学科可以有多种版本的教材，以供各地因地制宜地选择使用；教学理念与方法上提倡快乐教学，即学校和教师积极营造愉悦的课堂教学氛围，让学生在轻松愉快的状态下学习，以改变当下学生"苦读书"的现状。

黄鸿桦一边听着课，不禁想：教育，尤其是基础教育，从来都是国家意志的体现。它直接描绘着一代代国民精神的底色，事关我们民族文化的传承与民族的生存发展。教纲是原则性的，方向性的；教材则是具体的，应该是最能体现教纲精神的。因此，中华人民共和国成立以来，从小学到高中，教材从来都是由教育部统一组织编制的，全国中小学统一使用的。现在要彻底放开了，全国各地可以根据实际情况选择使用不同版本的教材了！如此打破统编教材"一统天下"的局面，看似"百花齐放"了，问题是，以后这些"百花齐放"了的教材，能真正体现教纲精神吗？如果不能，或者是打了折扣，那会怎样呢？

可是，这份隐隐约约的担忧，也只是像天际凭空飘来的迷雾，只是在黄鸿桦心头一飘而过罢了。毕竟，如今是全国自上而下的大改革，容不得他多加质疑。

一天的紧张学习搞得黄鸿桦晕晕乎乎的,用过晚餐,回到宾馆房间,洗过一个澡,方才感觉浑身松爽了许多。靠在床上,正想打开电视,苏晴川的电话打进来了。

"来云水间咖啡吧坐坐吧?"电话里,苏晴川的声音柔柔地,"我已经在那里了,520包厢。"

云水间咖啡吧位于缥缈大酒店与云湖大酒店之间的缥缈峰山脚下,面对着太湖湖湾。黄鸿桦出酒店向南,沿着一条林荫小道步行约莫十分钟,便来到了苏晴川面前。

"来啦!"苏晴川对他甜甜一笑。

"嗯,不远。一会儿就到了。"刚洗过澡,现在又是大汗淋漓了。黄鸿桦抖了抖黏糊糊贴在背上的T恤,坐到苏晴川对面。

苏晴川将一杯美式咖啡推到黄鸿桦面前:"尝尝看,据说是新品,挺好喝的。"

黄鸿桦抿了一口,皱起眉头:"哦,苦!"

"生活本来就是苦的。"苏晴川幽幽地说,像是对黄鸿桦说,又像是自言自语。

黄鸿桦明白她的心思与心意。这些年,她一个弱女子经受了如此多生活的坎坷与磨难,让她倍感痛苦与无奈、无助。现在,她终于重新找到了自己,希望自己能给她安慰与依靠,并引领她走出这潭泥沼。可是自己给她的只能是失望,或许还是另一种痛苦与煎熬。理智告诉他,他不能这样,他必须放弃这段感情,尽管这对于他很难很痛苦。如果他对她负责,那么势必辜负妻子叶玲珑,还有女儿,还有父母;因为他们都不希望自己如此。但是,现在他又不忍对她挑明自己的想法,哪怕是暗示,至少在他儿子诚诚初中毕业之前。他不想因此而影响到她的情绪,进而影响到孩子的学业。他清楚,他们母子相依为命,现在,儿子是她生活中唯一的希望。

可是,自己真能那么决绝地弃她而去吗?此刻,他连自己都怀疑自己。那么，就走一步看一步吧！他安慰自己道。

"鸿桦，我理解你的纠结。"苏晴川盯着他的眼睛道，"但是，我爱你。"

"我知道。"黄鸿桦前倾了下身子，"可是……"

"我不再期望结婚了，只是想把诚诚拉扯大，看着他考取重点高中、大学，然后工作。"苏晴川显得似乎很冷静，那布满沧桑而又不失柔美的目光里充满期盼，"我只是希望你在教育、培养孩子上能帮帮我。"

"我会的，一定会的！晴川。"黄鸿桦觉得自己平时是个十分果敢的人，可在她面前，却毫无免疫力。

"谢谢！"苏晴川嫣然一笑，柔声道，"别让咖啡凉了。"

包厢里响起了陈淑桦那熟悉的柔美、伤感的歌声：

起初不经意的你
和少年不经事的我
红尘中的情缘
只因那生命匆匆不语的胶着
想是人世间的错
或前世流传的因果
终生的所有
也不惜换取刹那阴阳的交流
来易来去难去
数十载的人世游
分易分聚难聚
爱与恨的千古愁……

两人彼此相对，浸润于这动人心弦的旋律之中，默默无语。窗外，一轮明月朗照，洒下满湖银辉。轻浪汩汩，似天地对白的絮语，诉说着彼此间的情愫。

　　视野尽头，幽暗的夜色中，湖岛竦峙，隐秘而深邃。

构思于二〇二一年十月
起稿于二〇二二年三月
脱稿于二〇二二年十二月
修改于二〇二三年一月

伫立于时光的河流边(后记)

我伫立于时光的河流边,回望汩汩流淌的岁月,激荡起万千浪花。

每一条溪流,都从孕育其生命的源头出发,流淌漫延。流淌出属于自己的径流,漫延成独一无二的流域,而最终汇入汹涌奔流的时代大河,融入苍茫辽远的生活大海。

适逢和平年代,身处江南水乡,工作于校园环境,这一切,便注定我生命的溪流是潺湲从容、波澜不惊的。但出发时漫无目的的迷茫,左奔右突的莽撞;路途中遭遇巉石时不屈不挠的相搏,原地迂回时寻寻觅觅的苦闷;以及在既定河床奔流中脚踩暗礁时喧嚣而起的惊骇,蹚过深渊后翻卷而出的漩涡……无不让生命的旅途变得跌宕起伏,因而也使我的生命有趣有味,更有意义。

生命本是无意义的,生命的意义是在一路奔流的过程中才显现的。而这种显现,便是滋养其他的生命。四十载春夏秋冬,不管是春花秋月、莺歌燕舞,还是严寒酷暑、风霜雨雪,我的生命之流在广袤的吴中大地上一路浩浩汤汤,从阳澄湖畔到太湖之滨,再到姑苏市区,滋养着那些被称为"孩子"或"学生"的生命之林。也许我的滋养能走进他们的灵魂深处,镌刻于他们生命

后记

的年轮；也许我的滋养只是湿润了他们脚下的那片土地，最终却什么也没有留下。也许他们有的长成了参天大树，成为栋梁之材；而有的却只是低矮的灌木，成了装点大地的一抹绿意。但这些并不重要，重要的是我曾给予他们以生命的滋养！

自然，滋养其他生命的同时，我的生命之溪也在不断汲取着滋养，并因之而日益充盈丰沛。父母给了我生命，家庭便是我生命之溪的发祥地，给我以涓涓不息的源头活水。老师给了我知识，学校便赋予我悲天悯人的家国情怀，让我一路奔流而不忘初衷。无数良师益友给我以扶持提携，因而即便是在涉险滩、穿荒漠时，我依然能无所畏惧，奔涌向前。更何况，还有那些我曾滋润过的生命林木的反哺呢！

每一条生命之溪都是有使命的。我的使命是漫溢成一方绿洲，那儿草木蓊郁，禽鸟啁啾，鱼翔浅底。每一条生命之溪都是有远方的。我的远方是水天相接的大海，那儿山岛耸峙，千帆竞发，蔚蓝如生命的天堂。

如今，我把这一切都融入这部长篇作品之中。

在这部作品即将出版之际，我特别感恩一路走来曾给我以支持的良师益友们，特别感谢给予我大力扶持的苏州高新区党工委宣传部、苏州高新区文联、苏州高新区作协的领导与朋友们。

江寒雪

2023年1月